W0361275

Das kalte Gift der Rache

LINDA LADD

Das kalte Gift der Rache

Thriller

Aus dem Amerikanischen
von Christian Kennerknecht

Weltbild

Die amerikanische Originalausgabe erschien unter dem Titel
DARK PLACES bei Kensington Publishing Corp., New York.

Besuchen Sie uns im Internet:
www.weltbild.de

Copyright der Originalausgabe © 2007 by Linda King Ladd
Published by Arrangement with
KENSINGTON PUBLISHING CORP., New York
Dieses Werk wurde vermittelt durch die Literarische Agentur
Thomas Schlück GmbH, 30827 Garbsen
Copyright der deutschsprachigen Ausgabe © 2010
by Verlagsgruppe Weltbild GmbH
Übersetzung: Christian Kennerknecht
Gesamtredaktion: lüra – Klemt & Mues GbR, Wuppertal
Umschlaggestaltung: Zeichenpool Design und Kommunikation, München
Umschlagmotiv: Corbis, Düsseldorf (© Peter Smithers),
Zeichenpool Design und Kommunikation, München
Satz: Anna-Maria Klages, Wuppertal
Gesamtherstellung: GGP Media GmbH, Pößneck
Printed in the EU
ISBN 978-3-86800-312-3

2013 2012 2011 2010
Die letzte Jahreszahl gibt die aktuelle Ausgabe an.

Prolog
Der Erzengel Gabriel

Die Trauerfeier für die drei fand in einer unheimlichen, uralten Kirche in Missouri statt. Von den weißen Holzschindeln blätterte die Farbe, und in die Eingangstür hatte jemand ein großes Kreuz geschnitzt und dann blutrot angemalt. Im Kirchhof hing eine schwarze Glocke an einem Holzgestell. Als eine schwarz gekleidete Gestalt, so dürr wie eine Vogelscheuche, an dem langen Seil zog, wandte der kleine Waisenjunge in der vorderen Bankreihe den Blick zurück durch das offene Portal nach draußen. Das eindringlich langsame Geläut der Totenglocke klang dem Jungen gespenstisch und bedrohlich in den Ohren, und er erschauerte.

Hier war er weit entfernt von dem Ort, an dem er seine ersten zehn Lebensjahre verbracht hatte. Nicht einmal besuchsweise war er in jene entlegene, dicht bewaldete Bergwelt gekommen, in der seine Mama, sein Papa und seine kleine Schwester begraben werden sollten. Die alte Frau neben ihm, die seine Hand streichelte, war angeblich seine Großmutter, und er hatte sie nie zuvor gesehen. Sie roch eigenartig, staubig und muffig wie der dunkle Dachboden in seinem Elternhaus in Pittsburgh, wo weiße, klebrige Spinnweben von den Balken hingen, und sie saß noch dazu in einem alten Rollstuhl, dessen Räder beim Fahren quietschten. Nie wieder würde er nach Hause in diesen roten Backsteinbau zurückkehren. Und niemals mehr würde er seine Mama, seinen Papa und die kleine Katie wiedersehen.

Sein Kopf tat ihm noch entsetzlich weh von dem grausigen Unfall, bei dem seine Familie zu Tode gekommen und er allein zurückgeblieben war. Die tiefe Wunde machte ihm noch immer zu schaffen, und er fasste sich an den weißen Gazeverband an seiner Stirn. Ein stechender Schmerz durchzuckte seine Schläfen bis hin zum Ohr. Er weinte und dachte an die furchtbaren Träume, die ihn seit seinem Erwachen im Hospital heimsuchten. Tränen liefen über seine Wangen. Sie schmeckten bitter und salzig.

Seine Großmutter bemerkte sein Weinen und legte ihm ihren Arm um die Schulter, aber er mochte es nicht, wenn diese merkwürdige alte Frau ihn so eng an sich drückte. Er mochte weder sie noch die grässliche Kirche noch all die schwarz gekleideten Leute um ihn herum, die ihn so anstarrten. Er liebte strahlende Farben und glückliche Menschen wie seine Mama mit ihrem langen rothaarigen Pferdeschwanz, der, wenn sie lief, hin und her baumelte.

Er fürchtete sich. Er war allein. Wäre er doch bloß auch gestorben bei diesem schrecklichen Autounfall. Hätte er doch auch, wie die Eltern, den Sicherheitsgurt nicht angelegt. Zusammen mit Katie hatte er hinten gesessen, aber ihr Kindersitz hatte versagt, als ein betrunkener Mann in einem schwarzen Pick-up die Interstate 579 auf der Brücke über den Allegheny-Fluss gekreuzt und das Auto seiner Familie voll gerammt hatte. Keinen von ihnen hatte er jemals wiedergesehen.

Wochen später nun waren die beiden großen weißen Särge für alle Zeiten fest verschlossen. Seine kleine Schwester lag angeblich bei der Mutter im Sarg, und seine Großmutter sagte, Mama würde Katie ganz fest in ihren Armen halten, bis eine Engelschar heruntergeflogen käme, um sie heimzuholen in den Himmel. Verstohlen wandte der kleine Junge den Blick nach oben zu den Deckenbalken.

Ein altmodischer Ventilator drehte sich langsam, und der Luftzug ließ die weißen Lilien auf den Särgen erzittern. Süßer Blütenduft wehte heran. Die vor ihm aufgereihten dunkelblauen Gesangbücher rochen alt und muffig, und die Ventilatorblätter quietschten rhythmisch und schwankten, als drohten sie auf den Kopf des alten Priesters herunterzufallen. Er fragte sich, ob sie die Flügel der Engel verletzen könnten, wenn diese seine Familie heimholten, doch nicht einer erschien während der ganzen düsteren Zeremonie.

Vielleicht war ja seine Familie schon im Himmel angekommen, für immer weggeflogen, ohne ihn. Er hätte auch sterben sollen. Könnte er Auto fahren, würde er voll gegen einen Baum rasen und sich beeilen, die hoch in den Wolken fliegenden Engel mit seiner Familie einzuholen.

Der Priester hatte kurze graue Haare und eine blasse Haut mit vielen Runzeln und Falten, besonders um die Augen herum. Als er endlich fertig gepredigt hatte, wuchteten sechs Männer in dunklen Anzügen die beiden Kisten hoch und trugen sie nach draußen. Es war ein sonniger Spätsommertag, der 25. August, doch die Luft war feucht und schwer. Dem Jungen lief der Schweiß über den engen Kragen, und er zog daran. Wie er diese Sachen doch hasste, die seine Großmutter aus einer alten grünen Kleidertruhe im Kinderzimmer seines Papas hervorgekramt hatte.

Der schwarze Anzug roch genau wie die Großmutter, wie die weißen Mottenkugeln auf dem Boden der Truhe. Er hatte noch nie zuvor Mottenkugeln gesehen, und das ganze Haus seiner Großmutter sah aus wie das in Katies Rotkäppchenbuch. Es lag noch tiefer im Wald als die Kirche, und es gab dort Petroleumlampen und eine Handpumpe vor dem Küchenausguss. Alles Neumodische war seiner Großmutter verhasst, wie sie betonte, und sie war auch der Meinung, dass Gott niemals Menschen zu sich nehmen würde, die nur auf der faulen Haut lagen. Abends zündete sie Kerzen an und die Öllampe auf seinem Nachttisch. Sie erinnerte ihn an die Campingurlaube mit seinem Papa. Alles im Haus seiner Großmutter war irgendwie unheimlich, sogar sie selbst, aber sie hatte ihn in die Arme geschlossen, als der Sozialarbeiter ihn eines Abends bei ihr abgeliefert hatte. Sie hatte unablässig geweint und so laut geschluchzt, dass er sich davor fürchtete und verstummte.

Draußen folgten die Menschen auf einem Kiesweg den Särgen dorthin nach, wo sich zwei viereckige Gruben auftaten wie hungrige Münder. Flauschig grünes Moos bedeckte die schrundigen Grabsteine mit den Jahreszahlen 1809, 1896 und 1937 als Sterbedaten. Er fragte sich, wie alt wohl seine Großmutter war. Sie hatte tiefe Furchen im Gesicht, und ihre blauen Augen waren nicht so blau wie die von seinem Papa, sondern blasser, als wäre die Farbe ausgeblichen.

Er stand neben ihrem Rollstuhl und sah nicht hin, als sie die Särge hinunterließen; den Gedanken an seine Familie dort unten, über und über bedeckt mit dieser roten Erde, ertrug er nicht. Stattdessen beobachtete er ein Krabbeln in den schütteren weißen Haaren seiner Großmutter, eine winzig kleine Spinne oder so etwas. Er wollte sie herauszupfen, traute sich aber nicht. Plötzlich fühlte er sich so traurig, dass er nur noch losheulen wollte, fürchtete aber, nie mehr aufhören zu können, wenn er erst einmal anfing. Alle anderen standen schweigend und ernst da, sie wirkten in ihren schwarzen Kleidern wie eine Schar andächtiger Krähen.

»Komm jetzt, Kind, es ist vorbei«, flüsterte seine Großmutter, als der Priester seine große schwarze Bibel schloss. »Die Frauen aus der Gemeinde haben eine Feier anlässlich des Heimgangs deiner Familie zu den Engeln im Himmel vorbereitet. Mach dir keine Sorgen, sie sind an einem wunderbaren Ort, wo es weder Angst gibt noch Not oder Mühsal.«

Er grübelte über das Wort Mühsal nach, während die Menschen durch das Tor unter der großen Eiche defilierten. Ihre Schritte knirschten auf den herabgefallenen Früchten. Sie begannen zu reden und zu lachen, als wäre ein Bann gebrochen. Andere Kinder rannten herum, spielten Fangen oder Verstecken, während die Frauen Essen auftrugen, aber er hatte keinen Hunger und keine

Lust zu spielen. Sie starrten ihn an, und am liebsten wäre er weit weg von ihnen.

Plötzlich vermisste er seine Familie so sehr, besonders Mama, und er wollte Auf Wiedersehen sagen. Er warf einen prüfenden Blick zu seiner Großmutter. Sie war mit den anderen Frauen beschäftigt, und so schlich er sich zurück durch das quietschende Eisentor. Er wollte allein sein und sich in Ruhe ausweinen.

Die Gräber waren noch offen. In den daneben aufgetürmten Erdhaufen steckten Schaufeln. Er schaute hinunter in die dunklen Gruben und fragte sich, wie seine Mutter in ihrem Sarg aussah. Sie war wirklich hübsch gewesen, mit vielen Sommersprossen und einem warmen, schönen Lächeln. Weil niemand sie nach dem Unfall sehen durfte, nahm der an, dass sie jetzt fruchtbar aussah, aber er war froh, dass Katie in ihren Armen lag. Allein in einem Sarg hätte sich die kleine süße Katie nur gefürchtet, bis endlich die Engel kommen würden. Sein Papa fühlte sich sicher auch einsam in seinem Sarg, und er wünschte, er wäre jetzt bei ihm.

»Na, wen haben wir denn da? Was treibst du denn hier, Kleiner?«

Drei Jungen standen hinter ihm. Sie grinsten ihn an, aber nicht so, als wollten sie mit ihm spielen. Sie waren ungefähr so alt wie er, aber größer. Erschrocken entfernte er sich ein paar Schritte und stand zwischen den Gräbern seiner Eltern.

»Los, Freddy, wir schubsen ihn runter! Du willst doch zu deiner Mami, oder?«

Der Junge sah ängstlich in die dunklen Gruben hinunter. »Nein, bitte nicht, ich will nicht.«

»Hast wohl Angst, du feiges Muttersöhnchen!«

Einer der Jungen kam von hinten und gab ihm einen kräftigen Stoß. Er wäre beinahe gestürzt, fing sich aber kurz vor dem Grabrand. Die anderen Buben schubsten ihn feixend herum, während Freddy nach einer Schaufel griff und nach ihm stieß, bis er das Gleichgewicht verlor. Er ruderte verzweifelt mit den Armen, konnte sich jedoch nicht mehr halten, sondern stürzte in die Grube und landete mit einem schweren Schlag rücklings auf dem Sarg seiner Mutter. Ihm stockte der Atem, und er sah nach oben in den blauen Himmel. Die Gesichter der Jungen erschienen. Sie wirkten erschrocken. Dann lachte Freddy. »Los, wir beerdigen ihn! Schnappt euch 'ne Schaufel!«

Rote Erdklumpen prasselten auf ihn hernieder, und er schrie und sprang so hoch, wie er nur konnte, versuchte, irgendwo Halt zu finden. Aber die Erde an den Grabwänden zerbröckelte unter seinen Fingernägeln, und ihm war klar, er würde nie wieder herauskommen. Voller Verzweiflung kniete er auf dem Sarg nieder und legte die Hände über den Kopf, während seine Peiniger ihn mit Erde zuschaufelten, immer schneller und immer mehr, bis er hüfthoch darin steckte. Dann stoppte die Erdlawine abrupt, und ein erschrockener Schrei drang gedämpft herunter. Freddy faselte etwas von einem Engel Gabriel, und sie rannten weg. Dann war alles still.

1

Glauben Sie mir, es gibt nichts Schlimmeres als das Leben einer Zwei-Dollar-Hure zur Weihnachtszeit. Sie wissen schon, das ganze Trallala und Wie wär's mit uns beiden, Baby? Natürlich bin ich nicht wirklich eine Hure. Ich bin Detective im Bezirk Canton am Ozarks-See, Missouri, und arbeite als Undercoverfahnderin im Prostituiertenmilieu, was heißt, ich treibe mich nach Einbruch der Dämmerung auf einem riesigen Lkw-Parkplatz am Stadtrand von Lebanon herum, mit nichts als einem zitronengelben Nackenträgertop und einem knappen Jeanshöschen bekleidet. Die in letzter Zeit gehäuft auftretenden Überfälle mit schwerer Körperverletzung auf Truckerhuren entlang der Interstate 44 hatten zur Gründung einer übergreifenden Sondereinheit zwischen sechs Bezirken geführt, um die Burschen zu schnappen, ehe sie noch zu morden anfingen. Da steh ich also nun hier und klappere mit den Zähnen.

Über meinem Outfit trage ich einen bodenlangen Webpelzfummel, so weiß wie frisch gefallener Schnee, was eindeutig ein Witz ist. Es bewahrt mich jedoch vor Unterkühlung, und ich kann meine Reize jederzeit interessierten Passanten präsentieren. Im Moment stakse ich vor einem schäbigen Motel und einer Kaschemme auf und ab, voller Trucker und echter Huren, die alle so aussehen wie ich oder noch schlimmer. Ich muss zudem ständig aufpassen, dass sich meine Beine unter den eleganten schwarzen Netzstrümpfen nicht blau färben. Ganz klar, als Nordstaatenhure musst du aus härterem Holz geschnitzt sein, als ich es bin.

Bis zum heutigen Abend war ich krankgeschrieben, ewig lang, monatelang tatsächlich, denn nach meinem letzten Fall sah ich ganz schön alt aus, und wenn ich das sage, dann meine ich wirklich sehr alt, ur-ur-alt. Rechts an der Schulter habe ich eine sechs Zentimeter lange Wunde von einem Hackmesser zur Erinnerung an jene Zeit, aber sie ist mittlerweile ganz verheilt. Und den Gips an meinem gebrochenen Schienbein habe ich vor zwei Monaten abbekommen, wirklich nicht verfrüht, glauben Sie mir. Das alles passierte letzten Sommer, als ich einem Schreckgespenst aus meiner Vergangenheit begegnete, das eine irgendwie ungesunde Fixierung auf mich hatte.

Aber das ist eine andere Geschichte, an die ich mich ungern erinnere, viel lieber erzähle ich von dem Mann, den ich im Zuge dieser Ermittlungen kennengelernt habe. Er mag mich sehr, und ich mag ihn auch, was nicht heißt, dass ich ihn liebe, aber es handelt sich um ein großgeschriebenes MÖGEN. Eigentlich kommt es mir nicht ganz geheuer vor, dass mein neuer Verehrer, Nicholas Black, auch schon mal stinkreicher Promi-Psychoschwätzer genannt, überhaupt die Zeit hat, sich mit einem normalen Mädchen wie mir abzugeben. Dabei bin ich nicht einmal sein Typ. Ich habe viel zu viele Narben und zu wenig Blondhaar mit Strähnchen, um ins Beuteschema eines Promis zu passen. Tatsächlich sind meine Haare kurz, honigblond und sonnengesträhnt, ich bin obendrein recht groß und hager-muskulös, weil ich Yoga und Kickboxen mache. Außerdem laufe ich täglich, wenn ich nicht gerade mit Schusswunden oder sonst was flachliege.

Nicht dass ich mich über Blacks Aufmerksamkeiten beklage. Immerhin hat er mich vor jenem bereits erwähnten Psychopathen gerettet, aber ich habe ihm zuerst das Leben gerettet, sodass wir jetzt quitt wären. Um ehrlich zu sein, er ist okay, außer dass er versucht, sich ständig in mein Leben einzumischen und meine katastrophale Kindheit zu analysieren, aber es wird schon langsam besser. Sei's drum.

In meinem Ohrknopf ertönte blechern eine männliche Stimme. »Du siehst echt heiß aus in diesem Höschen, Morgan, bis auf die Gänsehautknubbel zwischen den Maschen.«

Budweiser D. Davis ist mein geliebter Kollege, kurz Bud genannt, dieser redegewandte, makellos gekleidete, nach der Lieblingsbiermarke seines Vaters genannte Schlaumeier mit den goldbraunen Haaren und dem Südstaatenakzent. Doch er hat auch zur Rettung meines Lebens beigetragen. Was soll ich sagen? Ich muss mich einfach arrangieren mit diesen Burschen.

Ich sprach, zischte eigentlich mehr in das in meinem Megadekolleté verborgene Mikrofon: »Stell du dich mal hier nachts halb nackt bei Schneetreiben ins Freie; dann wollen wir mal sehen, wie schön blau du anläufst, mein Hübscher.«

Im Hintergrund hörte ich, wie die anderen Polizisten lachten. Meine Beschützer lauerten in dem neutralen Beobachtungswagen auf der anderen Seite des Parkplatzes. Gefilmt wurde ich auch. Wow, der Star des Abends. Hab ich wahrscheinlich der Tatsache zu verdanken, dass ich die einzige Polizistin in unserem Departement bin. Es gibt zwar eine andere Frau, Connie O'Hara, aber sie ist im fünften Monat schwanger und bauchfrei steht ihr zurzeit nicht besonders gut. Deshalb steh ich hier rum und frier mir einen ab mit Eis auf den Wimpern und einer Nase röter als die von Rudolph dem Rentier, aber auf meine ganz eigene verführerische Art.

Andererseits haben meine Männer und ich an diesem Abend aber auch schon achtundzwanzig Trucker, sechs Ehemänner sowie eine Lesbe festgenommen, die alle scharf auf ein schnelles Abenteuer waren. Da rentiert es sich schon mal, sich die Haut blau frieren zu lassen, aber irgendwie sehne ich mich doch zurück in Blacks Strandvilla auf den Bermudas, wo ich mich von meinen Verletzungen erholen durfte. Trotz allem ging mir vor einer Stunde der Gedanke durch den Kopf, dass es allmählich wieder Zeit wäre für einen neuen Mord, das Opfer vielleicht in einem Dampfraum liegend, mit einem beheizten Schwimmbecken und etlichen Whirlpools nebenan. Vielleicht schau ich ja später noch bei Black vorbei, um in seinem Wellness-Center aufzutauen. Zum Glück besitzt er eine Luxusferienanlage am See, Cedar Bend Lodge, mit einem gigantischen Penthouse für sich privat. Dort kann ich sämtliche Einrichtungen benutzen, wann immer ich will.

Bud sprach wieder in mein Ohr. »Hey, weißt du was, Morgan? Vor Kurzem ist eine Vermisstenmeldung eingetrudelt. Du bist doch sicher schon ganz scharf auf den Fall, oder?«

Mein Adrenalinpegel schoss in die Höhe. Hier im ländlichen Missouri galten Vermisstenfälle als ziemlich aufregend. Ich dämpfte meine Begeisterung jedoch, als ein Pick-up heranfuhr und vor mir anhielt. Ich flüsterte unter vorgehaltener Hand: »Klar bin ich das, aber bei mir stehen die Freier gerade Schlange. Einen Moment, bitte. Die muss ich noch abfertigen.«

Bud sagte: »Oki doki, aber beeil dich.«

Ich setzte meine Kommt-schon-ihr-Dumpfbacken-Miene auf, öffnete meinen falschen Trödler-Hermelin und stellte mich in Pose, damit meine steifgefrorenen Beine auch richtig gut zur Geltung kamen. Der nächste Freier würde möglicherweise zu Eis gefrieren, wenn er mich berührte, wie Mr Freeze in Batman. Aber vielleicht hatte er ja einen Heizofen in seinem Auto, an den ich mich anschmiegen könnte. Ach ja, wie heißt es doch in der Bibel so schön: Wenn ihr glaubt, werdet ihr alles bekommen.

Die beiden Typen in dem klapprigen Pick-up entschieden etwas zu spät, dass sie Interesse an mir hatten, und mussten das Lenkrad im letzten Moment herumreißen. Deshalb fuhren sie wohl auch gegen den Laternenpfahl mit dem Weihnachtsstern an der Spitze. Manchmal bringt mich meine Attraktivität in brenzlige Situationen.

Ich sah nach oben in den leichten Flockenwirbel, um zu prüfen, ob mir der Flitterkram nicht im nächsten Moment auf den Kopf fallen würde. Das wäre mal eine Schlagzeile: POLIZEI-

PROSTITUIERTE VON WEIHNACHTSSTERN PLATT GEMACHT. Dann warf ich mich geschäftsmäßig in Pose und machte mich an mein forsches, unter der Straßenlampe wartendes Duo heran.

»Na, ihr beiden Hübschen? Habt ihr Lust?« Sexy, kehlig und mit dem gewissen Etwas in der Stimme. Ich hab doch im Fernsehen auf HBO gesehen, wie die Huren das machen.

Der Typ auf dem Beifahrersitz sagte: »Na und ob, du süßes Zuckerschnäuzchen.«

Hä?

Meine Kollegen lachten mir herzlich ins Ohr. Und das wollen Profis sein! Ich hingegen, die einzige ernst zu nehmende Polizistin in diesem Haufen, ignorierte ihr Geflachse einfach und verzog keine Miene, sondern begann heftig mit meinen verschneiten Wimpern zu klimpern. Hoffentlich waren alle meine alten Narben und Schusswunden unter dem knappen Outfit verborgen. Manche Freier werden nervös, wenn sie meine Souvenirs aus früheren Schlachten zu Gesicht bekommen. Black ausgenommen. Er verschreibt einfach Schmerzmittel und rät mir, mich beim nächsten Mal wegzuducken. Er hat auch ein paar beeindruckende Narben aus seiner Armeezeit, könnte ich hinzufügen. Nicht dass wir uns beide Konkurrenz machen, oder so.

Zum Glück sah Billy Joe nicht auf meine Narbe von dem Hackmesser, sondern mehr als ein bisschen besorgt auf meine Beine. Er hatte überall jede Menge schmutzig blonde Haare, außer auf dem Kopf, und einen Rauschebart, in dem ein kleines Stückchen Salat aus einem Big Mac hing. Nicht mehr ganz taufrisch und vielleicht etwas Spezialsauce dran. Das Abendessen, nahm ich an. Ich hütete mich davor, es herauszuzupfen, und fragte mich, ob sein goldener Nasenring seine Nasenlöcher bei dieser Kälte zufrieren ließ. Definitiv mein Typ.

Der Fahrer lehnte sich herüber und meldete sich zu Wort. Meine Güte, noch so ein Traummann! Mit Gel aufgestellte Irokesenfrisur und Tattoos auf den schmutzigen Händen. Rennwagen, aus deren Auspuff Flammen schlugen, um genau zu sein. Ebenso charmant wie sein Kumpel sagte er selbstbewusst: »Willst du mit uns Party machen? Wir haben jede Menge Bier und Chips geladen.«

Mann, davon hab ich doch schon immer geträumt – zwei Prollsäcke, die ihren Knabbervorrat mit mir teilen möchten. Dann dachte ich an die tolle Party in den Zimmern des Motels hinter mir, wo zahlreiche freundliche Polizisten meine anderen Verehrer dieses Abends hüteten. Ich glaube, man kann das wohl als Party bezeichnen, wenn sich zumindest die eine Hälfte davon amüsiert.

»Ganz gewiss, Schätzchen. Was stellt ihr euch denn so vor?«

Der Beau am Beifahrerfenster gluckste gefühlvoll, oder aber ich hatte ihn einfach verlegen gemacht oder er war ein brünstiges Gnu kurz vor dem Ersticken. Ich wartete, bis er sich wieder gefangen hatte, atmete durch und fragte mich, ob seine hitzigen, weihnachtlichen Blicke meine eingefrorenen Kniescheiben erwärmen könnten.

Der Irokese am Steuer war gerade nicht ansprechbar. Er spuckte sich in die Hände und brachte seine leicht derangierte Frisur auf Vordermann. Eitle Männer scheine ich geradezu magisch anzuziehen. Der mit dem Nasenring hätte sich möglicherweise auch aufgehübscht, wenn er nur gewusst hätte wie. Er beantwortete schließlich meine Frage.

»Nun, wir sind beide strunzgeil, und du weißt, was das heißt, Liebling?«

Ich verschwieg, was ich mir darunter vorstellte. Aber stellen Sie sich mal brünftige Bullen vor, Sie wissen schon, diese Stalltiere mit dreckigem Fell und stark riechend und all das.

»Hört mal, Ihr beiden. Ich habe ein nettes warmes Zimmerchen direkt in dem Motel da hinten.« Ich zeigte mit dem Kopf auf unsere provisorische Zelleneinheiten, rappelvoll mit bewaffneten Polizisten, die jeden Neuzugang mit freudiger Erwartung in Empfang nahmen.

Der Wagen schoss derart schnell rückwärts in eine Parklücke, dass er beinahe den Abfallbehälter an der Ecke mitgenommen hätte. Anscheinend waren die Jungs aufgeregt. Vielleicht sehe ich ja wahrhaft aus wie Pamela Anderson mit einer Glock 9 mm in meinem Goldlamétäschchen. Vielleicht bin ich eine Frau, die nicht halb bewusstlos daherkommt, und das ist genau das, was sie brauchen. Wenn ich es mir aber recht überlege, legten die in ihrem Liebesleben keinen Wert besonderen Wert auf eine Frau mit eigenen Empfindungen.

Ich stöckelte so elegant wie möglich auf sie zu. Allerdings trete ich mit Wollsocken und hohen Nikes graziler auf als in Netzstrümpfen und schwarzen Lackstilettos. Der mit dem Nasenring öffnete die Tür und stieg aus, um unter der Straßenlampe mit mir zu verhandeln. »Wie viel müssen wir denn für die warme Bude und diesen heißen Körper hinblättern?«

Kurze Bedenkzeit. Was soll ich nun für diese beiden Volltrottel kosten? Donald Trumps Gesamtbesitz und dazu noch die Paläste von Königin Elisabeth, Prinz Charles und Camilla Parker Bowles sowie sein bestes Polopferd mit inbegriffen. Nicht annähernd genug. Ich beobachtete sie kritisch. Wie Mr Trump sahen sie nicht gerade aus. Um sie nicht abzuschrecken, sagte ich schließlich: »Zwanzig Dollar pro Nase? Wär' das was?«

Beide wirkten sie wie geschockt, und der Fahrer hatte die Zündung nicht abgestellt. Oh! Vielleicht hatte ich meine Reize doch überschätzt. Aber ich wusste, dass alles gut war, als der Nasenringbock über und über zu strahlen begann und ausrief: »Super, toll! Passt!«

Super, toll, und sucht schon mal die Nummer von eurem Anwalt raus. Ich präsentierte meine perlweißen Beißerchen mit einem sexy durchtriebenen Lächeln und ließ meine rechte Hüfte aus meinem weißen Mantel hervortreten, um den soeben gemachten Deal zu besiegeln. Eigentlich lächelte ich deshalb, weil ich gleich reingehen und mich auf den Heizkörper setzen würde, wo bereits vier grinsende Polizisten mit gezückter Waffe im Badezimmer auf uns warteten. Es war unfair, weil sie allein den ganzen Spaß mit der Festnahme hatten und sich an den fassungslosen Blicken weiden konnten. Ich war nur fürs Stöckeln zuständig. Ich winkte in Richtung Motel. »Also los, Jungs. Der Himmel ist gleich nebenan, und ihr dürft beide mit mir kommen.«

Die geballte Faust von dem Typen landete so plötzlich und mit solcher Wucht in meinem Gesicht, dass ich nicht reagieren konnte. Ich taumelte und hatte Sternchen vor Augen, als er mich vorne am Mantel packte und mit dem Kopf voraus auf den Beifahrersitz beförderte. Dann sprang er hinterher und knallte laut die Tür zu.

Der Typ am Steuer brüllte: »Was zum Teufel soll das denn jetzt, Leroy?«

Leroy sagte: »Halt's Maul und gib Gas, Ethan!« Mich packte er an den Haaren und sagte: »Du kommst jetzt mit uns, Baby. Uns wirst du nie wieder vergessen.«

Das brachte mich blitzschnell zur Besinnung, und ich begann, wie wild um mich zu schlagen, als Ethan bereits das Gaspedal durchtrat und mit kreischenden Reifen losbrauste. Nach kurzer Fahrt packte mich Leroy am Hals und schlug mir ins Gesicht, aber ich wehrte mich nur umso mehr, suchte verzweifelt, an die Waffe in meiner Handtasche zu kommen. Ethan kurvt herum und brüllte: »Warum machst du das, Leroy? Lass sie doch! Sie hat nichts getan!«

Ich landete einen Faustschlag auf Leroys Mund. Er fluchte heftig und versuchte, meinen Kopf gegen das Armaturenbrett zu knallen. Da entdeckte ich den Stiletto, der mir im Eifer des Gefechts vom Fuß gerutscht war. Ich packte ihn und rammte den Zehn-Zentimeter-Absatz mit aller Gewalt in den Schoß des Fahrers. Ethan schrie auf, mit so hoher Stimme wie Beverley Sills in Aida. Dann verlor er die Kontrolle über den Truck, sich windend und brüllend vor Schmerz, bis wir frontal gegen ein parkendes Auto fuhren. Die Wucht des Aufpralls warf mich auf den Boden und Leroy gegen die Windschutzscheibe. Mit blutender Stirn fiel er zurück in den Sitz. In dem Moment hatte ich bereits meine Waffe geschnappt und den Lauf zwischen seinen blinzelnden Augen auf die Stirn gedrückt.

»Du wirst mich auch so schnell nicht vergessen, Drecksack«, presste ich hervor, woraufhin jedoch beide Türen aufgerissen wurden und etwa ein Dutzend meiner Kollegen meine beiden Kontrahenten aus dem Auto rissen und mit gespreizten Beinen auf den Boden warfen.

Dann tauchte Bud neben mir auf. »Alles okay, Claire? Mann-o-Mann, es geschah alles so plötzlich!«

Ich steckte die Waffe zurück in meine Handtasche. »Dieser Vollidiot hat mir ins Gesicht geschlagen. Ich war völlig perplex.«

Während ich aus dem Führerhaus kletterte, besah sich Bud meine Blessuren. »Ich seh's schon, deine Backe wird schon blau, aber es blutet nicht stark. Wie konnte das nur passieren?«

»Sie haben sich blöd gestellt, und ich bin drauf reingefallen, das ist passiert. War nur eine Sekunde lang unachtsam, aber das hat gereicht. Kommt nicht wieder vor.«

Ich setzte mich auf den Bordstein und sah zu, wie meine Freunde den beiden Ganoven Handschellen anlegten, um sie dann abzuführen. Der mit der Stilettowunde jammerte noch immer und faselte was davon, dass er noch so gern Vater geworden wäre. Ich fasste mir an die Wange und zuckte zusammen, aber es blutete nur wenig. »Diese High Heels sind echt praktisch, Bud. Vielleicht sollte ich ständig so was tragen.«

Bud sagte: »Genau. Vielleicht besorg ich mir auch ein Paar.«

Wir grinsten, ehe er besorgt fragte: »Bist du sicher, dass es dir gut geht?«

Ich stand auf. »Alles okay. Er hat mich nur leicht getroffen. Los jetzt, war zwar spaßig hier, aber machen wir uns auf die Suche nach unserem Vermissten, wer auch immer das ist.«

2

»Baby, hilf mir hier raus, und es wird doch noch was mit uns!«

Judy, die Lesbe, die mit Handschellen in unserem Polizeitransporter saß, versuchte weiter, mich zu umgarnen. Ich ging nicht darauf ein, lächelte aber höflich, um ihre Gefühle nicht zu verletzen, und tupfte die kleine Platzwunde auf meiner Wange mit einem Kleenex ab. Heilfroh, endlich der Kälte entronnen zu sein, nahm ich auf dem Beifahrersitz von Buds weißem Bronco Platz und knallte die Tür zu. Eine Minute später glitt er auf den Fahrersitz neben mich.

»Du wirst diese Judy doch raushauen, oder wird Black dann eifersüchtig?«

Dieser Bud. Wirklich zum Schießen. »Ich glaub nicht. Aber ich kann ein gutes Wort für dich bei ihr einlegen, falls du es mal versuchen willst.«

Bud grinste und startete den Motor. Das Auto war so kalt, dass unser Atem gefror und als Wolke im Raum stehen blieb. Bestimmt waren es zwanzig Grad minus, bei fallender Tendenz. »Willst du nicht mal ein bisschen einheizen, Mann?«

Bud drehte die Heizung voll auf, und es blies mir eiskalt mitten ins Gesicht. Ich lenkte den Luftzug auf ihn und stellte meinen Pelzkragen hoch. Im Radio knisterte und jaulte eine Störung, und Bud nahm das Handy vom Armaturenbrett.

»Ja. Davis hier.«

Jacqee, die superintelligente Tochter des Sheriffs, war dran; sie war über die Feiertage von der University of California aus Los

Angeles nach Hause gekommen. »Ihr kümmert euch also jetzt um die Vermisstenmeldung, oder was?«

Bud stellte das Handy stumm, und seine großen grauen Augen sahen mich flehend an. »Claire, wir haben diese ganze verdammte Nacht lang hier draußen geschuftet. Du hast eben eins über die Mütze bekommen. Sollen sich doch die anderen darum kümmern.«

»Du weißt, ich bin okay. Jetzt sag ihr schon, dass wir die Sache übernehmen.«

»Du wirst dich bei Nick verspäten.«

Ich warf ihm einen Blick zu, der Bände sprach.

Bud runzelte die Stirn und schaltete wieder auf laut. »Okay, Morgan und ich sind unterwegs. Schieß schon mal los.«

Jacqees Stimme klang hörbar gereizt. »Hat ja ewig gedauert, bis ihr euch entschieden habt. Ich bin mitten in meinem Pilatesprogramm und werde ganz steif, wenn ich nicht bald weitermachen kann.«

Bud und ich rollten gleichzeitig mit den Augen, ein Team in jeder Hinsicht, verzichteten aber auf einen Kommentar. Immerhin war Jacqee die Tochter des Sheriffs, und er liebte sie viel zu sehr, als dass er sie gefeuert hätte, und wenn sie noch so dumm daherredete.

»Also, hört zu, da rief diese Nachbarin an und sagte, die Haustür von einem Typen mit dem Namen Simon so-und-so würde offen stehen, und das bei dem vielen Schnee und so. Könnt ihr euch vorstellen, dass wir heute Nacht noch dreißig Zentimeter dazu bekommen sollen? Wär' ich doch bloß zurück in L.A. Ich könnte den ganzen Tag am Venice Beach liegen und meine Bräune pflegen und den Typen beim Volleyball zusehen. O ja, sie sagte noch, sie hätte auch Blut gesehen.«

»Hast du die Streife informiert?« Wir halfen Jacqee bei den Abläufen stets auf die Sprünge. Sonst würde sie einfach nicht dran denken. Sie würde auch ihren Namen vergessen, wenn sie keinen

Führerschein mit ihrem Konterfei und einen Stapel von Daddys Kreditkarten zum Nachsehen hätte.

»Schlaumeier! Daddy hat mir genau erklärt, wie das so läuft bei der Polizei. Da ist schon jemand vor Ort, ich hab seinen Namen vergessen, und er sagt, es sieht so aus, als hätte es einen Kampf gegeben.«

»Roger. Alles klar«, sagte Bud und murmelte dann etwas in seinen Bart, was so klang wie blöde Ziege. »Ich bin heilfroh, wenn die Ferien vorbei sind und die Kleine wieder in ihren 24-Stunden-Bräunungsmodus zurückkehrt.«

Ich sagte: »Geht mir genauso. Und danke.«

»Und wer darf die Sache ausbaden? Ich. Du weißt, was Charlie gesagt hat. Du sollst ausschließlich Revierdienst schieben, bis der Doktor dich kerngesundschreibt.«

»Und wenn ich stundenlang nachts in dieser Kluft auf den Strich gehe? Nennst du das auch Revierdienst? Hey, da beiß ich doch gern in den sauren Apfel und übernehme lieber jeden Vermisstenfall.«

Das Schneechaos hatte sich den ganzen Tag über angekündigt, aber nun ging es wirklich los. Die Flocken wirbelten wie wild und klatschten als große, nasse Flecken gegen die Windschutzscheibe, als wir auf den Highway 54 einbogen und in Richtung der Stadt Eldon fuhren. Die Brückenbogen waren mit blinkenden Lichterketten weihnachtlich dekoriert, rot, blau, grün und weiß, und im Outlet-Center nahe dem See drängelten sich unzählige über und über bepackte Menschen, die einen Großteil ihres Jahreseinkommens in Einkaufstaschen wegschleppten. Ich hatte es nicht so mit dem Einkaufen, musste aber Geschenke für ein paar Leute besorgen. Mein größtes Problem war Black. Verflixt, was kauft man nur einem Multimillionär? Der Mann hat Geld wie Heu, das er auch gern mit vollen Händen ausgibt.

»Bud, was glaubst du, kauft Donald Trumps Frau ihrem Mann zu Weihnachten?«

Bud sah mich von der Seite an. »Viagra?«

Ich musste lachen. Das Zeug brauchte Black definitiv nicht. Und Donald vielleicht auch nicht. Ich dachte an den letzten Abend in Cedar Bend Lodge in Blacks Privatgemächern mit dem palastartigen schwarzen Marmorbad. Die Erinnerung an eine kleine Episode in der mit einem warmen Schaumbad gefüllten riesigen Wanne ließ mich plötzlich erschauern. Peinlich berührt machte ich Buds Heizung für das kalte Prickeln verantwortlich. »Wie lange dauert es denn, bis diese Kiste endlich auftaut?«

Bud hielt die Hand gegen den Luftstrom. »Fühlt sich für mich warm an.« Er lenkte die Düsen wieder in meine Richtung. »Warum eigentlich die Trump-Frage? Findest du nichts Passendes für den Guru?«

Bud nannte ihn immer so, weil er doch als Psychiater so berühmt war. »Wie wär's mit einer neuen Couch? Vielleicht haben die vielen reichen Patienten die alte schon durchgelegen?«

»Ja, aber das hab ich ihn schon gefragt.«

Bud bremste vor einer Ampel ab und wischte die beschlagene Scheibe frei. Er stellte die Scheibenheizung an. »Wie wär's mit diesem Buch, das du mir geschenkt hast? Es ist super.«

Ich hatte schon ein Buch für Black. Ich weiß nicht warum, aber ich verschenke gern Bücher. Nicht weil ich selber so viel las, sondern weil ich mich schwer auf Menschen einlassen konnte und oft nicht wusste, was sie gern hätten. Bud und Black und mein guter Freund Harve waren die Einzigen, für die ich ein Geschenk brauchte, außer natürlich meine Tante Helen, die aber in Wirklichkeit gar nicht meine Tante war. Und O'Hara würde ich wohl auch etwas schenken müssen, weil sie die einzige Frau außer mir im Departement war. Vielleicht was für das neue Baby.

»Da geht's ab, oben links.«

Nach ungefähr zehn Minuten auf vereister Schotterpiste irgendwo am Ende der Welt sahen wir einen unserer dunkelbraunen Funkstreifenwagen, dessen Blaulicht in der Dunkelheit noch rotierte. Die Schneeflocken erschienen dadurch in einer Art Heiligenschein, ein golden pulsierender Effekt. Und der Schnee blieb allmählich liegen und legte sich wie Zuckerguss über die Landschaft.

Wir parkten hinter den Streifenwagen und stiegen aus. Der für die Tatortsicherung zuständige Beamte kam uns entgegen, Al Pennington, ein relativ neuer Kollege. Er war angezogen wie Bud, trug einen braunen Polizeiparka mit Kapuze, Lederstiefel und eine schwarze Strickmütze mit Sheriffslogo vorne drauf. Ich beneidete ihn um diese Klamotten, als ich ihm in meinen mittlerweile sehr geschätzten, leicht blutbefleckten Stilettos entgegenstöckelte. Seine militärisch kurzen blonden Haare waren unter der Mütze verborgen, einschließlich der beeindruckenden Narbe, die von einer Kopfverletzung aus seiner Zeit bei der Air Force herrührte. Seine insgeheim stets belustigt blickenden blauen Augen taxierten mich von oben bis unten. Dieses Mal schienen sie sich über mich zu amüsieren.

Er sagte: »Hübsches Outfit. Kaum vorstellbar, was du unter diesem Mantel anhast.«

»O ja, ich kann es mir selbst kaum vorstellen.«

»Hast du eins aufs Auge bekommen?«

»Ja, aber nicht schlimm. Was ist hier los?«

Pennington sah auf das Haus. »Ein Vermisstenfall möglicherweise. Ein gewisser Simon Classon. Die Nachbarin von unten hat uns alarmiert.« Ich überlegte, ob ich den Namen vielleicht kannte, während mein Blick, Penningtons ausgestrecktem Zeigefinger folgend, auf ein etwa 45 Meter weiter unten an der Straße gelegenes Haus fiel.

»Wer ist diese Nachbarin?«

»Eine Lady namens Edith Talbott. Sie lebt allein und kann wegen Rückenproblemen schlecht laufen. Von daher ist sie fast immer zu Hause. Sie sagt, als sie rausging zum Briefkasten, fiel ihr auf, dass Classon seine Zeitung schon länger nicht reingeholt hatte. Da hat sie den Briefkasten aufgemacht und gesehen, dass sich auch seine Post darin stapelte. Also ist sie mit ihrem Golfwagen hier hochgefahren, um nach dem Rechten zu sehen. Ihr fiel auf, dass Classons Haustür offen stand. Zur Veranda konnte sie nicht rauf, aber sie meinte, da wäre Blut auf dem Boden gewesen. Das hat sie beunruhigt, und sie fuhr nach Hause und rief uns an.«

»Und ist es tatsächlich Blut?«

»Sieht ganz danach aus. Ich hab die Spurensicherung schon mal alarmiert. Sie sind jederzeit bereit, falls du sie brauchst.«

»Warst du drinnen?«

»Ja, schon allein, um zu sehen, ob es Verletzte gibt. Mir fiel aber nichts auf, abgesehen von der Sache im Flur.«

»Wohnt außer ihm noch jemand hier?«

»Der Nachbarin zufolge lebt er allein.«

»Okay, den Rest übernehmen wir. Gute Arbeit, Pennington.«

Bud zog seine braunen Lederhandschuhe an und setzte sich auf dem verschneiten Gehweg in Bewegung. Wir hinterließen Fußabdrücke in dem feinen Pulverschnee. Meine sahen aus wie von einer Art zweizehigem Schreikranich, der hier herumstakste. Buds sahen aus wie die des Riesen Bigfoot. »Schade, dass nicht schon früher Schnee lag. So hätten wir vielleicht ein paar Fußabdrücke bekommen.«

»Ja, aber vielleicht haben wir ja Glück und finden trotzdem noch welche.«

Das Haus im Kolonialstil war aus grauem Stein gemauert, die Brüstung der vorderen Veranda mit einem Gitterwerk aus weißen Latten verkleidet. Es sah aus wie angefrorener Efeu, der sich jedoch Mühe gab, bis zum Frühjahr durchzuhalten. Vier Stufen führten zur umlaufenden Veranda hinauf. Wir blieben davor stehen und knipsten unsere Taschenlampen an. Auf den Stufen war nichts zu sehen, dennoch schritten wir vorsichtig dicht am Geländer entlang nach oben, falls jemand so nett gewesen war, uns eine Fußspur zu hinterlassen.

Im Flur brannte Licht, sodass ein warmer gelber Schein über die Veranda fiel. Davor lag eine saubere Fußmatte mit einem weißen Engel auf schwarzem Hintergrund, der in eine goldfarbene Posaune blies. Unter dem Engel stand in roter, geschwungener Schrift *Merry Christmas* zu lesen. Auch der Türklopfer hatte die Form eines Messingengels. Ich ging einen Schritt um die Matte herum, zog meine Stilettos aus und legte die Plastiküberzieher an. Fehlten nur noch die Latexhandschuhe, die Bud mir eben reichte.

Drinnen im Haus war es kuschelig warm, trotz der offenen Haustür. Neben der Treppe, die in den ersten Stock hinaufführte, hing ein kleiner Lüster mit zahlreichen Kristallprismen. Sie klirrten leise in der kalten Luft, die von der Tür hereinwehte. Dicht bei der Treppe stand ein fernöstlicher Tisch, darauf ein rotes Telefon mit Anrufbeantworter. Auf einem Sockel im hinteren Bereich des Flurs stand ein hoher weißer Engel mit ausgebreiteten Flügeln. Die Wand neben dem Treppenaufgang zierten ungefähr zwanzig Bilder, ausschließlich Engeldarstellungen bei der Verrichtung einer guten Tat.

Bud sagte: »Oops, wir haben uns verfahren und sind im Himmel gelandet.«

»Denkste, die Straßen draußen sind nicht mit Gold gepflastert.«

»Engel mochte dieser Classon offensichtlich ganz besonders.«

»Meinst du?« War das jetzt Sarkasmus? Klar doch, is 'ne Spezialität von mir.

Ich warf einen Blick auf das Blut auf dem Eichenparkett. Es war im Spritzmusterdesign gehalten. Einer Sonneneruption ähnlich, die an einer Seite hervorbrach. Ich ging in die Hocke und besah mir die Sache näher. Der Blutfleck war nicht frisch. Mindestens zwei oder drei Tage alt, schätzte ich. So wie es aussah, war ein Schlag mit einer Art Knüppel im Spiel gewesen, vielleicht mit dem massiven Engeltürstopper, welcher der Länge nach auf dem Boden lag; daran befand sich ebenfalls getrocknetes Blut. Verstehen Sie, warum ich Detektivin geworden bin? Meine deduktiven Fähigkeiten sind enorm.

»Sieht so aus, als hätten wir die Mordwaffe schon gefunden. Wenn es denn einen Mord gab.« Bud ist auch ’ne ziemliche Spürnase.

Schleifspuren waren keine zu sehen, weder im Flur noch auf der Treppe oder zur vorderen Veranda hinaus. Ach ja, der runde Teppich wies auch Blutflecken auf, direkt auf dem Gesicht eines eingewebten Engels mit blonden Haaren. Ich lauschte auf etwaige Posaunen- und Harfenklänge, hörte aber nur das Geräusch eines Fernsehers aus dem oberen Stockwerk.

»Besser wir sehen uns noch mal um, falls Pennington etwas übersehen haben sollte.«

Zum zweiten Mal an diesem Tag holte ich die Glock aus meinem Goldtäschchen. »Ich geh nach oben. Übernimm du das Erdgeschoss.«

Ich schlich die Treppe hoch, immer noch nach Harfenklängen lauschend. Oben stellte ich fest, dass sich der Fernseher irgendwo rechts von mir den Flur entlang befand. Stimmen. Gelächter vom Band. Eine TV-Komödie. Klang wie die x-te Wiederholung von *Alle lieben Raymond.* Ich ging darauf zu. Die Geräusche kamen offenbar aus dem großen Schlafzimmer, dessen Tür offen stand. Der Apparat stand auf einem Regal links von einem hohen Himmelbett aus Kirschbaum. Auf dem Nachttisch stand eine kleine Leselampe. Klar, dass auch sie ein Engel zierte, und der Engelsschirm war etwas zum Bett ausgerichtet, als bräuchte jemand mehr Licht zum Lesen. Die Tagesdecke in blau-weißem Toile-de-Jouy-Dessin war zurückgeschlagen, einschließlich eines weißen Lakens und einer blauen Steppdecke. Toile de Jouy? Für einen Mann? Etwas stimmte hier nicht. Obenauf lagen ein Buch, Hardcover, und eine schwarze Halbbrille, als ob Simon Classon im Bett gelesen hätte. Auf dem Bett lag eine Zeitung mit der Kreuzworträtselseite nach oben gefaltet. Ich warf einen Blick auf das Datum. Drei Tage alt. Pennington zufolge habe seine Nachbarin noch ein paar Zeitungen in Classons Briefkasten gefunden, was helfen könnte, den Tag seines Verschwindens zu datieren. Mein Bauchgefühl sagte mir, dass es sich hier um mehr handelte als um einen Vermisstenfall und dass Classon von allein nicht wieder auftauchen würde. Möglicherweise hatte jemand geklingelt, und er war nach unten gegangen, um zu öffnen. Möglicherweise jemand, den er kannte. Möglicherweise war der Täter so ins Haus gekommen. Ergab Sinn.

Ich beugte mich nach unten und sah auf den Titel des Buchs. *Engel über uns: Alles, was Sie über Angelologie wissen müssen.* Angelologie? Sah immer mehr danach aus, als hätte da jemand eine ganz ungesunde Obsession mit den himmlischen Heerscharen. Vielleicht handelte es sich ja um einen Priester. Oder dieser Bosley aus *Drei Engel für Charlie,* der stets dabei war, wenn Charlie anrief, um den Engeln ihre Aufträge zu erteilen. Ich schaute mich um, ob nicht vielleicht irgendwo ein gerahmtes Bild von drei klapperdürren kichernden Tussis in knappem Outfit herumhing, aber da war nichts.

Ich ging zum Schrank, stellte mich mit der Glock im Anschlag seitlich davor und riss die Tür auf. Die Kleider darin machten sich über mich und meine Riesenkanone lustig. »Na ja, man weiß ja nie, was einem von so einem Schrank heraus anspringen kann«, murmelte ich zu meiner Entschuldigung. Mitunter hatte ich schon wahre Monster in Schränken gefunden. Ich entdeckte mehrere gestärkte weiße Smokinghemden, Tweedjacketts mit Lederflicken am Ellbogen und traditionell gemusterte Pullover aus Schottland. Auf dem Bord darüber lagen ein paar Basecaps, aber kein einziger Heiligenschein. Es gab auch keine Frauenkleider; offensichtlich lebte Classon allein. Ich fragte mich, ob er eine Freundin hatte und wo sie war, als der Türstopper so grässlich mit Blut verunstaltet worden war.

Es gab noch zwei weitere Schlafzimmer, kleiner und weniger benutzt, sowie ein einziges altmodisches kleines Bad. Die Räume waren sauber und ordentlich, die Schubläden größtenteils leer, abgesehen von ein paar herumliegenden Sachen hier und dort.

Alles war mit Engeln dekoriert, und ich meine wirklich alles, überall, von zierlichen kleinen Engelfiguren und Büchern über das Thema Engel bis zu Engeltapeten, Engelhandtüchern, Engelduschvorhängen, Engelnachttischlampen. Ganz klar der Himmel auf Erden. Entschuldigung, heiliger Petrus, wo finde ich denn die Schlafsäle der Cherubinen? Ich konnte es in der Tat kaum mehr erwarten, diesen Mr Classon kennenzulernen. Ob er vielleicht Harfe spielte oder Flügelausbuchtungen unter den Armen hatte?

Ich befand mich auf halbem Weg auf der Treppe, als ich Bud kurz aufschreien hörte. Sofort rannte ich los, fand ihn aber gesund und wohlbehalten in der Küche vor dem Spülbecken stehend. Die Tür darunter stand offen, und er wirkte leicht düpiert.

»Was ist los?« Mein Blick fiel auf ein gelbes Fensterrollo mit Engeldekor und dazu passenden Platzsets und, sie hingen am Kühlschrank, auf ein Paar roter Engeltopfhandschuhe.

»O Mann, ich hab hier nur die Tür aufgemacht, da wimmelte plötzlich alles nur so von Spinnen. Scheiße.« Er schüttelte sich.

Auf dem Revier ist es allgemein bekannt, dass Bud einen Horror vor Spinnen hat wie überhaupt vor allem Krabbelgetier. »Hast du sie tot gemacht?«

»Ach was, nein. Sie waren viel zu schnell weg. Gott, wie ich diese Mistviecher hasse.«

»Wer bist du denn? Das kleine Fräulein Muffet?«

Er wirkte beleidigt, also sagte ich besänftigend: »Sie sind winzig klein, Bud, ein Tritt mit deinen Riesentretern genügt, und sie sind mausetot.«

»Ich weiß, ich weiß, aber igitt, sie sind so widerlich. Hast du jemals eine dieser Großaufnahmen gesehen? Ihre Augen stehen auf Stielen hervor wie auf Antennen, und überhaupt, und diese Stachel, die sie in dich reinbohren. Und lass dir eins gesagt sein, sie sind überhaupt nicht winzig klein. Bei uns daheim in den Wäldern von Georgia gibt es welche, die sind so groß wie Untertassen. Sie sind schnell wie der Blitz und greifen dich an. Hab ich mit eigenen Augen gesehen.«

»Dann knall sie doch einfach ab. Ich würde erst die Krise kriegen, wenn sie so groß sind wie eine Katze. Das wäre echt unheimlich.«

Bud schüttelte sich angesichts dieser Vorstellung.

Ich sagte: »Hast du da drunter schon nachgesehen? Lass mich mal.«

Dieses Mal wirkte er leicht beschämt. »Noch nicht. Ich wollte erst ein Insektenspray suchen.«

»Du lieber Himmel, Bud.«

Ich ging auf die Knie und leuchtete mit der Taschenlampe in die dunklen Ecken. »Oh, sieht fast so aus, als hätte Mr Classon seinen Hausputz vernachlässigt. Spinnweben, so weit das Auge reicht.«

»Ja? Hab ich doch gesagt.«

Ich leuchtete in eine andere Richtung auf ein in Folie verpacktes, zwischen die Rohre geklemmtes Paket. »Boah, jetzt aber, was haben wir denn da?«

Ich stieß mit der Taschenlampe ein paar Spinnweben beiseite und zog das Päckchen hervor. »Wenn das nicht mindestens ein halbes Kilo Kokain ist, obendrein hübsch portioniert in kleinen Plastiktütchen. Sieht so aus, als wäre Classon alles andere als ein Engel.«

»Du hältst ihn für einen Dealer?«

»Genau. Oder er hortet das Zeug für schlechte Zeiten.«

»Pennington hätte das eigentlich finden müssen.«

»Vielleicht hat er ja auch Angst vor Spinnen.«

Ich stand auf, und Bud knallte die Tür mit der Fußspitze zu. »Oben alles klar?«

»So weit ja. Vermutlich las er gerade ein Buch, als unten jemand klopfte. Er ging wohl hinunter, um nachzusehen, und sie attackierten ihn im Flur. Vermutlich einer seiner nicht so netten Kunden.«

»Kann sein. Möglicherweise war er ihnen zu teuer. Ich lass seinen Namen überprüfen. Vielleicht landen wir ja einen Treffer.«

»Okay. Und ich versuche, ein Adressbuch mit Namen von Freunden und Verwandten zu finden. Wir müssen seine nächsten Angehörigen informieren. Dann brauchen wir noch die Aussage der Nachbarin, ehe wir von hier verschwinden. Für mich sind hier Drogen im Spiel, und wo auch immer Classon sich befindet, er steckt tief in der Scheiße.«

»Glaub ich auch. Es sei denn, er ist gestürzt, hat sich den Schädel am Türstopper eingeschlagen und ist selbst ins Krankenhaus gefahren. Das wäre eine Möglichkeit. Oder ein paar befreundete Engel haben ihn hingeflogen.«

»Ruf sämtliche Kliniken an, wenn du schon dabei bist. Damit wir das ausschließen können.«

»Klar. Bin schon dabei.«

3

Nachdem sich herausgestellt hatte, dass Simon Classon in keiner Klinik lag, war der Fall für uns klar. Es handelte sich um einen Überfall und das Opfer wurde vermisst. Wir sicherten die Beweismittel und riefen unseren leicht durchgeknallten, aber hocherfahrenen Kriminalisten Johnny Becker, genannt Shaggy, an, um ihn mit der Spurensicherung am Tatort zu beauftragen. Bis wir die spiegelglatte Straße hinuntergeschlittert und zur Veranda der Nachbarin hochgestapft waren und ich den Schnee von meinen Stilettos getreten hatte, war es schon fast zehn Uhr.

Bud sagte: »Wir lassen diese Lady lieber nicht sehen, was du drunter anhast. Sonst hält sie dich noch für ein Flittchen und knallt uns die Tür vor der Nase zu.«

»Wenn du die Tasche mit meinem Trainingsanzug, den Nikes und den Thermosocken mitgenommen hättest, wie vereinbart, hätte ich mich schon längst umziehen können und würde mir hier nicht die Zehen in diesen lächerlichen Tretern abfrieren.«

»Hab ich in der Eile einfach vergessen. Tut mir leid. Willst du meine Jacke?«

»Behalt sie lieber mal. Die passt nicht zu meinen schwarzen Netzstrümpfen.«

Das Haus war ein alter Bungalow im Stil der 40er-Jahre, verputzt und mit gelben Wänden sowie einem freitragenden Balkon direkt über der Eingangsveranda. An einem Ende stand eine bunt gemusterte Schaukel, die nun eingeschneit war und sich nach Julinächten mit Glühwürmchen sehnte. Es gab keine Sturmtür, nur eine alte Holztür, die vermutlich ursprünglich zum Haus gehörte. Sie hatte ein rechteckiges Fenster aus Milchglas, und nach wenigen Minuten öffnete sie sich einen Spalt weit, der gerade mal so groß war, dass ein Blatt Papier durchgepasst hätte.

»Ja bitte?« Ein feines Omastimmchen klang so, als wäre sich die Alte nicht sicher, ohne gültigen Durchsuchungsbefehl überhaupt irgendjemanden in ihr Haus zu lassen.

»Mrs Talbott? Edith Talbott?«

»Ja?« Eine Spur weniger ängstlich, aber nicht viel. Die Tür ging gerade so weit auf, dass sich eine magersüchtige Raupe durchschlängeln könnte.

»Ich bin Detective Claire Morgan vom Sheriff's Departement Canton County. Und das hier ist mein Kollege, Detective Bud Davis.«

»Haben Sie Mr Classon schon gefunden?«

»Noch nicht, Ma'am.« Ich lächelte das blassblaue Auge an, das nun durch den Spalt lugte. »Wir dachten, Sie könnten uns dabei helfen, ihn zu finden.«

»Ich weiß nicht, wo er ist. Ich hab ihm nichts getan. Ich kümmere mich um meine eigenen Angelegenheiten und erwarte dasselbe von ihm.«

Bud sagte: »Ja, Ma'am. Wir würden Sie nur gern für ein, zwei Minuten sprechen.«

»Dann schießen Sie schon los. Sprechen Sie mit mir.«

»Hier draußen ist es verdammt kalt, Ma'am.« Wie zum Beweis dafür schlug Bud ein paar Mal kräftig die behandschuhten Hände aneinander und stieß eine Atemwolke von sich.

»Wollen Sie mich nun dafür auch verantwortlich machen, oder? Ich meine, in dieser Jahreszeit muss man mit so einem Wetter rechnen. Im Winter ist es kalt, und manchmal schneit es auch.«

Bud warf mir einen Manometer-die-nervt-Blick zu, und dann äugten wir beide zu dem Auge in der Tür. Es zwinkerte. Zweimal.

»Dann lassen Sie doch mal Ihre Abzeichen sehen. Ich schau genug fern und weiß, mit welchen Tricks Mörder arbeiten. Und ich weiß auch, wie Spielzeugabzeichen aussehen.«

Wir zückten die Abzeichen und zeigten sie dem Zyklopen.

»Nun, die dürften okay sein, aber sicherheitshalber rufe ich doch lieber noch beim Sheriff an. Ist ein bisschen spät am Abend, um bei wildfremden Menschen aufzutauchen, ohne vorher anzurufen, meinen Sie nicht? Sie bleiben, wo Sie sind, und machen keine Faxen.« Die Tür knallte uns auf die Nase, ein Schloss klickte, dann noch zwei weitere.

»Zum Teufel noch mal, da kommt man ja mit einer Handgranate leichter ins Oval Office.« Bud scharrte mit den Füßen, um sich warm zu halten, während ich brav weiterzitterte und in meine Hände blies, um meine erfrorene Nase zu wärmen. Meine verletzte Wange begann wehzutun.

Schließlich tat sich die Tür ganz auf und gab den Blick frei auf die misstrauische Mrs Talbott. Sie stützte sich auf eine große Krücke aus Aluminium mit gebogenem Griff und in den Farben rot, weiß und blau wie die amerikanische Flagge. Sie war klein, hutzlig und überaus proper wie Granny, die Großmutter aus *Silvester und Tweety*, haargenau bis hin zu ihrem weißen Dutt. Ich hielt nach einem Vogelkäfig Ausschau. Auf einem Tisch am Fenster zur Straße stand einer aus braunem Korbmaterial. Er war jedoch leer. Vielleicht hatte ja Silvester in der Zwischenzeit Erfolg gehabt.

»Tut mir leid, dass Sie in der Kälte warten mussten, aber in meinem Alter kann man nicht vorsichtig genug sein. Sie müssen wissen, ich bin schon siebenundachtzig. Und ich sehe regelmäßig die *New York Cops. Law & Order* ist auch ziemlich gut, und Gerichts-TV ist in meinen Augen der reine Bürgerservice. Da sieht man mal, wie Kriminelle mit uns Senioren umgehen. Deshalb hab ich auch meine Fenster vergittern und eine Alarmanlage einbauen lassen. Ich besitze ja keine Reichtümer, aber was mir gehört, gehört mir.« Sie sah uns trotzig an, und wir lächelten immer noch nett; schließlich waren wir ja auch große Fans dieser Sendungen. »Wir wissen Ihre Vorsicht sehr zu schätzen, Ma'am.« Darauf ließ sie uns endlich herein, und im Vergleich mit der Engelhölle von vorhin war ihr Umfeld eine reine Erholung. Kein einziger Cherubim oder Seraphim in Sicht. Es gab viele Bücher, Zeitungsstapel und ein großer, auf stumm geschalteter Fernseher, in dem gerade *Sex and the City* lief. Hm. Mrs Talbott hatte offenbar noch jede Menge Temperament.

»Also dann setzen Sie sich schon, und ich mach uns einen Tee. Kaffee biete ich Ihnen gar nicht erst an, weil er nicht gesund ist. Ich selbst trinke nur grünen Tee und hab auch gar nichts anderes im Haus.« Ihre Blicke trafen zunächst mich, dann Bud, als würden wir unsere Waffen ziehen und sie niederschießen, wenn sie nicht umgehend zwei Becher Kaffee auffahren würde.

»Geht doch nichts über ein Tässchen grünen Tee«, bemerkte Bud wie ein britischer Lord mit dem entsprechenden Akzent. Als Nächstes würde er noch auf Fuchsjagd gehen.

Im Kamin knisterte und knackte echtes Hickoryholz munter vor sich hin, und ich stellte mich mit dem Rücken davor, um meine verfrorenen Füße zu wärmen. Manchmal nervte der Winter nur. Eigentlich immer. Mein Blick streifte über ein Regal voller alter Familienfotos in Silberrahmen aus der Zeit um 1912 herum, während meine Rückseite von einem Frühlingstauwetter ereilt schien. Bud wandte sich Sarah Jessica Parker im Fernsehen zu, wie sie gerade die böse Zicke gab. Sie hatte nicht viel an, aber immerhin trug sie wie ich Stilettos, sodass sie gegen Angreifer gefeit war. Ihre waren rot und sicher nicht vom Wohltätigkeitsbasar.

Es dauerte nicht lange, bis unsere alte Dame zurückkehrte und dabei einen altmodischen Teewagen mit einem angelaufenen Silbertablett darauf vor sich herschob. Schwer auf ihre patriotische Krücke gestützt, schien sie erleichtert, als sie sich in einem großen Chintzsessel mit blau-rosa Blümchendessin niederlassen konnte. Mit größter Anmut, darin Prinzessin Dianas verwitweter Großtante in nichts nachstehend, sofern sie denn eine gehabt hatte, inszenierte die alte Dame eine veritable britische Teezeremonie. Auf einem weißen Teller mit rotem Rosenmuster hatte sie sechs Gurkensandwichs und sechs Petits Fours arrangiert. Das Geschirr nannte sich *Old English Rose,* das wusste ich, weil meine Tante Helen gleich mehrere Stücke davon besaß, darunter die besonders wertvolle Etagere.

Unsere reizende Alte fixierte mich mit ihren wachen, blauen Augen. »Sagen Sie mal, Detective Morgan, oder Claire, wenn Sie gestatten, warum sind Sie denn angezogen wie eine Prostituierte? Sind Sie etwa bei diesen Razzien im Sexmilieu beteiligt, die ich so gern im Reality-Fernsehen verfolge? Und stammt die Wunde in ihrem Gesicht auch daher? Ehrlich gesagt, es geschieht diesen Freiern gerade recht, wenn sie auf diese Weise geschnappt und bloßgestellt werden. Von meinem verstorbenen Mann weiß ich, dass er so ein Etablissement frequentierte, ehe wir geheiratet haben, aber danach nie wieder, kein einziges Mal. Ich könnte so einen Wüstling nicht akzeptieren.«

Okay, nun aber zur Sache. »Mrs Talbott, was wissen Sie über Simon Classon? Wie gut kennen Sie ihn?«

Mrs Talbott reichte erst mir, dann Bud eine zarte, geblümte Teetasse. Dann gab sie mit einer zierlichen Zange aus Silber zwei Stück Zucker dazu. Seit ich klein war, hatte ich keinen Würfelzucker mehr gesehen; ich wusste gar nicht, dass es so was überhaupt noch gab.

»Nicht sehr gut. Ich bin ihm nur einmal am Briefkasten begegnet. Er hat es nie versäumt, seine tägliche Post abzuholen. Manchmal kam er auch runter und hat mir meine auf die Veranda gelegt, wenn es regnete oder schneite, obwohl ich meine Post auch sehr gut selbst holen kann. Ich bin zwar auf die Krücke angewiesen, aber ich komm ganz gut zurecht. Früher musste ich sogar den Rollstuhl nehmen, aber jetzt nicht mehr so oft.«

»Hatte Mr Classon Besucher? Wissen Sie, ob er eine Familie hat? Eine Frau oder Freundin?«

»Ja, natürlich, da ist immer wieder mal das eine oder andere Auto bei ihm vorgefahren. Aber ich hab da nie so aufgepasst. Meines Erachtens könnte er eher einen Freund haben.«

»Ist er schwul?« Das kam von Bud.

»Nun, mir fiel schon mal auf, dass er so herumstolzierte wie ein Geck. Schließen Sie daraus, was Sie wollen, junger Mann.«

»Bedeutet das schwul?«

Ich erklärte es ihm: »Ein Geck ist ein weibischer Mann, Bud. Mrs Talbott, ist Ihnen je aufgefallen, dass bei Mr Classon Leute aus- und eingehen?«

»Sie nennen ihn einen Geck? Machen Sie keine Witze«, sagte Bud mit einem Lachen.

Mrs Talbott schüttelte den Kopf. »Nein, niemand, den ich identifizieren könnte, wenn Sie das meinen. Eins weiß ich jedoch sicher: Er glaubt, er wäre ein Engel, auf die Erde gekommen, anderen zu helfen.«

Meine Hand klammerte sich an der Tasse fest, als ich gerade trank. Ich verschluckte mich fast an dem heißen, aromatischen Tee. »Wie bitte?«

»Sie haben richtig verstanden. Er hält sich tatsächlich für einen Engel – die Bibel ist voll von männlichen Engeln, wissen Sie. Ich glaube sogar, die meisten sind männlichen Geschlechts.«

Bud sagte: »Er hat Ihnen einfach so gesagt, dass er ein Engel ist?«

Mrs Talbott nahm einen gepflegten Schluck und tupfte sich die Mundwinkel mit der Leinenserviette ab. »Nein, das weiß ich von seiner Webseite.«

»Er hat eine Webseite?«

»Genau das hab ich eben gesagt, oder nicht? Also ich bitte Sie! Ich war fast fünfunddreißig Jahre Bibliothekarin hier in Camdenton. Natürlich bin ich jetzt im Ruhestand, aber mit Computern kenn ich mich trotzdem aus. Ich hab den Namen mal gegoogelt, nur so aus Neugier, wissen Sie. Er hat tatsächlich seine eigene Webseite. Nennt sich *engelaufbestellung.com.* Was ziemlich abgedroschen klingt, wenn Sie mich fragen. Eigentlich blöd. Wirklich.« Sie rümpfte empört die Nase.

»In seinem Haus gibt es auch den einen oder anderen Engel.« Manchmal neige ich zu Untertreibungen.

»Der reine Betrug, meine Lieben. Stellen Sie sich vor, er behauptet, er könne sich im Auftrag seiner Kunden mit Engeln unterhalten. Einen Chatroom hat er auch und alles.«

Bud lachte, entnahm aber dann Mrs Talbotts finsteren Blicken, dass es ihr sehr ernst war. »Sie machen Witze.«

»Nein, junger Mann, glauben Sie mir. Wenn ich mich recht erinnere, heißt es auf seiner Seite, dass er nicht direkt mit den Engeln seiner Kunden spricht, sondern seine eigenen Schutzengel als Vermittler einsetzt. Diese Nachrichten gibt er dann an die gutgläubigen Einfaltspinsel weiter, die auf so einen Unsinn hereinfallen.«

»Und diese Engelbotschaften lässt er sich gut bezahlen, oder?«

»Natürlich. Ich glaube, achtzig Dollar hat er für das volle Programm angegeben. Er akzeptiert Bargeld und alle gängigen Kreditkarten, und er sagt, er spricht mit Uriel, Michael und Gabriel. In der Bibel sind das alles Erzengel, falls Sie vergessen haben, was Sie in der Sonntagsschule gelernt haben. Ich habe übrigens fast vierzig Jahre lang an der Sonntagsschule unterrichtet.«

Von meinen Pflegeeltern hatten mich die wenigsten auf die Sonntagsschule geschickt, also fragte ich nach: »Gibt es diese Webseite noch?«

»Ich nehm's an. Sie war verlinkt mit der Schule, an der er arbeitet.«

Bud und ich sahen uns vielsagend an. Das machen wir manchmal. »Was ist das für eine Schule, Ma'am?«

»Die Begabtenakademie Höhlensystem. Kennen Sie die?«

Ich hatte vage davon gehört. »Sie ist konfessionslos, ein Internat für Jugendliche, die Schwierigkeiten haben, richtig?«

»Genau. Superintelligente Kinder wahrscheinlich. Sie ist nordwestlich von hier, tief in den Wäldern«, antwortete Bud. »Ich war mal beruflich kurz dort.«

»Tatsächlich?« Das überraschte mich.

»Ja, ein Schüler war verschwunden. Der Fall klärte sich aber schnell auf. Es stellte sich heraus, dass er den Bus nach Hause genommen hatte, nach Paducah, Kentucky. Seine Eltern haben in der Schule angerufen und gesagt, er wäre gesund und wohlbehalten angekommen. Ziemlich cool dort alles, fast wie an einer schicken Privatschule.«

»Stimmt, und genau dort können Sie alles über Simon Classon erfahren. Die Leute kennen ihn sicher besser als ich. Tatsächlich hab ich ihn ja immer für ein bisschen verrückt gehalten. Und da gibt es Leute, die blättern achtzig schwer verdiente Dollar hin, um Kontakt mit den Engeln aufzunehmen. Was Dümmeres ist mir noch nicht untergekommen.«

Ich sagte: »Wie sieht er denn aus? Sie haben nicht zufällig ein Bild von ihm parat, oder?«

»Leider nein. Aber auf seiner Webseite gleich am Anfang gibt es eins. Er sieht ziemlich gut aus, finde ich. Ein untersetzter Mann, der nicht so viel Wert auf sein Äußeres legt, wie er sollte. Ich hab mehrmals gesehen, wie er am Briefkasten geraucht hat. Er hatte eine dieser langen weißen Zigarettenspitzen wie meine Mutter in den 20er-Jahren. Er dürfte ungefähr in den Dreißigern sein, vielleicht auch Vierzigern, die Haare in diesem Spülwasserblond. Manchmal färbt er sie auch rot oder schwarz. Im Moment, meine ich, ist gerade rot aktuell. Er trägt so eine Pagenfrisur, wie Sie wohl sagen würden. Spricht unablässig, sehr schnell, jedenfalls mit mir. Lässt nie einen anderen zu Wort kommen. Ich würde mich nicht wundern, wenn er einer dieser Junkie-Typen wäre, wie man sie in *CSI: Den Tätern auf der Spur* sieht.«

»Ist Ihnen mal aufgefallen, dass er Drogen nimmt oder weiterverkauft?«

»Nein, aber ich glaube, so etwas würde er doch sowieso nicht in aller Öffentlichkeit tun, oder? Nein, er ist einfach ein Riesenschwindler mit dieser lächerlichen Engelmacke. Ich wette, im Grunde seines Herzens ist er ein Teufel. Wahrscheinlich hat er die Zahl 666 auf seine Kopfhaut tätowiert.«

Bud sagte: »Wie Damien, hm?«

Edith fuhr nun richtig ab auf Bud. »Mögen Sie diese *Omen*-Filme auch so sehr, junger Mann?«

»O ja. Ich liebe die Stelle an, der Lee Remick vom Geländer stürzt. Sie spielte die Mutter, oder?«

Mrs Talbott nickte. »Die Stelle hat's mir auch angetan. Und als der Priester auf dem Eisenkreuz im Kirchhof gepfählt wurde, das war schon was.«

Ich unterbrach das Expertengespräch und kam zur Sache zurück. »Haben Sie irgendeinen Grund, anzunehmen, dass er ein schlechter Mensch ist, Ma'am? Dass er vielleicht selbst Drogen nimmt?« Ich fand, Classon mit Luzifer zu vergleichen, ging etwas zu weit, auch wenn es nur so dahingesagt war.

»Einmal hat er Steine nach meiner Katze geworfen. Snuffles saß bloß auf meiner Schubkarre und sah zu ihm hinüber. Sie ist jetzt tot, die Arme, aber ich hatte das süße kleine Ding jahrelang. Ich trau keinem, der Tiere misshandelt. Und ich kann Ihnen versichern, dass die Erzengel niemals zu jemanden in den Chatroom kommen würden, der Steine nach Katzen wirft.«

Na, da haben wir es doch! Ich bedankte mich freundlich bei ihr und wir tranken unseren grünen Tee aus, ehe wir nach Engel-Land zurückdüsten, um zu sehen, was an Beweismaterialien Shaggy der Große so alles entdeckt hatte. Später an diesem Abend würde ich mich noch via Classons Webseite mit den Engeln in Verbindung setzen, und morgen würden wir der Begabtenakademie Höhlensystem einen Besuch abstatten.

Der Erzengel Gabriel

Der kleine, im Grab gefangene Junge hörte zu weinen auf, als seine Peiniger wegrannten. Mit großen, angstvoll blinzelnden Augen sah er nach oben in die Sonne, bis eine Gestalt das grelle Licht verdeckte und sich ein kühler dunkler Schatten auf sein Gesicht legte. Er sah, dass die Person über ihm goldenes Haar hatte, von der Sonne in einen strahlenden Heiligenschein verwandelt. Die Engel für seine Familie waren also nun gekommen, und er fürchtete sich. Dann sah er einen Arm, der sich zu ihm hinunterstreckte, und eine tiefe Stimme sagte: »Halt dich fest, ich zieh dich hier raus.«

Er umklammerte die ihm dargebotene Hand, während sein Retter ihn nach oben zog, als wäre er federleicht. Wieder draußen in der Sonne richtete er sich auf den Knien auf und blickte zu dem schönsten Wesen hinauf, das er je gesehen hatte. Das Haar des Engels war tief goldfarben, seidig und schulterlang. Er war ganz in Weiß gekleidet, und seine blauen Augen strahlten. Das war ein Engel, dachte er wie vom Donner gerührt, gekommen, um seine Familie in den Himmel zu geleiten. Vielleicht, wenn er darum bäte, würde der Engel ihn auch mitnehmen.

»Bist du wirklich der Engel Gabriel, von dem wir in der Sonntagsschule gehört haben?«, fragte er ängstlich flüsternd.

Darauf lachte der Engel Gabriel wie ein normaler Mensch. Er kniete auf einem Bein nieder und wischte dem Jungen mit seiner weißen Robe den Schmutz von der Wange. »Zum Teufel, nein, diese Bengel nennen mich so, weil ich der Sohn des Predigers bin und diese blonden Haare habe. Aber du kannst mich Gabriel nennen, wenn du möchtest.«

»Aber du bist ganz in Weiß gekleidet wie ein richtiger Engel, und du siehst genau wie die Engel auf den Bildern aus.«

»Danke, Kleiner, aber ich bin trotzdem kein Engel, glaub mir. Und das sind auch keine Engelklamotten. Du bist dieses Waisenkind, nicht wahr? Ich komme gerade aus der Stadt von meinem Karatekurs, sonst wäre ich auf die Beerdigung von deinen Eltern gegangen. Ich hab gesehen, was diese Burschen mit dir angestellt haben. Es sind Dreckskerle.«

Ihm war gar nicht klar gewesen, dass er ein Waisenkind war, aber genau das war er. Er fragte sich, ob der Engel ihn für hässlich hielt. »Du findest mich nicht hässlich, auch damit nicht, oder?« Er zeigte auf seine Kopfverletzung.

»Überhaupt nicht. Bin ich denn hässlich?«

»Nein. Du siehst aus wie Engel.«

»Mach dir wegen dieser Typen keine Gedanken mehr. Von jetzt an bin ich dein bester Freund. Und wenn du dich ranhältst, zeigen wir diesen Nichtsnutzen mal, was eine Harke ist, wenn sie uns dumm kommen. Abgemacht?«

Der Junge starrte hinauf zu seinem strahlenden Retter und fragte sich, wie alt er sein mochte. Fünfzehn vielleicht oder sechzehn, ungefähr so alt wie Betsy, sein Kindermädchen zu Hause in Pittsburgh. »Du siehst wirklich aus wie die Engel in meiner Bibel. Bist du dir sicher, dass du nicht derjenige bist, der Papa, Mama und Katie holen soll?«

»Echt nicht. Sie waren sowieso schon längst da. Vielleicht schon auf der Autobahn, schwups, ab in den Himmel, im Handumdrehen, so steht es in der Bibel. Und ich hab gehört, die Engel haschen die Seelen immer schon kurz vor einem Unfall aus dem Körper, damit sie nicht so viel leiden müssen.«

»Wirklich? An den Unfall erinnere ich mich kaum, nur daran, wie ich im Krankenhaus aufgewacht bin.«

»Ja, so ist es. Mach dir also darüber keine Sorgen mehr. Die Bibel ist wirklich cool. Mein Dad hat mich schon darin lesen lassen, da war ich noch viel kleiner als du. Ich bring dir einiges bei, jetzt, da du mein besonderer Freund bist. Willst du mit rauskommen in den Wald zu meinem Geheimversteck? Außer mir ist da noch niemand gewesen, aber ich zeig's dir, wenn du hoch und heilig versprichst, keiner Menschenseele davon zu erzählen. Deine Großmutter hat sicher nichts dagegen, wenn ich dich erst zurückbringe, kurz bevor es dunkel wird. Aber du musst versprechen, dass du mein Freund bist und niemandem meine Geheimnisse verrätst, auch meinem Vater nicht oder deiner Großmutter. Versprochen?«

»Versprochen. Ich erzähle nie jemandem irgendetwas über dich. Auch du bist mein besonderer Freund.«

»Gut. Also los, komm jetzt, wir sagen deiner Großmutter, wo wir hingehen, und dann zeig ich dir ein paar ganz coole Sachen.«

Als er zu dem schönen blonden Jungen hinaufsah, war er sich sicher, dass dies ein göttliches Wesen war, wirklich der Erzengel Gabriel, der einfach niemandem sagen durfte, wer er war. Er hatte ihn davor gerettet, dass diese Tyrannen ihn lebendig begraben, oder nicht? Das musste der Erzengel Gabriel sein, und dieser Engel hatte sich ihn als besonderen Freund ausgesucht. Zum ersten Mal seit dem Tod seiner Familie lächelte er und empfand Hoffnung.

4

Es war weit nach elf Uhr, als ich auf die Wache zurückkam, wo mich mein schwarzer Ford Explorer erwartete. Für meine Verabredung mit Black war ich mehr als ein paar Stunden zu spät dran, aber vielleicht würde er darüber hinwegsehen. Er war selbst ein viel beschäftigter Mann und an meine unregelmäßige Arbeitszeit längst gewöhnt, und er hatte Verständnis dafür, dass mir mein Job wichtiger war als unser Techtelmechtel. Wir hatten uns für neun Uhr bei mir zu Hause verabredet, und er hatte keinen Schlüssel, stand also möglicherweise draußen, frierend und fuchsteufelswild.

Im trüben Licht der Scheinwerfer rieselte der Schnee in großen weißen Flocken herunter und verbreitete eine ruhige, friedliche Stimmung wie auf der Weihnachtskarte, die ich neulich von meinem Versicherungsagenten bekommen hatte. Aber das war nur eine Illusion. Überall rund um den Ozarks-See geschahen Verbrechen, selbst jetzt, in dieser kalten Winternacht. Still und heimlich lauerte die Gewalt in den finstersten Ecken, und irgendwo in einer dieser Ecken steckte nun möglicherweise Simon Classon tief in der Klemme.

Shaggy und seine Kollegen von der Spurensuche hatten kaum neues Beweismaterial gefunden, aber Haare und Blutproben befanden sich auf dem Weg ins Labor, und sie würden mich informieren, sobald die Ergebnisse vorlagen. Ich hatte schon versucht, die Begabtenakademie Höhlensystem zu kontaktieren, übrigens der dümmste Name, der mir je untergekommen war, hatte aber nur mehr den Pförtner erreicht, einen gewissen Willie Vines, der mir die Nummer des Direktors der Schule, Dr. G. Richard Johnstone, gab. Der Herr Direktor war zu Hause in seiner Wohnung auf dem Campus und schien aufrichtig überrascht über die Nachricht von Classons Verschwinden. Er sagte, Classon hätte in der letzten Woche Urlaub gehabt, sodass sein Fehlen niemandem aufgefallen war. Classon sei der für Angelologie zuständige Kollege und unterrichte das Fach Hierarchie von Engeln, Seraphim und Cherubim. Bud sagte, für ihn klinge das wie Kurse über Seeigel.

Jedenfalls wirkte Johnston entsprechend besorgt, kündigte eine gründliche Durchsuchung der Schule an und meldete zwanzig Minuten später telefonisch, dass auf dem gesamten Campus keine Spur von ihrem Chefangelologen zu finden sei. An dem Punkt hatten Bud und ich entschieden, dass es für den Rest des Tages für uns nichts mehr zu tun gab, nicht bei den heftigen Schneefällen, die nun über dem See einsetzten.

Es war also fast Mitternacht, als ich in die Schotterstraße einbog, die zu meinem kleinen Häuschen mit seinen bis zur Erde geneigten Dachflächen führte. Mein Freund Harve Lester hatte mich dort die letzten paar Jahre mietfrei wohnen lassen, weil wir bei der Polizei von L.A. so gut zusammengearbeitet hatten, ehe er von einer Kugel getroffen wurde und von der Hüfte an abwärts gelähmt war. Ich versuchte, möglichst wenig daran zu denken, weil ich schuld daran war. Er lebt in einem alten Haus, das er von seiner Großmutter geerbt hat; es liegt etwa achthundert Meter vor meinem Haus, und als ich daran vorbeifuhr, sah ich ihn am Fenster sitzen. Manchmal hielt er so nach mir Ausschau, nur um sich zu vergewissern, dass ich sicher nach Hause gekommen war. Er winkte mir zu, und ich blinkte zur Antwort mit den Scheinwerfern. Wenn ich nicht so spät dran wäre, würde ich kurz auf ein Bier bei ihm haltmachen.

Wenig später nahm ich die letzte Kurve und erblickte mein Haus. Ich trat derart heftig auf die Bremse, dass mein Explorer auf der schneeglatten Straße seitlich wegschlitterte und den Schnee von einer ganzen Reihe von Büschen fegte. Ich traute meinen Augen nicht, als ich durch den nassen Schnee sah, der gegen meine Windschutzscheibe klatschte. Ich wischte mit der Hand über die Scheibe und sah noch mal genauer hin. Einen Moment noch, Mann, ich konnte es gar nicht fassen. Dann sah ich Black aus der großen verglasten Eingangsveranda meines Hauses heraus und über die Zufahrtsstraße direkt auf mich zukommen. Das Problem war nur, dass ich überhaupt keine große verglaste Eingangsveranda an meinem Haus hatte. Jedenfalls noch nicht heute Morgen, als ich losfuhr.

Black trug Levi's, einen schwarzen Kaschmirpulli unter einer braunen Wildlederjacke und wuchtige schwarze Snowboots, ein Relikt aus seinem letzten Skiurlaub in Gstaad. Das liegt in der Schweiz. Ich hab ihn extra noch gefragt. Normalerweise trägt er feinste Anzüge aus irgendeinem seltenen Yakhaar, maßgeschneidert in Hongkong, aber heute Abend schneite es, und er hatte modemäßig abgespeckt. Er bedeutete mir, in die Garage neben der riesengroßen verglasten Eingangsveranda zu fahren. Die Garage hatte es heute Morgen auch noch nicht gegeben.

Ich steuerte meinen SUV hinein, schaltete den Motor ab, und dann stand Black schon neben mir und öffnete die Tür. Habe ich schon erwähnt, dass er trotz seines Reichtums und der schicken Klamotten ein Gentleman der alten Schule ist?

»Frohe Weihnachten, Morgan.« Er sprach mich neuerdings so an, weil er meine Gewohnheit, ihn Black zu nennen, so gar nicht mochte. Manchmal nannte er mich auch Claire, meist wenn wir im Bett und ziemlich außer Atem waren.

»Wie kommst du dazu?« Das war in dem Moment vielleicht nicht gerade die angemessene Reaktion, mag sein, aber ich war völlig überrumpelt.

»Harve. Er meinte, es könnte dir gefallen, war sich aber nicht sicher, was den Überraschungseffekt betrifft.«

»Ich hasse Überraschungen.«

»Ich nicht. Komm, ich zeig dir alles.« Dann sah er meine blau angeschwollene Wange. »Was zum Teufel ist denn da passiert?«

»Nichts. Nur eine Begegnung mit einem Kriminellen.«

»Du lieber Himmel, Claire, es ist dein erster Tag.«

»Tja, so was passiert nun mal.«

»Aber wie? Hat das ein Arzt gesehen?«

»Vergiss es. Ist doch nur eine kleine Beule.« Dann stieg ich aus, sah mich in der Garage um und wechselte geschickt das Thema. »Was für eine Anmaßung, mein Haus ohne Erlaubnis komplett umzubauen.«

Black lächelte nur und nahm meine Hand. »Es wird dir sicher gefallen, glaub mir.«

Er führte mich zu einer weißen Tür, die, wie ich annahm, in den neuen verglasten Wintergarten führte. Als er einen Knopf neben der Tür drückte, glitt hinter uns die Garagentür mit einem leisen, effizienten Schnurren nach unten. Hey, das bedeutete, von nun an kein Eiskratzen mehr, halleluja und danket dem Herrn. Plötzlich war ich schon sehr viel dankbarer. Ich lächelte auch und war fast ein bisschen überdreht, peinlich.

»Wie um alles in der Welt hast du das so schnell hingekriegt? Mann, ich bin um sieben Uhr morgens weggefahren.«

»Ja, in der Tat erstaunlich, was zwanzig Zimmerer, fünf Elektriker und vier Klempner alle so schaffen, wenn du sie bar auf die Hand gut bezahlst. Außerdem hast du mir den lange versprochenen Haustürschlüssel noch nicht gegeben. Da hab ich noch 'ne Haustür besorgt, für die ich schon einen Schlüssel habe.«

»Okay, ich geb's zu. Ziemlich cool.«

Black lächelte, und ich lächelte zurück. Da fiel mir was ein. Das Buch, das ich für ihn besorgt hatte, würde ziemlich mickrig aussehen, selbst mit einer großen roten Schleife darauf. Ich konnte es schon hören: Was hat Black dir denn zu Weihnachten geschenkt, Claire? Er hat mein Haus umgebaut und mir zu einem großen verglasten Wintergarten samt angebauter Garage verholfen. Und was hat er von dir bekommen? Ein Buch. Mir wurde flau im Magen. Black dagegen war in seinem Element.

»Mach bitte die Augen zu.«

»Komm schon, Black, lass mich jetzt. Du weißt, ich mag keine Spielchen.«

»Tu mir bitte den Gefallen.«

Ich schloss die Augen und ließ mich von ihm zu seiner Megaüberraschung führen. Die Reichen und ihre Spielchen, was soll ein armes Mädchen da machen?

»Okay, mach die Augen auf und wirf einen Blick ins Paradies.«

Ich öffnete sie und warf einen Blick ins Paradies. »Meine Güte, Black.«

Der Raum war größer, als er von außen aussah. Komplett möbliert und dekoriert bis hin zu meinen Lieblingszeitschriften von der Nationalen Schusswaffenvereinigung und über das Thema Strafverfolgung. Vanillekerzen brannten auch, und das alles an einem Tag. Was sah ich noch? Einen beigen Teppich, braune Wildledersitzelemente, ein prasselndes Kaminfeuer und, ich fass es nicht, einen Whirlpool, abgetrennt durch eine Glastür mit Jalousien dahinter. Überall brannten Kerzen und jene auf dem Sims hinter dem Whirlpool umrahmten den Blick auf meine private Bucht hinter einem Vorhang sanft fallender Schneeflocken.

»Gefällt's dir?«

»Und ob.«

»Dann zieh deinen Mantel aus, und lass uns die Sache genauer ansehen.« Er knöpfte meinen alles andere als luxuriösen Pelz auf und sah mich langsam von oben bis unten an. »Himmel, was siehst du gut aus in diesem Outfit.«

»Kein Wunder, dass es dir gefällt. Du selbst hast es doch gekauft.«

Black nickte. »Ach ja, ich erinnere mich. Das war letzten Sommer, als ich dir meinen Lieblingssumpf in Louisiana vorgeführt habe und du diesen Typen verdroschen hast. Und danach haben wir unsere erste gemeinsame Leiche gefunden. Kein Wunder, dass ich so angetörnt bin.« Er grinste und präsentierte all diese verdammten Grübchen in seinem Gesicht. Sein Blick fiel wieder auf mein Arbeitskostüm. »Und diese Netzstrümpfe und dieser Skunkmantel sind ein echter Blickfang.«

Er legte den Arm um meine Taille und zog mich eng an sich. Er war so warm, wie ich kalt war. »Du bist heute Abend früher dran als sonst. Nur zwei Stunden zu spät.«

»Tut mir leid, ging nicht anders. Wir haben einen Vermisstenfall.«

»Du bist eiskalt. Geh und zieh dir was Warmes an. Ich hab Abendessen mitgebracht.«

»Chefkoch Pierre aus dem Hotel, hm?«

»Ich selbst koche nur zu besonderen Anlässen.«

»Mir erscheint dieser Abend sehr besonders.«

»Ist er auch. Es sind fast fünf Monate her, seit du mir zum ersten Mal Handschellen angelegt hast. Heute Abend könnte unser Jahrestag-seit-du-mich-zum-ersten-Mal-verhaftet-hast sein.«

»Trotzdem alles ein bisschen sehr extravagant, selbst für einen so gewichtigen Anlass.« Was soll's, ich drücke mich nun mal gewählter aus, seit ich Black kenne.

»Es gibt noch mehr.« Black reichte mir eine überlange silberne Fernbedienung. »Damit hast du alles unter Kontrolle. Whirlpool, Fernseher, Garagentor, Alarmsystem, Computer, Internetzugang, Kaminfeuer.«

»Du hast mir ein Alarmsystem gekauft?«

»Klar.«

»Ich bin Polizistin und bewaffnet.«

»Aber du hast viele Feinde.«

Wie wahr, Heerscharen von Feinden. Das meinte ich mit gewählt, verstehen Sie? Ich sah mich um. »Was? Kein automatisches Klappbett und Dimmer, wie sie Doris Day für Rock Hudson in *Bettgeflüster* betätigt hatte?« Black und ich hatten uns den alten

Film an einem der letzten Abende auf meinem Kleinbildfernseher im Schlafzimmer oben angesehen. Er hatte noch gefragt, ob ich nicht ein Fernglas zur Hand hätte, um besser sehen zu können.

»Genau da kam mir die Idee, ein neues Bett zu kaufen. Aber ich klapp es selbst auf. Dasselbe gilt für die Beleuchtung.«

»Du hast mir ein neues Bett gekauft?«

»Ich habe uns ein neues Bett gekauft, ja.«

»Kingsize, richtig?«

»California Kingsize. Auf den Kasernenpritschen, die du Bett nennst, kann ich nicht schlafen. Nicht ohne höllische Rückenschmerzen am Tag danach. Wo hast du das Ding überhaupt aufgegabelt? Auf einem Klosterflohmarkt?«

»Black, ich schätze das alles sehr, wirklich, aber hör bitte auf, mir teure Geschenke zu machen. Ich fühl mich dabei nicht wohl.«

»Das ist bisher das einzige größere Geschenk von mir, und es ist ein verfrühtes Weihnachtsgeschenk, aber okay, wenn du dich nicht gut dabei fühlst, dann lass ich es. Keine Geschenke mehr.«

So ist er immer. Fährt sein gesammeltes psychologisches Fachwissen auf, vermeidet jeden Streit, erschlägt mich nur mit Freundlichkeit.

Black sagte: »Lass uns was essen, bevor ich verhungere. Und erzähl mir von deinem Tag. Wie viele Männer zum Beispiel hast du mit diesem heißen Körper zur Sünde verlockt und dann in den Knast gebracht, solche Sachen.«

»Lass mich nur schnell umziehen, dann erzähl ich dir von meinen neuen Freunden, die jetzt hinter Gittern dahinsiechen.«

Oben fand ich ein überdimensionales Bett, das fast den gesamten Raum einnahm. Darauf lag ein luxuriöser Überwurf aus Goldsatin. Bestimmt befand sich darunter schwarze Seidenbettwäsche. Black liebte Inneneinrichtungen in Gold und Schwarz, fast bis zum Exzess, aber er hatte diese Seidenwäsche auch in seinem eigenen Schlafzimmer, und sie fühlte sich herrlich an, also würde ich darüber keinen Streit vom Zaun brechen.

Ich nahm eine schnelle Dusche und zog ein Paar Levi's und einen schwarzen Pullover an, kein Kaschmir, sondern Wal-Mart-Chenille. Dann kämmte ich mir doch tatsächlich meine kurzen blonden Haare und putzte mir die Zähne mit Crest-Zahncreme mit Orangengeschmack. Blacks Einfluss, vermute ich mal, aber Lippenstift kam nicht infrage. Ich bin nicht der Typ Frau, der sich schminkt. Ich stand oben auf der Treppe und sah auf meinen neuen Wintergarten hinunter und konnte nicht glauben, dass der nun mir gehörte. Unten an der Treppe reichte Black mir ein Glas Weißwein. Ich wünschte, es wäre ein Fläschchen Bier, Coors am besten, während ich ihm zu dem neuen Esstisch aus Teak folgte; die vier mit ziegelrotem Alcantara bezogenen Drehstühle passten genau dazu. Ich liebe Drehstühle. Ich liebe ziegelrotes Alcantara.

»Du musst das echt lassen. Im Ernst, Black. Du willst mich doch wohl damit nicht etwa vereinnahmen, oder?«

»Ich vereinnahme nichts und niemanden.« Er klang verärgert.

»Und wozu dann all diese Monogramme auf deinen Hemden und Manschetten? Und das große Messing-B an den Einfahrtstoren deiner Häuser?«

»Nun, das ist was anderes.«

»Dieses Thema hatten wir schon mal, nicht wahr? Lass uns die Sache doch langsam angehen, uns langsam kennenlernen, nicht das Wohnumfeld des anderen umkrempeln und so weiter.«

»Gefällt's dir vielleicht nicht?«

»Natürlich gefällt's mir. Ist ja alles sehr schön, aber für die kurze Zeit, die wir uns kennen, ist es alles ein bisschen viel. Irgendwie extravagant, würd' ich sagen.« Irgendwie?

»Ich hab hier wartenderweise mehr Zeit zugebracht als bei mir zu Hause, also hab ich's mir ein bisschen schön gemacht. Was soll daran schlimm sein? Es ist ein Weihnachtsgeschenk, nicht mehr und nicht weniger. Und jetzt erzähl von deinem Vermisstenfall.«

Er war auch sehr geschickt darin, das Thema bei Bedarf zu wechseln, aber mir war's recht, und eigentlich war ich ja hocherfreut über die Veränderungen. Meine Bude sah jetzt aus wie Elizabeth Taylors Chalet in der Schweiz. Vielleicht befindet es sich ja auch in Gstaad. Vielleicht sind sie und Bud ja Nachbarn und leihen sich Zucker und Salz. Aber im Vergleich dazu sah das Buch, das ich für ihn gekauft hatte, nun wirklich mickrig aus, obwohl es ein Hardcover war, zum regulären Preis. Ich würde noch was anderes dazu finden müssen. Vielleicht was Nettes für den Weihnachtsstrumpf. Oder vielleicht ein Duftbaum für den Rückspiegel einer seiner Mercedeslimousinen.

»Wer ist denn dein Vermisster?« Es interessierte ihn wirklich.

»Ein gewisser Simon Classon, arbeitet draußen in der Begabtenakademie Höhlensystem. Hast du davon schon mal gehört?«

»Ja. Ich sitz im Beirat.«

Hier wurde ich hellhörig. »Das gibt's nicht.«

Black lehnte sich in seinem Stuhl zurück. »Doch, seit etwa vier Jahren. Ich kenne Rich Johnstone ein wenig, den Direktor. Außerdem dient's dem Gemeinwohl und ist steuerlich abzugsfähig.«

Ich sah ihm zu, wie er zwei weiße Boxen aus der neuen Mikrowelle holte, die mir bis dahin noch gar nicht aufgefallen war. Jedoch holte Black nichts von McDonald's oder Wendy's wie wir Normalsterblichen. Er ließ sich von seinem eigenen Fünf-Sterne-Restaurant *Five Cedars* beliefern. »Caesar Salad und Garnelen mit Kokosnuss, Karamell-Käsekuchen zum Nachtisch. Klingt gut, oder?«

Mein Magen erinnerte sich plötzlich daran, dass er den ganzen Tag noch nichts bekommen hatte, und beschwerte sich lautstark. »Garnelen mit Kokosnuss ist mein Lieblingsgericht, und für Käsekuchen könnt ich killen.« Mir lief schon das Wasser im Mund zusammen, als ich äußerst lustvoll zur Gabel griff. »Kennst du zufälligerweise vielleicht auch diesen Simon?«

»Nein. Was macht er denn an der Akademie?«

»Er ist Chefangelologe und mutmaßlicher Drogendealer am Campus.«

Er hörte zu essen auf und starrte mich an. Er hat die blauesten Augen außerhalb Schwedens, ein tiefes Azurblau. Im Moment wirkten sie warm und liebevoll, aber ich habe sie auch eisig genug erlebt, um mich auf meinem Stuhl festfrieren zu lassen. Das war im letzten Sommer, als ich ihn des Mordes bezichtigte, aber in letzter Zeit habe ich ihn kaum mehr wegen irgendetwas verdächtigt. Nein, in letzter Zeit erweckten wir eher den Eindruck, als hätten wir eine heiße und heftige Affäre. Ich habe doch schon gesagt, dass ich ihn MAG.

Black brach ein Stück Baguette für mich ab und legte es auf meinen Teller. Meine Manieren begannen offensichtlich allmählich auf ihn abzufärben. »Angelologe?«

»Richtig. Er unterrichtet über das Thema Engel und Seraphim. Und eine Webseite hat er auch. Da verkauft er Angelogramme an die Blauäugigen unter uns.«

»Ach ja, wer macht das heutzutage nicht?«

»Angelogramme verkaufen oder eine Webseite unterhalten?« Black ignorierte meinen Witz und gabelte eine Garnele auf. Ich tat es ihm nach und fand das Ding fantastisch. Darauf fiel ich ohne viel Federlesens über mein Gourmetmenü her. Normalerweise bevorzugte ich Fastfood, akzeptierte aber zur Not auch mal die Gourmetvariante.

Black genoss sein Essen ebenfalls. Er wartete immer mit dem Abendessen auf mich, egal wie spät ich nach Hause kam. Insgeheim hielt ich das für ziemlich cool von ihm, denn die meisten Männer, die ich kannte, dachten immer nur an ihren eigenen Magen. Bud und Harve zum Beispiel.

»Und rate mal, was wir noch gefunden haben? Ein im Unterbau der Spüle verstecktes Kokainlager.«

»Ich nehme mal an, wenn er ein Dealer ist, gehst du von einem Verbrechen aus?«

Ich nickte. »Im Flur waren Blutspritzer, und als Tatwaffe diente offenbar ein Engeltürstopper. Den hat jetzt Shaggy, sodass wir morgen mehr wissen. Er macht einen Abgleich zwischen einem Haar, das er am Türstopper gefunden hat, und solchen aus Classons Haarbürste.«

Black sagte: »Wollen wir uns die Webseite mal ansehen?«

»Ich brenne darauf. Ich hatte sowieso vor, später noch zu dir zu gehen und deinen Computer zu benutzen.«

»Versteh mich bitte, ich wusste, du kannst das Ding brauchen. Dir hilft es bei deiner Arbeit, und mir wird's nicht langweilig, wenn ich abends auf dich warte.«

»Warum musst du dich auch mit einer Polizistin einlassen?«

»Ja, aber das Positive überwiegt das Negative doch bei Weitem. Später dann zeig ich dir alle Vorzüge eines California Kingsize-Betts.«

»Na dann bin ich mal gespannt, aber, um es noch mal zu betonen, dieses Mal hast du wirklich übertrieben.«

Black ignorierte mich. Er ignorierte überhaupt so gut wie jede Meinungsverschiedenheit. Solange wir nicht darüber stritten, existierte sie nicht. Er ist ein berühmter Kriminalpsychologe, hab ich das gesagt? Er hat mir bei meinem letzten Fall geholfen, nachdem ich eingesehen hatte, dass er nicht der gesuchte Serienmörder war. In Wahrheit kann er manchmal ziemlich hilfreich sein.

Auf einen magischen Knopfdruck hin ging der Fernseher an. Es war eines dieser flachen Teile für die Wand, ich hab vergessen, wie sie heißen. Plasmafernseher, kann das sein? Ich hab mich nie dafür interessiert, weil ich nie davon ausging, einen reichen Typen kennenzulernen. Er hatte ihn über meinem neuen Natursteinkamin aufhängen lassen. Wahrscheinlich machte er sich dort besser als ein Elchkopf. Er zeigte mir, wie man eine Verbindung ins Internet herstellt und fragte mich nach dem Namen der Webseite.

»Engelaufbestellung.com.«

»Nett.« Wenig später erschien Classons Konterfei auf dem Bildschirm, umrahmt von einer Schar fliegender Engel mit einem

Flammenschwert. Er wirkte durchaus attraktiv, aber um ihn als gut aussehend zu bezeichnen, waren seine Züge etwas zu feminin. Altersmäßig konnte ich ihn schwer einschätzen, irgendwas zwischen dreißig und vierzig. Ganz sicher verwendete er Eyeliner und Lippenstift, und seine Haare trug er als schulterlangen Pagenkopf und rot gefärbt wie die von Ronald McDonald. Er hatte die schwarze Halbbrille auf, die ich auf seinem Bett gefunden hatte, und lächelte nett. Durchsichtige weiße Roben, Flügel oder Heiligenscheine konnte ich nirgendwo an ihm entdecken.

»Bist du dir sicher, dass dieser Typ ein Mann ist?«

Ich wusste, dass er auf letzten Sommer anspielte, aber an diesen Fall wollte ich momentan nicht denken, nicht so kurz vor dem Zubettgehen, wenn Albträume drohten.

»Seine Nachbarin meinte auch, er wirke eher weiblich.«

»Ich würde sagen, da liegt sie nicht falsch.«

»Stimmt. Der Fall wird langsam unheimlich.«

»Willst du ein Angelogramm ordern? Ist für lächerliche achtzig Dollar zu haben. Ich pack's mit in deinen Strumpf.«

»Jederzeit, wenn er hier wäre, um seine Engelkumpel anzurufen. Was sagt das über seinen Hintergrund?«

Black bewegte den Cursor und klickte auf ein Kästchen, in dem BIO stand. Die Ansicht wechselte, und er las vor: »Simon Classon wurde in Südafrika als einziger Sohn eines Missionarsehepaars geboren. Nach ihrer Rückkehr wuchs er hier in Missouri auf.« Wir überflogen gemeinsam den Bildschirm, und es stellte sich heraus, dass seine Eltern tot waren. Keine Geschwister oder sonstige Angehörige. Classon war allein auf dieser Welt. »Studium an der University of Missouri-Columbia. Hat einen Masterabschluss im Fach vergleichende Religionswissenschaften.«

»Wo er wohl gelernt hat, mit den Engeln zu sprechen. Er hat die Erzengel auf Kurzwahl, weißt du?«

»Mir ist danach zumute, selbst mit ein paar Engeln Kontakt aufzunehmen«, sagte Black, während er den Apparat abschaltete und mir einen inzwischen vertrauten Blick zuwarf. »Was willst du zuerst ausprobieren? Unseren neuen Whirlpool oder unser neues Bett? Du entscheidest. Für mich ist beides okay.«

»Whirlpool«, entschied ich. »Da können wir richtig entspannen und so.«

»Genau, und so.« Black lächelte und zog sich seinen Pullover über den Kopf. Ich ließ mir einen Moment Zeit, um dieses eins neunzig große und braun gebrannte Muskelpaket zu bewundern. Dann lächelte ich und zog mir meinen Pullover über den Kopf. Mit einem Grinsen bewunderte er die große hässliche Hackmessernarbe. Lief irgendwie nach dem Motto *Wie du mir, so ich dir.*

Der Whirlpool entpuppte sich als heiß und spritzig und romantisch mit dem Duft von Vanille und dem zärtlichen Gefühl feucht-glatter Haut. Das California Kingsize-Bett erwies sich als groß und weich und bequem, und nach sehr lustvollen und ausgiebigen Liebesspielen schlief ich in Blacks Armen und von der unvermeidlichen schwarzen Seidenwäsche umhüllt ein. Was soll ich sagen, mit dem Burschen lässt sich's aushalten.

5

Ich schlief tief und fest, als das Telefon am nächsten Tag um fünf Uhr morgens zwitscherte. Ich rollte aus Blacks Armen auf die Seite und war leicht desorientiert angesichts der schieren Größe des Betts. Noch ein Stück weiter und ich erreichte das gegenüberliegende Ufer. Ich schnappte mir mein Handy und meldete mich verschlafen, aber die Telefonsittiche zwitscherten weiter.

»Das ist meins«, murmelte Black und griff nach einem von den drei privaten Handys, die er herumschleppte, und zwar in den Farben Schwarz, Gold und Rot. Zusammen hatten wir beide wirklich jede Menge Telefone und Nummern. Mittlerweile wusste ich jedoch, dass hinter einem Anruf auf Blacks rotem Handy meist ein Notfall steckte. Diese Nummer hatte er auch mir und seiner Familie in Louisiana gegeben; seine Familie war, wie ich selbst erfahren konnte, in Mafiageschichten verwickelt, aber bekanntlich haben manche Paten auch gute Brüder. Ich setzte mich auf die Bettkante. Dann stand ich fröstelnd auf, zog meinen Fleecemorgenmantel an und ging zu der schmiedeeisernen Brüstung meines Loft-Schlafzimmers.

Wie Oprah Winfrey über dem Michigansee blickte ich auf meinen neuen riesengroßen Wintergarten hinunter, auf die Wand mit den dekorativen Rundbogenfenstern, und mir bot sich eine in makelloses Weiß gehüllte Welt dar, eine frostige und mit gut dreißig Zentimetern Schnee bedeckte Welt. Der See lag kalt, tief und tintenblau vor mir und wirkte in dem kahlen Schwarz-Weiß der Landschaft irgendwie unheimlich.

Andererseits war es doch ein sehr schöner Anblick, den man da gleich frühmorgens präsentiert bekam, das sprichwörtliche Winterwunderland, und meine anfängliche Verstimmung über Blacks Gestaltungseifer legte sich schnell. Tatsächlich breitete sich sogar ein gewisses Maß an wohldosierter Freude in mir aus. Ich griff nach der Allzweckfernbedienung – ja, Black hatte zwei dieser hypermodernen Klickstäbchen besorgt, sodass ich nie nach unten laufen müsste, um den Plasmafernseher umzuschalten, nehme ich an. Ich drückte den Knopf für den Kamin, und hinter künstlichen Scheiten loderten die Gasflammen hoch. Ich lächelte und fühlte mich wie Paris Hilton. Fehlte nur noch ein Hündchen, das aussah wie eine Ratte und Versace trug.

Black telefonierte noch immer. Den Ernst der Situation erkannte ich, als er in jenem verärgert vorwurfsvollen Ton, den er so gut beherrschte, sagte: »Soll das heißen, niemand ist in der Lage, sich darum zu kümmern?«

Ich hatte diesen Ton selbst ein paar Mal erlebt, obgleich wir noch in der Flitterwochenphase unserer Beziehung standen und er es nie gewagt hätte, mich offen herablassend zu behandeln. Ich nahm an, der Angestellte am anderen Ende der Leitung gab sich alle Mühe, die Wogen zu glätten. Dann hörte ich Black mit bitterer Entschlossenheit sagen: »Okay, lassen Sie den Learjet auftanken. Ich bin schon unterwegs.«

Er klappte das Telefon ein, drehte sich um und wandte sich mir zu. Seine Haare waren verstrubbelt, eine Strähne vorne stand sogar senkrecht, was, wie ich Ihnen versichern kann, nicht oft vorkam. Lustig, wie ich fand, zu schade, dass ich keine Polaroidkamera parat hatte, um zu beweisen, dass auch Black nicht immer perfekt war. Auch seine Haare gerieten beim Schlafen schon mal durcheinander. Ich hatte mich sowieso schon gewundert, denn wie Bud sah er fast immer perfekt aus. Ich widerstand dem Drang, glättend einzugreifen, ebenso wie ich dem Drang widerstand, für ein weiteres amouröses Spielchen zurück in die Kiste zu springen.

Stattdessen machte ich wie er ein ernstes Gesicht und sagte: »Guten Morgen, oder vielleicht doch nicht?«

»Eher nicht.« Er stand auf und fuhr sich mit gespreizten Fingern durch sein dichtes schwarzes Haar, sodass dieses Problem gelöst war. Also bewunderte ich noch ein bisschen seinen Körperbau, während er einen edlen schwarzen Flanellmantel überstreifte. Einen ähnlichen hatte er auch für mich besorgt, aber ich vertraute lieber auf meinen alten roten. »Ich muss dringend nach Paris. Wegen einer Patientin.«

»Paris? Du meinst Frankreich?« Ich war perplex. Wer kriegt schon um fünf Uhr morgens einen Anruf und muss sofort nach Paris? Nennen Sie mir einen Namen, außer vielleicht Colin Powell oder Condoleezza Rice.

»Richtig, Paris, das in Frankreich.« Black ging um das riesengroße Bett herum, was eine Weile dauerte, setzte sich und zog mich auf seinen Schoß. Er zog mich eng an sich, und ich schlang die Arme um seinen Hals. »Komm einfach mit, Claire. Wir feiern Weihnachten gemeinsam in Paris. Ich würd' dir so gern die Stadt zeigen«. Als ich nicht gleich anbiss, erhöhte er die Anreize. »Wir könnten die Mitternachtsmesse in Notre Dame besuchen. Und am nächsten Tag zum Weihnachtsbrunch im ›Jules Verne‹ hoch oben im Eiffelturm.«

Dieser Black. Vermittelte einem eine ganz neue Vorstellung von Jetset, Champagner- und Kaviarträumen, während ich schon zufrieden bin, wenn ich nicht ständig Albträume habe. Ich versuchte zu erklären, warum ich zögerte. »Ich kann nicht einfach so mir nichts, dir nichts weg, Black. Du weißt das doch. Wir haben diesen neuen Vermisstenfall, und außerdem, glaube ich, macht es nicht viel Spaß, an Weihnachten in einem Pariser Luxushotel zu sitzen und Däumchen zu drehen, während du deine Patienten versorgst.«

»Ich habe ein gemütliches Appartement gleich bei den Champs Elysées.«

Aber natürlich hatte er das. Wie konnte ich nur. »Ach ja? Wahrscheinlich hast du Appartements auf der ganzen Welt für den Fall des Falles, oder nicht?« Klang sarkastisch, ja, und ich fragte mich, warum es mir rausgerutscht war. Er setzte eine blasiert verärgerte Miene auf, wie er es zu tun pflegte, wenn ich seine Pläne durchkreuzte oder ihn ein bisschen aufzog, aber er wahrte hartnäckig die Fassung. In Nicholas Blacks Welt kam es selten vor, dass jemand auch nur versuchte, seinen Wünschen nicht zu entsprechen, aber ich vermute mal, er gewöhnte sich an meine Sturköpfigkeit.

»Nein, da täuschst du dich, nur in den Städten, in denen ich eine Privatklinik habe.« Seine Blicke durchdrangen mich einen Moment lang, aber ich wand mich nicht. »Sagtest du nicht, Charlie hätte dir geraten, es langsam angehen zu lassen? Ich dachte, nach der gestrigen Razzia sollte für die nächsten paar Wochen erst mal wieder Ruhe einkehren.«

Hier kündigte sich die schärfste Auseinandersetzung seit unserer Paarwerdung im letzten Sommer an. Black hatte diese lächerliche Vorstellung, dass ich jederzeit Hals über Kopf mit ihm in seinem Privatjet abdüsen sollte, sobald er nur mit dem Finger schnippte. Das ging, solange ich krankgeschrieben war und noch einen Gipsverband trug, aber nun war ich wieder gesund und wieder bei der Arbeit, und er wusste das.

»Wäre schön, wenn ich das könnte.« Ich verhielt mich ähnlich diplomatisch, und meinte es zum Teil auch so, denn immerhin wollte er Weihnachten in Paris mit mir verbringen, und Black verstand es, einem Mädchen die Zeit schön zu machen. Er schien Hoffnung zu schöpfen, und so wechselte ich geschickt das Thema. »Wie lange wirst du denn unterwegs sein? Weihnachten bist du doch zurück, oder?« Immerhin hatte ich dieses Buchgeschenk und einige, bisher noch geheime Sachen für den Strumpf, um ihn am 25. Dezember zu überraschen.

»Kann ich nicht sagen. Es ist nur eine Woche bis zum Weihnachtsabend. Ich versuche, bis dahin wieder zurück zu sein, wenn du absolut nicht mitkommen willst.« Ja, absolut war das passende Wort. Wir sahen uns an und realisierten beide in dem Moment, dass wir uns allein an Weihnachten doch ziemlich einsam fühlen würden. Black ließ nicht locker. »Kann denn Bud mit diesem Fall nicht ein, zwei Wochen allein zurechtkommen? Vielleicht taucht der Typ ja von allein wieder auf. Ich könnte noch ein paar Tickets fürs *Schwanensee* in der Bastille-Oper in die Waagschale werfen.«

Schwanensee in der Bastille-Oper? Mann, das war nun wirklich ein Grund für mich, nicht mitzukommen. Aber woher sollte er wissen, dass mir mehrere Wurzelbehandlungen beim Zahnarzt lieber wären als eine Ballettvorstellung mit Tänzern, die verkleidet waren wie weiße trippelnde Riesenvögel? Dazu kam, dass ich es nicht gewohnt war, wenn jemand über meine Zeit verfügen wollte, und sei es noch so höflich, aber Black war nun wirklich nicht übermäßig fordernd und aufdringlich. Ich vermutete, ich war einfach viel zu lange Single gewesen, unabhängig und gewohnt, über mein Schicksal selbst zu bestimmen. Ich wollte seine Gefühle nicht verletzen, und irgendwie wäre ich ja gern mitgefahren. Ich war hin- und hergerissen und spürte plötzlich wieder diese Enge in der Brust so wie damals, als mein verstorbener Ex-Ehemann jeden meiner Schritte kontrollieren wollte. Damals hatte ich mir geschworen, dass mir das nicht noch einmal passieren würde. Auch nicht mit Nicholas Black, der den Weg in mein Herz definitiv gefunden hatte.

Als Psychiater verfügte Black natürlich über großes Einfühlungsvermögen, und mein Zögern deutete er genau richtig. »Okay, dann halt nicht. Ich weiß, wie sehr du dich darauf gefreut hast, wieder arbeiten zu können. Ich fliege allein, aber vermissen werde ich dich schon.«

Verstehen Sie mich? Manchmal ist dieser Bursche einfach zum Dahinschmelzen. Ich überlegte schon, ob ich meine Entscheidung ändern sollte, denn, um ehrlich zu sein, Bud konnte den Fall Classon tatsächlich auch allein handhaben. Und wer weiß? Der Angelologe könnte vielleicht mittlerweile schon wieder aufgetaucht sein und in seinem Engelbett liegen, friedlich schlummernd in seinem Engelhäuschen. Oder auch nicht. Dann kam mir wieder in den Kopf, dass Black ja ein ausgebuffter Psychiater war und möglicherweise den Trick der umgekehrten Psychologie auf mich anwandte.

Ausgerechnet in dem Moment ließ mein Handy den »Mexikanischen Huttanz« ertönen, und ich schnappte es mir noch vor der zweiten Strophe. Zwei Anrufe vor 5.15 morgens; wir beide waren an diesem Tag sehr gefragt.

Buds Stimme. Ruppig, verschlafen, aufgeregt. »Es wurde eine Leiche gefunden, möglicherweise Classons.«

Mein Adrenalinspiegel schnellte in die Höhe, mein Blut pulsierte. Ich sprang eilends von Blacks Schoß und begann auf- und abzutigern, während ich sprach. »Es ist also Mord?«

»Weiß man noch nicht.«

»Wo wurde er gefunden?«

Ich sah, wie Black den Kopf schüttelte. Er wirkte alles andere als erfreut und murmelte: »Nun, damit ist Paris wohl definitiv gestorben.« Er stand auf und verschwand in Richtung Bad. Wenig später rauschte die Dusche.

Bud sagte: »In der Umgebung der Schule, an der er arbeitet. Einer der Lehrer rutschte letzten Abend in einen Graben, und als der Abschleppdienst heute Morgen ankam, fanden sie im Wald eine Leiche. Wie lange brauchst du, um dich fertig zu machen?«

»Fünf, zehn Minuten höchstens.«

»Zieh dich warm an. Es ist saukalt draußen.«

Ich hatte den Bademantel aus- und die Jeans und einen schwarzen Rollkragenpullover angezogen, noch bevor die Verbindung unterbrochen war. Dann streifte ich noch ein sauberes graues Sweatshirt über, auf dem in gelben Leuchtbuchstaben SHERIFF'S DEPARTEMENT stand. Endlich gab es wieder ernsthaft was zu tun. Ich liebe meinen Job, selbst bei Schnee, Eiseskälte und Weihnachtsverkehr. Als ich mich setzte und Thermosocken und schwarze Springerstiefel anzog, hörte ich, wie Black sich die Zähne putzte. Nun hatte ich eine legitime Ausrede, nicht nach Paris, in die Stadt der Lichter und Amerikahasser, zu fahren. Außerdem würde mein Buchgeschenk auf dem Eiffelturm mit den atemberaubenden Ausblicken über die Seine noch mickriger wirken. Und die Pirouetten drehenden Schwäne würden auch ohne mich leben müssen.

Black war zurück, die Haare frisiert und in einem cremefarbenen Pullover und Bluejeans, umhüllt von einem dezenten Hauch Irischer Frühling. »Euer Vermisster wurde also gefunden?«

»Es wurde eine Leiche gefunden, von der sie meinen, es könnte sich um Classon handeln. Bud wird jede Minute hier sein.«

»Und? Wurde er ermordet?« Black stand auch auf Morde. Und wie. Sie lieferten ihm Stoff für seine Tätigkeit als forensischer Psychiater, womit er zu tun hatte, wenn er nicht gerade den Seelenklempner für Hollywoodstars und gelangweilte Politikerfrauen spielte. Nick Black war in der Tat ein Mann mit vielen Talenten. Und das war noch lange nicht alles.

»Ist noch nicht sicher, sieht aber so aus.«

»Paris wird dann also ein Solotrip.«

Ich griff nach meinem Abzeichen und legte die Halskette ab. Dann nahm ich mein ledernes Schulterhalfter vom Nachttisch. »Ich fürchte ja, tut mir leid, vielleicht klappt's ja beim nächsten Mal.«

»Ich werd' dich dran erinnern, Morgan.«

Während er sich fertig anzog, spritzte ich mir ein wenig kaltes Wasser ins Gesicht und putzte die Zähne; dann zog ich meine 9 mm Glock unter dem Kopfkissen hervor. Seit meinem letzten Fall, diesem Wahnsinnshorrortrip, ziehe ich es vor, meine Waffe beim Schlafen bei mir zu haben. Black hat nichts dagegen, weil er ja auch dabei war im letzten Sommer und nun selbst mit einer geladenen Waffe neben sich schläft. Black sah mir zu, wie ich mein

Schulterhalfter anlegte und die Glock fest in der Halterung verstaute. Ich ließ den Sicherheitsverschluss einrasten und fühlte mich von da an nicht mehr nackt.

»Mann, was ist bloß so verdammt sexy an einer Frau mit einem Schulterhalfter?«

»Wenn du brav bist, behalt ich es nach deiner Rückkehr vielleicht auch mal im Bett an.«

»Hör auf, Claire, ich halt's nicht mehr aus. Es ist schon so schwer genug, abzureisen, ohne ständig dieses Bild vor Augen zu haben.«

Wir lachten gemeinsam, warteten aber mit der Verabschiedung, bis wir unten waren in meiner neuen verglasten Eingangsveranda, die bei Tageslicht noch größer und verglaster aussah. Uns blieben höchstens zwei, drei Minuten bis zu Buds Ankunft, und so nutzten wir die Zeit voll aus, mit sehr viel Körperkontakt, Zärtlichkeiten, Küssen und heftigem Atmen. Als Buds weißer Bronco auftauchte, löste sich Black von mir. »Okay, ich bin schon weg. Pass auf dich auf. Und duck dich weg, wenn's brenzlig wird.«

Das war Blacks Art, mich zu ermahnen, vorsichtig zu sein, so etwas wie ein Insiderwitz. Er griff nach einem Thermoreisebecher mit Cedar-Bend-Logo, füllte ihn mit Kaffee, zog seinen dicken schwarzen Parka über und ging zu seinem schicken Kajütboot des Typs Cobalt 360, das in all seiner Pracht an meinem popligen Anleger vertäut war. Er liebte es, einfach quer über den See zu preschen, wenn er mich besuchte, weil er sich dadurch etwa zwanzig Minuten Fahrzeit an der zerklüfteten, bergigen Küste entlang sparte. Ich genehmigte mir auch einen Kaffee und sah noch, wie er Bud zuwinkte, ehe er in das Boot stieg, startete und gekonnt ablegte. Bis zu seinem Hubschrauberlandeplatz in Cedar Bend Loge stand ihm sicher ein höllisch kalter Trip bevor.

In dem Moment begann Bud draußen auch schon wie verrückt zu hupen. Ich zog meinen braunen Polizeiparka an, versicherte mich, dass die Handschuhe in den Taschen waren, schnappte mir noch ein paar Kaffees zum Mitnehmen und machte mich auf den

Weg. Mittlerweile war es taghell, aber bedeckt, und der finstere, metallisch graue Himmel ließ weitere Schneefälle befürchten. Draußen schlug mir die klare Winterluft entgegen, erfrischend und belebend, aber nicht ganz so kalt wie ich erwartet hatte. Mein Atem wölkte sich weiß, und der jungfräuliche Schnee knirschte unter meinen Füßen. Mir wurde plötzlich bewusst, dass ich mich großartig fühlte, geradezu spitzenmäßig, aber vielleicht nur, weil ich warme Sachen anhatte, meine Glock geladen an ihrem vertrauten Platz unter meinem linken Arm steckte und ich wieder ganz zurück in meinem Beruf war. Lächelnd glitt ich auf den Beifahrersitz und überreichte Bud seinen Kaffee.

Er bedankte sich dafür und sah mich skeptisch an: »Sag jetzt bloß nicht, dass diese blöden Typen von dieser blöden Sendung heimlich bei dir waren und dir ein großes zusätzliches Zimmer mit aparten Fenstern vorne an deiner Hütte hinterlassen haben.«

Ich nippte ganz nonchalant an meinem Kaffee. »Falsch. Ist ein verfrühtes Weihnachtsgeschenk von Black.«

»Da kann ich nur hoffen, dass er mich auch auf seiner Liste stehen hat.«

»Gut möglich, dass er dir vielleicht ein größeres Boot oder einen Jaguar oder so was schenkt. Immerhin kennt er dich noch nicht so gut.«

»Vielleicht lad ich ihn dann mal auf ein Bier und Chicken Wings ein.« Bud hatte einen Allrad-Bronco, den er rückwärts über meine vereiste Zufahrt steuerte und in einem U-Turn-Manöver sicher wendete, ohne zu schlittern. Mittlerweile war er besser an winterliche Straßenverhältnisse gewöhnt als zu der Zeit, als er gerade von Atlanta hochgezogen war. Er zog den Schalthebel in die Drive-Position. »Wenn der Doc wenigstens eine reiche Schwester hätte, mit der ich mich anfreunden könnte. Ich wünsch mir auch schon lange ein komplett neues Haus.«

»Ist Classon mittlerweile eindeutig identifiziert?«

»Nein. Die Leiche hängt angeblich an einem Baum.«

Hier wurde ich hellhörig. »Selbstmord?«

»Keine Ahnung. Unsere uniformierten Kollegen warten noch auf uns, ehe sie ihn abnehmen, aber wir müssen das Opfer aus dem Baum kriegen, ehe die ersten Schüler rauskommen und anfangen, Schneemänner zu bauen. Offenbar wurde die Leiche in Sichtweite der Schule hinterlassen.«

»Na toll, das hätte uns gerade noch gefehlt, ein Haufen hysterischer Teenager am Tatort versammelt, wie sie zu ihrem toten Lieblingspauker hochschauen. Die Medien wären ganz scharf auf ein paar Bilder dieser Art. Los, fahr zu. Der Verkehr dürfte sich ja zu der Stunde und bei den Straßenverhältnissen in Grenzen halten.«

»Es sind sogar Schneepflüge im Einsatz. Dürften an die dreißig Zentimeter sein.«

»Buckeye und seine Kollegen von der Tatortermittlung werden sich freuen, bei dem Wetter antreten zu müssen.«

»Vielleicht hat ja der Täter Fußspuren hinterlassen, die wir direkt bis zu seinem Haus verfolgen können. Dann schnappen wir ihn und gehen frühstücken ins Pancake-House.«

»Genau, und vielleicht führen uns ja auch Aliens direkt bis zur Venus.«

Bud konzentrierte sich aufs Fahren, sicher keine leichte Aufgabe für jemanden, dessen Heimat Georgia war. Als wir an Harves Haus vorbeifuhren, stieg bereits grauer Rauch träge aus seinem Kamin. Ich hatte nun auch einen Kamin. Mann, ich hätte nie gedacht, jemals einen eigenen Kamin zu haben. Oder einen Plasmafernseher. Oder einen Whirlpool. Oder einen Mann wie Black, der mit mir nach Paris reisen wollte. Es geschahen tatsächlich noch Wunder, und ich nahm sie entgegen wie himmlisches Manna.

Der Erzengel Gabriel

Der tiefe Wald, in dem der Waisenjunge den Schritten des Engels Gabriel folgte, war schattig, kühl und still. Gesprenkeltes Sonnenlicht tanzte über üppig grünes Farnkraut, dichtes Unterholz und Jungbäume hinweg. Zwischen den Ästen hingen überall Spinnweben, die hübsch aussahen und glitzerten wie große Netze aus silberner Seide. Er umging sie vorsichtig, während er seinem neuen Freund folgte. Unter ihren Füßen raschelte das Laub. Als sie an einen breiten Bach kamen, dessen klares Wasser über flache braune Steine plätscherte, setzten sie sich ans Ufer, um auszuruhen, und tranken Wasser aus der hohlen Hand.

»In dem Fluss gibt es viele Fische, Kleiner, Schwarzbarsche und Welse. Wenn du willst, zeig ich dir, wie man sie fängt. Weißt du, es macht mir Spaß, lebende Tiere einzufangen. Ich hab schon viele erwischt, Frösche, Eidechsen, auch Streifenhörnchen, und was es hier so alles gibt. Ich brauche sie für meine Experimente.«

»Welche Experimente denn, Engel Gabriel?«

Gabriel lächelte und schüttelte den Kopf. Seine gelben Locken umspielten sein Gesicht. »Du hörst jetzt auf, mich so zu nennen, okay? Ich hab dir gesagt, dass ich kein Engel bin.«

»Okay, aber du siehst genau wie einer aus.«

»Schön wär's. Erzengel sind ziemlich cool, weißt du. Besonders einer mit Namen Uriel. Er ist auch ein Erzengel, wie Gabriel, nur dass dieser viel bekannter ist bei den Menschen. Es gibt sieben Erzengel, weißt du, aber manche Bibelspezialisten sind der Meinung, dass es noch mehr sind.«

»Was ist überhaupt ein Erzengel?«

»Es sind die Engel, die im Auftrag Gottes Gutes tun. Dad sagt, in der Bibel kommen tatsächlich nur vier vor. Gabriel ist der Bote, der zur Jungfrau Maria und den Hirten auf dem Feld gesprochen hat. Michael ist eine Art Racheengel, der den Satan aus dem Himmel geworfen hat, und lass dir eins gesagt sein, mit dem Erzengel Michael dürfen wir uns nie, wirklich niemals einlassen, denn er würde uns auf der Stelle totschlagen. Er ist der mächtigste von allen und der Chef aller anderen Erzengel. Er hat auch besondere Vertraute unter den Menschen, und denen dürfen wir auch nicht querkommen, hörst du?«

Der Waisenjunge nickte, aber dass der Erzengel Michael herunterkommen und ihn mit seinem Schwert totschlagen könnte, war das Gruseligste, was er je gehört hatte. Er blickte zum Himmel hinauf, sah aber nichts Brennendes, das auf ihn zustürzte, nur die grünen Blätter, die sich im Wind drehten.

Der Engel Gabriel sagte: »Aber mein Lieblingsengel ist Uriel, weil Dad sagt, ›er ist das Feuer Gottes‹. Er steht an den Pforten Edens mit einem Flammenschwert in der Hand, damit niemand zum Baum der Erkenntnis kommt, und er warnte Noah vor der Sintflut und solche Sachen. Und er gebietet über Donner und Schrecken und anderes. Und was das Beste ist, er wacht über die Hölle.«

»Wow. Ich wünschte, ich wäre wie Uriel.«

»Ich kann dich Uriel nennen, wenn du magst. Wir können uns Geheimnamen geben, die nur wir kennen. Du bist also Uriel, und ich bin Gabriel, okay?« Der Waisenjunge lächelte erfreut und sagte sich, dass er gern Geheimnisse hatte. Er hatte nie zuvor welche gehabt, und es machte Spaß!

Gabriel lächelte. »Komm jetzt, ich hab ein paar Fallen in meinen Fischgründen aufgestellt. Lass uns nachsehen, ob ich was gefangen habe. Zieh deine Schuhe und die Strümpfe aus, und wir waten ins Wasser.«

Uriel folgte gehorsam; an seinen erhitzten Füßen fühlte sich das kalte Wasser herrlich an. Der Grund war sandig und weich, und Scharen von Elritzen schossen als kleine silberne Streifen hierhin und dorthin. Einige Meter flussaufwärts hatte ein umgestürzter Baumstamm das Wasser zu einem richtigen See aufgestaut, mit einem kleinen Wasserfall, der sich über den oberen Rand ergoss.

»Das ist mein Lieblingsplatz, und hier sind auch die meisten meiner Fallen. Ich habe alles selbst aufgestaut.« Gabriel bückte sich, griff unter die Baumstämme und zog ein Einweckglas hervor. Auf dem Boden aufgerollt lag eine dicke braune Schlange.

»Schau, Kleiner, hier hab ich eine große Mokassinschlange gefangen. Du hast doch keine Angst vor Schlangen, oder?«

Uriel hatte noch nie eine Schlange aus der Nähe gesehen, aber er schüttelte den Kopf und versuchte, nicht wie versteinert auszusehen.

»Sie tun überhaupt nichts, wenn du sie in Ruhe lässt. Ich mag Schlangen sehr. In meinem Geheimversteck hab ich eine ganze Sammlung davon. Ich mag alle Tiere hier im Wald. Sie sind meine Freunde. Sie sind auch deine Freunde, solange du mich nicht im Stich lässt.«

»Ich bin dir auf ewig treu, Gabriel. Und ich mag auch Schlangen und andere Tiere.«

Gabriel lächelte und wuschelte mit der Hand durch Uriels Haare. Uriel strahlte erfreut, voller Hoffnung, Gabriel könnte sein älterer Bruder werden.

»Sie lebt noch, Uriel. Komm, wir bringen sie nach Hause. Dort zeig ich dir noch mehr Schlangen.«

Sie wateten durch das dahinplätschernde Wasser, bis sie die Anhöhe erreicht hatten. Gabriel blieb stehen und zeigte zu einer Senke hinunter. Von Buschwerk und Ranken überwuchert und in den Bäumen versteckt, konnte Uriel nur ein altes, verfallenes Gebäude erkennen.

»Weißt du, was das mal war, Kleiner?«

»Hm-hm.«

»Eine alte Jagd- und Fischerhütte, weißt du. Sie verfällt seit Jahren. Früher nutzten sie Jäger und Fischer aus St. Louis und Kansas City, bis sie geschlossen wurde. Heute kommt niemand mehr hierher.« Gabriel sah zu Uriel hinunter. »Nur du und ich. Niemand wird je erfahren, was wir hier draußen machen.«

»Wie eine Art geheimes Klubhaus, oder?«

»Du bist ein kluger Junge, nicht wahr? Niemand außer mir kennt diesen Ort. Die Eigentümerin ist deine Großmutter, glaube ich, aber seit dein Vater von zu Hause weggegangen ist, ist diese alte Hütte ganz in Vergessenheit geraten.«

Die meisten Türen hingen schief in den Angeln. Die Fenster waren zerbrochen, und in den Räumen lagen Matratzen mit verrosteten Sprungfedern. Süßlich duftende Geißblattranken schlangen sich nach oben bis zu den offenen Dachbalken. In einem Zimmer befand sich ein großes Hornissennest, in dem es summte und brummte.

Uriel lächelte. Er war richtig stolz auf seinen tollen neuen Freund. Er würde lernen, vom Haus seiner Großmutter durch den Wald hierher zu finden zu Gabriels geheimem Versteck. Hier in den Wäldern konnten ihm die Tyrannen von der Kirche nichts anhaben, nicht wenn Gabriel bei ihm war und ihn beschützte.

6

Als wir den State Highway W erreicht hatten, fuhren wir nordwärts und fanden das gesamte County unter einer enormen Schneedecke vergraben. So stellte ich mir die Sahara nach einem gigantischen Sandsturm vor. Bud kam trotz der widrigen Umstände gut voran, was aber eigentlich keine Rolle spielte. Für Simon Classon war es sowieso zu spät. Sein Mörder war längst über alle Berge, was aber nicht hieß, wir würden ihn nicht kriegen.

Die Begabtenakademie Höhlensystem befand sich nördlich von Buck Creek nahe einem kleinen Ort namens Rocky Mount, und so fuhren wir etwa zwanzig Minuten lang durch dichte Wälder über Schotterstraßen, bis wir an der Zufahrt zur Schule angekommen waren. Der massive, aus Holz gezimmerte Torbogen war kaum zu übersehen. In verkohlten schwarzen Lettern eingebrannt stand dort der pompöse Name der Schule zu lesen. Durch verschneite Bäume hindurch konnten wir rechterhand ein paar Schulgebäude im Blockhausstil mit dunkelgrünen Metalldächern erkennen, alles sehr rustikal, aber mit einem modernen Touch. Sie bildeten ein Viereck, in dessen Mitte eine kleine weiße Kirche samt Kirchturm stand. Ich hatte nicht den Eindruck, als wäre hier irgendjemand schon wach und unterwegs, jedenfalls nicht draußen auf dem Gelände.

Ungefähr sechzig Meter weiter vorne standen ein paar braune Streifenwagen sowie ein neongrüner Abschleppwagen, auf dessen Seite in weißen Buchstaben die Aufschrift RUSHINS ABSCHLEPPSERVICE prangte. Wir hielten hinter diesem Ungetüm an und wurden von zwei Polizisten empfangen. Erleichtert stellte ich fest, dass Connie O'Hara heute offenbar nicht im Dienst war. Schwangere hatten auf eisglatten Straßen nichts verloren. Dafür hatten Pete Hancock und David Obion, zwei unserer Neuzugänge, die Frühschicht übernommen. Mit ihren gerade mal Anfang zwanzig kam ich mir neben den beiden manchmal richtig alt vor. Zwischen den Bäumen entlang der Straße hatten sie gelbes Absperrband gespannt. Von ihren Fahrzeugen aus erstreckte es sich ein gutes Stück in den Wald hinein.

Ich fragte Hancock: »Konntet ihr schon was in Erfahrung bringen?«

Er war dick eingepackt, ein Muskelprotz und begeisterter Gewichtheber, der in seinem voluminösen Parka aussah wie ein massig aufgetürmter Verteidiger im American Football. Er hatte intelligente dunkle Augen und einen dunklen Teint und war glatt rasiert bis auf einen buschigen Schnauzer à la Tom Selleck. Seine Wangen waren von der Kälte rot angelaufen, und er leckte sich ständig über die winterrauen Lippen.

Obion trat auf der Stelle und rieb die behandschuhten Hände aneinander, um sie zu wärmen. Er war größer und schlanker und ein durch und durch ernsthafter Typ, stellte ständig Fragen nach der korrekten polizeilichen Vorgehensweise und hatte die Dienstvorschriften immer dabei. Ich sah von ihm lediglich sein Gesicht und die karamellbraunen Augen, die unter der eng zugezogenen Pelzkapuze hervorlugten. Das erinnerte mich daran, meine Kapuze auch aufzusetzen. Unser Atem dampfte mit jedem einzelnen Wort und schmerzte in den Lungen, wenn er zu tief ging.

Es war unnatürlich still, da der Schnee sämtliche Geräusche verschluckte, aber irgendwo in diesen verschneiten Wäldern hing ein Angelologe kalt und tot an einem Baum. Obion zeigte mit einem behandschuhten Finger in Richtung Wald. »Die Leiche befindet sich gleich dort hinten, in dieser großen Eiche.«

Ich fragte: »Ist sonst jemand in ihre Nähe gekommen?«

»Nein, Ma'am, ich hab den Umkreis selbst abgesperrt. Der Schauplatz ist unversehrt.«

Bud sagte: »Hat der Abschleppmann nachgesehen, ob das Opfer noch lebt?«

Hancock schüttelte den Kopf. »Dass er tot war, war in dem Moment klar, als die Scheinwerfer ihn anstrahlten. Kommt und macht euch selbst ein Bild.«

Wir folgten den beiden Polizisten über die Böschung nach unten, von der ein Fahrzeug abgerutscht und seitlich im Schnee zu liegen gekommen war. Drei von uns bewältigten das vereiste Gelände erfolgreich, Bud jedoch glitt sofort aus und rutschte den Abhang auf seiner Kehrseite hinunter. Was erwarten Sie? Er stammt aus Atlanta. Während er recht beeindruckend fluchte und sich abklopfte, betrachtete ich das Unglücksfahrzeug. Es handelte sich um einen brandneuen, sonicblauen Ford Mustang in Cabrioausführung, der sicher liebend gern in Miami zusammen mit anderen Oben-ohne-Modellen sein Autodasein gefristet hätte. Ich machte mir eine Notiz im Kopf, zu überprüfen, wer sich in dem Auto befand und wann der Unfall gemeldet worden war. Hätte auch der nun geflüchtete Täter sein können; es waren schon merkwürdigere Dinge vorgekommen. Entsprechendes äußerte ich gegenüber Hancock.

»Könnte durchaus sein. Der Wagen gehört jemandem, der an der Schule arbeitet. Die Abschleppmänner meinten, er sei zur Schule zurückgegangen und habe dort die Nacht verbracht, nachdem sein Auto sich auf dem Nachhauseweg überschlagen hatte. Heute früh hat er angerufen, damit sie es herausziehen. Wir haben sie gebeten, zu warten, bis die Spurensuche das Fahrzeug untersucht hat.«

»Gute Arbeit. Hören Sie, Hancock. Setzen Sie sich mit der Schulleitung in Verbindung und sagen Sie, alle sich noch auf dem Gelände befindlichen Angestellten möchten sich für Vernehmungen noch im Laufe dieses Vormittags bereithalten. Wir kommen rüber, sobald wir die Leiche sichergestellt und die Tatortermittlung abgeschlossen haben.«

»In Ordnung.«

Hancock und Obion machten kehrt und trotteten unter Hinterlassung großer, tiefer Fußspuren zurück zu ihren Fahrzeugen.

»Da ist Classon. Menschenskind, sieh ihn dir an.« Bud zeigte mit dem Finger schräg nach oben in die Bäume hinauf, und ich folgte seinem Blick zu einer Eiche mit eineinhalb Metern Stammdurchmesser. Sie hob sich mächtig und schwarz gegen den dunklen Himmel ab, und auf den dicken Ästen lag der Schnee gut fünfzehn Zentimeter hoch.

In einer Höhe von neun Metern hing an einer dicken Astgabel ein großer schwarzer Müllsack. Obwohl auch er verschneit war, sahen wir, dass oben der Kopf eines Menschen herausragte. Die knallgelben Zugbänder waren um den Hals des Opfers zu einer großen, schlaff herunterhängenden Schleife geschnürt. Von unserem Blickwinkel aus wirkte das Gesicht blaugefroren wie unter einer Eisschicht. Sollte das Simon Classon sein, dann zeigte er kein Lächeln wie auf dem Webseitenbild, das Black aufgerufen hatte. Allem Anschein nach hatte der Mörder ein rotes Wasserskiseil um seinen Hals geschlungen und daran aufgehängt. Sein Mund war mit silberfarbenem Isolierband zugeklebt.

Der Schauder, der mich erfasste, hatte nichts mit der Eiseskälte zu tun. Bilder meines letzten Falls schossen in mir hoch, viel silberfarbenes Isolierband auf vielen toten Frauen und, am allerschlimmsten, die Wahnsinnsangst, die mich quälte, als mit einem Ratsch ein Stück Isolierband abgerissen wurde, um mich an ein Bett zu fesseln. Ein kurzes inneres Schütteln bannte diese Geister zurück ins Dunkel. Das war nun alles vorbei und erledigt, der Mörder sicher weggesperrt in der forensischen Psychiatrie. Zusätzlich beruhigte es mich, dass sich Black einmal wöchentlich mit den dortigen Ärzten kurzschloss, nur um sicher zu sein, dass wir nichts zu befürchten hatten. Dennoch schliefen wir beide mit einer Schusswaffe unter dem Kissen und erwachten schweißgebadet und zitternd aus Albträumen. Nein, hier handelte es sich um jemand ganz anderen. Ein anderes Ungeheuer, das aus dunklen Untiefen auftauchte, um unschuldige und ahnungslose Mitmenschen ins Unheil zu stürzen.

»Fußspuren gibt es keine, Bud. Also hat er ihn hochgebracht, bevor es zu schneien anfing.«

»Richtig. Großer Gott, sieh dir das gefrorene Blut an seinem Kopf an. Er lebte und blutete noch, als der Täter ihn aufgehängt hat. Wahrscheinlich wurde er in seinem Flur überfallen und dann aus irgendeinem kranken Grund hier rausgebracht.«

Simon Classons Kopf hing seitlich herab; von seiner Kopfwunde war Blut heruntergelaufen und zu einem zwanzig Zentimeter langen, von der Schläfe ausgehenden Eiszapfen gefroren. Auf der anderen Seite des Kopfes hatte der Schnee oben eine Art Kappe gebildet, was aussah, als trüge er ein extravagantes weißes Barett.

Ich fragte: »Was meinst du, warum packt ein Täter sein Opfer in einen Müllsack?«

»Wenn ich das zum Teufel noch mal wüsste. Dass es die Bären nicht fressen?« Bud von seiner amüsantesten Seite. Das Lächeln war ihm jedoch vergangen. Mir übrigens auch.

»Warum sollte der Täter Sorge tragen, dass die Leiche nicht von wilden Tieren zerrissen wird? Meinst du, er wollte, dass wir Classon quasi intakt auffinden?«

Bud zuckte mit den Schultern. Er kaute Juicy Fruit. »Vielleicht erfahren wir ja mehr, wenn wir sehen, wie das Opfer unter diesem Müllsack aussieht.«

»Richtig.« Ein weiteres unfreiwilliges Schaudern. Ich war mir nicht sicher, ob ich wissen wollte, was sich unterhalb der schwarzen Plastikhülle verbarg. »Okay, nun kommt es darauf an, wie wir die Leiche herunterkriegen, ohne Beweise zu vernichten. Buckeye und sein Team werden jede Minute eintreffen. Meinst du, wir könnten ihn mit der Seilwinde des Abschleppwagens runterkriegen?«

Bud schüttelte den Kopf. »Kommt nicht hin. Vielleicht sollten wir ein Feuerwehrauto mit einem Rettungskorb anfordern. Sollte es irgendwelche Hinterlassenschaften des Täters geben, dann sowieso unter der Schneedecke. Lass uns ein paar Fotos von der unmittelbaren Umgebung des Baumstamms machen, dann kann das Feuerwehrauto nahe genug ranfahren. Zuerst muss Buckeye rauf, um Fotos von der Leiche zu machen, ehe wir sie nach unten schaffen.«

»Setz dich mit Buck in Verbindung, Bud. Ich will wissen, wann ungefähr er hier sein wird. Dann ruf die Feuerwehr an. Ich will Classon so schnell wie möglich unten und außer Sichtweite der Schule haben.«

Es dauerte eine Weile, den Schauplatz nach Fußabdrücken und anderen Beweisspuren abzusuchen, aber wie erwartet fanden wir nichts. Dann zogen wir uns in Buds Bronco zurück, die Heizung volle Pulle aufgedreht, und warteten auf das Eintreffen des Gerichtsmediziners. Bud entdeckte einen Doughnut auf dem Boden, der vor ein paar Tagen aus der Schachtel gefallen sein musste, und putzte ihn einfach ab, um ihn zum Frühstück zu präparieren. Also was sein Äußeres betraf, war er ja nun wirklich penibel bis zum Gehtnichtmehr, sobald er aber Hunger hatte, spielten Dreck und Schmutz bei ihm keine Rolle. Tatsächlich entpuppte sich das Ding jedoch als eines dieser Wahnsinnsgebäckteile mit Pekannüssen obendrauf, schon leicht versteinert, das ich, als er es mir anbot, trotzdem gern annahm und in meinen Kaffee tunkte, um es aufzuweichen.

Etwa zwanzig Minuten später trafen Buckeye und seine Leute ein, dicht gefolgt von einem schweren Fahrzeug der Bezirksfeuerwehr Canton. Als ich ausstieg, um sie zu begrüßen, türmten sich am Himmel neue graue Wolkenberge, die nur darauf warteten, noch einen halben Meter Schnee mehr über dem See abzuladen.

Buckeye Boyd war unser Gerichtsmediziner. Er sah aus wie Captain Kangaroo aus dieser uralten Kindersendung und ging gern angeln, anders ausgedrückt, er fühlte sich geradezu manisch zur Barschfischerei hingezogen. Für die schönsten Trophäen gab es in seinem Haus einen eigenen Raum, und er besaß an die sechshundert Angelruten und Spulen und vielfarbige Plastikwürmer. In seinem Beruf war er nicht zu überbieten, und in den zehn Jahren, in denen er das Sagen hatte, war nie ein Fehler passiert, aufgrund dessen ein Fall unaufgeklärt geblieben wäre.

»Verdammt, ich dachte, wir hätten jetzt erst mal unsere Ruhe nach dem ganzen Scheiß im letzten Sommer«, sagte er und trank einen Schluck Kaffee aus dem Styroporbecher in seiner Hand. Der Duft von Vanille-Cappuccino wehte lecker zu mir herüber.

Das Schlusslicht bildete mein guter Freund John Becker, auch Shaggy genannt, Shag oder Shag Man. Er trug weder Mütze noch Handschuhe und trank Mello Yello aus einer eisbeschlagenen Großflasche, was ein ziemlich genaues Bild von ihm vermittelt. Aber dafür ist er ein Kriminalist erster Güte. Wenn es an einem Tatort auch nur noch ein klitzekleines Fitzelchen von Beweisstück gibt, er spürt es auf. Er grinste.

»Wie geht's, Claire? Dieser Fall dürfte genau das sein, was du brauchst, um dich wieder einzugewöhnen und ein bisschen warmzulaufen.«

»Ich bin schon wieder voll auf Touren. Letzte Nacht war ich der Star einer Razzia im Rotlichtmilieu.«

»Verdammter Mist! Soll das heißen, ich hab es verpasst, dich in diesen heißen Höschen und Netzstrümpfen zu sehen? Warum hat mich denn Bud nicht wie sonst angerufen? Stammt daher dieses Souvenir im Gesicht?«

Ich nickte, Buckeye jedoch ignorierte Shaggys lockeres Gefrotzel und blinzelte im grellen Schneelicht, als er die schneebeladenen Äste über ihren Köpfen beäugte. »Also dieser Fall dürfte dich kopfüber zurückwerfen ins Getümmel. Großer Gott, schaut euch das an, der Kerl hängt sein Opfer auf wie ein frisch geschossenes Stück Wild.«

Ich sagte: »Buckeye, ich komme mit dir und Shag im Korb mit nach oben.«

»Von mir aus, aber es wird eng werden.«

Es dauerte eine halbe Ewigkeit, das Feuerwehrauto so zu positionieren, dass es weit genug entfernt war, um das Areal direkt unter dem Baum nicht zu berühren, aber doch nah genug, um das Opfer bergen zu können. Schließlich stiegen wir in den Korb und schwiegen beharrlich, als der ausfahrbare Teleskoparm uns langsam zu den Baumwipfeln emporhob. Der Korb streifte einen schneebedeckten Ast, der seine Last auf Bud entlud, worauf dieser ein paar südstaatenmäßige Flüche ausstieß. Je näher wir kamen, umso schlimmer sah das Opfer aus. Es war tatsächlich Simon Classon. Ich erkannte ihn auf Anhieb, trotz der blauen Haut und des blutroten Eiszapfens, der ihm seitlich aus dem Kopf wuchs und in Form und Größe tatsächlich dem Horn eines Einhorns glich. Shag machte Fotos aus allen Blickwinkeln, und ich hoffte zutiefst, Mr Classon möge keine engen Verwandten haben, die sehen müssten, wie der Killer ihn zugerichtet hatte.

Ich wandte mich Buckeye zu. »Irgendwelche Vermutungen bezüglich der Todesursache?«

»Näheres kann ich erst sagen, wenn er aus diesem Sack draußen ist. Ein Grund könnte der Blutverlust sein, falls ihn nicht der Schlag auf den Kopf getötet hat. Könnte aber auch sein, dass er hier draußen erfroren ist.«

»Wann gedenkst du, dich seiner anzunehmen?«

»Heute noch, hoffe ich. Vielleicht diesen Nachmittag.«

»Bud und ich müssen dabei sein. Hier draußen sind wir spätestens im Laufe des Nachmittags fertig, aber ruf uns kurz an, ehe du mit der Obduktion beginnst.«

Während Shaggy die Bergung filmte, besah sich Buckeye, was er vom Körper erkennen konnte. »Der Form des Sacks nach zu urteilen, würde ich sagen, seine Beine sind angewinkelt, möglicherweise in der Embryo-Position, aber was der Mörder sonst noch mit ihm angestellt haben könnte, ist reine Spekulation. Die Frage ist, warum steckt er ihn in einen Sack, und wie zum Teufel hat er ihn in diese Höhe gebracht. Wir müssen schweres Gerät auffahren, um ihn runterzuholen. Außerdem müsste er ihn bei Tag hier hochgeschafft haben. Bei Dunkelheit wäre das unmöglich. Verdammt, jemand muss den Täter beobachtet haben. Die Schule ist in unmittelbarer Nähe, verflixt noch mal.«

Ich beugte mich herum und versuchte zu sehen, wie der Täter das Opfer am Ast festgemacht hat. »Irgendwie muss er das Seil über den Ast geworfen und ihn hochgehievt haben.«

»Und wie hat er es dann festgebunden?«

»Das Seil reicht nicht bis zum Boden. Er muss es festgezurrt haben, solange er mit Classon hier oben war.«

Hier schaltete sich Shaggy ein, bei laufender Videokamera, während er alles filmte. »Warum hinterlässt er das Opfer so nahe bei der Schule, wo es jemand sehen könnte?«

»Das ist die Frage des Tages.« Ich drehte mich im Korb um und hatte einen direkten Blick auf die Hauptgebäude sowie die alte, aus Holz gebaute Kirche. »Sollte Classon noch einmal zu Bewusstsein gekommen sein, hätte er Leute auf dem Schulgelände herumlaufen sehen.«

Buckeye sagte: »Könnte sein, dass der Täter genau das wollte. War vielleicht Teil der Tortur, dass er Menschen dort sehen sollte, ohne in der Lage zu sein, nach ihnen zu rufen.«

»Ziemlich morbide Scheiße«, stellte Shaggy fest.

»Milde ausgedrückt«, kommentierte ich.

Während Shaggy filmte, band Buckeye die Leiche außen am Korb fest und durchtrennte dann mit seinem Taschenmesser das Seil, an dem das Opfer hing. Ich beugte mich nach unten und betrachtete die tiefe, klaffende Wunde an der Schläfe des Mannes. Der dicke Eiszapfen aus Blut war am Kopf festgefroren. Er musste noch am Leben gewesen sein, als er im Baum aufgehängt worden war. Sein Herz musste noch genügend Blut herausgepumpt haben, dass sich ein Stück Eis dieser Größe bilden konnte.

Als wir den Boden erreicht und den toten Körper losgebunden hatten, blickte Bud zu der in Plastik verpackten, auf der Seite liegenden Leiche hinunter. »Mann-o-Mann, diesen Burschen müssen wir kriegen.«

Ich zog meine Latexhandschuhe über und kniete mich neben die Leiche. Ich besah mir das Isolierband über dem Mund des Opfers und schob dann das obere Ende des Sacks beiseite, um zu sehen, ob er mit einer Schlinge erdrosselt worden war.

»Erhängt wurde er nicht. Sieht so aus, als hätte der Täter das Seil unter den Achseln festgezurrt, damit er sich nicht stranguliert. Wer auch immer ihn umgebracht hat, die Person wollte Classon in erster Linie dort oben hängen haben, lebend und leidend.«

Buckeye sagte: »Wir nehmen die Leiche mit, so wie sie ist. Hier draußen im Schnee will ich den Müllsack nicht öffnen, nicht bei dieser Temperatur. Wenn er sehr lange draußen war, müssen wir die Leiche sowieso erst auftauen, eher wir sie obduzieren können. Helft mir doch, sie auf die Trage zu schaffen.«

Während Bud und Shaggy die Trage klarmachten, betrachtete ich Simon Classons Gesicht und fragte mich, wer ihn so gehasst und sich so viel Mühe gemacht haben könnte, um nur ja sicherzustellen, dass er langsam und qualvoll und in Sichtweite seiner Freunde und Kollegen starb. Ich dachte an alle die Engel, mit denen Classons Haus zugepflastert war, und fragte mich, ob er nun bei ihnen wäre. Als er aber dann die Augen öffnete und mich ansah, blieb mir das Herz stehen.

»O mein Gott, Bud, er lebt noch.«

7

Wir packten Classon unverzüglich in den Wagen der Tatortermittler, um ihn ins Krankenhaus zu bringen. Ich saß hinten, während Buckeye Boyd gekonnt über die eisglatten Straßen kurvte und schlingerte, als wäre er Tony Stewart auf dem Talladega Superspeedway. Bud raste in seinem Bronco dicht hinter uns her und machte seinen Fahrkünsten auch als Südstaatler alle Ehre. Ich deckte Simon Classon mit ein paar Leichenhallendecken zu, denn hinten gab es keine Heizung, weil es sich nie zuvor ergeben hatte, ein lebendes Mordopfer zu transportieren. Buckeye riet mir, den wärmenden Müllsack an Classon dranzulassen, bis wir die Notaufnahme erreicht hatten. Ich beugte mich nach vorne und hielt die Decken fest, aber auch, um seinem halb erfrorenen Körper etwas Wärme zu spenden.

Um die Wahrheit zu sagen, ich war schockiert angesichts der bizarren Wendung der Ereignisse, aber nun, da er am Leben war, könnte er uns vielleicht sagen, wer ihm das angetan hatte. Simon Classon lag absolut reglos da, atmete nicht einmal, soweit ich das sagen konnte, aber ab und zu flatterten seine eisverkrusteten Augenlider ein wenig. Ich musste es versuchen.

»Simon, können Sie mich verstehen?« Ich hatte noch immer meine Latexhandschuhe an und zog ihm das Klebeband vom Mund, steckte es in eine Beweismitteltüte und ging dann sehr dicht an ihn heran, starrte auf seine blauen Lippen in der Hoffnung, er würde etwas sagen, irgendetwas, das uns helfen würde, seine Peiniger aufzuspüren. »Wer hat das getan, Simon? Bitte, versuchen Sie zu sprechen, versuchen Sie, es mir zu sagen. Wer hat das getan?«

Simon Classon bewegte sich nicht, äußerte kein Wort, nicht einmal ein Stöhnen; ich gab auf und versuchte, seinen Kopf festzuhalten, während Buckeye, ebenfalls völlig aufgelöst, über die schneebedeckten Straßen schlingerte. Wir erreichten das Canton County Medical Center in weniger als zwanzig Minuten, und ich machte eilends Platz, als das Notarztteam im Laufschritt herankam, die Tragbahre herausfuhr und aufstellte und mit Classon im Gebäude verschwand. Buckeye und ich folgten ihnen, zückten unsere Abzeichen vor der Security, während Classon durch Schwingtüren hindurch in einen grün verhangenen Schockraum gerollt wurde.

»Was ist passiert?« Der verantwortliche Arzt, ein junges Babygesicht wie Noah Wyle, beobachtete ruhig und konzentriert, wie sein Team das Opfer auf den Untersuchungstisch hievte. Auf seinem Namensschild stand Dr. Bingham.

»Versuchter Mord. Wir dachten, er wäre tot, bis er die Augen aufmachte.«

»Okay, nun der Müllsack, schnell.«

Zur der Zeit ungefähr kam Bud angerannt und wir gingen einen Schritt zur Seite, während sich die Schwestern mit Scheren an der schwarzen Plastikhülle zu schaffen machten. Eine von ihnen kannte ich von meinem Klinikaufenthalt im letzten Sommer, Chris Dale, wahrscheinlich eine der bestexaminierten Schwestern im ganzen County. Ich war froh, dass sie Dienst hatte. Als die Plastikhülle endlich zu Boden fiel, griff sie sich Buckeye sofort und stopfte sie in eine große Beweismitteltüte; offenbar erwartete er nicht, dass der Mann überleben würde. Unterhalb des Müllsacks steckte Simon Classon bis zum Hals in einem braunen Daunenschlafsack von der Army.

Bud sagte: »Deshalb also konnte er die kalte Nacht im Wald überleben.«

Ich trat näher, als Dr. Bingham den Reißverschluss herunterzog und die Schwestern den Körper enthüllten, zuckte jedoch zusammen, als sie erschrocken aufschrien und zurückwichen. Dann sah ich, dass Simon Classons nackter Körper teilweise in eine weiße, gazeähnliche Substanz gehüllt war, die wie Engelhaar aussah, das Zeug, womit man Weihnachtsbäume dekorierte.

»Was zum Teufel …?«, begann der Doktor und sprang dann selbst zurück, als fünf oder sechs große Spinnen aus dem Inneren des Schlafsacks krabbelten. Chris Dale kreischte hysterisch, als ein besonders großes braunes Exemplar an ihrem Arm hochkrabbeln wollte und sie es herunter auf den Boden schlug. Der Doktor trat das Tier mit dem Fuß tot. Da wurde mir in einem grauenhaften Moment klar, dass Simon Classons Körper nicht von Engelhaar umhüllt war, sondern von Spinnenseide, so weich und weiß wie Gaze; die im Schlafsack mitgefangenen Spinnen hatten einen klebrigen Kokon um ihr Opfer gesponnen.

Die Notaufnahme geriet aus den Fugen, als noch mehr Spinnen entflohen und zu Boden fielen. Die Ärzte und Schwestern versuchten, so viele zu töten, wie sie nur konnten. Bud stand hinter mir und beobachtete das Geschehen angewidert und stumm, bis eine große Spinne auf ihn zurannte. Er zerquetschte sie unter seinem Stiefel, aber mir lief ein Schauder des Entsetzens bei der Vorstellung über die Haut, was Classon durchgemacht haben musste, als man ihn bei lebendigem Leib mit Dutzenden giftiger Spinnen in einen Schlafsack gesteckt hatte.

Nachdem alle Spinnen tot waren, kümmerten sich die erschütterten Ärzte und Schwestern wieder um den Patienten. Mittlerweile war auch Shaggy mit seiner Kamera eingetroffen und filmte das grausige Szenario. Er ging um Simon Classon herum und hielt das weiße Zeug an seinem Körper filmisch fest. Einige Schwestern weinten, andere machten sich daran, das klebrige Gewebe mit flinker, wenn auch zitternder Hand zu durchschneiden, um den Mann möglichst schnell von seinen Qualen zu erlösen.

Als sämtliche Spinnweben entfernt und mit Alkohol von der Haut gelöst waren, wurden die klaffenden Wunden an Classons Beinen sichtbar. Ich wusste sofort, wo sie herrührten. Durch den Biss der Braunen Einsiedlerspinne wird ein Gift injiziert, das die Haut abfaulen lässt, wie eine Art fleischfressender Virus, sodass tiefe Löcher in der Haut und im Muskelgewebe entstehen. Ich zählte sechs offene, nässende Wunden an seinen Beinen, eine grausig tiefe auf seinem Bauch und einige weitere auf der Brust. Ich schloss die Augen und zwang mich, nicht wegzurennen. Als ich zu Bud sah, war sein Gesicht so blass und blutleer, dass ich schon glaubte, er fiele in Ohnmacht.

Dr. Bingham dagegen hatte den ersten Schock überwunden und Classon an einen Herzmonitor angeschlossen. Ich verfolgte, die grüne, flach über den Bildschirm schimmernde Linie, während die Schwestern noch immer versuchten, letzte Reste Spinnwebreste von Simons nackter Haut zu entfernen.

Ich ertrug den Anblick nicht länger und ging zu Buckeye hinüber, der den auf dem Boden liegenden Daunenschlafsack inspizierte. Für mich war es bei all meiner langjährigen Erfahrung als Mordermittlerin unvorstellbar, wie jemand einen anderen Menschen derart grausigen Qualen aussetzen konnte.

Buckeye sah mich an. »Einen schlimmeren Tod kann ich mir nicht vorstellen. Seine Wunden sind so tief, da muss er schon sehr, sehr lange mit den Spinnen in diesem Schlafsack gefangen gewesen sein.«

Bud grummelte: »O mein Gott, dieser Albtraum wird mich ewig verfolgen.« Er war noch immer kreidebleich.

Buckeye sagte: »Der Täter hat batteriebetriebene Heizsocken in den Schlafsack gepackt. Gerade genug Wärme, damit die Spinnen am Leben bleiben und beißen. Meine Güte, sie müssen tagelang auf ihm herumgekrabbelt sein.«

»Drei Tage. Wir nehmen an, er wurde vor drei Tagen in seinem Haus überfallen.«

Ich warf einen Blick zurück auf den Tisch, wo das Notarztteam das silberne Isolierband durchtrennte, mit dem Classons Hände gefesselt waren. Ich sah auch den Abdruck des von mir entfernten Bands auf seinem Mund, das seine Angst- und Schmerzensschreie unterdrückte.

Ich sagte: »Wie kann ein Mensch nur dazu fähig sein.«

Es antwortete keiner, denn Simon Classons malträtierter Körper beschloss in dem Moment, den Kampf aufzugeben. Er starb, und der unablässige schrille Summton der Apparatur ließ das Notarztteam hektisch agieren. Sie holten den Defibrillator, legten die Elektroden an und begannen mit den Elektroschocks. Die EKG-Linie blieb flach. Sie versuchten es noch einmal, dann noch zweimal, ehe der Doktor aufgab. Er sah uns an. »Es hat keinen Sinn. Er ist tot.«

Ein paar Sekunden lang herrschte Stillschweigen; dann begann eine junge Schwester zu schluchzen. Als sie aus dem Zimmer rannte, sagte Bud: »Verdammter Mist aber auch!«

Ich sah zu Buckeye hinunter, der noch immer vor dem Schlafsack kniete, und mir fiel auf, dass meine Hände zitterten. Alle in der Notaufnahme zitterten. In dem Moment wurde mir eines klar. Wer dazu fähig war, egal ob Mann oder Frau, war kein normaler Mörder, sondern ein seelenloses Monster ohne Herz und ohne Gewissen. Und er befand sich irgendwo dort draußen auf freiem Fuß, möglicherweise noch in unserer unmittelbaren Umgebung, mit noch mehr Spinnen und noch mehr Schlafsäcken und weiteren Opfern, die dazu bestimmt waren, einen unvorstellbar grausigen Tod zu sterben.

Der Erzengel Gabriel

»Okay, Uriel, und nun wird's geheim. Folge mir, aber pass auf, wo du hintrittst, falls eine meiner Schlangen freigekommen ist.«

Gabriel führte ihn in den hinteren Bereich der alten Jagdhütte, in einen kleinen Raum mit einem verbeulten und verrosteten Heizungsboiler. Gabriel kickte ein paar alte Flaschen und Unrat beiseite und schob den Boiler ein Stück weiter. Darunter befand sich eine Falltür.

»Sieh gut zu, Uriel.« Gabriel zog an einem Ring aus Metall, und als sich die Tür öffnete, setzte er sich hin und ließ seine Beine über der Öffnung baumeln. Dann sprang er hinab und war verschwunden. Als Uriel in das dunkle Loch hinunterschaute, sah er Gabriel ungefähr drei Meter weiter unten stehen.

»Setz dich auf die Kante, Uriel, und ich fang dich auf.«

Als sie beide in diesem dunklen Tunnel waren, nahm Gabriel eine alte Öllaterne und entzündete den Docht mit einem Streichholz. Dann machte er sich auf den Weg über den schräg abfallenden Lehmboden und leuchtete, indem er die Lampe vor sich her trug. »Unter der Hütte befindet sich eine Höhle. Ich bin eines Tages darauf gestoßen, als ich eine Maus unter dem Boiler fing. Ich glaube, sie diente dazu, die Räume im Sommer zu kühlen, weil ich in allen Räumen Lüftungsschlitze fand, die dort hinunterführten. Weiter vorne gibt sogar eine heiße Quelle, die sie früher sicher auch genutzt haben.«

Der ziemliche steile Abstieg führte in ein großes, höhlenartiges Gewölbe. Darin roch es seltsam unangenehm wie nach Schwefel von Streichhölzern und nach modrigem Laub. Von oben fiel durch einen schmalen Spalt im Gestein ein schwacher Lichtstrahl herab und sorgte für staubiges Dämmerlicht. Überall standen Aquarien und Käfige herum.

Gabriel sagte: »Diese alten Fischtanks habe ich vom Flohmarkt in der Stadt. Manche haben einen Sprung und sind undicht, aber den Spinnen und sonstigen Tieren ist das egal.« Er stellte das Glas mit der gefangenen Schlange auf den Boden und ging neben einem großen Glastank in die Hocke. »Hey, Uriel, schau mal. Weißt du, was das ist?«

Uriel kniete sich daneben und lugte durch die schmutzige Scheibe. Den Boden bedeckten vertrocknete Grassoden und bergeweise Bachkiesel, und zwischen den Scheiben war ein dicker Ast mit etwas Pappe darauf eingeklemmt. Überall hingen Spinnweben, und auf dem Boden fiel Uriel ein großer Klumpen von der Größe eines Tennisballs auf. Er war ganz in das grauweiße Gespinst eingehüllt. Darin hockte eine große schwarz glänzende Spinne. Sie schien fast drei Zentimeter lang.

»Fass da nie mit der Hand rein, Uriel«, warnte Gabriel. »Merk dir das, okay?« Er wartete, bis Uriel nickte, und sagte dann: »Das hier ist eine Schwarze Witwe, und ihr Gift ist ungefähr fünfzehn Mal tödlicher als das einer Klapperschlange. Damit tötet sie ihre Beute.«

Uriel starrte auf die grässliche Spinne und ging instinktiv etwas zurück.

»So ist es gut, geh nicht zu dicht ran. Sie sind unsere Freunde, weil ich sie hier unten züchte, aber du musst wirklich vorsichtig sein. Siehst du die rote Zeichnung auf ihrem Rücken, die aussieht wie ein Stundenglas? Daran erkennst du, ob es sich um eine Witwe handelt. Sie hat viele, viele Babys, aber sie isst sie auf, weshalb ich ganz viele kleine Gläser habe, in die ich sie reintue. Du kannst Spinnen nicht zusammen halten, denn meistens würden die Großen die Kleinen fressen. Ich mag alles, was giftig ist, du nicht? Aber im Ernst, du musst wissen, was du mit ihnen machen kannst, und was nicht. Ich hab ein paar Bücher aus der Bibliothek geklaut, über alle Arten von Insekten und Spinnen.«

Gabriel war nun in seinem Element. »Ich hab auch Wolfsspinnen und ein paar große haarige Tarantulas, die hier in den Wäldern leben, und ganz viele, viele Braune Einsiedlerspinnen. Wenn die dich beißen, ist es ganz schlimm. An den Stellen beginnt das Fleisch regelrecht zu verfaulen, wusstest du das? Es entstehen richtige offene Löcher in den Armen und Beinen, oder egal wo, echt, die Wunden können so groß werden wie eine Grapefruit. Hab ich selbst schon gesehen, auf Bildern, die ich in der Bibliothek gefunden habe.«

Uriel wurde leicht schlecht. »Wie kann das sein, dass Löcher entstehen?«

»Das Gift ist einfach so stark. Man nennt das, glaub ich, Nekrose, wenn das Fleisch wegfault. Es passiert nicht bei jedem Biss, aber oft. Diese Schwarze Witwe da ist anders. Sie produziert ein Nervengift, das lähmend wirkt. Dann verflüssigt das Gift das Fleisch der Beute, damit sie es leichter verspeisen kann. Du musst dir das so vorstellen, Uriel: Die Witwe fängt die Beute in ihrem Netz, Fliegen und Mücken und so Zeug, dann bohrt sie kleine Löcher hinein und saugt die Körperflüssigkeit aus. Und nach der Begattung fressen die Weibchen die Männchen auf. Du weißt ja, wie die Frauen sind.« Er lachte.

»Was heißt begatten?«, fragte Uriel, nicht ganz sicher, ob er je begatten wollte, was auch immer das war.

»Ach komm, du weißt doch, begatten, damit Babys entstehen, Jungspinnen, wie man sagt. Ich wette, das hast du auch nicht gewusst, oder? Ich züchte Spinnen. Siehst du all diese Gläser dort? Sie sind voll von Jungspinnen. Du kannst mir dabei helfen, sie aufzuziehen.«

Uriel erschauerte, tat aber so, als ob ihm kalt wäre. »Was willst du denn mit so vielen Spinnen?«

»Ich mag sie einfach, das ist alles. Und manchmal benutze ich sie, um die Leute zu erschrecken.«

»Wirklich?«

»Ja. Beim letzten Gemeindepicknick hab ich heimlich eine auf den Kartoffelbrei deiner Großmutter gesetzt, als sie sich gerade unterhalten hat. Du hättest sehen sollen, wie sie den Teller von sich geschmissen hat. Dabei fiel sie aus ihrem Rollstuhl und hat sich die Knie aufgeschürft.« Gabriel lachte und wuschelte Uriels Haare. »Hab doch gesagt, dass ich kein Engel bin. Hey, ich hab 'ne Idee. Wir jagen Freddy einen Schreck ein mit einer meiner Spinnen. Das hat er verdient, bei dem, was er dir angetan hat.«

Uriel wusste nicht, ob er es gut fand, dass seine Großmutter wegen Gabriel aus dem Rollstuhl gefallen war, sie war doch so alt, und überhaupt, sie wirkte so schwach und zerbrechlich. »Ich weiß nicht. Kommt mir alles so gemein vor.«

Gabriel runzelte die Stirn. »Aber Freddy hat dich immerhin zu Tode erschreckt, oder nicht?«

»Doch, hat er, ja.«

»Hast du nicht geglaubt, die begraben dich bei lebendigem Leib? Immerhin hast du geschrien, als wärst du zu Tode erschreckt.«

»Ja, ich hatte wirklich Angst, bis du gekommen bist und mich gerettet hast.«

»Dann müssen wir es ihm heimzahlen. Wir nehmen eine Schlange, wenn dir das lieber ist. Aber weißt du was? Die meisten haben mehr Angst vor winzig kleinen Spinnen als vor großen Schlangen. Das kapier ich nicht. Spinnen sind so klein und niedlich mit ihren vielen langen Beinen. Und die schönen Netze, die sie spinnen. Die sind aus Seide, weißt du, und die Muster sehen fast so aus wie die Spitzengardinen deiner Großmutter.«

»Schon irgendwie schön, stimmt«, gab Uriel zu, indem er einen Blick auf das Wirrwarr der Netze in den Behältern warf. »Aber dieses große Ding da auf dem Boden, was ist das?«

»Ein Streifenhörnchen. Hab ich da reingesetzt, um zu sehen, was passiert. Die Witwe hat es getötet und ganz in dieses Netz eingesponnen. Hat ewig gedauert, aber ich glaube, sie will es frisch halten, als kleinen Pausensnack für später.« Gabriel grinste. »Lecker, nicht wahr? Sie fressen alle möglichen Arten von Insekten, aber auch Kleintiere wie Frösche und Eidechsen. Einen Menschen können sie nicht töten, aber kleine Babys schon, sicher. Vor allem, wenn viele Spinnen zubeißen.«

Uriel nickte und versuchte dabei, das Streifenhörnchen durch den weißen Kokon hindurch zu erkennen. Soweit er es erkennen konnte, war von dem armen kleinen Ding nicht mehr viel übrig.

Nach dem Abendessen an jenem Tag setzte sich Uriel vor ein merkwürdiges altes Radiogerät, das fast so groß wie ein Fernseher war. Seine Großmutter nannte das eine Motorola-Konsole und sagte, sie höre gern Gospelmusik und Spiele von den St. Louis Cardinals. Er antwortete, er höre am liebsten Übertragungen von Spielen der Pittsburgh Pirates, worauf sie ihm versprach, er könne die Pirates bei deren nächstem Spiel im Busch Stadium hören.

Vor dem Schlafengehen gab sie ihm noch ein Glas Milch und einige selbst gemachte Haferplätzchen mit Rosinen. Sie schmeckten gut, und auch das Abendessen hatte er gemocht – Schinken, Süßkartoffeln und grüne Bohnen aus dem großen Garten hinter ihrem Haus. Sie sagte, er könne ihr beim Unkrautzupfen helfen und dass sie Tomaten und Mais für den Winter einmachen würden. Sie gab ihm einen Gutenachtkuss und drehte den Docht herunter, bis es dunkel im Zimmer wurde und er sich zu fürchten begann.

Er verbarg den Kopf unter der Decke und weinte, denn er vermisste seine Mama, Papa und Katie. Er dachte an Gabriel und seine unter der Jagdhütte versteckte Höhle, und er fragte sich, ob Gabriel wohl dorthin zurückgegangen war, nachdem sie auf der Veranda der Großmutter Apfelkuchen mit Zimt gegessen hatten.

Seine Großmutter hatte gesagt, Gabriel sei ein guter christlicher Junge und hätte guten Einfluss auf Uriel.

Uriel erstarrte, als er das leise Kratzen hörte. Er dachte an die unheimlichen Spinnen in Gabriels Höhle. Er bekam Gänsehaut auf den Armen und schauderte, aber als das Kratzen nicht aufhörte, wagt er einen kurzen Blick. Jemand war draußen am Fenster. Dann sah er, dass es Gabriel war, der ihm mit einer Taschenlampe ins Gesicht leuchtete. Uriel krabbelte aus dem Bett, durchquerte das Zimmer auf Zehenspitzen und öffnete das alte Schiebefenster.

»Beeil dich, Uriel, zieh dich an. Es geht los!«

»Aber was ist, wenn Großmutter etwas merkt?«

»Sie wird nichts merken. Ich hab mal gehört, wie sie im Gebetskreis gesagt hat, dass sie jeden Abend eine Medizin zum Schlafen nimmt. Und nun komm, schon, wir haben nicht ewig Zeit!«

So schnell er konnte, zog Uriel eine abgeschnittene Jeans an, seine alten Reeboks und ein schwarzes T-Shirt mit Piraten-Aufdruck. Er spähte vorsichtig in den Flur, aber im Haus war es ruhig und still, und seine Großmutter schnarchte unten in ihrem Zimmer. Er war ziemlich aufgeregt, als er aus dem Fenster kletterte. Gabriel hielt einen Leinensack in der Hand, in dessen Innerem sich etwas bewegte und laut summte.

»Was ist da drin, Gabriel?«

»Ein Hornissennest. Wir rächen uns ein bisschen an Freddie für das, was er dir angetan hat. Komm!«

Im Wald war es stockfinster, und man hörte Frösche quaken, Heuschrecken zirpen und anderes Getier im Unterholz rascheln. Uriel fürchtete sich und blieb dicht hinter Gabriel, bis sie an einer schwarzen Asphaltstraße herauskamen. Dort stand Gabriels Motorroller, und er hängte den Sack an den Lenker und half dann Uriel, der hinten aufstieg.

Uriel war ganz außer sich, als sie losfuhren und der kühle Nachtwind seine Haare über den oberen Rand seines Verbands wehte.

Er schmiegte sich eng an Gabriel an und hielt sich fest, denn er saß zum ersten Mal auf einem Motorroller, hatte aber keine Angst, schließlich war Gabriel ja bei ihm. Nach ungefähr zehn Minuten erreichten sie den richtigen Briefkasten und hielten unter einer Gruppe von Walnussbäumen an.

Gabriel nahm den Sack voller Hornissen und schlich sich im Schutz von Büschen an der Kiesstraße entlang, die zum Haus führte, einem einstöckigen Farmhaus, dem seiner Großmutter nicht unähnlich. In den vorderen Fenstern brannten ein, zwei Lichter. Sie krochen durch ein paar seitlich am Haus stehende Fliederbüsche. Aus dem Inneren hörten sie Geräusche einer Spätabend-Show und Männerlachen.

»Das ist sein Daddy«, flüsterte Gabriel. »Freddys Zimmer liegt hinten, und schau mal, das Baby braucht noch ein Nachtlicht.«

Als sie unter Freddys Zimmerfenster standen, hob Gabriel Uriel hoch, damit er das Superman-Nachtlicht auf der Kommode sehen konnte. Freddy schlief in einem Bett direkt unter dem Fenster, das offen war, damit die kühle Nachtluft hereinkam. Nachdem Gabriel Uriel wieder heruntergelassen hatte, grinste er und legte den Zeigefinger auf die Lippen. Mit einem Taschenmesser schlitzte er das Fliegengitter auf und stopfte das obere Ende des Sacks durch die Öffnung, worauf die Hornissen als wütende braune Wolke heraus und in Freddys Zimmer flogen. Gabriel warf das Nest direkt unter dem Fenster zu Boden und zog Uriel sicherheitshalber ein Stückchen weg vom Fenster, wo sie sich niederduckten und lauschten. Er grinste zufrieden, als Freddy lauter aufschrie, als Uriel es je gehört hatte. Seine Schreckensschreie hallten in die Nacht hinaus, bis Freddys Mutter ins Zimmer gelaufen kam und das Licht anmachte. Als auch sie zu kreischen anfing, nahm Gabriel Uriels Hand und sie rannten wie Wildtiere durch die Nacht, bis sie lachend und außer Atem den Motorroller erreichten.

8

Als Classons Leiche in einem Sack verstaut in die Gerichtsmedizin gefahren wurde, waren die jungen Akademiestudenten bereits draußen, bauten Schneemänner und lieferten sich Schneeballschlachten. Winterfreuden, ungetrübt von Trauer. Anders drinnen im Schulgebäude. Hier bevölkerten die Lehrer die Gänge, flüsterten aufgeregt und beäugten uns misstrauisch. Einen sprachen wir an und fragten, wo wir den Direktor finden könnten, woraufhin wir durch einen breiten Gang nach hinten geführt wurden. Dort stießen wir auf Christie, die junge, gut gebaute Privatsekretärin des Direktors, die sich netterweise anbot, uns ein Frühstück aus der Schulcafeteria zu holen. Bud und ich waren nicht sonderlich hungrig nach dem, was wir gerade erlebt hatten, sagten aber nicht Nein zu einem Becher heißen Kaffee.

Es stimmte schon, Christie Foxworthy war genau die Art Frau, bei denen verheiratete Frauen ungern sahen, dass sie für ihre Männer Diktate aufnahmen, Kaffee kochten oder sonst etwas in einem Umkreis von weniger als dreißig Metern für sie verrichteten. Sie war wirklich sehr attraktiv, kaum älter als die obligatorischen achtzehn Jahre und trippelte auf hochhackigen Stöckelschuhen hin und her, was mich an meine eigenen Gehversuche als Stadtschlampe erinnerte. Christies High Heels waren neongrün, vermutlich ihre Art, weihnachtliche Vorfreude auszudrücken. Bud jedenfalls war ihr schon verfallen. Das sah ich an seinen Stielaugen, als sie uns in ihrem Büro zurückließ, um den großen Boss hereinzuholen.

»Boah, ich wusste gar nicht, dass es dieses Modell noch gibt. Johnstone hat ja richtig Geschmack.«

»Genau, Bud, Bondgirls, die auch noch tippen können, sind heutzutage eine Rarität.«

Dann kehrte Christie mit schlechten Nachrichten zurück. Dabei verzog sie die glossigen Lippen sogar zu einem richtigen Schmollmündchen.

»Es tut mir ja so leid, aber Dr. Johnstone führt gerade ein wichtiges Überseegespräch. Es dauert länger als angenommen. Würde es Ihnen sehr viel ausmachen, gegenüber in unserem Konferenzzimmer zu warten?«

Ihr Akzent klang sehr nach Brooklyn.

»Nicht im Geringsten, Miss Foxworthy. Oder ist es Mrs?«

»Es ist Miss.« Sie sah Bud vieldeutig an und warf ihr schulterlanges, sonnengesträhntes Haar mit einer schwungvollen, Christina Aguilera würdigen Kopfbewegung zurück. Hoffentlich konnte sich Bud zusammenreißen, bis wir sie vernommen hatten.

Ich sagte: »Eigentlich, Miss Foxworthy, würden wir Ihnen auch gern einige Fragen stellen, wenn Sie ein paar Minuten Zeit für uns hätten.«

Christie blieb in der Tür stehen und richtete ihren anmutigen Blick auf mich. Ich bin mir nicht sicher, ob sie mich bis jetzt überhaupt wahrgenommen hatte, denn ich bin ja nicht Bud. Bud sah ziemlich gut aus, bezaubernd sogar, und er hatte diese Testosteronwirkung auf manche Frauen, speziell jüngeren, die sein schleppend träger Südstaatenakzent und die dicke Waffenbeule antörnten. Gut möglich, dass er im Moment auch noch anderswo eine Beule hatte.

»Mir? Warum wollen Sie mich denn sprechen?«

»Haben Sie das Opfer, Simon Classon, gekannt?«

»Ja, natürlich. Ich kenne jeden, der hier zu tun hat.«

Ich wartete, bis es ihr dämmerte, dass sie damit ihre eigene Frage beantwortet hatte. Sie sah mich weiterhin fragend an. Okay, besser ich hämmere es ihr manuell ein. Wenn ich nur einen Holzhammer hätte.

»Da Sie das Opfer kennen, könnten Sie uns vielleicht bei den Ermittlungen behilflich sein.«

Sie starrte noch immer ins Leere, als ob ich Chinesisch sprechen würde. Oder vielleicht war ich ja unsichtbar und wusste es nur nicht. Ich wandte mich hilfesuchend an Bud und war leicht verwirrt über sein dämliches, goofyhaftes Grinsen. Sein Zahnaufheller zeigte jedenfalls Wirkung.

Nach einer Weile stimmte sie zu: »Okay.«

Na also, warum nicht gleich. Wir folgten ihr ins Konferenzzimmer. Rechter Hand sah ich eine Gruppe von Leuten im Flur stehen, die leise flüsterten und verstohlen zu uns herüberblickten. Bud hingegen hatte nur Augen für Christies kleinen Po, der sich in ihrem kurzen, engen schwarzen Rock hin und her wand, als wollte er versuchen, auszubrechen.

Der Konferenzraum war in Wirklichkeit ein Lehrerzimmer mit mehreren großen Tischen mit Klappstühlen, aber wir steuerten zwei große schwarze Schaukelstühle an.

»Hätten Sie gern Ihren Kaffee, während Sie warten?«

»Das wäre sehr nett.«

»Geben Sie mir doch bitte Ihre Mäntel.«

Wir wanden uns aus unseren braunen Polizeiparkas und stopften die Handschuhe in die Taschen. Sie hängte beide auf einen Messingkleiderständer in der Ecke und betätigte sich dann in einer kleinen Kochnische, wo sie unseren Kaffee in weiße Styroporbecher goss.

Durch ein großes Fenster hindurch sah ich verschneite, baumbestandene Berge, und an einem entfernt liegenden Hang benutzten Kinder große Pappkartons als Schlitten. Sie hatten viel Spaß; offenbar wurden sie nicht von Classon in Angelologie unterrichtet. Vielleicht gab es ja irgendwo auf dem Campus jemanden, der sich Classons plötzlichen Tod zu Herzen nahm und Rotz und Wasser heulte. Nur hatte ich ihn oder sie noch nicht gesehen, und eigentlich schien der Mord niemanden groß aus der Fassung zu bringen. Aber sie kannten ja die grausigen Details noch nicht. Über kurz oder lang würde sich wilde Bestürzung breitmachen.

Dann kam Christie zurück. Sie reichte mir meinen Kaffee, und Bud hielt den Becher ehrfürchtig in der Hand wie eine Liebesgabe. Sie rückte einen dritten Schaukelstuhl heran, schlug demonstrativ vor Bud die Beine übereinander und wartete auf entsprechende Reaktionen. Sie musste nicht lange warten.

Ich sagte: »Wir wissen Ihr Entgegenkommen sehr zu schätzen, Miss Foxworthy.«

»Ich habe wirklich nicht allzu viel Zeit. Es klingelt ständig das Telefon, schon den ganzen Tag.«

Ich beschloss, herauszufinden, wie jemand aus New York in die Bergregion der Ozarks nach Missouri kommt. »Klingt so, als wären Sie weit von zu Hause entfernt.«

Sie wirkte mächtig überrascht. Vielleicht hatte noch niemand ihren Akzent bemerkt.

Ich beschloss, sie noch mehr zu überraschen. »Brooklyn, stimmt's?«

»Aber ja.« Sie wurde allmählich warm mit mir. Wahrscheinlich hielt sie mich für ein Genie oder auch aus New York gebürtig.

Bud erklärte: »Ich liebe New York. Erst letzten Sommer war ich dort.«

»Echt?« Bud wurde immer interessanter. Sie kreuzte ihre Killerbeine andersherum. Bud saß mittlerweile auf der vordersten Kante des Stuhls. Sie sagte: »Haben Sie da Urlaub gemacht?«

»Es ging um einen Fall, aber ein, zwei Broadwayshows hab ich eingeschoben. Muss ja sehr ruhig sein für Sie hier unten, nach all dem Trubel und dem Lärm.«

»Genau. Ich hab mich noch an keinem Ort so gelangweilt wie hier. Ich vermisse die Stadt wie verrückt, aber ich musste schnellstens raus.«

Aha. »Warum denn das, Miss Foxworthy?«

»Ich hatte diesen Freund, der drohte, er bringt mich um, wenn ich ihn nicht heirate, aber er hatte mit ziemlich üblen Burschen zu tun, wenn Sie wissen, was ich meine.« Sie blinzelte mir zu.

Ich sah sie eindringlich an und rätselte, ob ich wusste, was sie meinte.

»Sie meinen, mit Leuten wie Tony Soprano, bumm bumm, baller baller, und so was?« Bud lachte, nur für alle Fälle.

»Richtig, bumm bumm, baller baller. Aber Tony Soprano gibt's nur im Fernsehen.«

Stimmt. Danke für die Klarstellung, Christie. »Wie lange arbeiten Sie schon hier an der Akademie, Miss Foxworthy.«

»Fast ein Jahr mittlerweile, aber mir kommt es vor wie zehn.« Sie senkte die Stimme. »Ich hasse es hier, und zwar von ganzem Herzen. Ich muss Abendstunden nehmen, weil ich ja hier arbeite, und die hasse ich auch. Aber ich muss mein Diplom in Astrophysik abschließen.«

Und ich bin Schneewittchen mit einem Abschluss in Biochemie. »Beeindruckend.«

»Ja, nicht wahr? Alle dachten, ich würde als Friseuse enden, oder als Nagelstylistin, aber nun sieh mal einer an.« Sie strahlte wie eine 100-Watt-Birne. Bud strahlte zurück. 200 Watt. O Mann. Diese Vernehmung könnte man als Film verwerten. *Gangsterbräute aus Brooklyn auf Abwegen.* Christie müsste nur noch ihr T-Shirt hochziehen und ihre Implantate präsentieren.

»Ich wusste gar nicht, dass sie hier Astrophysik lehren. Eigentlich weiß ich recht wenig über den Lehrplan hier an der Akademie. Bis auf den Kurs in Angelologie.«

»Oh, dieser Engelkurs ist ein Wahlfach. Wir sind kein religiöses Institut. Es gibt viele Wahlfächer hier, aber sie spielen keine Rolle bei den Abschlüssen.«

Sehe ich etwa aus wie der letzte Trottel? Liegt es daran? Oder sieht Bud wie ein Dummkopf aus? Nun, im Moment scheint das genau der Fall zu sein, besonders da Christie ihre seidigen, nackten, studiogebräunten Beine ständig neu mal so, dann wieder so überkreuzt. Nicht einmal Netzstrümpfe gönnte sich die Lady aus Brooklyn, auch nicht bei dezemberlichen Minusgraden.

»Erzählen Sie uns doch ein bisschen über Simon Classon. Kannten Sie ihn gut?«

Sie nickte. Wir warteten. Sie nickte abermals, falls wir es nicht gesehen hatten.

»Also kannten Sie ihn?«

Sie nickte. Okay, ein schlichtes Ja oder Nein zur Antwort hatte sie drauf, unklar war, ob sie auch ganze Sätze bilden konnte. Also dachte ich mir eine Frage aus, die sie mit echten Substantiven und Verben beantworten musste.

»Woher stammte Mr Classon?«

Enger Blickkontakt, die grauen Zellen arbeiten auf Hochtouren, ja, Christie, komm, du schaffst es, nur dieser eine Gedanke, halt ihn fest.

Schließlich sagte sie: »Missouri?«

»Sie sind sich nicht sicher?«

»Warum meinen Sie?«

»Na ja, Ihre Antwort klang wie eine Frage.«

»Ach wirklich? Wusste ich gar nicht.«

Fast wollte ich fragen, ob sie mit Jacqee zusammen mal die Uni in L.A. besucht hatte, ließ es aber doch lieber sein.

»Was für eine Art Mensch war Mr Classon?«

»Ein ziemlicher Trottel. Ich war bei ihm in diesem Engelkurs, aber ich konnte ihn auf den Tod nicht ausstehen.«

Okay, Christie, nun wird's richtig spannend.

Bud grinste, offenbar war er von ihrer Ehrlichkeit beeindruckt. »Sie konnten nichts mit ihm anfangen, hm?«

»Nein, Sir, wirklich nicht.«

»Und warum?« Die Kleine nahm kein Blatt vor den Mund, wenn man sie erst einmal so weit hatte.

»Er war einfach nur gemein und gehässig zu allen. Niemand mag ihn, das werden Sie schon sehen. Jeder hat Angst vor ihm.«

»Angst? Warum das denn?«

Bud und ich saßen nun nach vorne gelehnt, hingen geradezu an ihren Lippen, aber womöglich aus ganz unterschiedlichen Gründen.

Christie sah zur Tür; offenbar rechnete sie mit lauschenden Direktoren. »Er hat hier sehr viel Macht, wissen Sie, sozusagen unter der Hand.«

»Ich glaube, ich weiß nicht so recht, was Sie mit ›unter der Hand‹ meinen.«

Sie warf mir einen Wie-dumm-sind-Sie-denn-Blick zu. »Nun, Sie müssen wissen«, – sie begann zu flüstern – »er hat Einfluss auf die Leute im Beirat. Lässt beispielsweise Leute feuern, die ihm nicht passen.«

»Womit er sich extrem unbeliebt bei den Kollegen macht«, sagte Bud.

»Außer bei denen, die ihm in den Hintern kriechen. Die kriegen alles, was sie wollen. Sie verstehen, fette Gehaltserhöhungen und gute Büros.«

»Ah ja.« Also wie in jedem x-beliebigen Laden mit mehr als einem Angestellten. Auch bei uns auf der Wache gab es einige mit braunen Nasen und wunden Knien.

»Hatte Mr Classon besondere Freunde, mit denen er gern zusammen war?«

»Eigentlich nicht, sogar seine Sekretärin hasst ihn und redet nur schlecht über ihn.« Christie äugte wieder zur Tür. »Das hier bleibt doch unter uns, oder? Dr. Johnstone erfährt nicht, was ich sage?«

Wohl ein bisschen spät für diese Frage. »Ihre Aussage wird streng vertraulich behandelt. Sind Sie selbst je mit Simon Classon aneinandergeraten, Mrs Foxworthy?«

»Nicht wirklich, nun, okay, ein- oder zweimal vielleicht. Ich kann ihn wirklich nicht ausstehen. Jedenfalls hat er mir Angst eingejagt.« Sie senkte ihre Stimme wieder. »Vergessen Sie nicht, mein Boss darf davon nichts erfahren. Er würde rasen vor Wut und mich feuern, aber es ist die Wahrheit, das verspreche ich.«

Nun, was wollten wir noch mehr, da wir Christies Versprechen hatten. »Schildern Sie uns die Situationen, in denen Sie mit Classon Streit hatten. Was ist passiert?«

»Nun, er rief einfach an bei mir und machte mich am Telefon nieder. Das machte er mit vielen, und da hab ich irgendwann mal angefangen, einfach den Hörer wegzuhalten und ihn brüllen zu lassen. Ich hab den Hörer sogar weggelegt und weitergetippt. Wissen Sie, manchmal war er, nun, man kann schon sagen, fast wie verrückt. Dann wurde sein Gesicht rot und fleckig, und er rannte herum und warf Gegenstände auf den Boden. Ich muss echt sagen, manchmal rastete er regelrecht aus.«

»Was war der Grund für diese Wutausbrüche?«

Christie zuckte mit den Schultern und schüttelte ihr fließendes Haar wie diese Mädchen in der Shampooreklame. »Er ist ein Spinner, mehr gibt's dazu nicht zu sagen.«

Bud sah mich an: »Und Sie meinen, alle denken so über ihn?«

»Ich kenne keinen, der ihn nicht hasst, sogar manche seiner Schüler hassen ihn. Aber ich glaube, er war nicht ganz so schlimm, wenn er vor der Klasse stand, immerhin redete er über Engel. Der Kurs über Teufelsverehrung hätte besser gepasst, wenn Sie mich fragen.«

Bud und ich sahen uns wieder an. Ich sagte: »Es gibt hier einen Kurs über Teufelsverehrung?«

»O ja, der ist sogar besonders beliebt. Auch ein Wahlfach, heißt aber eigentlich anders, nämlich: Heidentum – Einflüsse auf die Religion heute. Aber der Satan und Gespräche über das Böse kommen darin vor, und dass manche den Teufel verehren, und lauter so Zeug, wissen Sie. Die Kids fahren voll darauf ab. Mir hat der Kurs auch gefallen. Und Mr Rowland ist wirklich ein sehr guter Lehrer.«

Heiliger Bimbam. Was war denn das für eine Schule? Ob Black wohl wusste, was an diesem Rückzugsort in den Wäldern gelehrt wurde? »Könnten wir vielleicht eine Auflistung aller Kurse und die entsprechenden Teilnehmerlisten bekommen? Und mich würde auch der bildungsmäßige Hintergrund der Dozenten interessieren.«

»Können Sie alles bekommen. Oh, ich höre mein Telefon klingeln. Kann ich jetzt gehen?«

Bud sagte: »Sicher. Und danke für alles, Christie.«

»Nichts zu danken, Detective Davis.«

Wir ließen ihr Zeit, aus den Raum zu schwänzeln, dann sagte Bud: »Teufelsverehrung 101, hm?«

»Vielleicht sollten wir den Kurs mal im Auge behalten, hm?«

»Genau. Am Ende lehren die dort noch Grabräuberei.«

»Aber wir haben doch diesen Kurs Forensik für Anfänger. Ist auch nicht weit entfernt von Grabräuberei, wenn du mal überlegst.«

Im Türrahmen erschien ein Hüne von Mann, besagter Dr. Johnstone, wenn mich nicht alles täuschte. Er trug einen rein weißen, hervorragend geschnittenen Anzug, ein gestärktes weißes Hemd und eine weiße Krawatte. Eigentlich trug man ja nur bis zum ersten September weiß in unseren Breiten, aber was soll's; jeder so, wie er's mag. Ich erwartete passende weiße Schuhe im Gatsby-Stil, wie Elvis sie trug, aber mein Blick fiel auf nackte Füße in Ledersandalen. Jesuslatschen? Im ersten Moment taten mir seine Zehen leid, aber hey, wenn der Boss nichts gegen Schnee in seinen Sandalen hat, ging mich die Sache auch nichts an.

Andererseits war er mindestens so braun wie Ernest Hemingway nach einem ganzen Jahr in Key West. Seine Augen hatten eine merkwürdige Farbe, ein sehr blasses Grau, fast weiß, und er hatte eine richtige buschig blonde Löwenmähne, die zurückgebunden mit einem schneeweißen Haargummi vielleicht besser ausgesehen hätten. Quer über die Stirn bis zum Haaransatz verlief eine weiß schimmernde Narbe, und etwas weiter unten, im rechten Ohrläppchen, glitzerte ein protziger Diamantstecker. Er war glatt rasiert und auf eine kantige Art gut aussehend, trotz Krähenfüßen an den Augenwinkeln. Nach seinem muskulösen Körper zu schließen, trainierte er viel, möglicherweise auch mit freien Gewichten.

Ich stand auf, leicht verlegen, wenn auch nicht allzu sehr, weil er Buds sarkastische Bemerkung gehört hatte. Nennen Sie mir eine seriöse Schule, an der satanistisch angehauchte Inhalte gelehrt wurden. An der Louisiana State University gab es solche Kurse nicht.

»Hallo. Ich bin Detective Claire Morgan vom Canton County Sheriffs Departement, und dies hier ist mein Kollege, Detective Bud Davis.

Er kam uns mit ausgestreckter Hand entgegen. »Angenehm. Ich bin Dr. Johnstone, Direktor der hiesigen Akademie.«

Ich schüttelte ihm zuerst die große braune Hand; sein Händedruck war fest und trocken. Dann gab ihm Bud die Hand. »Hoffentlich habe ich Sie nicht beleidigt, Dr. Johnstone. War nur ein Witz.«

»Schon gut, Detective. Wir unterrichten hier an der Akademie tatsächlich einige eher unorthodoxe Fächer, aber immerhin auf ausdrücklichen Wunsch unserer Studenten. Unsere Studenten sind jung und überaus intelligent. Fast alle sind hochbegabt. Das gehört zu unseren Bedingungen.«

Bud grinste. »Und ich dachte, die University of Georgia hätte strenge Aufnahmebestimmungen.«

Ich sagte: »Wo finden Ihre Anwerber denn diese Genies, Dr. Johnstone?«

Dr. Johnstone richtete seine kristallklaren Augen auf mich. Ich hielt seinem Blick stand, weil ich wusste, dass er mich einschüchtern wollte. So leicht gebe ich nicht klein bei, fragen Sie Black.

»Fakt ist, dass die meisten unserer Studenten Schwierigkeiten mit dem Gesetz hatten, dabei aber intellektuell und künstlerisch so begabt sind, dass die Jugendbehörden dafür sind, ihnen eine zweite Chance zu geben. Und so landen sie hier bei uns.«

Bud sagte: »Im Grunde genommen leiten Sie also eine Schule für missratene Genies.«

Ich hielt das für verdammt clever und lächelte, was Dr. Johnstone nicht nachvollziehen konnte. Stattdessen reagierte er unwirsch: »Ich finde das überhaupt nicht lustig. Diese armen Geschöpfe stehen am Abgrund, und wir helfen ihnen dabei, für die Gemeinschaft taugliche Bürger zu werden.«

Nun wurde Bud merklich sauer: »Oh, hätt' ich ja beinahe vergessen. Das alles plus Teufelsverehrung lernt man hier in zehn kleinen Schritten.«

Ein gewisses Maß an Verärgerung empfand ich auch. Für wen hielt sich dieser Kerl eigentlich? »Meinen Sie, irgendeines Ihrer hochbegabten Problemkinder ist imstande, den Angelologieprofessor zu ermorden?«

Wieder traf mich der Blick seiner blassen Augen, die wortlos zu sagen schienen: »Sie sind ein richtiges Miststück, nicht wahr?« Mein verächtlicher Blick antwortete mit Ja.

»Vielleicht sollten wir das Gespräch lieber in meinem Büro zu Ende führen. Wäre sicher für uns alle bequemer.«

Genau. Und wenn ich eine Vermutung wagen dürfte, würden wir dort auch abgehört werden.

Dr. Johnstone führte uns über den Gang und durch Christies Büro hindurch in sein eigenes Reich. Christie gab vor, etwas zu tippen, als wir vorbeikamen, als hätte sie sich nicht schon ausführlich über den toten Mr. Classon und dessen Widerwärtigkeit geäußert.

Johnstone hatte einen beeindruckend großen Schreibtisch komplett in Weiß, einschließlich der Schreibunterlage. Er ging nicht daran vorbei, sondern um ihn herum. Am anderen Ende des Raums gab es einen Sitzbereich mit einer weißen Couch und zwei

Ohrensesseln. Auch die Wände waren ganz in Weiß gehalten, mit Ausnahme der Wand hinter dem Schreibtisch, die mit exotischen roten Masken geschmückt war, die verdächtig nach Beelzebub aussahen. Vielleicht war er ja für den Unterricht über die Unterwelt zuständig. Ich ließ die weißen Teppiche und Vorhänge, die weißen Tische und Stühle und die weißen Lilien in weißen Vasen auf mich wirken und war für einen Moment regelrecht geblendet. Ich hatte das Gefühl, in einen Schneesturm geraten zu sein.

»Setzen Sie sich«, er wies auf zwei weiße, lederbezogene Ohrensessel vor seinem akribisch aufgeräumten Schreibtisch. Wir nahmen Platz, aber ein Blick auf Buds verfinstertes Gesicht sagte mir, dass er von Jesus Johnstone nicht so entzückt war wie von der kleinen Foxworthy, die im Vorzimmer nebenan vorgab zu tippen.

»Tut mir leid, dass Sie warten mussten. Ich hatte ein Gespräch mit einem Beiratsmitglied in Paris. Unmöglich, das einfach abzubrechen.«

Mist. Das bedeutete, dass Black sich einmischte. »Wusste er von dem Mord?«

»Man geht also von einem Mord aus?«

»Mit ziemlicher Sicherheit.«

»Mir wurde gesagt, er habe sich erhängt.«

»Da müsste er sich zuvor noch mit einer ganzen Menge Einsiedlerspinnen in einen Schlafsack gezwängt haben.«

Ich beobachtete Johnstone genau, und er wirkte anfangs tatsächlich geschockt, dann angewidert. Aber wer wäre das nicht?

»Ist das wieder ein Witz, Detective, oder ist das wahr?«

Hierüber ärgerte sich Bud, und dabei ist er einer der ruhigsten Typen, mit denen ich je zusammengearbeitet habe. »Ich mache keine Witze über Mordopfer. Dieser Mann wurde zu Tode gefoltert, und das ist gar nicht lustig.«

»Sagten Sie wirklich, er war in einem Schlafsack voller Spinnen? Mein Gott, das ist …«

Ihm fehlten die Worte, also half ich ihm weiter: »… etwas, wozu ein Teufelsverehrer fähig ist, oder gar ein Satansjünger. Vielleicht sogar jemand, der ab und an schon mal eine dieser roten Masken trägt, die Sie da an der Wand hängen haben. Ich vermute mal, von Ihren brillanten Studenten hat keiner jemals einen Kurs darüber verlangt, wie man einen Lehrer umbringt, oder?«

Johnstone sah mich an, als wäre ich eine dreckige kleine Kakerlake, die er am liebsten mit seinen luftigen Sandalen zermatschen würde. »Wissen Sie was? Ich glaube, wir hatten hier von Anfang an einen schlechten Start.«

Genau. Einen sehr schlechten. »Könnte sein.«

»Tut mir leid, wenn ich Sie beleidigt habe. Aber um die Wahrheit zu sagen, ich war etwas verärgert, als Sie beide sich über meine Schüler lustig gemacht haben.«

»Das war nicht unsere Absicht, aber es interessiert mich nun mal, warum Sie Jugendlichen mit schweren Problemen solche Kurse anbieten. Damit beschwören Sie doch nur noch mehr Probleme herauf, oder etwa nicht?«

»Ich glaube, Sie missverstehen den Zweck dieser Kurse, Detective Morgan. Es geht darin nicht um den Teufel oder das Böse. Eigentlich kommt diese Thematik kaum vor. Es geht um heidnische Religionen und um schlechte Einflüsse darin, aber auch um die Inquisition und andere Perioden, in denen sich die Kirche im Namen Gottes abscheuliche Verbrechen geleistet hat. Sie dienen zur Ergänzung unserer anderen Kurse auf diesem Gebiet, Angelologie und vergleichende Religionsbetrachtung. Daneben bieten wir noch unabhängige Projekte über alle größeren Weltreligionen an, darunter auch Wicca.«

»Genau, auch Wicca. Was für ein Zufall, dass meine Großmutter auch eine praktizierende Hexe war.« Bud, diese Witzkanone, war noch immer stinksauer. Eigentlich war ich sogar erstaunt, dass er überhaupt Bescheid wusste, denn ich zweifelte, ob dieser Kult in Georgia verbreitet war.

Dieser Typ war mir und Bud weiterhin unsympathisch, und auf

unseren Instinkt konnten wir uns beide verlassen. Ich dachte nach, ob Black etwas gesagt hatte, ob er ihn mochte oder nicht. Andererseits war Black jedoch eine bedeutende Persönlichkeit, und Johnstone würde sich ihm gegenüber von seiner besten Seite zeigen. Außerdem war Black reich und spendete horrende Summen. Ich übte mich weiter im Anstarren mit Häuptling Blassauge, wobei mir auffiel, dass ein Lichtstrahler von der Decke auf sein Löwenhaupt herunterleuchtete und einen kreisförmigen Schein um seine Haarpracht bildete. Ja, er setzte definitiv auf den Heiligenscheineffekt. Je mehr Zeit verging, umso weniger gut kam er dabei weg.

»Mich würde interessieren, was es mit diesen Masken auf sich hat, Dr. Johnstone. Sehen ja sehr interessant aus. Woher kommen sie?«

Johnstone drehte sich um und bewunderte seine Sammlung. Er wurde richtig zugänglich bei dem Thema, lächelte sogar ein wenig. Ich hatte es doch gesagt – Honig. »Aus Hongkong. Ich hab sie von meinem letzten Besuch dort mitgebracht. Eigentlich handelt es sich um indonesische Teufelsmasken, aber das ist nicht der Grund, warum ich sie gekauft habe. Ich fand das handwerkliche Niveau außerordentlich. Haben Sie die in Christies Büro gesehen? Ich hab sie extra für sie mitgebracht. Sie stellt einen weiblichen Dämon dar. Sie hat sie mit in ihren Kurs über Heidentum genommen und den anderen Studenten gezeigt.«

Ich nickte, als wäre ich beeindruckt, fragte mich aber, wie dieses Geschenk wohl bei Christie angekommen war. Dämonensekretärin. Nicht gerade eine sehr feinsinnige Botschaft. Aber nun weiter im Thema. »Welche anderen Fächer werden hier an der Akademie noch gelehrt, Dr. Johnstone?«

»So gut wie alles. Kunst und Musik, auch bildende Künste, denn die meisten unserer Studenten sind künstlerisch sehr begabt. Natürlich haben wir Kernfächer wie Englisch, Literatur, Biologie, Algebra, Gesellschaftskunde. Aus dem Rahmen fallen lediglich die

Wahlfächer, aber wir kommen unseren Studenten damit nur entgegen. Sie interessieren sich für viele Dinge, Detective, nicht nur Makramee und Kuchenbacken.« Sein herablassender Ton ließ mich erschauern, und ich hätte ihm am liebsten einen Kuchen ins Gesicht geklatscht oder mit ein paar gekonnten Makrameeknoten die Luft abgeschnürt. Er grinste, als könnte er meine Gedanken lesen. Ich grinste zurück, als würde ich schwören, ihn in die Todeszelle zu stecken, sollte er es demnächst wagen, bei Rot über die Straße zu gehen.

Bud musste die schlechte Stimmung gespürt haben, denn er ging auf seine taktvolle Art dazwischen.

»Wo waren Sie gestern Abend, als das Opfer gefunden wurde, Dr. Johnstone? Überhaupt hoffe ich, Sie können nachweisen, wo Sie sich seit dem Zeitpunkt von Mr Classons Verschwinden aufgehalten haben.«

»Oh, machen Sie sich da keine Sorgen. Tatsächlich habe ich den Campus seit mindestens einer Woche nicht mehr verlassen. Gab einfach zu viel zu tun so kurz vor Weihnachten, ganz zu schweigen von der großen Silvestergala. Sie bringt uns das größte Spendenaufkommen des Jahres. Ich wohne hier im Direktorenhaus und gehe davon aus, diverse Leute können Ihnen Rechenschaft über meinen Aufenthalt ablegen, egal zu welcher Tageszeit.«

»Vielleicht wären Sie so freundlich, uns zu erlauben, den Campus abzuklappern und ein paar Gespräche mit den Angestellten zu führen. Gibt es dagegen Einwände Ihrerseits?«

»Überhaupt keine. Sie können sich frei bewegen und jedes Gespräch führen, von dem Sie glauben, dass es Ihnen nützt. Wir alle haben große Stücke auf Simon gehalten und wollen ganz sicher sein, dass sein Mörder so schnell wie möglich gefasst wird.«

Bud und ich waren fassungslos. Plötzlich war er die Freundlichkeit in Person und verbreitete nur Nettigkeiten über den Angelologen aus der Hölle. Ich glaubte aber kein Wort davon, was er sagte.

9

»Hast du dir den Burschen genau angesehen? Der Hurensohn hält sich für Gott.«

Treffender hätte es Bud nicht sagen können. »Oder für Jesus, wenn man sich seine Schuhe ansieht.«

Wir standen vor dem Büro des Möchtegernjesus, als sie plötzlich vor uns auftauchte, die Öffentlichkeitsreferentin, uns von IHM höchstpersönlich an die Seite gestellt. Auf ihrem Namensschild stand June Green, und sie war die wohl uneleganteste Frau, die ich je gesehen hatte. Sie hatte ein hübsches Gesicht und eine schulterlange rotbraune Mähne, die in alle Richtungen abstand, jedoch von einer schwarzen Baskenmütze halbwegs gebändigt wurde. Dazu trug sie ein geblümtes Kleid, wie es schon Mami Eisenhower in den 1950er-Jahren zu Ikes Amtseinführung getragen haben könnte.

Ihre ersten Worte waren: »Der arme Simon. Er war eine Legende hier an der Akademie, schon seit vielen, vielen Jahren, wissen Sie.«

Nicht die Art Legende, die er zukünftig sein würde, dachte ich. Mir fiel auf, dass sie mit keinem Wort ihr Bedauern darüber ausdrückte, dass der Typ tot war, und fragte mich sofort, ob dieser Simon sie ebenfalls am Telefon niedergebrüllt hatte. Ihre Vernehmung hob ich mir für den Schluss auf.

»Dr. Johnstone sagte, ich soll Ihnen Simons Büro zeigen. Es ist im blauen Haus.«

»Blaues Haus?«

»Unsere Gebäude sind alle nach der Farbe ihrer Gänge benannt. Dadurch finden sich die Studenten leichter zurecht.«

Bud sagte: »Bisschen simpel für all die Genies.«

»Oh, glauben Sie mir, sie sind sehr helle.«

Ich betrachtete die weißen Wände und die weißen Bodenfliesen. Das nächstliegende Büro hatte ebenfalls weiße Wände, ganz zu schweigen vom arktischen Büro des Jesusimitators. »Dann ist das also das weiße Haus, hm?« Messerscharf geschlossen. Wusst ich's doch, ich bin hochbegabt.

»Hey, Morgan, vielleicht sollten wir unsere Zellen auf der Wache auch anmalen. Für Diebe nehmen wir Gelb, für Mörder Blau und für Vergewaltiger Rot.«

Ich lachte, June nicht. Sie sah Bud finster an. Er starrte zurück. Mann, etwas an diesem Ort brachte unsere schlechtesten Eigenschaften zum Vorschein. Aber vielleicht war das ja beabsichtigt. Vielleicht war Simon deshalb so ein Fiesling. Die Schule vergiftete die Seele der Menschen.

Schließlich löste June den strengen Blickkontakt mit Bud. »Dr. Johnstone hat angeordnet, sämtliche Gespräche finden im blauen Sitzungszimmer statt. Das ist auch im blauen Haus.«

Das ergab Sinn. Sehr viel mehr als June Green selbst.

Bud sagte: »Mm-hmm. Interessant. Dann liegt Ihr Büro vermutlich im grünen Haus, nicht wahr? Wenn man bedenkt, wie Sie heißen.«

»Es gibt kein grünes Haus, Detective.«

»Dann wäre das also auch geklärt«, stellte Bud fest.

Ich sagte: »Eigentlich würde ich die Angestellten gern in ihren eigenen Büros sprechen, wenn das ginge.«

June fiel das Kinn herunter. Sie wirkte, als hätte ihr jemand den Boden unter den Füßen weggezogen. Ihre olivfarbenen Augen blickten groß und beunruhigt, und einen Moment glaubte ich schon, sie würde sich auf den Boden werfen und hemmungslos weinen. »Ogottogott, Detective, das kann ich nicht sagen. Dr.

Johnstone hat extra gesagt, dass dafür nur das blaue Sitzungszimmer …«

»Machen Sie sich wegen Dr. Johnstone keine Sorgen, Mrs. Green. Wir erklären ihm einfach, wir hätten darauf bestanden.«

»Ich weiß nicht, verstehen Sie, derart willkürliche Entscheidungen stehen mir noch nicht zu.«

»Was würde er denn machen? Sie feuern?«

June sah aus, als wollte sie sagen: Ja, du kleiner Klugscheißer, genau das würde er tun, sagte aber stattdessen: »Wen würden Sie gern zuerst vernehmen?«

Ich blickte auf die Namensverzeichnisse und Fächerlisten, die Christie Foxworthy für uns ausgedruckt hatte, wusste aber schon, wen ich mir zuerst vorknöpfen wollte.«

»Ich würde gern Mr Classons Sekretärin sprechen.«

»Seine persönliche Assistentin, so nennen wir das hier. Sehr gern, aber ich warne Sie, die Arme ist zutiefst betroffen.«

Oder sie war längst außer Haus, um ordentlich abzufeiern, sollte Christie mit ihren Enthüllungen recht gehabt haben.

»Wir werden sie nicht überfordern.«

June und Bud tauschten nun ihre besten Nein-ich hass-dich-noch-viel-mehr-Blicke aus. Offenbar mochten die beiden sich wirklich nicht.

»Wissen Sie was, Mrs Green? Ich glaube, wir finden auch allein dorthin. Sie haben sicher viel zu tun.« Ja genau, auf allen vieren herumzukriechen und den Vorgesetzten schönzutun. Dieser Ort hatte wirklich eine ungute Ausstrahlung auf mich, und ich beschloss, mich dagegen abzugrenzen.

»O nein. Dr. Johnstone hat mich gebeten, Sie zu begleiten, also muss ich das auch tun.«

»Ihnen graust vor dem Dorfpranger, hm?«

Wieder folgte das schon gewohnte Blickduell. Ich warf meinerseits Bud ein paar warnende Blicke zu. Er war nicht sehr hilfreich bei diesem Fall. Ein schlechter Start, gelinde gesagt, denn es kam selten vor, dass wir alle hassten, die wir im Lauf einer Ermittlung vernahmen. Vielleicht arbeiteten ja die netten Leute in den niedrigeren Rängen, wie in fast allen großen Firmen.

»Ach, was ich beinahe vergessen hätte, Dr. Johnstone bat mich, Ihnen sein Buch zu überreichen. Es bekommen stets alle Besucher der Akademie ein Exemplar.«

Sogar lästige Polizeiermittler? Ich nahm trotzdem eins. Schließlich war es gratis. Vielleicht könnte ich es ja noch mit in Blacks Geschenkstrumpf dazupacken. Bud und ich fingen an zu blättern.

»Alles nur lauter Bilder.«

June sagte: »Ja. Fotografien zur Geschichte der Akademie.«

Darauf Bud: »Wow, ich bin beeindruckt.«

June blickte verärgert drein und rückte dann wörtlich damit heraus, was ihr Gesicht die ganze Zeit schon ausdrückte. »Sie sind wirklich äußerst unhöflich, nicht wahr, Detective Davis?«

»Ich?« Bud schenkte ihr sein einnehmendstes Lächeln. Junes Augen packten seine Kehle und drückten mit aller Gewalt zu.

»Danke für die Bücher. Wir haben sicher viel Spaß damit. Mir gefällt das Cover«, fügte ich versöhnlich hinzu. Es zeigte ein großes Bild des Direktors mit stolz geschwellter Brust und in seinem weißen Anzug, die Löwenmähne perfekt frisiert und fixiert mit einer ganzen Dose Pantene für feines Haar. Ich sah nach, ob er seine Jesuslatschen anhatte, aber das Bild war knapp unterhalb seiner Knie abgeschnitten.

»Nichts zu danken«, sagte June, bewundernswerterweise ohne uns als Idioten oder noch Schlimmeres zu bezeichnen.

Ja, diese Ermittlung stand von Anfang an unter keinem guten Stern. Bud und ich würden etwas ruhiger auftreten müssen, als nette, freundliche Polizisten, die wir normalerweise waren, oder Charlie würde uns zur Schnecke machen und uns den Fall wegnehmen. Ich fragte mich, ob unser Ersatz dann auch der negativen Energie zum Opfer fallen würde, die diese heiligen, farbstrukturierten Hallen erfüllte.

»Folgen Sie mir, bitte«, sagte June frostig knapp. Sie konnte uns wirklich auf den Tod nicht ausstehen.

Wir folgten ihren flotten Schritten zunächst einen langen weißen Gang entlang, dann über eine ebenso weiße Treppe hinunter ins ebenso helle Erdgeschoss. Wir verließen das Gebäude durch eine Tür, vor der ein Student Unmengen von Schnee räumte. Bud und ich schlüpften synchron in unsere Jacken während June nur die Arme um den Körper schlang und verdrossen einen Betonweg entlangstakste, der zum nächsten Gebäude führte.

Auf halbem Weg bot ihr Bud höflicherweise seine Jacke an. Auch er war um Wiedergutmachung bemüht. June hingegen antwortete mit einem schnippischen »Nein danke, Detective.«

Bud sah mich mit hochgezogener Augenbraue an, als wollte er mir sagen, dass er sie für schwierig hielt.

Eine Abbiegung nach rechts führte zum blauen Haus. Es war hübsch drinnen, aber blau, wirklich sehr blau, kobaltblau vielleicht, und etwas von dieser Stimmung spiegelte sich auch in den Gesichtern fast aller Angestellten, denen wir begegneten. Glücklich war kein passendes Wort, um die Begabtenakademie Höhlensystem zu beschreiben. Ich fragte mich, wie hoch die Selbstmordrate unter Dozenten und sonstigem Personal sein mochte.

Wir gingen bis ans Ende eines langen Ganges; dort befand sich ein ebenso blaues Büro mit einem Messingschild von der Größe eines Computerbildschirms davor, auf dem es hieß: SIMON CLASSON, ANGELOLOGIE. Im Büro trafen wir seine Sekretärin beziehungsweise persönliche Assistentin an. Sie war tränenlos, bis sie unsere Abzeichen erblickte. Verdächtiges Benehmen? Zum Teufel, ja.

Dann jedoch wurden sofort alle Schleusen geöffnet und blieben es auch, als June Green uns vorstellte und zurück nach Jerusalem und ihrem weiß gekleideten Retter floh. Ich glaubte schon, in dem Kleenex, mit dem sich Simons Sekretärin die Augen betupfte, wären rohe Zwiebelscheiben verborgen, roch aber nichts außer dem schwachen Duft der Rosen, die auf dem Tisch neben der Tür standen. Sie waren rot. Und das im blauen Haus. Veilchen hätten besser gepasst. Hier steckte jemand in Schwierigkeiten.

Die schluchzende Lady hieß Maxine Knight, war um die vierzig und militärisch hager, und sie hatte sehr kurze schwarze Haare, auch militärisch kurz, mit ein paar möglicherweise naturgrauen Strähnen am Haaransatz. Sie trug einen Nikki-Jogginganzug in Magentarot mit gelben Längsstreifen am Bein. Tiefe Trauer drückte das nicht aus, und Blau schienen die Leute im blauen Haus auch nicht unbedingt tragen zu müssen. Sie stoppte ihre falsche Tränenflut mit viel Geschniefe, schnäuzte sich dann mit einem Berg von Papiertüchern die Nase und warf den Knäuel in einen Papierkorb unter ihrem Schreibtisch. Nichtsdestotrotz waren wir beeindruckt von der Flüssigkeitsmenge, die sie in den drei Minuten, in denen wir in ihrem Büro waren, produzierte. Sei nett, sei professionell, sagte ich mir und schaute demonstrativ zu Bud, um mein neues Motto zu bekräftigen. Er kennt den Blick von unseren früheren Ermittlungen.

»Sicher ist es furchtbar früh für ein Gespräch über Mr Classon, Ms Knight, aber wir müssen Ihnen dringend ein paar Fragen stellen.«

»Schon klar. Christie hat angerufen und mir schon gesagt, dass Sie kommen würden. Vermutlich möchten Sie sich im Büro etwas umsehen.«

»Ja, Ma'am. Das wäre hilfreich.«

»Kann ich Ihnen etwas zu trinken besorgen? Kaffee vielleicht, oder Kakao? Gleich am Ende des Flurs gibt es einen Aufenthaltsraum mit einem Automaten.«

»Gern. Kakao wäre großartig.«

Maxine fragte Bud, ob er auch welchen möchte, und er antwortete höflich: »Ja, Ma'am«, und folgte mir in Classons angrenzendes Büro.

Ich sagte: »Sehr blau, nicht wahr?«

»Ja. Die Akademie versteht es, Farben einzusetzen. Und anderes mehr, wenn ich mich nicht täusche.«

»Fühlst du dich nicht unwohl hier drin?«

»Mm-hmm. Ich schau mich dauernd um, um zu sehen, ob ich nicht ein Messer in meinem Rücken habe.«

»Geht sicher allen so, die hier arbeiten. Okay, sehen wir uns mal um.«

Das Büro war nicht hässlich, schöner jedenfalls als die arktische Wüste des Direktors. Die Möbel waren schwarz, auch der Schreibtisch, fernöstlich im Design, sahen aber mehr wie billige Imitate aus als die Originale, die Black sich in seine Häuser stellen würde. Natürlich gab es jede Menge Engel, überall, sogar noch mehr als bei ihm zu Hause; manche hingen an Angelschnüren festgebunden von der Decke. Sie schwankten hin und her, wenn wir dagegenstießen. Wo er wohl seine Drogen versteckt hatte?

Bud sagte: »Ich schau mir mal seinen Computer an, um zu sehen, wie er so drauf war.«

»Bitte schön! Aber Vorsicht! Sehr heiß!«

Maxine war zurück, mit blauen Keramikbechern in der Hand und in deutlich besserer Stimmung. Sie strahlte sogar richtig. Tränen hatten durchaus ihren Sinn, dachte ich.

»Vielen Dank, Ms Knight.«

»Nennen Sie mich Maxine, bitte.«

»Okay.« Ich nahm den Becher entgegen. Oben schwammen drei mickrige Mini-Marshmallows. Waren offenbar teurer geworden, seit es zu schneien begonnen hatte. »Kennen Sie Simons Passwort, damit wir in seinen Computer können? Andernfalls müssen wir das ganze System beschlagnahmen und in die Stadt karren.«

»Ja, ich kenne es. Eigentlich leicht zu merken. Es lautet Erzengel. Sein Username ist sclass.Höhlensystem.org.«

Bud bearbeitete bereits die Tastatur. »Erzengel schreibt man mit einfachem z, richtig?«

»Richtig, Sir.« Maxine war höflich.

Ich sagte: »Maxine, könnten wir uns irgendwo setzen für ein kleines Gespräch?«

»Aber klar doch. Wir haben einen privaten Besprechungsraum gleich nebenan.«

»Wie wär's, wir nehmen gleich in Ihrem Büro Platz?«

»Okay.«

Wir ließen Bud allein herumhacken, und ich setzte mich in einen bequemen blaugelben Sessel gegenüber ihrem Schreibtisch. Ich nahm Notizblock und Bleistift aus meiner Ledertasche und schlug das Deckblatt um. Gerüstet und bereit.

»Seit wann haben Sie für Simon Classon gearbeitet, Maxine?«

Maxine saß hinter ihrem Schreibtisch, die Hände auf der Kalender-Unterlage verschränkt. Mir fiel auf, dass sie so fest zudrückte, dass die Fingerknöchel weiß wurden. Ihre Nägel waren abgekaut und ungepflegt. Maxine war offenbar nervös, also kam ich ihr entgegen.

»Kein Grund, nervös zu sein. Das hier ist reine Routine. Wir vernehmen alle, die mit dem Opfer Kontakt gehabt hatten. Sie haben am meisten Zeit mit Mr Classon verbracht, weshalb wir Sie zuerst vernehmen.«

»Das weiß ich ja. Aber ich bin noch nie von der Polizei gefilzt worden und hab mir nie was zuschulden kommen lassen. Kein Eintrag im Strafregister. So nennen Sie das doch, oder? Heißt jedenfalls so in *Den Tätern auf der Spur.*«

»Wir filzen Sie nicht, Ma'am. Also, wie lange haben Sie für Mr Classon gearbeitet?«

»An die drei Jahre dürften das jetzt schon sein. Im nächsten Juni.«

»Und wie lange war Simon Classon hier an der Akademie beschäftigt?«

»Er ist hier schon sehr lange, sechzehn Jahre vielleicht? Davor hat er selber auch hier studiert, glaube ich.«

»Tatsächlich. Wie sind Sie denn seine Sekretärin geworden? Haben Sie sich beworben um den Job?«

Maxine nickte, und ihre Weihnachtsohrringe, je drei Silberglöckchen, baumelten gegen ihren Hals und bimmelten wie bei einer Schlittenfahrt. »Ja, Sie müssen wissen, er hatte große Schwierigkeiten, seine persönlichen Assistenten zu halten. Er ist, ich meine war, sehr streng mit den Menschen in seinem Arbeitsumfeld.«

»Streng? Wie meinen Sie das?«

»Er verlangt einfach sehr viel, ist laut, launisch, gehässig, gemein.«

Ich sah Sie eindringlich an. »Klingt nicht so, als hätten Sie ihn sonderlich gemocht, Maxine?«

»Nun, ich kam mit ihm besser zurecht als die meisten Menschen. Ich bin recht umgänglich, und er brauchte mich. Deshalb hat er mich besser behandelt als die meisten anderen.«

»Wie meinen sie das?«

»Dass wir Freunde waren. Jeder braucht doch wenigstens einen Freund.«

»Ja.« Viel mehr Freunde hatte ich auch nicht, aber das gehörte nicht zur Sache. »Er hat also keine weiteren Freunde hier an der Akademie?«

»Hm-hm. Er hat vielleicht geglaubt, er hätte ein paar mehr, aber die meisten waren Schleimer, die ihn in Wirklichkeit hassten wie die Pest.«

Hassten wie die Pest, hm? »Trifft das auch auf Sie zu, Maxine?«

Maxine zuckte zusammen, dann sah sie sich um, als könnte Classons Geist plötzlich erscheinen und sie niedermachen. Sie senkte die Stimme. »Okay, also, die Wahrheit ist, ich habe ihn auch gehasst. Das weiß nur keiner, und das soll auch so bleiben.«

Hm-hm, Christie weiß es. Vielleicht alle anderen auch. »Hatten Sie je eine Auseinandersetzung mit Classon? Einen Streit oder ein echtes Zerwürfnis?«

»Nicht wirklich. Es kam immer darauf an, in welcher Stimmung er morgens war. Natürlich konnte er manchmal nett sein, aber das war nie von Dauer, glauben Sie mir. Und meistens wollte er dann was von einem.«

»Sie sagen also, zwischen Ihnen und dem Opfer gab es nie einen ernsthaften Konflikt?«

Sie schüttelte den Kopf, und ihre Ohrringe bimmelten mir ›Glockenklang aus der Ferne‹ vor. »Ich hab mich einfach niemals mit ihm angelegt. Das ist der Trick. Lass ihn einfach toben und mach deinen Job, das war mein Motto. Manchmal hat er sich danach dann schuldig gefühlt und versucht, mir schönzutun, aber ich hab jeden Augenkontakt vermieden und das Opfer gespielt.«

»Klingt nicht so, als würde es Spaß machen, unter solchen Bedingungen zu arbeiten.«

»O Gott, nein, lustig war's nicht und auch nicht sonderlich angenehm, aber wie schon gesagt, mit mir war er nicht mal halb so streng wie mit den anderen.«

»Welchen anderen?«

»Nun, die anderen Dozenten gingen ihm echt auf die Nerven. Für ihn waren alle nur Deppen und Idioten. Dafür hassten sie ihn und gingen ihm so weit wie möglich aus dem Weg. Keiner kam je bis in sein Büro, außer es war absolut unumgänglich. Ich kenne Leute, die lieber draußen im Regen stehen würden, als in sein Büro zu kommen.«

»Wer denn zum Beispiel?«

»Stuart Rowland. Er ist auch Professor hier. Lehrt Heidentum, ist aber doch ziemlich nett. Er und Simon konnten sich wirklich auf den Tod nicht ausstehen.«

»Warum?«

»Genau weiß ich es auch nicht. Ein Grund war der, dass Stuart es nicht mochte, wenn Simon Gegenstände nach ihm warf.«

»Er warf Gegenstände nach ihm?«

»Genau. Was gerade in der Nähe war. Tacker, Bücher, alles. Ich sag das ungern, aber meiner Meinung nach hatte Simon psychische

Probleme. Vielleicht auch eine Persönlichkeitsstörung, wissen Sie, etwas, das sein widerwärtiges Verhalten erklärt.«

»Widerwärtig?«

»Ja, tut mir leid, aber das beschreibt es am besten.«

»Wissen Sie, ob Mr Rowland vielleicht jemals tätlich gegen Simon geworden ist? Ich meine, ihn geschubst oder bedroht hat?«

»Nein, niemals, Stuart Rowland ist eher ein Leisetreter, würde ich sagen. Er redete schlecht hinter seinem Rücken, aber wenn er Auge in Auge vor ihm stand, verließ ihn der Mumm, und er nahm Reißaus.«

»Ist Mr Rowland denn heute auf dem Campus? Ich will ihn unbedingt auch sprechen.«

»Eher nicht. Er hat sein Auto gestern Abend auf dem Nachhauseweg in den Graben gefahren und musste im Büro übernachten. Von daher nehme ich an, dass er heute Morgen nach Hause gefahren ist, nachdem sie seinen Mustang herausgezogen haben.«

Plötzlich brannte ich regelrecht darauf, das Alibi von diesem Professor Teufelsanbeter zu überprüfen. »Meinen Sie, er wird morgen hier sein?«

»Müsste er eigentlich. Der Direktor hat angekündigt, dass der Unterrichtsbetrieb ab morgen wieder aufgenommen wird.«

»Verstehe. Gibt es sonst noch jemanden, der Mr Classon verbal bedroht hat?«

Maxine nickte. »Das haben fast alle getan, aber immer hinter seinem Rücken und nur so als Witz, verstehen Sie. Man dachte sich Szenarios aus, was man mit ihm machen würde, wenn man die Gelegenheit dazu hätte.«

Ich sah mir dieses Plappermäulchen länger an. Sie beschrieb ihren Boss als eine Art Hitler, verdammt noch mal. So schlimm konnte Classon doch gar nicht gewesen sein?

»Wer wäre Ihrer Meinung nach in der Lage dazu, ihn umzubringen?«

Sie lachte doch tatsächlich. »Wiederum jeder könnte infrage kommen, wirklich jeder. Vor allem, nachdem er Wilma vertrieben hatte.«

»Wer ist bitte schön Wilma?«

»Wilma Harte, arbeitete halbtags als Hausmeisterin hier und besuchte auch etliche Kurse. Ich erinnere mich sogar, dass sie auch in seinem Kurs und im Heidentum-Kurs war. Simon begann, auf ihr herumzuhacken und sie vor allen anderen Studenten bloßzustellen.« Maxine schüttelte den Kopf und spielte mir ein weiteres Schlittenlied vor. »Die Arme. Wilma war leicht exzentrisch, wissen Sie, stand auf Slasher-Filme wie *Halloween* und *Hellraiser* mit vielen Leichen und Blut. Sie hatte schwarze Fingernägel und trug überwiegend Schwarz. Gothic-Szene, würden Sie wohl sagen, aber sie war trotzdem nett. Sie hatte so lange rote Haare, immer zu Zöpfen geflochten. Manchmal wirkte sie ein bisschen schlicht, aber harmlos. Ich weiß, sie hatte immer Notenprobleme, hat aber meines Wissens niemandem was getan. Sie war garantiert nicht böse wie Simon.«

Damit wären wir von gemein über grausam bei einem schlichten böse angekommen. Vielleicht sollte ich Maxines Äußerungen mit Vorsicht genießen. Niemand konnte so schlimm gewesen sein, außer vielleicht Adolf Hitler oder die Ausgeburt Satans.

»Sie sprechen von Wilma in der Vergangenheitsform. Ist sie tot?«

»Das weiß man nicht. Sie ist einfach eines Abends Hals über Kopf verschwunden. Manche glauben, dass sie depressiv war und vielleicht Selbstmord begangen hat, aber Genaueres weiß keiner.«

»Wann ist das alles passiert?«

»Dürfte mittlerweile eine Woche oder so her sein. Simon hatte sie wirklich auf dem Kieker. An allem, was sie tat, ob es gut oder schlecht war, hatte er was auszusetzen, bis es der Kleinen, vermute ich mal, einfach zu viel war. Sie war kein sehr starker Mensch, psychisch meine ich. Sie können sich bei Christie Foxworthy nach ihr erkundigen. Die beiden waren vorübergehend befreundet, denn ich hab sie ein paar Mal zusammen beim Mittagessen gesehen. Sie waren auch zusammen in Stuart Rowlands Kurs. Aber dann haben sie sich angeblich verkracht und konnten sich nicht mehr ausstehen. Ich meine also, Sie können nicht alles für bare Münze nehmen.« Sie zuckte mit den Schultern.

»War sonst jemand hier mit ihr befreundet?«

»Sie arbeitete mit einem anderen Hausmeister namens Willie Vines zusammen. Und Stuart schien dick befreundet mit ihr zu sein, nachdem sie seinen Kurs belegt hatte.«

Ich merkte mir vor, Wilma Hartes Freunde nach ihrem Verschwinden zu befragen. Seltsamer Zufall, dass sie unmittelbar vor Simons Ermordung verschwand, der Ermordung des Mannes immerhin, der sie so schikaniert hatte. Es gab auch in unserem County keine Vermissten- oder Selbstmordmeldung in ihrem Fall, denn das hätte ich mitbekommen. Vielleicht könnten wir sie ja aufspüren. Allem Anschein nach könnte sie mehr als ein paar interessante Dinge über Simon Classon berichten.

»Sie sagten, diese Wilma Harte arbeitete als Hausmeisterin hier, richtig?«

»Ja.« Maxine schüttelte den Kopf. »Ich glaube, sie wusste, was Simon von ihr hielt. Sie gab ihm eine Weihnachtskarte, ehe sie wegging, und er zerriss sie vor ihren Augen in kleine Stücke.«

»Warum? Hatten sie eine Auseinandersetzung gehabt? Oder einen bösen Wortwechsel?«

»Nicht dass ich wüsste. Er mochte sie einfach nicht, und offene Auseinandersetzungen waren nicht sein Ding. Er agierte lieber im Hintergrund. Sehr gern manipulierte er auch Beiratsmitglieder, den Direktor inbegriffen.«

»Wie hat er das denn gemacht?«

»Allen war es ein Rätsel, dass sein Verhalten einfach so durchging. Ich hab mal gehört, jemand aus seiner Familie hätte der Akademie irgendwann in grauer Vorzeit mal ein Stück Land vermacht.

Ob es stimmt, weiß ich nicht, aber ihm würde man hier auch einen Mord zugestehen.« Maxine bemerkte ihren Fauxpas und lief vor Verlegenheit rot an. »Tut mir leid, Detective Morgan, so hatte ich das nicht gemeint. Aber ich habe wirklich gesehen, wie er in fremde Büros gegangen ist und einfach den Schreibtisch leer gefegt hat, um dann abzuhauen und die Tür zuzuknallen wie ein kleines Kind. Der Direktor hat nie das Geringste dagegen unternommen. Ein Wunder, dass ihm nicht schon früher jemand eins auf die Nase gegeben hat.«

Nun hatte sich jemand viel schlimmer an Classon gerächt. Und mir war mittlerweile klar, dass dieser jemand praktisch jeder sein konnte, der ihn kannte. Der Mann war, gelinde gesagt, nicht sehr beliebt gewesen.

»Gab es in den letzten Wochen oder Monaten hier irgendwelche ungewöhnlichen Vorfälle? Etwas, das Mr Classon besonders missfallen haben könnte?«

»Also außer Wilmas überraschendem Verschwinden fällt mir nichts ein. Aber Simon war ja froh, dass sie weg war. Er konnte sie aus irgendeinem Grund nicht ausstehen. Oh, eine Sache gab es doch. Letzten Monat ist Simon schier ausgerastet, als sie für eine persönliche Assistentin im roten Haus eine Babyparty veranstaltet haben.«

»Warum denn das?«

»Er meinte, man solle die Leute nicht dazu zwingen, für jede kleine Schlampe, die sich schwängern ließ, Babygeschenke zu kaufen.«

Einen Moment lang war ich völlig sprachlos, aber Maxine fügte hinzu: »Dabei musste man nicht einmal ein Geschenk kaufen, nur wenn man wollte. Es war ihr erstes Baby, und sie und ihr Mann hatten nicht viel, also haben die meisten ihr etwas geschenkt.«

»Okay. Fällt Ihnen sonst noch was ein, das für unsere Ermittlungen relevant sein könnte?«

»Nein, nicht dass ich wüsste.«

»Jemand hier, dem Sie einen Mord zutrauen, Maxine? Jemand mit einer Mordswut im Bauch vielleicht? Jemand, der sich gegen Mr Classons Ausbrüche gewehrt hat oder gar zurückzuschlagen versucht hat, offen oder heimlich?«

»Eigentlich hat sich der Direkter ihm gegenüber ziemlich gut behauptet, aber letztlich hat er allen Forderungen Simons doch nachgegeben. Wissen Sie, was ich an Ihrer Stelle tun würde? Sehen Sie sich mal die Gehaltslisten hier an. Sie werden feststellen, dass die Schleimer, die sich mit Simon gut gestellt haben, unter der Hand große Gehaltserhöhungen bekommen haben.«

»Haben Sie auch eine bekommen, Maxine?«

Sie zögerte schuldbewusst. »Ja. Jedes Jahr. Das ist der wahre Grund, warum ich weiter für ihn gearbeitet habe.«

»Wo waren Sie am letzten Mittwoch?«

Maxine sah erschrocken drein. »Sie glauben, ich hätte das getan? Ich bin unschuldig, ich schwöre es!«

»Ich muss diese Frage allen stellen, die ich vernehme.«

»Ich war auf einer Weihnachtsparty im Haus meiner Tochter. Hab mir sogar ein paar Tage freigenommen, als Simon Urlaub hatte, um Amy bei den Vorbereitungen und beim Aufräumen danach zu helfen. Amy hatte sämtliche Kollegen von der Klinik im Haus. Sie und ihr Mann sind beide Ärzte in Osage Beach.«

»Und es gibt Leute, die bestätigen können, dass Sie auf dieser Party waren?«

»Aber natürlich, alle. Wir haben Scharade und Bingo gespielt.«

Ich klappte meinen Notizblock zu und stand auf. »Gut, klingt ja so, als müssten Sie sich keine Sorgen machen. Dann will ich Ihre Zeit nicht weiter beanspruchen. Danke für Ihre Mithilfe.«

Maxine stand von ihrem Schreibtisch auf. »Detektive? Wie ist er denn gestorben? Ich habe gehört, er wurde an einem Baum hängend aufgefunden.«

»Ja, das stimmt.« Ich wartete ab, war aber zur Enthüllung weiterer Details nicht bereit. Der Direktor wusste Bescheid, und die

Nachrichten verbreiteten sich wahrscheinlich längst wie ein Lauffeuer über den Flurfunk.

»Ich hätte nie gedacht, dass jemand wie er Selbstmord begeht. Das überrascht mich wirklich sehr. Er hatte es so gut hier. Sind Sie sicher, dass es Selbstmord war?«

»Wir wissen nicht, was genau im fraglichen Zeitraum passiert ist, Ms Knight, aber ich kann Ihnen sagen, es war eindeutig Mord. Darum sind wir hier, mein Kollege und ich.«

»Wow. Ich glaube, keiner kann so gemein sein wie Simon, ohne dass ihm nicht früher oder später etwas Grässliches zustößt. Sie kennen doch das Sprichwort, Detective, nicht wahr, wie man in den Wald hineinruft, so schallt es heraus.«

Klar kannte ich es, aber Tacker zu schmeißen, war doch noch etwas anderes als die schrecklichen Qualen, die Simon Classon erleiden musste. Niemand hatte es verdient, in diesem Schlafsack zu sterben. Und Bud und ich würden uns dieses Mal eine ganze Reihe von Verdächtigen vorknöpfen müssen, die alle das Opfer auf dem Kieker hatten. Einfacher wäre es vielleicht, jemanden zu finden, der ihn tatsächlich gemocht hatte. Bis dato war er fast so beliebt wie Sadam Hussein früher im Weißen Haus.

Der Erzengel Gabriel

Am nächsten Morgen bestieg Uriel den großen gelben Bus und fuhr zusammen mit einer Horde Kinder, die er nicht kannte, in eine Stadt namens Osage Beach, wo der erste Schultag seines neuen Lebens begann. Seine Gedanken kreisten aber einzig und allein darum, wieder die geheime Höhle aufzusuchen und sich um all die Kreaturen von Gabriel zu kümmern. Seine Großmutter würde es ihm erlauben, weil sie Gabriel sehr gern mochte. Etliche Male hatte sie schon gesagt, Gabriel würde ihn Gottesfürchtigkeit lehren, und dass er auf ihn hören solle.

In der Schule war Gabriel schockiert, als er Lehrer in den Gängen sah, die weinten. Eine Gruppe kleiner Mädchen weinte ebenfalls. Im Flur vor dem Büro des Direktors hörte er dann ein älteres Mädchen sagen, Freddy wäre tot. Uriel blieb stehen und sah das Mädchen ungläubig an, als sie sagte, Freddy sei an einer allergischen Reaktion nach Hornissenstichen gestorben. Dann sah sie ihn an und sagte: »Was starrst du so?«

Uriel unterdrückte ein ungutes Gefühl und lief dann den Flur entlang zu seinem Klassenzimmer. Dort wurde er bereits von Gabriel erwartet. Er nahm Uriel beiseite. »Hör zu, Kleiner, mach bloß keine Dummheiten und wisch dir die Tränen ab, bevor dich jemand sieht und Verdacht schöpft.« Er drehte sich um, um zu sehen, ob die Kinder an den Garderobenschränken zuhörten. Sie schubsten einander und lachten. »Also, Uriel, was ich gestern Abend gemacht habe, war nicht richtig. Aber woher sollte ich auch wissen, dass Freddy allergisch reagiert. Er hat das bekommen, was man einen anaphylaktischen Schock nennt. Aber fiesen Typen wie Freddy passiert so was. Sie bekommen immer, was sie verdienen. Wir haben das nicht gewollt, aber es war anscheinend Gottes Wille, kapiert? Wie auch immer, nun ist es passiert, und er ist im Himmel, und dort geht es ihm verdammt besser als hier. Garantiert.«

Uriel war komisch zumute, ungefähr so, als müsste er sich übergeben. Er schluckte schwer. Seinen ganzen ersten Schultag lang würde er daran denken müssen. Nun lächelte Gabriel, nickte und wuschelte ihm die Haare, als wäre alles in bester Ordnung. Gabriel würde sicher wissen, wovon er sprach, und er wollte ja sowieso nicht, dass Freddy starb. Gott war offenbar der Meinung gewesen, Freddie hätte es verdient, zu sterben.

»Du wirst mich nicht verraten, stimmt's, Uriel? Weißt du noch, wie du versprochen hast, meine Geheimnisse für dich zu behalten? Du bist noch immer mein besonderer Freund, nicht wahr?«

Uriel nickte und schaute den Flur entlang, von woher Gabriels Basketballfreunde ihm zuriefen, er solle sich beeilen.

»Ich muss los, Uriel. Es klingelt sowieso gleich. Wir sehen uns später, okay? Halt einfach den Mund und denk dran, was er dir bei der Beerdigung angetan hat. Es ist eindeutig Gottes Wille, so wie alles andere auch. Manchen Menschen ist es einfach aufgegeben, jung zu sterben. Sie spielen verrückt und werden dafür frühzeitig in den Himmel geholt. Oder in die Hölle, wenn sie ganz schlimm sind.«

Gabriel rannte davon zu seinen Freunden, und Uriel ging in sein Klassenzimmer und setzte sich. Die Kinder um ihn herum flüsterten über Freddy und zeigten auf seinen leeren Platz in der ersten Reihe. Später an diesem Vormittag erschien Freddys Bruder während der Mathematikstunde, um Freddys Sachen zu holen. Er war groß, größer noch als Gabriel, hatte kurze blonde Haare und seine Augen waren rot und verschwollen, als hätte er die ganze Nacht geweint. Sein Sweatshirt trug die Aufschrift USM, und Uriel fragte sich, was das bedeuten mochte.

Ein paar Tage später ging Uriel wieder auf eine Beerdigung an der weißen Holzkirche und starrte in das offene Grab hinunter. Dieses Mal weinten alle, die gekommen waren, vor allem Freddys Familie. Seine Mutter weinte am heftigsten und rief immer wieder: »Nein, nein, nein, das kann nicht sein, er ist nicht tot! Ich geb ihn nicht her! Wie sind diese Hornissen bloß reingekommen? Warum habe ich das Gitter nicht überprüft?«

Uriel wusste genau, wie sie sich fühlte, und fragte sich, ob er zu ihr gehen und sagen sollte, die Engel hätten Freddy schon frühzeitig abgeholt, damit er nicht so viel leiden musste. Uriel traute sich nicht. Stattdessen nahm er hinten Platz, zwischen seiner Großmutter und Gabriel, und hörte dem Priester zu, der nur Gutes über Freddys Familie berichtete.

Der Sarg war offen, und Uriel defilierte daran vorbei wie die anderen auch und starrte entsetzt auf den darin liegenden Jungen. Sein Gesicht war bis zur Unkenntlichkeit verschwollen. Dann wurde der kleine Sarg verschlossen und hinaus ans Grab getragen. Als sie Freddie in die Erde senkten, flüsterte Gabriel Uriel zu: »Da siehst du mal, wer ins Gras beißt, nicht du, Uriel, sondern er. Und er hat es auch verdient, vergiss das nicht. Von nun an wird jeder, der sich mit uns anlegt, seine Strafe bekommen. Wir werden Gottes Racheengel sein, Uriel und Gabriel, und wir lassen die Schurken büßen. Verstanden, Uriel? Du und ich für alle Zeit?«

Uriel fühlte sich mächtig und stark, nun, da Gabriel und Gott auf seiner Seite waren. Uriel lächelte und flüsterte Gabriel ins Ohr: »Er hat den Tod sicher verdient. Und wehe, es wagt noch einer, sich mit mir anzulegen …«

»Guter Junge.« Gabriel wirkte zufrieden. Er tätschelte Uriels Kopf, und beide gingen sie zu den schwer beladenen Tischen unter den Bäumen und bepackten ihre Teller mit Scheiben von Roastbeef, Kartoffelauflauf, grünen Bohnen und Kirschkuchen. Die Frauen der Kirchengemeinde kochten alle sehr gut, und die Jungen aßen, bis sie keinen Bissen mehr hinunterbrachten.

10

Es stellte sich heraus, dass Classons Computer sowieso beschlagnahmt werden musste, und nach einem ausführlichen Telefonat mit dem Direktor bekamen wir die Erlaubnis, ihn mitzunehmen. Wir vernahmen sämtliche Dozenten, aber wir fanden keinen, der sich auch nur das Geringste aus Simon Classon machte. Es hatte schon fast was Befremdendes, denn immerhin hat ja sogar Osama bin Laden seine Anhänger. Und einen derart schrecklichen Tod hatte Classon nicht verdient, aber offenbar waren Bud und ich die Einzigen mit dieser Meinung.

Wir aßen zu Mittag in der Cafeteria der Akademie, die eher wie der Essbereich in einem Einkaufszentrum aussah, außer dass es keine Franchise-Läden gab, nur Pizza, Spaghetti oder Cheeseburger. Wir nahmen Pizza mit Pepperoni und schwarzen Oliven und beobachteten die problematischen Genies, wie sie Pommes in Ketchup tunkten und die in jeder Ecke aufgestellten Computerspiele spielten.

»Meine Güte, Morgan, und diese Kids sollen alle einen IQ wie Bill Gates haben? Ich hätte ein vergrößertes Großhirn erwartet, das sie aussehen lässt wie Außerirdische, oder andere Auffälligkeiten.«

»Die sind vielleicht gar nicht so begabt. Vielleicht übertreibt der Direktor ja ein bisschen, um Sponsoren wie Black zu gewinnen.«

Bud sog am Strohhalm seines Drinks. »Verdammt, wir können hier niemandem ein Wort glauben. Weißt du was? Das alles ist vielleicht eine neue Realityshow, und sie machen sich alle einen Jux mit uns. Wo sind denn die versteckten Kameras?«

»Ich habe noch nie von einer Schule gehört, an der alle gestört sind. Dr. Phil, unser Fernsehpsychiater, hätte seine wahre Freude an diesen Leuten.«

»Einen Moment mal, Black kennt doch Dr. Phil, nicht wahr? Vielleicht sollten wir Black bitten, ihn anzurufen und ihn einzuschalten.«

»Vielleicht ging Dr. Phil ja auch hier zur Schule.«

Wir kippten unsere Tabletts in den Mülleimer und traten in die klare und eiskalte Schneeluft hinaus. Christie hatten wir bereits darüber informiert, dass wir unsere Vernehmungen morgen fortsetzen würden.

Dann fuhren wir eilends in die Gerichtsmedizin, um an der Obduktion unseres so unbeliebten und bis dahin unbetrauerten Mordopfers teilzunehmen. Ich war nicht sehr angetan von dem, was uns in der nächsten Stunde erwartete, noch dazu, als ich unseren Boss, Charlie Ramsay, dort vorfand, rot angelaufen und außer sich vor Zorn.

»Wird auch langsam Zeit. Ich warte hier schon seit zehn verdammten Minuten.«

Wow, geschlagene zehn Minuten. Was musste er nicht alles um die Ohren haben. Natürlich behielt ich meine Meinung für mich, aus Angst, angeschrien oder gefeuert zu werden, oder beides. Eigentlich ist Charlie ein ganz umgänglicher Typ, ein guter Freund, er vergisst sich nur gern, wenn man unpünktlich ist, und, in Wahrheit, auch wenn man pünktlich ist.

»Ich hab gehört, was dem Opfer zugestoßen ist, und ich will, dass man diesem perversen Psycho ein für allemal das Handwerk legt. Verdammter Irrer.«

Ach ja, hätte ich beinahe vergessen, Charlie führt den Namen des Herrn nie einfach so im Munde, aber *verdammt* und *zur Hölle* und *zum Teufel noch mal* waren durchaus gestattet. Immerhin war er ein praktizierendes Mitglied der südlichen Baptisten, und ich fragte mich, was er von unserem neuen Freund, dem Erlöser-Direktor in Weiß, halten würde.

»Hey, Sheriff, kennen Sie einen gewissen G. Richard Johnstone, den Direktor der Begabtenakademie Höhlensystem?«

Mein Vorgesetzter sah mich finster an. Ich zuckte innerlich zusammen, hielt mich aber wacker.

»Ja, doch, ein paar Mal bin ich ihm begegnet. Verdammt, das ist der saublödeste Name für eine Schule, der mir je untergekommen ist. Was soll das überhaupt heißen?«

Bud schaltete sich ungefragt ein. Das macht er manchmal. Der Kerl hat durchaus Mumm. »Es bedeutet, dass alle Kids dort wahre Lerngenies sind.«

»Mag sein, Davis, aber siehst du das auch, wenn dir eins über den Weg läuft?«

Bud tat die Frage mit einem Achselzucken ab; wenn er sah, dass sein Chef schlechter Laune war, dann akzeptierte er das auch.

»Okay, fangen wir endlich an«, sagte Buckeye glücklich. Das Opfer lag in grellem Licht auf einem Stahltisch vor uns.

Mann, wie ich Obduktionen hasse, aber andererseits wäre es auch pervers, wenn ich Spaß daran hätte. Andererseits jedoch machten Buckeye und seine Leute ihre Arbeit wirklich gern, und sie waren nicht pervers, jedenfalls nicht alle.

Während er noch vor sich hin schimpfte, weil er Kittel, Handschuhe und Mundschutz anlegen musste, trat Charlie an den Tisch. Seine mechanischen Anordnungen durchdrangen das Geräusch der Lüftung. »Du meine Güte, kann eine Spinne wirklich so eine tiefe Wunde verursachen?«

Ich sagte: »Doch, Sir. Die Braune Einsiedlerspinne schon. Und der Schlafsack des Opfers war voll davon, mindestens ein Dutzend.«

Charlie wandte seinen Blick zu mir, und er wirkte nicht sehr glücklich. Bei ihm eigentlich der Normalfall. Aber nun war am

Ozarks-See ein Mord geschehen, in seinem Revier, das mordfrei sein sollte, verdammt noch mal. In der Tat war die Mordrate bei uns ziemlich niedrig, abgesehen von einigen wirklich bizarren Fällen in jüngster Zeit.

»Wir haben den 17. Dezember, 14.00 Uhr. Anwesend in der Gerichtsmedizin des County Canton sind Sheriff Charlie Ramsay, Detektive Bud Davis und Detektive Morgan, der Kriminalist John Becker und ich.«

Shaggy hatte bereits Position bezogen, und die Kamera lief. Den hochwinterlichen Verhältnissen zum Trotz trug er lange, überweite Nylonshorts und ein Sweatshirt mit herausgetrennten Ärmeln. Früher in seinem Leben hatte er mal beschlossen, Strandgammler in Kalifornien zu werden, hatte es aber nie bis ins sonnige L.A. geschafft. So war er weitgehend nur ein Gammler, aber ein liebenswerter, der noch dazu verdammt gut in seinem Job war, tatsächlich einer der Besten in ganz Missouri.

»Das Opfer ist männlich, von weißer Hautfarbe, Alter 34, Haare, Gewicht 81 kg, Größe 177 cm. Der Tod wurde durch mehrere giftige Spinnenbisse verursacht, wobei Unterkühlung verschärfend hinzutrat.«

Ich stand nun am unteren Ende des Tisches, Charlie und Bud rechts und links neben mir. Ich starrte auf die faulig riechenden, offenen Fleischwunden auf Simon Classons Körper, von welchen manche bis zu fünfzehn Zentimeter im Durchmesser aufwiesen. Neue Schreckenswellen erfassten mich, als Buckeye die Wunden beschrieb, und ich zuckte regelrecht zusammen, als er begann, mit einem Skalpell darin herumzustochern. Ich verzog das Gesicht, als er eine tote Spinne aus Classons Haaren zupfte und auf ein Stück Papier legte. Charlie äußerte etwas, das ich lieber nicht wiederholen werde.

Buck sagte: »Seitlich an seinem Kopf befindet sich eine tiefe, durch stumpfe Gewalteinwirkung verursachte Wunde. Ich schätze, der nekrotische Prozess ist seit mindestens vierundzwanzig bis sechsunddreißig Stunden im Gange, der Tiefe der Wunden und dem Grad der Gewebezerstörung nach zu urteilen.« Er wandte sich zu uns. »Mann, so etwas hab ich in meinem ganzen Leben noch nicht gesehen.«

Mir wurde schlecht, als ich daran dachte, dass Classon zwei, drei Tage lang in diesem Schlafsack mit diesen Spinnen gefesselt gefangen war. Er wurde zu Tode gefoltert, und der Typ, der das getan hatte, sollte dafür büßen. Mein Drang, ihn zu schnappen, war so groß, dass ich ihn fast schmecken konnte. »Haben Sie überhaupt jemals einen tödlichen Spinnenbiss gesehen, Buckeye?«

»Gelegentlich, wenn der Betroffene es aus irgendeinem Grund nicht schafft, ins Krankenhaus zu kommen. Aber die Fälle sind selten. Schlangenbisse verursachen mehr Todesfälle, aber auch die sind selten.«

»Ist die Braune Einsiedlerspinne hier am See weit verbreitet?«

»Klar. Wahrscheinlich kommen sie in jedem Haus in Missouri vor. Sie verstecken sich gern an dunklen Stellen, wo man sie nicht sieht, deshalb ihr Name. Die meisten Menschen werden gebissen, wenn sie Sachen von einem Speicher anziehen, auch Schuhe. Die Biester verstecken sich gern in alten Schuhen. An einen Fall erinnere ich mich, da kam ein drei Monate altes Mädchen zu Tode, als die Mutter den Kinderwagen aus dem Keller holte. Dass da ein ganzes Nest Brauner Einsiedlerspinnen drin war, hat sie nicht gesehen, nur ein paar Bisse später, aber die reichten, um das Baby zu töten.«

»Mist.« Bud schüttelte den Kopf und sah mich an. Ich wusste nicht, was er dachte, aber ich würde von nun an meine Schuhe ausschütteln, ehe ich sie anzog.

Buckeye öffnete die Leiche mittels Y-Schnitt, aber ich hatte zu viele Obduktionen gesehen, als dass ich dabei weiche Knie bekommen hätte. Eine Sache würde ich jedoch nie vergessen, und zwar als Simon Classon die Augen aufgemacht und mich angesehen hatte, das Gesicht blau, starr und teilweise gefroren. Ich fragte mich, ob er mich wirklich gesehen hatte, ob er gewusst hatte, wer ich war, ob er versucht hatte, die Lippen zu bewegen, um mir zu sagen, wer es getan hatte. Er war ein Mann, der andere Leute gern drangsalierte, aber dieses Mal hatte er jemanden zu arg drangsaliert. Jemanden, der eine Schraube locker hatte, aber was soll's. Es bestand die Chance, den Fall zu lösen. Immerhin hatten wir an die Hundert Verdächtige zur Auswahl.

Im Anschluss an die Obduktion lud Charlie mich ein, das kurze Stück zur Wache mit ihm mitzufahren, was ich wohlweislich akzeptierte, und auch seinen wüsten Redeschwall, den Mörder zu schnappen, ehe er erneut zuschlug, ließ ich brav über mich ergehen. Meine Ohren waren zwar taub von der Fahrt, aber ich hatte überlebt und half nun Bud dabei, Simons Computer aufzustellen; dann tippte ich meinen schriftlichen Bericht, den zufälligerweise Charlie auf seine nette Art auch erwähnt hatte. Ich hätte nun so gern meinen Explorer dabeigehabt, aber als es wieder stark zu schneien begann, packten wir beide etwas Arbeit ein, und Bud brachte mich nach Hause.

Ich hatte Harve versprochen, zum Abendessen bei ihm vorbeizuschauen, also bat ich Bud, an einem großen Einkaufszentrum in Camdenton haltzumachen und mir beim Aussuchen eines Weihnachtsbaums zu helfen. Harve war ein richtiger Weihnachtsfan, und in den letzten Jahren war es Tradition geworden, dass ich ihm ungefähr eine Woche vor dem Fest einen Baum besorgte. Vor Harves Einfahrtstor half mir Bud, den Baum aus seinem Bronco herauszuwuchten; dann sagte ich ihm, er könne abdüsen, ich würde den Rest des Wegs allein nach Hause gehen. Ich würde gern durch tiefen Schnee stapfen, behauptete ich, was eine Lüge war, aber ich wusste, dass es ihn nach Hause zog.

Harve erwartete mich bereits an der Tür. Er war jetzt knapp über fünfzig, hatte graue Augen und dazu passende Haare, die er millimeterkurz trug, was ihm ein militärisches Aussehen verlieh.

Er saß in seinem schicken Motorrollstuhl, und ich beugte mich hinunter und umarmte ihn. Er war ein guter Kerl, mein bester Freund auf der ganzen Welt, und er war von der Hüfte an abwärts gelähmt, aber stark wie ein Pferd. Täglich stemmte er Gewichte, und im Bankdrücken konnte er es mit jedem meiner Kollegen aufnehmen. In L.A. waren wir früher einmal Kollegen gewesen, und ich fühlte mich schuldig dafür, was ihm passiert war. Als ich den Baum ins Haus schleppte, versuchte ich, nicht daran zu denken. Weihnachten stand vor der Tür, das Fest der Liebe und des Friedens. Da war kein Platz für Spinnen und Schlafsäcke und Nekrose. Ho, ho, ho.

»Kommt Nick auch?«

»Nein. Black ist in Paris zusammen mit all diesen französischen Mädchen mit weißen Spitzenschürzchen und kurzen schwarzen Röckchen. Kann sein, dass ich ihn nie wiederseh.«

»Natürlich siehst du ihn wieder. In meinen Augen ist der doch verknallt bis über beide Ohren.« Er grinste, während ich die ein Meter achtzig hohe Waldkiefer in die Fensternische schleifte, in der wir seinen Baum immer aufstellten. Der Ständer war schon an Ort und Stelle. »Und, Claire? Wie gefällt dir die unerwartete Komplettrenovierung?«

»Was meinst du?« Ich mühte mich mit dem Baum ab, bis er stand, packte ihn dann im Halbnelsongriff und hieb ihn in den roten Ständer. »Ich find's eigentlich spitze, nur wird mir Black für meinen Geschmack ein bisschen zu besitzergreifend.«

»Davon kriegt der 'n Kick. Und ich hab schon befürchtet, du machst mich zur Schnecke, weil ich ihn einfach so schalten und walten ließ.«

»Black schaltet und waltet, auch ohne zu fragen.«

»Das stimmt. Aber du musst zugeben, ist doch eigentlich toll, dass er sich so viel Mühe gibt. Übrigens, das Haus gehört jetzt dir. Letzte Woche hatte ich einen Notar hier und hab's überschrieben.«

Ich drehte mich um, geschockt. »Du hast was gemacht?«

»Du hast richtig gehört. Die Hütte gehört dir. Ohne Einschränkung.«

»Harve, das kann ich nicht annehmen. Das Haus ist seit mehr als fünfzig Jahren im Besitz deiner Familie.«

»Meine Familie bist jetzt du. Ich will, dass es dir gehört. Sieh es als ein verfrühtes Weihnachtsgeschenk. Sei mal nett, nur dieses eine Mal.«

Himmel! In was für eine Aschenputtelgeschichte war ich denn da geraten. Man stelle sich vor, was Santa Claus alles in meinem neuen Kamin versenken würde.

Harve grinste wie George Hamilton in *Dancing with the Stars.*

»Mir ist nicht wohl dabei, Harve.«

»Ich will nicht, dass Black den großen Macker spielt und mich dumm dastehen lässt. Lass mich doch auch mal was für dich tun.«

»Gut, in Ordnung, danke. Ich wollte, ich hätte so was Großes wie ein Haus, um es dir zu schenken.«

»Du gibst mir so viel.«

So ernst ging es bei uns normalerweise nicht zu, und wir wurden beide so verlegen, dass wir wegsahen, bis Harve vorschlug: »Wie wär's mit hausgemachtem Gulasch und mexikanischem Maisbrot? Steht dampfend heiß auf dem Herd.«

Mein Magen hüpfte vor Freude. »Dem kann ich nicht widerstehen, Harve.«

Das Essen war hervorragend, und während wir aßen, unterhielten wir uns über den Fall Classon. Ich vertraute Harve blind, und sein kriminalistisches Gespür war Legende.

Er sagte: »Interessant, dass er sein Opfer mit Spinnen getötet hat. Ist doch eher selten.«

»Ja, und es ist dermaßen grauslich.«

»Er muss genau wissen, wie man sie fängt und handhabt, ohne gebissen zu werden.«

»Buck sagt, Braune Einsiedlerspinnen kämen auch in Missouri vor. Hast du hier schon viele gesehen?«

»O doch. Meine Tante wurde von einer gebissen, als ich klein war. Mir wird noch immer ganz anders, wenn ich an das Loch in ihrem Bein denke. Mann, das vergess ich nie.«

»Ist sie daran gestorben?«

»Nein, aber die Stelle an der Wade mit dem zerstörten Gewebe war fürchterlich. Letztlich waren vier Hauttransplantationen erforderlich.« Er trank einen Schluck Kaffee und schüttelte dabei den Kopf. Ich konnte mir lebhaft vorstellen, was in ihm vorging. Immerhin hatte ich Classons Leiche gesehen. »Soll ich mal sehen, was sich über einheimische Spinnenarten so in Erfahrung bringen lässt?«

Harve arbeitete als Webdesigner und betrieb allerlei Nachforschungen. Er war ein Genie im Aufspüren von Fakten, und ich nahm sein Angebot mehr als gern an. »Im Ernst? Danke. Bei mir zu Hause habe ich die allerneueste Technik, dank Black, nur leider wenig Zeit. Die Vernehmungen draußen an dieser verdammten Akademie sind noch immer nicht abgeschlossen.«

»Übrigens, ich hab im Lauf der Jahre eine Menge Einsiedlerspinnen und Schwarze Witwen in deiner Hütte gesehen. Pass also auf, wo du hintrittst.«

»Na toll. Da werde ich ja in Zukunft gut schlafen.«

»Vielleicht bekommst du ja zu Weihnachten einen Besuch vom Entweser.«

Harve lächelte, aber ich konnte ihm darin nicht folgen. Nichts an diesem Fall war auch nur ansatzweise komisch, vor allem die Art und Weise, wie Simon zu Tode gekommen war. Ich hatte nie zuvor Angst vor Spinnen gehabt, das hatte ich Bud überlassen, aber ich hatte auch noch nie zuvor persönlich und aus nächster Nähe gesehen, was sie anrichten können. Ich zitterte unwillkürlich und bemerkte nicht ohne Besorgnis, dass ich Angst hatte. Und zwar richtig. Die sollte ich lieber so schnell wie möglich abstellen.

Aus meiner Handtasche erklang gedämpft der »Mexikanische Huttanz«, und ich griff mir mein Handy mit mehr Begeisterung, als ich es zuzugeben bereit war. Ich erwartete Blacks Anruf und wusste, dass er es war, noch bevor die vertraute tiefe Stimme ertönte.

»Vermisst du mich, Morgan?«

Mein Herz vollführte einen kleinen Freudentanz, was ich unverzüglich als dumme Gefühlsduselei abtat. »Du meinst, ich sehe dich nicht wieder?«

»Vielen Dank.«

»War nur ein Witz. Klar vermiss ich dich. Hier ist sonst niemand, der mein Haus verschönert und mich mit Gourmetfutter verwöhnt.«

Harve lachte und krabbelte dann spinnenartig mit den Fingern, während er auf seinen Computer in der Glasveranda nebenan wies. Ganz Gentleman wie immer, ließ Harve mich mit Black am Telefon allein.

Black sagte: »Alles okay mit dir?«

»Ja, ich bin bei Harve. Wir essen zu Abend und stellen dann den Christbaum auf.«

»Da wäre ich gern dabei, um zu helfen.«

»O ja, das wär schon.« Zum ersten Mal vermisste ich ihn wirklich, aber ich hätte mich allzu verletzlich und damit irgendwie dumm gefühlt, wenn ich das zugegeben hätte, also sagte ich: »Ich höre Musik im Hintergrund. Wo bist du?«

»Ich sitze beim Dinner im Crazy Horse Saloon.«

»Wirklich? Ist das nicht der Laden mit den nackten Mädchen, von dem du mir erzählt hast?«

Black lachte tief. »Sie sind nicht ganz nackt. Der Besitzer des Ladens ist ein alter Freund. Eine seiner Tänzerinnen hab ich mal behandelt, und von daher ist das gemeinsame Dinner am ersten Abend in der Stadt so eine Art Tradition.«

»Mm-hmm. Klingt nach jeder Menge Spaß.« Und es klang so, als hätte ich was dagegen, was mich als der letzte Trottel dastehen ließ.

»Nun, ich war bis jetzt in der Klinik. Der Patient hat Flashbacks bekommen, was alle ein bisschen nervös macht.«

»Welche Flashbacks denn?«

»Blutige Mordszenen.«

»Kein Witz?«

»Kein Witz. Nun stellt sich die Frage, ob sie eingebildet sind oder wahr.«

»Klingt interessant.«

»Ist es auch. Was ist mit dir? Der Direktor hat mich heute wegen Classons Tod angerufen. Er hat alle Beiratsmitglieder informiert.«

»Ich weiß. Er ließ uns warten, während ihr miteinander gesprochen habt. Ich hoffe, du hast nicht erwähnt, dass ich den Fall mit dir diskutiert habe.«

»Das weißt du doch. Er meinte, Classon hätte sich erhängt.«

»Stimmt nicht ganz. Hör zu, Classon wurde an einem Baum aufgeknüpft, und zwar gefesselt in einem Schlafsack voller giftiger Spinnen.«

Schweigen am anderen Ende der Leitung. Ich hörte die schwungvolle Musik im Hintergrund und fragte mich, was die Tänzerinnen anhatten, möglicherweise nicht viel mehr als ein paar farbige Lichteffekte. Vielleicht sollte ich ja damit meinen Lebensunterhalt verdienen, anstatt Obduktionen beizuwohnen und halbtote Leichen aus Bäumen zu holen.

»Das ist kein Witz, oder?«

»Durchaus nicht. Ziemlicher Hammer.«

»Gibt's Hinweise?«

»Bis jetzt haben ihn alle, die mir begegnet sind, wie die Pest gehasst. Es gibt also viel zu tun.«

»Der Direktor sagte mir, sie wollten bei ihrer Fundraising-Gala am Silvesterabend eine Gedenkminute für Simon einlegen. Er wollte wissen, ob ich daran teilnehme.«

»Okay.«

»Du fehlst mir.«

Ich sah nach, ob Harve mich hören könnte. Der war über seinen Computer gebeugt, und ich flüsterte leise, man weiß ja nie: »Du fehlst mir auch.« Tatsächlich hatte ich bis jetzt kaum Zeit gehabt, ihn zu vermissen, aber mir war klar, dass das schon noch kommen würde, wenn ich erst einmal in dem riesengroßen neuen Kingsize-Bett liegen würde. Aber was, wenn unter der schwarzen Satinbettwäsche Spinnen auf mich lauerten?

»Gut, das zu hören.«

»Wann kommst du zurück?«

»Ich meine am Dreiundzwanzigsten, aber genau kann ich's nicht sagen.« Er hielt inne. »Hast du schon Pläne für den Weihnachtsabend?«

»Wahrscheinlich werde ich arbeiten.«

»Aber nicht länger als bis Mitternacht. Den Weihnachtstag möchte ich mit dir zusammen verbringen.«

»Klingt gut.« Klang tatsächlich gut für mich. Die Musik im Hintergrund wurde immer lasziver, dazu jede Menge Applaus und Männerlachen, und ich versuchte, mir nicht vorzustellen, wer da gerade auf der Bühne was machte.

»Warst du schon zum Brunch auf dem Eiffelturm?«

»Würde keinen Spaß machen, ohne dich damit zu beeindrucken.«

»Nun versuch mal, rauszukriegen, ob dein Patient Jack the Ripper ist, und dann komm schleunigst nach Hause. Du könntest uns vielleicht behilflich sein. Jemand muss Classon gehasst, und ich meine wirklich bis aufs Blut gehasst haben, dass er ihn so einer Tortur aussetzt.«

»Gibt es noch mehr Opfer?«

»Noch nicht. Für mich ist das eine rein persönliche Kiste. Stell dir vor, der Täter wollte wirklich, dass Classon leidet. Er war mindestens zwei Tage in dem Schlafsack mit den Spinnen, vielleicht auch länger, in Anbetracht der Größe und Schwere der Wunden.«

»Mein Gott. Wie abartig. So was hab ich noch nie gehört.«

»Richtig, Sir. Es ist wirklich bizarr.«

»Was sagt dir dein Bauchgefühl?«

»Bis jetzt nichts. Wahrscheinlich war es jemand von deiner aberwitzigen Schule. Übrigens, ich glaube, der Direktor ist ein echter Spinner. Täusche ich mich da?«

»Ich kenne ihn nicht so gut. Unser Verhältnis ist rein sachlicher Natur, und auch an den Sitzungen nehme ich nicht teil, aber auf ihren Benefizveranstaltungen bin ich ein paar Mal gewesen. Er ist exzentrisch, würde ich sagen, sonst würde er auch so eine Schule nicht leiten. Ich nehme mal an, dass sie gute Arbeit mit den Kids da draußen leisten.«

»Wusstest du, dass sie ihre Schützlinge im Fach Heidentum unterrichten? Und dass sie über Teufelsverehrung und andere böse Umtriebe diskutieren?«

»Was?«

»Genau. Bud und ich finden auch, dass das ein bisschen abwegig klingt.«

»Davon höre ich zum ersten Mal. Ich vermute, du nimmst dir die Dozentenliste vor?«

»Kannst du Gift drauf nehmen. Gleich morgen, zuallererst.«

»Moment.« Black hielt die Hand drauf, und ich hörte, wie er mit jemandem auf Französisch redete. Perfekt, könnte ich dazu sagen. Das Einzige, was ich verstand, war merci.

»Sie servieren jetzt das Dinner. Ich glaub, ich muss Schluss machen.« Er zögerte. »Halt mir meine Betthälfte warm.«

»Klar. Dasselbe gilt für dich, Black.«

Er lachte und zögerte dann wieder, länger dieses Mal. Ich hörte mir die flotte Musik an, bis er endlich rausrückte: »Hör zu, Claire, wenn du einen dieser bösen Träume hat, denk dran, was wir gesagt haben, tief atmen und das Licht anlassen.«

Ich hatte schon länger keinen Albtraum mehr gehabt, was aber vielleicht daran lag, dass Black nachts fast immer bei mir war; und wir hatten beide geladene Waffen unter dem Kissen. Aber er hatte nun in den Therapeutenmodus umgeschaltet, und so spielte ich mit. »Mach dir keine Sorgen um mich. Ich habe fast mein ganzes Leben lang allein geschlafen. Es wird mich nicht umbringen.«

»Schon klar, aber mich bringt es um.«

Ich musste lächeln. Er hatte definitiv das Richtige gesagt. »Du wirst schon überleben, bis wir uns wiedersehen. Erfreu dich an den Nackttänzerinnen, und denk dabei an mich.«

»Ich muss mich an niemandem erfreuen, um an dich zu denken, und außerdem sind sie nicht vollständig nackt. Hör zu, ich ruf dich morgen wieder an. Mal sehen, was du über die Teufelsverehrer in Erfahrung bringst. Vielleicht gibt es ja ein Kapitel in meinem neuen Buch darüber. Und denk dran, wegducken, und pass auf, dass keine Spinnen im Bett sind.«

Wir machten Schluss, seine letzte Bemerkung jedoch ging mir nicht aus dem Kopf. Wohl oder übel würde ich mich allein in die samtweiche Satinwäsche kuscheln, aber seinen Rat, was unerwünschte achtbeinige Bettgenossen betraf, würde ich garantiert beherzigen. Okay, nun hatte ich also wirklich Angst. Aber wer wollte mir das verübeln?

11

Tags darauf waren Bud und ich um halb neun zurück in der Akademie, um unsere Vernehmungen abzuschließen. Der Schneefall hatte über Nacht stark nachgelassen, und ich hatte mir den Abend über mit Blacks neuen Spielsachen die Zeit vertrieben, allein, aber Gott sei Dank ohne auch nur eine einzige Einsiedlerspinne in Sicht. Wahrscheinlich befanden sich alle im Winterschlaf, falls das auf Spinnen zutrifft, was mich zu der Frage brachte, wo zum Teufel der Täter so viele lebende Spinnen aufgetrieben hatte. Ich hoffte inständig, Harve würde ein paar nützliche Informationen über das Leben dieser Biester zutage fördern.

Das weiße Haus samt seinem darin residierenden Möchtegernjesus ließen wir links liegen und steuerten direkt auf das rote Haus zu. Wäre doch, dachte ich, der angemessene Ort, um sich Luzifer und anderen höllischen Themen zu widmen. Der Himmel strahlte blau, und die Sonne schien, sodass der Wind nicht ganz so kalt war, aber meine und Buds Wangen waren trotzdem rot vor Kälte. Draußen tummelten sich eine Menge Kinder, bauten Schneemänner und lieferten sich Schneeballschlachten. Sie wirkten wie normale Teenager mit normalem Verstand, gar nicht wie durchgeknallte Genies.

Im roten Haus auf der Treppe saß ein dünnes, schwarzhaariges Mädchen in ausgebleichten Jeans und Santa-Claus-Sweatshirt und zeichnete die bewaldeten Berge in der Ferne. Sie wirkte wie ungefähr dreizehn. Bud fragte, wo wir Stuart Rowland finden könnten, den Teufelslehrer. Sie lachte und zeigte den Flur entlang. »Er ist ganz hinten, das Büro mit den überkreuzten Gabeln und den aus der Tür züngelnden Flammen.«

Zumindest komödiantische Genies waren die Kids also doch. Wir gingen den tomatenroten Flur entlang, immer nach Feuer Ausschau haltend. Stattdessen fanden wir Rowland hinter einem schwarzen Schreibtisch sitzend in einem Büro, das ganz ähnlich wie Classons aussah, nur dass es in einem freundlichen Rotton gehalten war. Er war ein kleiner Mann, wahrscheinlich Ende dreißig, und trug ein grünes, am Kragen offenes Hemd mit einer grauen Strickjacke sowie Bluejeans und Snowboots. Die Hornbrille mit den runden Gläsern verlieh ihm das Aussehen eines Gelehrten. Er hatte strubblige schwarze Haare und sah insgesamt aus wie der Typ Lehrer, mit dem Schülerinnen gern flirten.

»Stuart Rowland?«

Er sah misstrauisch von seinem Notebook auf, das er jedoch sofort zuklappte, ehe er hochsprang. »Sie sind von der Polizei, nicht wahr?«

Wahrscheinlich schloss er das aus den großen gelben Lettern des Wortes SHERIFF, das auf dem Rücken unserer Parkas prangte. »Stimmt. Ich bin Detective Morgan, mein Kollege, Detective Davis.«

»Ah ja, ich hab von Ihnen gehört, von Ihnen beiden.«

Ich nahm an, er wollte nicht, dass Bud sich ausgeschlossen fühlte. »Tatsächlich?«

»O ja. Sie glauben ja nicht, welche Gerüchte hier auf dem Campus die Runde machen. Ich nehme an, Sie haben beschlossen, ich hätte Simon ermordet, weil ich dieses Fach unterrichte, nicht wahr? Da befinden Sie sich aber auf dem Holzweg, das sag ich Ihnen.«

Bud sah mich an. »Nun, Morgan, ich nehme an, damit wären schon alle unsere Fragen beantwortet. Vielen Dank, Mr Rowland. Wir können den Fall dann jetzt schließen und von hier verschwinden.«

Bud und sein Galgenhumor. »Wir werfen Ihnen gar nichts vor, Mr Rowland. Wir vernehmen lediglich Mr Classons Kollegen hier an der Akademie.«

»Dafür hab ich vollstes Verständnis. Ich will lediglich ein für allemal klarstellen, dass ich nichts, aber auch gar nichts mit dem Tod *dieses* Mannes zu tun habe.«

Dieses Mannes. Mit einem eindeutig angewiderten Unterton. »Wollen wir uns nicht setzen, Sir? Auf ein kleines Gespräch?«

Rowland sah sich um, er schien überaus nervös, dann legte er einen Finger an die Lippen und machte vielsagende Handzeichen. Offenbar ging er davon aus, dass sein Büro abgehört wurde. Anzeichen von Paranoia, vielleicht mit schizophrenen Anteilen. Bud und ich sahen zu, wie der zierliche Rowland eilends in einen hellbraunen Mantel schlüpfte und einen femininen Schal, Paisleymuster in Pink-Orange, schwungvoll darüberwarf. Akademische Lässigkeit. Er bedeutete uns, nachzufolgen, und so folgten wir ihm durch den nächstliegenden Ausgang hinaus auf eine kleine Terrasse mit schmiedeeisernen Rundtischen, auf welchen eine gut dreißig Zentimeter hohe Schneeschicht lag. Niemand sonst in Sicht. Warum wohl?

»Gibt es einen Grund, warum Sie hier draußen vernommen werden wollten, Mr Rowland?«

»Weil mein Büro vom Direktor abgehört wird. Würde er natürlich nie zugeben, Detective, aber er hat Kameras und auch Mikrofone versteckt, überall. Diese Schule ist anders, als sie auf den ersten Blick erscheint.«

Dann lass es mich wissen, Junge. »Warum sagen Sie das, Mr Rowland?«

»Weil ich hier lange genug gearbeitet habe, um zu wissen, dass gefeuert wird, wer dem Direktor und, ja, auch Classon, nicht nach der Pfeife tanzt. Die beiden fühlen sich als die absoluten Alleinherrscher, und wer es wagt, sich dagegen aufzulehnen, wird gnadenlos niedergemacht.«

»Wie lange arbeiten Sie schon hier?«

Rowland schnob verächtlich. »Zu lange. Ich habe mein Fazit gezogen. Ich will weg von hier. Jeder mit auch nur ein bisschen Verstand ist längst weg.«

»Verstehe. Was können Sie uns über Simon Classon sagen?«

Zu unserer Überraschung begann er das Lied *Keiner weint um Hexen* aus dem Musical *Die Hexen von Oz* zu summen. »Wissen Sie, was das ist? Classons Erkennungsmelodie. Jeder summt sie vor sich hin, wenn sie ihn kommen sehen. Perfekt, nicht wahr, für einen Dreckskerl wie ihn?«

Er schüttelte eine Zigarette aus einer Packung Camel und blickte weiter nervös umher. Paranoia in Reinkultur.

Bud sagte: »Sie machten sich also recht wenig aus dem Opfer?«

»Lassen Sie sich eins gesagt sein: Simon Classon war der schlechteste Mensch, der je seinen Fuß auf diese Erde gesetzt hat. Jeden in seinem Umfeld hat er immer nur erniedrigt, das war seine Spezialität, den ganzen Tag lang, andere Leute zu erniedrigen, sie zu zerstören, und wissen Sie, warum? Damit er selbst sich daran aufrichtet. Unsicher ist gar kein Ausdruck, dieser Mann fühlte sich bedroht von jedem, egal ob nett, gut aussehend oder glücklich, genau, glücklich insbesondere, das war es. Er ertrug es nicht, wenn jemand glücklich war. Wenn er nicht glücklich sein konnte, warum dann andere? Ein nettes Lächeln, ein freundliches Guten Morgen, all das zählte nicht, man musste ihm schon in den Hintern kriechen.«

Das war starker Tobak.

Bud, der Zyniker, sagte: »Hören Sie doch auf, alles zu beschönigen. Sagen Sie uns die ungeschönte Wahrheit.«

»Tut mir leid, aber ich sehe schon rot, wenn ich nur an Classon denke. Und eins sag ich Ihnen, frei von der Leber weg, ich bin froh, dass dieser Bastard tot ist. Am liebsten hätte ich ihn persönlich aufgeknüpft und dabei zugesehen, wie er erstickt. Ein Freudenfest wäre das gewesen, Herrgott nochmal.«

Bud sah mich an: »Okay, Sir, versuchen wir's mal 'ne Nummer kleiner. Sie reden sich doch um Kopf und Kragen.«

»Das weiß ich, Detective.« Der reine Sarkasmus. »Ich bin lediglich ehrlich. War ich auch Simon gegenüber. Er wusste, dass ich ihn auf den Tod nicht ausstehen kann. Deshalb hat er mir ja auch diesen dämlichen Heidentumskurs aufs Auge gedrückt.«

»Der Vorschlag kam von ihm?«

»Vorschlag?« Rowland lachte voller Verachtung. »Der hat gar nichts vorgeschlagen, der hat bestimmt, wie der Laden hier läuft. Johnstone ist ein reiner Frühstücksdirektor mit nicht mal genügend Grips, um zu erkennen, dass er Classons Marionette ist. Simon hat sich Johnstones Eitelkeit zunutze gemacht und mit ihm gespielt wie auf 'ner Fiedel.«

Na ja, ein Mann, der seine Bildersprache noch drauf hat, kann so schlimm nicht sein. »Sie glauben, Mr Classon hat diese Schule geleitet?«

»Aber sicher. Fragen Sie herum, es traut sich hier nur keiner was zu sagen. Sie befürchten vielleicht, er meldet sich zurück von den Toten und lässt sie feuern.«

Bud sagte: »Mann, Mr Rowland, beruhigen Sie sich! Sonst trifft Sie noch der Schlag.«

»Was glauben Sie? Ich war nie so glücklich in den sechs Jahren, in denen ich in diesem Drecksloch gearbeitet habe.«

»Okay. Jetzt schalten wir wirklich mal einen Gang runter. Es besteht kein Grund, sich so aufzuregen.«

Einen Moment herrschte Stillschweigen. Er zog ein rotes Bic-Feuerzeug heraus, um sein Büro abzufackeln, nahm ich an. Stattdessen qualmte er ein paar Sekunden lang wie ein Fabrikschlot.

»Schon gut. Tut mir leid. Es hat sich einfach so viel Wut angestaut darüber, was hier abgeht. Der einzige Lichtblick hier sind die Studenten, und die wären andernorts, egal wo, sehr viel besser aufgehoben. Dieser Ort saugt alle positive Energie aus den Menschen und macht sie bitter, zornig und frustriert.«

»Ist uns auch schon aufgefallen«, sagte ich.

»Gut.« Noch mehr Gequalme, unterbrochen lediglich von quälendem Reizhusten. Rauchen ist das Allerletzte. Die Leute sollten endlich zur Vernunft kommen.

Ich trat aus dem Schatten ins blendende Sonnenlicht hinaus, wo die Temperatur nicht zehn Grad minus betrug.

»Gut, dass Sie sich beruhigt haben. Sir, denn wir haben ein paar Fragen an Sie. Rasten Sie bitte nicht aus, aber wo waren Sie am Abend des sechzehnten Dezember?«

»Das war ein Mittwoch, richtig? Ich esse in der Regel allein daheim zu Abend. Allerdings sehen mich meine Nachbarn manchmal, wenn ich die Zeitung von draußen mitnehme. Manchmal auch nicht. Bin nun mal kein sehr geselliger Mensch, nie gewesen.«

Bud sah mich an: »Und so war es auch an diesem Mittwoch? Niemand hat Sie gesehen oder gesprochen?«

»Moment, das war der Abend, als ich meinen Mustang in den Graben gesetzt habe.« Er tat sichtlich erleichtert, wofür ich Verständnis hatte. »Ich hab hier in meinem Büro auf dem Futon übernachtet. Kommt selten vor, dass ich Überstunden mache. Diesem Drecksloch fühle ich mich in keiner Weise verpflichtet.« Er zog an seiner Camel, und die Spitze glühte rot auf. »Wissen Sie, wie mich dieser Bastard Classon mal am Telefon genannt hat, Detective? Nichtsnutz. Das ist doch unglaublich! Ein erwachsener Mann! Ich habe einen Masterabschluss, verdammt noch mal. Ich war beim Militär und habe meinem Land ehrenvoll gedient, und dieser Volltrottel nennt mich Nichtsnutz. Aber das ist nun mal zum Teufel seine Art, er beschimpft einfach jeden, und keiner kann sich dagegen wehren, weil er die Macht über Johnstone hat, diesen Idioten mit seinem weißen Anzug und den Jesuslatschen.«

Ich sah nun ein, warum Rowland uns unbedingt draußen sprechen wollte. Seine Anschuldigungen waren eine ziemliche Provokation.

»Er nennt Sie wirklich Nichtsnutz, ohne Witz?«, sagte Bud. »Das würde ich mir auch nicht bieten lassen.«

»Genau, und das ist noch gar nichts im Vergleich dazu, wie er mich sonst noch so nennt.«

Bud zog die Stirn einfühlsam in Falten, was Balsam war für Rowlands Wunden. »Eins sag' Ihnen, Detective, auch wenn ich vielleicht blöd dabei dastehe, aber Sie kennen das ja, manchmal muss die Wahrheit einfach raus. Die Menschen hier in der Gegend müssen wissen, was hier draußen abgeht. Die Idioten, die hier am Ruder sind, müssen benannt und dann gefeuert werden.«

Genau, und Rowland hatte die Rolle des Rächers übernommen. Ich sagte: »Ja, Sir, ich verstehe, wie Sie sich fühlen müssen. Haben Sie Simon Classon ermordet, Mr Rowland?«

Rowland sah mich entgeistert an. Er blinzelte einmal und seufzte dann ausgiebig. »Auf diese Frage habe ich gewartet. Ja, ich war's. Hab's nicht länger ausgehalten mit ihm, also hab ich ihn in den Wäldern aufgeknüpft und mein Auto kurzerhand in den Graben gesetzt, damit ich als Hauptverdächtiger gelte.«

»Ist das ein Geständnis, Sir?«

Er starrte Bud entsetzt an und schüttelte dann den Kopf. »Das kann nicht Ihr Ernst sein. Nein, natürlich nicht, ich habe Classon nicht getötet. Das war sarkastisch gemeint, falls Sie verstehen.«

O ja, wir hatten verstanden. Wir waren ja auch nicht schlecht darin. »Ich an Ihrer Stelle wäre etwas vorsichtiger mit meinen Aussagen, Mr Rowland. Leute wie wir zum Beispiel könnten Ihnen glauben und Sie wegen Mordes verhaften.«

Er kam sofort zur Vernunft, obwohl meine Drohung zu diesem Zeitpunkt jeglicher Grundlage entbehrte, aber Rowland wusste das nicht. »Ich würde Ihnen raten, sich jemanden zu suchen, der bestätigt, wo Sie sich an den letzten Abenden aufgehalten haben. Vor allem am Abend des sechzehnten Dezember. Okay?«

Er runzelte die Stirn und starrte einen Moment lang über den Hof in Richtung weißes Haus. »Okay. Mir fiel gerade ein, in der

Nacht, die ich hier auf dem Campus verbracht habe, steckte ein Hausmeister den Kopf zur Tür herein und fragte, was ich da mache.«

»Und der Name?«

»Willie Vines. Den können Sie sich auch noch vorknöpfen. Ein schräger Vogel. Und das Mädchen genauso, mit dem er dauernd herumhing. Wilma. Sie war in meinem Kurs und stand auf ganz abgefahrene Sachen, zeigte mir dieses Tattoo auf ihrem Fußgelenk, ein Teufel mit einem Dreizack. Aber ich mochte sie, Classon jedoch gar nicht. Er mochte überhaupt keine Hausmeister. Willie Vines soll er sogar bezichtigt haben, mit Haschisch zu dealen, nur zu Ihrer Information, wissen Sie.«

Bud spitzte die Ohren. »Gibt es dafür konkrete Beweise, Mr Rowland?«

»Ich nehme keine Drogen, falls Sie das meinten.«

»Genau das meinte ich.«

»Ich steh nicht auf das Zeug, im Gegensatz zu vielen anderen hier, die ohne das Zeug ihren Job gar nicht machen könnten.«

»Wären Sie bereit, uns ein paar Namen zu nennen?«

»Nein.«

Wir ließen ihm kurz Zeit, es sich anders zu überlegen. Tat er aber nicht.

»Dann glaube ich, das war's zunächst, Mr Rowland. Aber einen Rat gebe ich Ihnen. Zügeln Sie Ihr Temperament. Es steht Ihnen gar nicht gut an, so die Beherrschung zu verlieren wie heute. Wir könnten sogar daraus schließen, dass Sie, wenn Sie nur wütend genug sind, auch dazu in der Lage wären, jemanden zu töten.«

»Danke, dass Sie sich die Zeit genommen haben.« Bud hielt an der Tür inne. »Und Sie wissen doch sicher, dass Sie Ihr Büro entwanzen lassen können? Vielleicht denken Sie mal drüber nach.«

»Hier gibt es so viele Verrückte, man stolpert förmlich über sie«, sagte Bud, als wir unseren neuesten und heißesten Verdächtigen verließen.

»Wem sagst du das. Lass uns diesen Willie Vines aufsuchen. Vielleicht dealt er ja wirklich mit Drogen. Simon hatte welche zu Hause, und vielleicht waren die beiden Komplizen und sind in Streit geraten. Oder die Konkurrenz hat Classon zur Warnung um die Ecke gebracht.«

»Drogendealer warnen nicht mittels Spinnen.«

»Und wie sieht's mit der kolumbianischen Krawatte aus?«

»Ein Schnitt durch die Kehle ist ratzfatz passiert. Aber hier hat sich jemand sehr viel Mühe gemacht.«

»Der Killer ist also ein Sadist?«

»Darauf kannst du Gift nehmen.«

Wir fanden den Hausmeister, wie er gerade die Cafeteria wischte. Er sah viel jünger aus, als ich erwartet hätte, eher wie die Studenten, die lachend und schwatzend an der Theke anstanden. Bud hatte mittlerweile die Angelologie-Teilnehmerliste bei Christie abgeholt. Der Gegenprobe zufolge dieselben Studenten, die auch Heidentum belegt hatten. Wir würden sie alle vernehmen müssen, aber zunächst galt unser Interesse Willie Vines.

»Mr Vines?«

Vines drehte sich erschrocken um. Dann lächelte er. »Kommt selten vor, dass jemand Mister sagt. Jedenfalls hier.«

Er sah recht gut aus, hatte dichtes blondes Haar, das hier und da in kleinen Ringellöckchen widerspenstig abstand. Wenn sie länger wären, würde er aussehen wie Shirley Temple mit zehn. Die blauen, leicht blutunterlaufenen Augen waren hellwach und beobachten genau, wie ich uns beide vorstellte. Sein Lächeln war so strahlendweiß wie das Wetter draußen. Benutzte denn heutzutage jeder diese Aufhellerstreifen?

»Es geht um Mr Classon, stimmt's?«

»Ja. Wir vernehmen die gesamte Belegschaft sowie alle Dozenten.«

»Hat ihn also nun doch jemand erwischt, hm?«

»So ist es. Und wir sind hier, um herauszufinden, wer.«

»Glauben Sie, dass ich es gewesen bin?«

»Das können wir zu diesem Zeitpunkt nicht sagen, Mr Vines. Wir versuchen zu verstehen, wer hier draußen was macht.«

»In meinen Augen war er ein fieser Typ, aber ich würde ihm nie was antun.«

»Warum nehmen wir nicht Platz? Da drüben in der Ecke vielleicht? Können Sie ein paar Minuten für uns erübrigen?«

Er lehnte seinen Wischmopp an die Wand. »Ich glaub schon. Aber ich krieg Ärger mit dem Direktor, wenn ich hier nutzlos rumhänge.«

»Das nehm ich auf meine Kappe. Ein gewisses Entgegenkommen wird von allen hier erwartet. Wie wär's mit einer Limo und einem Cheeseburger, während wir uns unterhalten? Auf meine Rechnung.«

»Gern doch. Danke.«

»Für mich auch, Bud.«

Willie Vines folgte mir an einen Tisch in der äußersten Ecke. Er wirkte verängstigt, aber irgendwie doch auch erfreut. »Eigentlich dürfte ich hier gar nicht sitzen. In manchen Häusern darf ich nicht mal an den Trinkwasserbrunnen. Auch nicht im Sommer, wenn es stickig heiß ist.«

»Klingt so, als würden Sie für einen Haufen Vollidioten arbeiten.«

Willie fuhr sich mit den Fingern über seinen dünnen blonden Schnurrbart. Seine Blicke wanderten umher, und mir fiel auf, dass er ständig über einen braunen Fleck auf der Stirn strich, ein Muttermal vielleicht? »Richtig. Alles Vollidioten. Besonders Dr. Johnstone.«

»Übrigens, Willie, es ist okay, wenn ich dich Willie nenne, oder?«

Er nickte geistesgegenwärtig und wachsam. Ging 'ne Menge vor hinter dieser ruhigen Fassade.

»Wir haben gerade mit Mr Rowland gesprochen. Er sagt, du würdest die Gebäude jeden Abend kontrollieren. Stimmt das?«

»Ja, Ma'am.«

»Hat er in der vorletzten Nacht in seinem Büro übernachtet?«

Willie nickte. »Hat er, ja. Den Ausgang in der Nähe seines Büros kontrolliere ich meistens mehrmals pro Nacht. Da war noch Licht, und ich hab kurz reingeschaut, um zu sehen, warum er so spät noch da war.«

»Überprüfst du jeden Abend alle Ausgänge auf dem Campus?«

»Meistens schaffe ich es nicht vor dem Abendessen, ungefähr gegen halb fünf, dann mache ich hier drinnen sauber und kontrolliere die Türen, nachdem alle im Bett sind.«

»Ich nehme an, du hast keine verdächtigen Beobachtungen in der Tatnacht gemacht?«

»Wann war das noch mal?«

»Ist dir an irgendeinem Abend der vergangenen Woche was aufgefallen? Etwas, das dir verdächtig vorkam?«

»Nein, Ma'am. Es waren einfach alle nur froh, dass Mr Classon im Urlaub war.«

»Klingt nicht so, als hättest du ihn besonders gemocht.«

Willie drehte an einem schwarzen Onyxring an seiner rechten Hand; er trug die Initiale *W* und war so ein Ring, wie sie junge Männer früher ihren Mädchen geschenkt hatten. Willie war nun nervös. »Nein, Ma'am. Er war nicht sehr nett zu den Leuten.«

Bud erschien mit einem Tablett voller Fastfood. »Mann, ist das billig hier. Alles zusammen nur fünf Dollar.«

Bud setzte sich und verteilte die Sachen. Willie wickelte einen Cheeseburger aus und sah sich dabei nach den anderen Kids um, staunend, dass er wie alle anderen auch in der Cafeteria aß.

»Weißt du was, Bud? Willie sagt, er dürfe hier nicht sitzen. Der Direktor erlaubt es nicht.«

»So 'ne Pfeife, Willie. Kann mir denken, du würdest ihm gern mal sagen, was er dich kann, hm?«

Willie mampfte seinen Burger und spülte mit einem Schluck Pepsi nach. »Aber wie! Er ist …« Er sah sich um und biss sich dabei reuevoll auf die Zähne. »Ich darf solche Sachen nicht sagen. Man fliegt hier raus wie nix.«

Bud sagte: »Du wirst nicht gefeuert, nur weil du mit uns sprichst. Erzähl mehr von Dr. Johnstone. Er macht dir das Leben sehr schwer?«

»Und wie. Der Typ ist total krass. Im Krankenhaus, wo ich früher gearbeitet habe, hat man mich besser behandelt. Aber hier krieg ich mehr Geld.«

»Wie meinst du das, ›krass‹?«

»Na ja, er springt gern mit Leuten um. So wie letzten Sommer, da kommt er auf mich zu und sagt: ›Du vernachlässigst deinen Job, junger Mann. Heute Morgen hab ich Unkraut auf dem Campus gesehen, fast einen halben Meter hoch, und ich will, dass das wegkommt.‹ Sag ich: ›In Ordnung, Sir, wo ist das? Dann bin ich sofort dabei.‹ Darauf er: ›Dein Problem. Sieh zu, wo das Zeug ist, und kümmer' dich noch heute drum, oder du bist gefeuert.‹«

Ich trank von meiner Pepsi. »Dem Typen muss mal jemand sagen, dass er nicht der Allmächtige ist, nur ein Irrer in Sandalen.«

Bud war ganz meiner Meinung: »Stimmt. Irgendjemand muss dem mal 'ne Lektion erteilen.«

Willie grinste und wirkte gleich weniger misstrauisch. Er mochte uns. Ich fragte mich, ob er Freunde hatte. Mir kam er wie ein richtiger Einzelgänger vor. »Du wohnst hier auf dem Campus, Willie?«

»Ich hab eine kleine Bude, wo ich übernachten kann, wenn ich will, da hinten einfach den Flur entlang.« Er zeigte an der Küche vorbei. »Ich hab auch ein kleines Haus für mich, gar nicht weit die Straße entlang. Hab ich geerbt.«

Mir fiel ein, dass Maxine Knight Willies Namen erwähnt hatte. »Mr Classons Sekretärin meinte, dass Classon noch eine andere Hausmeisterin schikaniert hatte. Weißt du was darüber?«

Zum ersten Mal reagierte Willie ungehalten. Er richtete sich zornig auf. »Ja, sie ist meine Freundin. Ihr Name ist Wilma Harte. Und außerdem ist sie wirklich nett, sehr nett.«

»Wie meinst du das?«

»Na sie hat Dinge erledigt für Leute, wofür sie niemand bezahlt hat. Sie ist von hier weggegangen und hat niemandem gesagt warum, aber alle glauben, es ist wegen Mr Classon. Wenn ich in den Heizungskeller kam, wo wir unsere Tische zum Lernen haben, hat sie oft sehr geweint.«

»Was hat er denn mit ihr gemacht?«

»Er hat sie als dumme Göre beschimpft oder ihre Arbeitsschuhe billig und hässlich genannt, solche Sachen. Sie stand auf Horrorfilme, und er sagte, sie wäre der Horror und könnte selbst mitspielen.«

Tränen stiegen ihm in die Augen.

»Es tut mir so leid, Willie. Sie fehlt dir sehr, nicht wahr?«

»Ja, sie war eine gute Freundin, aber trotzdem ist sie einfach gegangen, ohne ein einziges Wort. Sie war wirklich echt fertig, richtig depressiv, wie man sagt, besonders, wenn Mr Classon auf ihr rumhackte. Ich sag das ja ungern, wirklich, aber vielleicht hat Mr Classon genau das bekommen, was er verdient hat. Vielleicht ist es gut, dass er tot ist und niemandem mehr wehtun kann.«

Ich sah ihm zu, wie er sich den Mund mit Pommes vollstopfte, und dachte mir, ja genau das, das war die allgemeine Überzeugung.

»Ach, Willie, eins noch. Wir haben gehört, du dealst hier mit Drogen. Stimmt das?«

Bud und ich sahen, wie die Farbe aus seinem Gesicht wich. Er stotterte: »N … n … nein, nein, Ma'am. Ich nicht, sicher nicht. Mr Classon war es, der den Kids hier Drogen beschaffte. Ich schwöre bei Gott, er war es. Wer hat das von mir behauptet? Sicher dieser Mr Rowland. Ich weiß, dass er das schon öfter gesagt hat. Aber er lügt.«

»Dann hast du sicher nichts dagegen, wenn wir uns in deinem Büro kurz umsehen, oder?«

Natürlich hätten wir dafür einen Durchsuchungsbefehl gebraucht, aber das wusste Willie nicht. Außerdem war er, was das betraf, unschuldig, denn sonst hätte er anders reagiert.

»Überhaupt nicht. Sie können sofort rein. Es ist gleich am Ende des Flurs da hinten. Sie können sich alles ansehen.«

Wir standen auf und folgten ihm, aber für mich war er viel zu offen und zeigte uns alles zu bereitwillig. Ich erwartete nicht, dass wir fündig würden.

Sein Büro befand sich hinten im Gang neben der Essensausgabe. Er ging uns voraus, und Bud und ich folgten ihm in einen Raum mit zwei Schreibtischen jeweils links und rechts an einer Wand. Über jedem hing eine Pinnwand. Bud nahm Willies Seite, während ich zu Wilma Hartes Platz ging. An ihrer Pinnwand hingen zwei Filmplakate sowie eine Auflistung aller Spiele der St. Louis Cardinals dieses Jahres und, in einer Ecke, ein Farbfoto. Das größere Plakat zeigte den schicken Pinhead mit den Nägeln im Kopf aus dem Film *Hellraiser.* Mir sind Männer ohne Nägel im Kopf lieber, aber jedem das Seine. Wobei mir durchaus Typen über den Weg gelaufen sind, bei denen ich gern einen Hammer zur Hand gehabt hätte.

Auf dem anderen Plakat ging es um den Film *Scream – Der Schrei.* Ich hatte den Film einmal bei Bud zu Hause gesehen, aber im Vergleich zu meinen eigenen Albträumen konnte er nicht mithalten, und so war ich davon nicht sonderlich beeindruckt. Das Foto jedoch nahm ich herunter und sah es mir an. Darauf lächelte Willie zusammen mit einem Mädchen, in der Cafeteria auf Wischmopps gestützt, in die Kamera. Die offizielle Hausmeisterpose zweifelsohne.

»Ist das Wilma mit dir auf dem Foto?«

Willie stand abseits mit einer Schulter gegen die Wand gelehnt, von wo aus er uns gelassen bei der Arbeit zusah. Mr Sucht-dochwo-ihr-wollt-aber-ihr-werdet-nichts-finden. Er sagte: »Ja, es wurde am ersten Tag des Schuljahrs aufgenommen. Schade, dass sie nicht mehr hier ist. Sie fehlt mir so sehr.«

Ich betrachtete Wilma Hartes Gesicht. Es entsprach ziemlich genau der Beschreibung von Maxine Knight: Sie war recht stämmig und kräftig und trug ein knallrosa Poloshirt, und ihre dunkelroten Haare waren zu Zöpfen geflochten, deren Enden eine gelbe Schleife zierte. Mit ihren vielen Sommersprossen glich sie eher Pippi Langstrumpf und hatte so gar nichts Gothic-Ähnliches. Weit und breit kein schwarzer Lippenstift und keine Teufelstattoos in Sicht. Vielleicht aber kleidete sie sich ja auch nur ab und an als Gothic.

Ich durchsuchte Wilmas Schreibtisch, fand aber nichts außer den üblichen Büroklammern, Gummibändern, leeren Tintenschreibern und gelben Post-its. In Willies Schreibtisch fand Bud so ziemlich das Gleiche. Weit und breit keine Spur von Koks, Ecstasy oder der Braunen Einsiedlerspinne. Allem Anschein nach war Willie nichts vorzuwerfen, jedenfalls bis wir einen Grund finden würden, mit einem Durchsuchungsbefehl erneut aufzukreuzen. Dann dürften wir auch hinter den Belüftungsschlitzen und unter den Deckenplatten nachsehen. Willie Vines Unterarme, die er mit noch mehr unschuldiger Begeisterung präsentierte, wiesen ebenfalls keinerlei verdächtige Spuren auf. Somit bedankten wir uns höflich bei ihm und ließen ihn seinen Wischmopp holen. Wenigstens einen kostenlosen Cheeseburger hatte ihm die Prozedur eingebracht.

Der Erzengel Gabriel

Nachdem Freddy unter der Erde war, sprachen Gabriel und Uriel lange Zeit kein Wort über ihn. Uriels Großmutter erbat Gottes Segen für Freddy und seine Mutter, wenn sie mit Uriel allabendlich auf Knien betete, gleich nachdem sie Uriels eigene Familie erwähnt hatte. Sie bat den Herrn immer, Uriels Mama und Papa mögen sich um Freddy kümmern. Diese Gebete mochte Uriel nicht. Dass ein so böser Junge wie Freddy mit seiner netten Familie zu tun hatte, missfiel ihm, und wenn er später für sich allein betete, bat er sie, nicht mit Freddy im Himmel zu sprechen, weil dieser Uriel ins Grab geschubst hatte. Sie würden seine Bitten erhören, das wusste er.

Einmal statteten sie Freddys Familie mit Großmutters berühmtem Marmorkuchen einen Besuch ab; Freddys Mutter weinte unablässig und sagte, sie sei schuld an dem Unglück mit den Hornissen, und dass sie es nicht begreifen könnte. Auch Freddys großer Bruder war dabei. Er wirkte zornig und wild und behauptete, er habe an jenem Abend ein Motorrad gehört. Das machte Uriel Angst, und er legte die Hände aufs Gesicht und tat so, als würde er weinen, sodass er allen leidtat und seine Großmutter ihn nach Hause brachte.

Später am Nachmittag traf er sich mit Gabriel in der geheimen Höhle und berichtete ihm, was Freddys Bruder gesagt hatte. »Vergiss es. Uns hat niemand gesehen, er kann nichts beweisen.«

Danach blieben sie noch lange Zeit in der Höhle, und Uriel erfuhr noch mehr über Insekten, vor allem aber über Spinnen. Er verbrachte gern jede freie Minute mit Gabriel und war eifersüchtig, wenn Gabriel allein zum Basketball oder Chorsingen ging.

Eines Tages im Spätherbst, Gabriel war mit seinen anderen Freunden zusammen, raschelte Uriel durch die braun vertrockneten Blätter auf dem Boden. Er befand sich auf dem Weg zur Hütte, als er einen verirrten Mischlingswelpen in einer von Gabriels Tierfallen fand. Seine kleine Pfote, eingequetscht in der stählernen Umklammerung, blutete, und Uriel starrte auf das kleine Wesen, wie es sich wand und ständig in die Pfote biss. Es versuchte, sich zu befreien.

Uriel verspürte ein Kribbeln, eine Art Nervenkitzel, und ihn überliefen Gänsehautschauer. Er zitterte am ganzen Körper wie ein nasses Tier, und dann kniete er sich in ein paar Metern Entfernung nieder und beobachtete den sich windenden Welpen. Auf den toten Blättern, der Falle und der Schnauze des Welpen war überall Blut. Es sah hübsch aus, dieses leuchtende Rot, wie von einem Kardinalsvogel. Der Hund fiepte traurig und winselte vor Schmerz, Uriel hingegen war fasziniert von der Art wie er sich wand und so erschrocken und verloren dreinblickte. Er könnte einen großen Stein nehmen und ihm den Kopf einschlagen, und der Welpe würde sterben und in den Himmel kommen. Wann immer er wollte, konnte er lebende Wesen in den Himmel befördern, so wie sie es mit Freddy gemacht hatten. Ihn überliefen noch mehr Schauer, und es fühlte sich großartig an, er mochte dieses Gefühl mehr als alles, was er je empfunden hatte, selbst am Weihnachtsmorgen, wenn er die Treppe herunterkam und die Geschenke fand, die Santa Claus gebracht hatte.

Im Wald war es still bis auf das angst- und schmerzerfüllte Jaulen des Hundes. Gabriel würde stolz sein, wenn Uriel etwas tötete, das sie sezieren könnten. Er würde lächeln und ihm durch die Haare wuscheln und ihm sagen, er sei ein guter Junge. Uriel stand auf, sah sich um und erblickte einen großen Stein. Er war so groß und schwer, dass er ihn kaum heben konnte, aber er packte ihn und ging damit auf den ängstlichen kleinen Hund zu. Dieser wimmerte und scharrte mit den Pfoten, wie um zu fliehen.

Uriel meinte plötzlich, er könnte ihn mit dem Stein nicht treffen, ohne gebissen zu werden; also nahm er einen großen Stock, der lang genug war, dass ihm nichts passieren konnte. Er holte weit aus und ließ ihn auf den Hund heruntersausen. Dieser jaulte vor Schmerz und wand sich, aber Uriel schlug abermals zu und noch einmal, immer fester, bis der Hund leblos dalag. Dann hob er den großen Stein wieder auf und schlug auf den Kopf ein, bis ihm das Blut ins Gesicht spritzte. Es fühlte sich warm an, beinahe heiß. Er mochte dieses Gefühl.

Uriel lächelte. Der kleine Hund war nun vielleicht schon im Himmel. Gabriel hatte gesagt, die Tiere, die sie töteten, kämen in den Himmel, damit Uriels Familie was zum Spielen hätte.

»Nun geht's dir gut, kleiner Hund, nun musst du nicht mehr leiden und weinen. Das hast du mir zu verdanken, und ich bin froh, dass ich es getan habe.« Er sprach ein kleines Gebet, holte dann den Hund aus der Falle und brachte ihn zur Höhle. Gabriel war noch immer in der Chorprobe, und so warf er den Körper in einen langen Glastank, in dem ein paar große Braune Einsiedlerspinnen ihre Netze hatten.

Als Gabriel später mit einer Pizza zurückkam, Salami und extra Käse, nickte er anerkennend und lobte Uriel, er hätte das gut gemacht. Uriel sei ein Racheengel, und bald würde er so gut wie Gabriel darin sein, lebendige Wesen in den Himmel zu befördern. Uriel lächelte voller Stolz.

12

Nach Willies Vernehmung, bei der er sich sehr kooperativ gezeigt hatte, schafften wir es, nacheinander fast alle Studenten aus Classons Kursen aufzusuchen und zu befragen, und fanden sie in ihrem Urteil gegenüber Classon etwas gnädiger als seine ehrenwerten Kollegen. Tatsächlich fielen die Wörter Dreckskerl, Teufel oder Luzifer kein einziges Mal. Dann erreichte mich ein Anruf von Charlie, der mich ungewöhnlich höflich bat, in sein Büro zu kommen; also fuhr ich in die Stadt und überließ es Bud, all die Teenagermädchen mit seinem strahlend weißen Lächeln, seinem weichen Südstaatenakzent und seinem guten Aussehen zu betören. Als ich dort war, bereute ich es sehr bald, gekommen zu sein.

Charlie sagte: »Nimm Platz, Claire, und berichte mir von dem Fall.«

Ich setzte mich und legte los: »Alle haben ihn bis aufs Blut gehasst. Alle wünschen ihn sich tot. Alle sind verdächtig. Schon mal was von *Mord im Orientexpress* von Agatha Christie gehört?«

Charlie lächelte sogar. Er musste den Film gesehen haben, in dem die Zugfahrgäste einer nachdem anderen das Opfer erdolchen. Froh darüber, dass Charlie einigermaßen gut gelaunt war, wartete ich geduldig ab, bis er seine Pfeife gestopft hatte. Dass das Rauchen im ganzen Gebäude verboten war, schien er vergessen zu haben. Aber es erinnerte ihn auch keiner daran.

»Haben Sie Ihren Schreibkram schon erledigt?«

Ich rutschte auf meinem Stuhl hin und her. »Ich bin eben erst ins Haus gekommen, Sheriff.«

»Zeigen Sie's her, sobald Sie's haben. Aber ich will nicht drängen.«

Nein, überhaupt nicht. »Ich will versuchen, die Berichte heute noch zu machen.«

»Wie geht es Nick?«

Ich stutzte. »Gut, nehme ich an. Er ist beruflich in Paris.«

»Sie sind also noch mit ihm zusammen?«

Das war ziemlich persönlich, aber alle schienen unsere Beziehung als ihre eigene *Zeit der Sehnsucht* zu betrachten, also wollte ich mal nicht so sein.

»Wir sehen uns, wenn er in der Stadt ist.«

»Er ist ein guter Kerl.«

Klar hielt er große Stücke auf ihn. Sie kannten sich seit Jahren, und Black war sein größter Wahlkampfsponsor. Ich erwiderte nichts darauf, denn Black war ja wirklich ein guter Kerl, sondern bemühte nur mein bestes beiläufiges Nicken.

»Ich habe eine neue Aufgabe für Sie, Claire, und ich will keine Widerrede hören.«

Oh. Damit war allen Einwänden der Boden entzogen. Was sollte man dagegen schon sagen? Also sagte ich nichts.

Er drehte sich auf seinem Stuhl herum und zog eine Akte aus einer Schublade. Ich fand meine Sprache wieder. »Ich stecke mitten im Fall Classon, Sir, ein dicker Brocken, der mir kaum noch Zeit lässt.«

»Das weiß ich, Detective. Das hier ist Teil des Falls. Stellen Sie sich nicht so saublöd an.«

Okay. Zimperlich war er ja noch nie gewesen. Ich sagte weiterhin nichts, wurde immer besser in dieser Kunst, aber so was zahlt sich irgendwann aus, wenn du deinem Boss und Vorgesetzten gegenübersitzt, dessen Stimmung sich zusehends verschlechtert.

»Mir gefällt diese Sache mit diesen scheiß Spinnen und diesen Müllsäcken nicht. Ganz und gar nicht.«

Charlie liebte Schimpfwörter, benutzte sie häufig, und gefiel sich auch noch dabei.

»Ich will diesen scheiß Irren von der Straße haben.«

Endlich wusste ich was Passendes zu sagen. »Ich auch, Sir.«

Charlie steckte sich die Pfeife in den Mund und hielt sie zwischen den Zähnen fest, als er die Akte aufschlug. Seine Augen fixierten mich. Verlegen? Konnte das sein? Das machte mich nervös. Charlie war in der Regel kein zu Verlegenheit neigender Typ.

»Okay, Folgendes, diesen Brief hab ich bekommen.« Er hielt mir ein von einem Notizblock abgerissenes gelbes Stück Papier entgegen. Ich nickte, als könnte ich was damit anfangen. »Ist von einem gewissen Joe McKay. Er sagt, er hätte der Polizei schon öfter ausgeholfen. Ich hab mich erkundigt und muss sagen, der Typ ist einwandfrei.«

»Was soll das heißen? ›Der Polizei ausgeholfen‹?«

»Er hat bei der Aufklärung von Fällen mitgewirkt, wo die Kollegen nicht weiterwussten.«

»Wie denn das, Sir?« Mir wurde angst und bange, wo das hinführen sollte, und mein Instinkt lag genau richtig.

»Ganz einfach. Er ist ein waschechter Hellseher.«

Ich war völlig perplex, rang nach Fassung, vergeblich. »Sheriff, bitte schön, Sie glauben doch nicht an diesen Mist, oder?«

Charlie paffte seine Pfeife. Der Gestank war kaum auszuhalten. »Verdammt, nein, aber ein paar meiner alten Freunde aus Corps-Zeiten. Sie bestätigen genau, was er von sich behauptet. Er weiß, wovon er spricht, sagen sie, und er hat ihnen geholfen.«

Ich wartete ab und sagte nichts. Mir war übel, und ich rechnete mit allem.

»Wie gesagt, ich hab diesen Brief bekommen, und da steht klipp und klar, dass in unserem Zuständigkeitsbereich jemand ermordet wird. Und er sagt, er habe einen schwarzen Müllsack und Spinnen gesehen.«

»Zufallstreffer«, meinte ich.

Charlie ignorierte meinen schwarzen Humor, aber er fand mich noch nie sonderlich amüsant. »Die Briefmarke auf dem Umschlag datiert aus dem letzten Sommer, Detective. Ich hab den Brief aufbewahrt, weil er einige Referenzen anführt, und wie gesagt, alles Leute, die ich kenne und respektiere.«

»Und welche Konsequenzen hat das für meine Ermittlungen?«

Charlie fackelte nicht lange und fragte mich erst gar nicht nach meiner Meinung. »Er wird mit Ihnen und Bud zusammenarbeiten. Zeigt ihm den Tatort, lasst ihn eure Berichte lesen, unternehmt alles, damit dieser Irre hinter Schloss und Riegel kommt.«

»O nein, Charlie, bitte nicht, alles, bloß das nicht.«

In Stresssituationen oder wenn mich besonders abstruse Anordnungen nerven, spreche ich ihn beim Vornamen an. An diesem Tag war das ein Fehler.

Er nahm seine Pfeife aus dem Mund, damit er mich besser anschnauzen konnte. »Das ist ein Befehl, Detective. Geben Sie dem Kerl eine Chance, und lassen Sie sich überraschen.«

Plötzlich schossen mir Wörter wie Hokuspokus durch den Kopf, Schnapsidee, Quacksalber, Scharlatan.

»Jawohl, Sir.«

»Sprechen Sie mit dem Kerl. Vielleicht hat er wieder irgendwelche verdammten Gesichter oder Visionen oder wie auch immer er das nennt.«

»Jawohl, Sir. Nächste Woche hätte ich Zeit, mich mal mit ihm zu treffen.«

»Das ist gut, denn er kann jede Minute hier sein.«

Mist, um es kurz zu sagen. »Schon?«

»Richtig. Erstaunlicherweise lebt er hier in der Gegend. Ein Wunder, dass Sie noch nie was von ihm gehört haben.«

Ich war auch platt und hatte mittlerweile Visionen, in denen ich mit einem dieser Spinner im Auto in der Stadt unterwegs bin und keinen Gedanken zu denken wage aus Furcht, ich könnte abgelauscht werden.

»Gut, er ist jetzt da. Sind Sie bereit?« Charlie blickte über meinen Kopf hinweg durch die Glastür seines Büros. Er bedeutete seiner Sekretärin, Madge, den Mann hereinzubitten. Ich drehte mich um, um zu sehen, ob er eine rosafarbene Aura oder sonst eine flüchtige Erscheinung um seinen Kopf hatte.

Eine Aura hatte er zweifelsohne. Er war so ungefähr der bestaussehende Mann, der mir je untergekommen war, außer vielleicht Black. Er war groß, muskulös und hatte lange blonde, fast schulterlange Haare. Mit seinem Dreitagebart machte er einen auf verwegen und böser Junge. Er trug enge Jeans und braune Motorradstiefel, ein schwarzes Sweatshirt mit dem Aufdruck USC und einen offenen schwarzen Parka mit braunem Fellbesatz an der Kapuze. Oops, da hatte er doch glatt die obligatorische schwarze Lederjacke vergessen. Kein böser Junge, der was auf sich hält, würde sich in einem Parka blicken lassen, aber hey, vielleicht war es ja durchgeknallten bösen Jungs bei diesen Temperaturen zu kalt auf dem Motorrad. Das Beste an der Sache war jedoch, dass ich ihn sofort nicht mochte und ihm auch nicht traute. Warum, konnte ich nicht sagen. Er lächelte mir zu, und ich fragte mich, ob er auch Gedanken lesen könne. Nur für alle Fälle dachte ich: *Du legst mich nicht rein, du Clown.*

»Hallo. Ich bin Joe McKay.« Er nickte uns zu. »Sheriff. Miss.«

Miss? Wer zum Teufel glaubte er denn, dass er war, mich Miss zu nennen? »Ich bin keine Miss, McKay. Ich bin die leitende Ermittlerin in diesem Fall.«

McKay streckte die Hand aus, ein echt freundlicher, lächelnder Hellseher. »Sehr erfreut, Detective.«

Ich beschloss, ihn direkt anzugehen. »Wenn ich Ihnen die Hand gebe, lesen Sie dann meine Gedanken?«

Charlie sagte: »Genug jetzt, Detective. Geben Sie dem Mann die Hand und hören Sie endlich damit auf, den Klugscheißer zu spielen.«

Ich schüttelte seine Hand.

McKay tippte sich mit dem Zeigefinger an die Stirn. »Oh, sie mag mich nicht. Sie will nicht, dass ich ihr in diesem Fall helfe. Sie hält mich für einen Schwindler.«

Ich sah zu Charlie. »Sie haben recht. Er kann Gedanken lesen.«

Zu meiner Überraschung lachten beide. Das Problem war nur, ich hatte die Frage nicht ohne Grund gestellt.

Charlie streckte die Hand aus und ergriff McKays Hand. »Willkommen an Bord. Machen Sie sich keine Sorgen. Sie wird Sie schon noch mögen, wenn Sie ihr helfen, dieses Monster zu schnappen.«

McKay sagte: »Ist in Ordnung. Die meisten Polizisten lehnen mich anfangs ab.«

»Nehmen Sie doch Platz, Mr McKay.«

Ich setzte mich ebenfalls, sah ihn mir abermals an und kam zu dem Schluss, er war sexy. Ich fragte mich nach seinem Hintergrund, wo er herstammte, warum er plötzlich wie aus dem Nichts erschienen war und mir seinen Mumpitz aufbürdete.

»Erzählen Sie uns doch was von sich, Mr McKay«, schlug ich vor.

»Da gibt's nicht viel. Ursprünglich komme ich aus dieser Gegend, habe aber die letzten fünfzehn Jahre im Marine Corps verbracht. Sprengwaffen.«

Klang gefährlich. Charlie war ein Marine. Nun würde sie ihr Wahlspruch »Für immer treu« für immer und ewig zusammenschweißen. Da blieb mir keine Chance.

»Für immer treu«, sagte Charlie.

»Für immer treu«, sagte McKay.

»Vietnam. Und Sie?«

»Irak.«

Verstehen Sie, was ich meine? Sie unterhielten sich eine Zeit lang über ihre jeweilige militärische Laufbahn, und ich fragte mich, ob unser netter Hellseher so viele Details kannte, weil er selbst der Mörder war. Das erschien mir weitaus schlüssiger.

»Sie leben also hier in der Nähe? Wo denn, bitte?«

»Im Norden des Sees. Ich hab ein Haus da oben geerbt. Ziemlich abgelegen, aber genau das gefällt mir.«

Charlie sagte: »Gut, dass Sie uns kontaktiert haben. Ich war ziemlich geschockt, als Ihre Prophezeiung wahr wurde.«

»Ich dachte nur, ich sollte Sie benachrichtigen, als ich damals spürte, was sich da ankündigte. Natürlich hoffte ich, der Fall würde nie eintreten.«

Ich sagte: »Also lassen Sie uns nicht so lange zappeln, Master Yoda. Wer war es?«

McKay lachte abermals, als ich ihn mit dem Titel der Figur aus Starwars ansprach, Charlie jedoch nahm die Pfeife aus dem Mund und sah mich finster an.

»Wenn Ihnen die entsprechende Professionalität fehlt, Detective Morgan, werde ich den Fall Classon Bud übergeben müssen.«

Schon gut, autsch! Begriffen. »Jawohl, Sir. Tut mir leid, Mr McKay. Ich bin es nur nicht gewohnt, mich bei meinen Ermittlungen an den Rat von Leuten mit hellseherischen Fähigkeiten zu halten. Dazu brauch ich noch ein wenig Zeit.« Genau, zwei oder drei Jahrzehnte.

»Wie gesagt, niemand freut sich, mich zu sehen, solange ich mich nicht bewährt habe. Glauben Sie mir, Sie werden diesen Fall lösen, nicht ich. Ich versuche nur zu helfen, so gut ich kann.«

»Vielen, vielen Dank. Ich freue mich schon wahnsinnig darauf.«

»Detective, ich warne Sie.« Charlie, die Zurückhaltung in Reinkultur. Sein Gesicht hatte die Farbe reifer Himbeeren angenommen. Er war kurz davor, zu explodieren.

»Jawohl, Sir.«

»Na also. Ich lasse Sie beide nun allein, damit Sie sich kennenlernen. Machen Sie ihn auch mit Bud bekannt. Mr McKay wird Ihnen sagen, was er alles von Ihnen wissen muss, und ich erwarte, dass Sie ihm zuhören und nicht länger so verdammt unkooperativ sind. Zum Teufel noch mal, wenn er uns schon helfen kann, wären wir dumm, es nicht zu nutzen.«

McKay sagte: »Danke, Sheriff Ramsay.«

Danke, Sheriff Ramsay, wiederholte ich mit innerem Groll.

»Bringen Sie ihn raus zu Classons Haus, und zeigen Sie ihm dann, wo das Opfer gefunden wurde. Und halten Sie mich auf dem Laufenden.«

Und das war's. Charlie war fertig, und ich hatte diesen Freak am Hals. Nun, okay. Ich war schon mit Schlimmerem in meinem Leben fertiggeworden, wäre sogar schon einige Male fast gestorben. Mit einem sogenannten Polizei-Medium würde ich gerade noch fertigwerden.

Außerhalb des Büros versuchte ich, nett zu sein, so gut ich konnte, ohne allzu viel mit den Zähnen zu knirschen.

»Ich muss Sie mitnehmen, kommen Sie, aber glauben Sie bloß nicht, ich würde auf Sie aufpassen wie auf ein kleines Baby oder irgendwelchen medialen Botschaften aus dem Jenseits lauschen.«

»Sehr gern, Ma'am. Gehen Sie bitte vor.«

Okay, er war eindeutig höflicher als ich, aber Nettigkeiten waren noch nie mein Ding, und ich würde bei ihm auch nicht damit beginnen.

»Warten Sie draußen auf mich, McKay. Ich muss noch die Schlüssel für Classons Haus holen. Ich nehme doch an, Sie wollen dorthin, oder?«

»Ja, Ma'am. Ich muss ein paar persönliche Gegenstände von ihm in die Hand nehmen. Um zu sehen, ob ich was spüre.«

»Natürlich.«

McKay lächelte und schlenderte den Flur entlang wie James Dean in seinen besten Tagen. Meine Zähne machten merkwürdig knirschende Geräusche, und so ging ich los in Richtung Beweismittelschließfach. Als ich das Gebäude über den Vordereingang verließ, sah ich meinen neuen Seherfreund auf einer bulligen Harley Davidson sitzen. Er grüßte mich mit dem Victoryzeichen und grinste dabei süffisant. Ich nickte und stieg dann in meinen Explorer, wobei ich mich fragte, ob ich ihn im Verkehr verlieren könnte. Aber hoppla, ich vergaß ja, dass er sich in meine Gedanken einklinken konnte.

Ich fuhr rückwärts heraus und grübelte darüber nach, warum Charlie diesen Typen ausgerechnet mir und nicht Bud aufgehalst hatte. Die beiden passten besser zusammen, denn beide waren verdammt hübsch und hübsch arrogant. Im Rückspiegel sah ich, wie er seinen Helm aufsetzte, die Maschine startete und in elegantem Bogen aufschloss. So fuhren wir zusammen, bis wir den Highway erreichten, der nordwärts zu Classons Haus führte. Ich fuhr extra vorsichtig, knapp unter dem Tempolimit, um ihn zu ärgern. Es dauerte nicht lange. Nach fünf Minuten scherte er aus und preschte vor, bis er sich neben mir am Fenster befand. Ich warf einen Blick zur Seite und er grüßte wieder, um nach einem beachtlichen Wheelie abzudüsen.

»Das gibt einen Strafzettel, Kleiner«, motzte ich. Ich griff nach meinem Blaulicht, überlegte es mir aber anders. Es wäre kindisch, ihn zu stoppen. Obendrein würde Charlie mir den Fall wegnehmen. Also fuhr ich in aller Ruhe weiter. Ungefähr zwei Meilen weiter vorne stand er wartend am Straßenrand und winkte, als ich vorbeifuhr. Ich knirschte mit den Zähnen. Der Seher war ein Witzbold obendrein. Na toll.

Bis ich Classons Zufahrt erreicht hatte, war der Himmel wieder zugegezogen und ich erinnerte mich, dass Schnee ankündigt war, nicht so viel, aber genauso nervig. Ich hielt vor dem Haus an und stieg aus, während ich überlegte, ob Oma Talbott uns wohl beobachtete in einer Werbepause zwischen *Sex and the City.* Ich wartete höflich, während er den Motor abstellte und abstieg. Seinen Helm hängte er an den Lenker des Motorrads.

»Sie fahren wie meine Großmutter«, sagte er.

Natürlich hatte ich eine Retourkutsche auf Lager, aber was soll's. »Bitte folgen Sie mir, Mr McKay.«

»Sehr wohl, Ma'am.«

»Dieses ständige Ma'am können Sie sich sparen. Detective Morgan reicht fürs Erste, da ich Sie sowieso baldmöglichst an meinen Kollegen abgeben werde.«

»Jawohl, Ma'am, Detective Morgan.«

O Mann, der Tag würde verdammt lang werden, und er war schon lang. »Wir nehmen an, Simon Classon wurde hier überfallen und vom Täter weggeschafft. Eine Nachbarin ein Stück weiter unten meldete ihn als vermisst, worauf einige Polizisten den Tatort sicherten, bis Bud und ich eintrafen. Später kamen wir zu dem Schluss, dass der Zeitpunkt seines Verschwindens vermutlich sechsunddreißig Stunden zurückliegen musste.«

Wir kamen zur Eingangstreppe; ich schlüpfte unter dem Absperrband hindurch und ging zur Veranda hinauf. McKay stapfte hinter mir her und sah sich aufmerksam um, während ich mein Taschenmesser herausholte und die Türversiegelung durchtrennte.

Ich reichte ihm Schutzschuhe und Papiergamaschen, ehe ich meine eigenen überstreifte: »Schon fündig geworden?«

Er antwortete gut gelaunt wie immer. »In ein, zwei Minuten vielleicht.«

»Zupfen Sie mich einfach am Ärmel, sobald die Visionen einsetzen.«

»Wahrscheinlich werden Sie's auch so merken, ohne mich anzufassen.«

»Gott ist so gut.«

Ich sperrte die Tür auf und ging hinein. Er folgte mir, machte aber nun, wie schade, ein bitterernstes Gesicht.

»Hören Sie, Detective Morgan, ich weiß ja, dass Sie so gar nichts mit mir anfangen können, aber das ist kein Grund, mich ständig anzugiften. Das bringt uns nicht weiter. Ich kann auch gern mit diesem Bud zusammenarbeiten, wenn Sie gegen meine Teilnahme an Ihren Ermittlungen sind.«

Ich sah ihn an und kam mir ziemlich blöd vor, aber nur ein bisschen. »Tschuldigung. Um Sie geht's gar nicht. Ich bin zu allen so. Sie werden sehen.«

»Uff! Was für eine Erleichterung.«

Ich lächelte unbeholfen, um zu beweisen, dass ich ihn nicht hasste, während sein Lächeln wieder so locker war wie in dem Moment, als er Charlies Büro betreten hatte.

»Okay, McKay, nun sind wir gute Freunde. Was haben Sie hier vor?«

»Mich umsehen. Sonst nichts.«

»Dann mal zu. Ich halt mich im Hintergrund.«

»Möglicherweise muss ich diese Dinger ausziehen, wenn ich was in die Hand nehme.«

»In Ordnung. Die Schlagwaffe haben wir sichergestellt, und die Tatortermittlung ist abgeschlossen. Fangen Sie an, ich schau ehrfürchtig zu.«

McKay ignorierte das, wie ich überhaupt das Gefühl hatte, er wollte mich von jetzt an ignorieren. Der Anfang war gemacht. Nun ging es los. Ich lehnte mich gegen die Wand und wartete gespannt ab. Mich interessierte ja schon, wie ein sogenanntes Polizei-Medium zu Werke ging. Musste unheimlich sein, Visionen von Mord und Totschlag und Gott weiß von noch was zu bekommen. Wie meine Träume in jüngster Zeit.

Er ging zur Treppe und legte die rechte Hand auf den Pfosten. Dann stieg er ein paar Stufen hoch und schaute nach oben. Er legte die Hand auf das Geländer und schloss die Augen.

»Ich sehe ihn oben, im Bett liegend und lesend. Er kam hier herunter, um die Tür zu öffnen.«

Nicht gerade genial. Bud und ich hatten uns das in fünf Minuten zusammengereimt. Ich wartete darauf, dass er den Mörder identifizierte. Das würde mich beeindrucken.

»Er kannte ihn. Er ließ ihn herein. So hat ihn der Mörder erwischt.«

Ich fragte mich, ob es der Anstand erlaubte, Visionen zu unterbrechen, oder ob das gar nicht ging. Sicherheitshalber wartete ich, bis er die Augen öffnete und mich ansah.

»Sehr gut. Wer, sagten Sie jetzt noch mal, ist es gewesen?«

»So weit bin ich noch nicht.«

»Oh, wie schade. Nun müssen wir weiter ermitteln. Aber wir sind Ihnen sehr dankbar für Ihre Hilfe.«

McKay lachte. »Sie haben wirklich Ihren eigenen Charme.«

»Und Sie erst.« Ich sah mich um; das eingetrocknete Blut im Teppich roch widerlich streng. »Und was nun?«

»Ich würde mich gern weiter umsehen. Ist das okay?«

»Klar.«

Er rannte die Treppe hinauf, dicht gefolgt von mir, und ging schnurstracks in Simons Schlafzimmer. Auf der Schwelle blieb er kurz stehen und trat dann ans Bett. Es war so, wie ich es an jenem ersten Abend gesehen hatte.

»Darf ich mich auch hinlegen?«

»Das ist jetzt keine Anmache, McKay, oder?«

»Noch nicht.« Er warf mir einen, nun ja, ich würde mal sagen, funkelnden Blick zu, was ihm aber auch gut stand. Zu dumm, dass ich nicht im Geringsten an ihm interessiert war.

»Dabei wird's auch bleiben.«

»Sie sind wohl verheiratet?« Ein Seher, der forsch ranging.

»Haben Ihnen das Ihre Visionen nicht gesagt?«

»Zu dem Zweck müsste ich Sie berühren.« Er ließ mir keine Zeit, ihm eine entsprechende Abfuhr zu erteilen. »Sie tragen keinen Ehering.«

»Mein Privatleben ist tabu.«

»Okay, klare Ansage.«

Somit machte er sich wieder an die Arbeit. Er legte sich auf das Bett mit den zurückgeschlagenen Laken, berührte einen Moment lang nichts und nahm dann Classons Buch und die Lesebrille. Er machte die Augen zu und lag nur da. Wie langweilig, dachte ich und unterdrückte ein Gähnen. Vielleicht machte er ja auch bloß ein Nickerchen und konnte wahrscheinlich nicht einschlafen, der Arme, weil ihn ständig irgendwelche Visionen störten. Mann, tut sich da heute noch was in meinem Kopf? Ich versuchte, vernünftig zu sein und wartete ab, fragte mich, ob er mir wirklich helfen könnte. Sollte er aber nur ansatzweise zu schnarchen beginnen, wäre ich sofort weg.

Dann sprang er auf, und wenn ich sage, er sprang, dann meine ich das auch. Er sprang regelrecht aus dem Bett auf die Füße. Das war durchaus gekonnt. Er sah seltsam aus, aufgewühlt, gar nicht mehr locker und lässig.

»Was ist los?«

»Er war durch und durch unglücklich, zornig, gemein, voller Hass und Bitterkeit.«

»Das haben Sie alles auf diesem Bett erfahren?«

»Genau, und ich sag Ihnen eins, ich bin im Moment ziemlich entnervt.«

Das sah man ihm an. Er ging ein paar Mal auf und ab und blickte aus dem Fenster. »Ich fühle, was sie manchmal fühlen. Auch körperlichen Schmerz. Die Schwingungen, die mir dieser Typ vermittelt, sind so was von schlecht. Er genoss es, andere zu quälen, fast als wäre es sein Hobby.«

»Sie haben recht. Simon Classon war nicht gerade die Freundlichkeit in Person.«

»Nein, er war ein Scheusal.«

Da war es wieder, dieses Wort. »Okay, aber trotzdem hatte er diesen Tod nicht verdient.«

»Nein?«

Das war ein Hammer. »Sie meinen, er hat's verdient? Vielleicht sollte ich Ihnen ja die Leiche zeigen. Mal sehen, was Sie dann sagen?«

»Vielleicht sollten Sie das wirklich.«

»Ist das Ihr Ernst?«

»Aber sicher. Ist er noch im Leichenhaus?«

Ich nickte. »Jetzt sofort?«

Er kam dicht heran und nahm, ehe ich mich wehren konnte, meine Hand zwischen seine. Entsetzt starrte ich ihn an, doch seine Augen waren geschlossen. Auf meinen Versuch hin, freizukommen, ließ er mich los und öffnete die Augen.

»Sie sind in Gefahr, Detective. Ich sehe Sie im Krankenhaus. Ich sehe, dass ein Bein gebrochen ist. Ich sehe Sie in engen dunklen Löchern mit Spinnen und anderen kleinen Krabbeltieren um Sie herum, und ich sehe eine Kopfverletzung am Opfer. Hier …« Er zeigte genau an die Stelle, an der Classon den Eiszapfen aus Blut hatte.

Ich staunte nicht schlecht, erkannte aber dann das Problem. »Tut mir leid, mein Guter, Sie sind ungefähr fünf Monate zu spät dran mit Ihrer Vorhersage. Krankenhaus und Beinbruch hab ich alles schon hinter mir. Und das mit den Spinnen ist auch nichts Neues. Wie wär's, Sie blicken mal anstatt in die Vergangenheit in die Zukunft?«

»Sie sollten mich ernst nehmen. Wer weiß, vielleicht sind Sie in großer Gefahr.«

»Wie kommen Sie darauf, ich würde Sie nicht ernst nehmen?«

Er grinste und sah dann auf seine Uhr, als hätte er etwas vergessen. Keine Rolex wie Blacks in Genf gekaufter Chronometer aus reinem Gold. McKay trug eine abgewetzte alte Timex, bei der ich mir nicht sicher war, ob sie noch tickte. »Ich muss jetzt weg. Können wir das ein anderes Mal beenden?«

Nun machte er eine Vorhersage, die ich akzeptieren konnte. »Ich glaub schon. Aber Charlie wünschte, dass ich Ihnen die Stelle zeige, wo wir die Leiche gefunden haben. Und ich wollte Ihnen die Schule zeigen, an der Classon unterrichtet hat, um zu sehen, wie Sie reagieren. Ich kann Ihnen sagen, ich war ziemlich geschockt. Widerliche Typen dort.«

»Nicht nötig. Ich kenne mich aus in der Akademie.«

»Woher?«

»Ich hatte dort ein paar Kurse belegt, ehe ich zum Marine Corps gegangen bin. Aber Sie haben recht, die normalen Typen dort kann man an einer Hand abzählen.«

»Sie müssen weniger Finger haben als ich.«

Er lächelte und verschwand die Treppe hinunter.

Ich folgte ihm. »Warten Sie einen Moment, McKay. Wann waren Sie denn da?«

McKay hatte jedoch schon seinen Helm auf und brachte seine Maschine auf Touren. Fast als wollte er mich absichtlich übertönen. »Ich fragte, wann, McKay?«

Er fuhr an, wendete mitten auf der Straße und preschte los in Richtung Norden, als könnte er gar nicht schnell genug wegkommen.

Hey, Bursche, dieses Gefühl beruht durchaus auf Gegenseitigkeit.

13

Als ich an der Akademie ankam und geparkt hatte, war es bereits dunkel und es herrschte absolute Ruhe. Die Uhr an der alten Kirche zeigte 5.15 an. Vielleicht waren die hochbegabten Schlaumeier ja alle in der preiswerten Cafeteria beim Abendessen. Und genau dort, beim Essen, glaubte ich, auch Bud anzutreffen. Ich trotzte Eis und Kälte, als ich über gewundene und nur teilweise geräumte Gehwege in Richtung blaues Haus stapfte. Natürlich hatte ich mich nicht getäuscht. Bud war da mit etwas zu essen vor sich. Neben ihm saß eine Frau, ziemlich jung, an die vierzig, schlicht gekleidet. Sie trug einen engen schwarzen Pullover und noch engere schwarze Jeans, die sie in schwarze hochhackige Lederstiefel gesteckt hatte. Um ihren Hals hingen fünf unterschiedlich lange Goldkettchen.

Schließlich bemerkte mich Bud. »Hey, Morgan, setz dich.«

Ich nahm neben Bud Platz, neugierig, mit wem er sich hier die Zeit vertrieb. »Ich hoffe, ich störe nicht.«

»I wo! Die Dame hier ist Beulah Asholt, die Vizedirektorin des Hauses. Ms Asholt, meine Kollegin, Detective Claire Morgan.«

Asholt streckte ihre Hand aus. Lange, himbeerrot angemalte, absolut waffenscheinpflichtige Fingernägel. Offenbar musste sie nicht selbst tippen. Sie drückte meine Hand, als wären wir bald ein Paar, und lächelte breit und gekünstelt. »Sehr erfreut, Ma'am. Bud hat mir alles über den Fall erzählt.«

Ich hoffte verdammt noch mal nicht. »Sie stammen auch aus dem Süden?«

»Hey, wie können Sie das wissen?«

Ihr Akzent war ausgeprägter als Buds und hörte sich, wie ich hinzufügen könnte, viel peinlicher an. Das Problem war nur, sie wusste es nicht.

»Woher sind Sie denn, Ms Asholt? Auch aus Georgia? Wie Bud?«

»O nein. Ich komme aus dem wunderbaren Alabama. Aber ich sage Ihnen, es ist gut, einem Bruder aus Dixieland zu begegnen, wie unserem Detective Davis hier.«

»Wie lange arbeiten Sie schon hier, Ms Asholt?«

»Seit letztem Sommer, dem ersten August, um genau zu sein.«

Ich weiß nicht, ob es allein an ihrem Akzent lag, aber ich mochte sie schon jetzt nicht. Aber eigentlich mochte ich in letzter Zeit niemanden. Ich wurde richtig unsozial und war auch total schlecht gelaunt; offenbar hatte ich was dagegen, wenn Professoren den Spinnen zum Fraß vorgeworfen wurden. Oder wenn mir Hellseher sagten, meine Tage seien gezählt. Kaum hatte ich meine Probleme erkannt, versuchte ich, freundlich zu sein. Ich lächelte, wenn mir auch vielleicht nur die grimmige Karikatur eines Lächelns gelang. Höchste Zeit, unsere Südstaatenschönheit besser kennenzulernen.

»Wie gefällt es Ihnen denn hier an der Akademie?«

»Ich find's einfach toll. Ich liebe diese zwischenmenschliche Dynamik, und ich bin verdammt gut darin.« Sie lachte und blinzelte, als ob Bud und ich ihre Art gut finden sollten.

Ich sagte: »Wie man sich in diesem Machtpoker verhält, ist hier sicher von entscheidender Bedeutung, nehme ich an.«

»O ja, das ist wahr. Ich wusste sofort, was zu tun ist, um hier zu überleben. Es reicht, Simon Classon den Arsch zu küssen, und du kriegst, was du willst.«

»Tatsächlich?«

»Sicher, Mam.«

Mam? Die Kleine ging mir allmählich wirklich auf die Nerven. Ich hatte ja nichts gegen Südstaatler, aber Buds südlicher Charme und seine schleppende Aussprache waren so ziemlich das Einzige, womit ich mich abfinden konnte. Vielleicht weil Bud authentisch war. Diese Lady war so künstlich und falsch wie eine Drei-Dollar-Note.

»Sie bezeichnen sich also als Arschkriecherin?« Bud runzelte die Stirn und schien nun auch nicht mehr so begeistert, als wäre er nicht mehr so stolz auf ihre Südstaatengemeinsamkeit.

»Aber sicher doch, anders bringt man es doch in Läden wie diesem zu nichts. Und hier denkt so gut wie jeder so. Classon sagte den Leuten, was zu tun ist, und glauben Sie mir, sie haben gehorcht. Andernfalls gnade ihnen Gott. Ich habe gleich nach meiner Einstellung zehn Leute gefeuert, weil er mich telefonisch dazu anwies. Bin ich blöd? Ich weiß, woher der Wind weht, und ich habe mit der Zeit gelernt, meinen persönlichen Nutzen daraus zu ziehen.«

Ich sagte: »Mann, Sie klingen echt, als hätten Sie 'ne Schraube locker.« Manchmal nehme ich einfach kein Blatt vor den Mund.

Asholt war einen Moment sprachlos, als hätte ich ihr mit einem Handschuh quer durchs Gesicht geschlagen und sie zum Duell auf der Plantage Tara aus *Vom Winde verweht* herausgefordert. Schade, dass das nicht möglich war. Hätte mir großen Spaß gemacht. Vielleicht sollte ich es ja versuchen. Ich dachte darüber nach. Sie fing sich jetzt wieder, dachte nach, los, Braunnäschen, mach's, schnell, schnell, denk dir was Nettes aus, um die verärgerte Missus Detective gnädig zu stimmen.

»Also, Miss Claire …«

Schon die Art, wie sie jetzt wieder sprach, brachte mich auf die Palme. »Hören Sie, Ma'am, nennen Sie mich bitte bloß nicht Miss. Verstanden? Ich bin nicht Scarlett O'Hara. Es geht hier um die Ermittlung in einem Mordfall, und ich ziehe es vor, wenn Sie mich Detective Morgan nennen. Und lassen Sie diesen südlichen Singsang, denn das pack ich überhaupt nicht. Haben Sie mich verstanden, oder muss ich übersetzen?«

Nun war sie platt. Ihr aalglatter Charme funktionierte bei dieser fiesen Yankeegöre nicht. Aber sie gewann schnell die Fassung wieder. »Es tut mir sehr leid, Detective Morgan, wenn ich Sie beleidigt habe. War nicht meine Absicht, das versichere ich Ihnen.«

Wer's glaubt, wird selig. Sie war mir so was von zuwider, was ich hauptsächlich darauf zurückführte, dass ich Braunnasen verabscheute, vor allem solche, die sich auch noch groß damit brüsteten. Diese Sorte begegnete einem nicht gerade jeden Tag; wer das offen zugab, musste schon sehr selbstbewusst und geübt in dieser Haltung sein. Ich zügelte meine tief eingefleischte Abneigung gegenüber dieser Frau. »Schon gut, Ma'am. Nun, ich brauche die Einschreibungslisten an dieser Schule, und zwar von heute bis zurück zu dem Tag, an dem die Akademie erstmals ihre Pforten öffnete. Wäre das möglich?«

»Natürlich. Sie bekommen die Unterlagen bei mir im Büro. Aber ich muss mich noch mit Direktor Johnstone kurzschließen.«

»Okay. Warum laufen Sie nicht schnell rauf, um zu sehen, was Sie tun können?«

Bud beäugte mich von der Seite, als ich unserer Südstaatenlady zusah, wie sie eilends von dannen zog. »Wow, Claire. Das schlug ja voll rein. Was hast du denn zu Mittag gegessen? Zimmermannsnägel?«

»Bitte, Bud, du kannst sie doch nicht im Ernst mögen.«

»Was hat das mit mögen zu tun? Verdammt, ich mag niemanden hier draußen, aber ich versuche, höflich zu sein. Und sie war ein großer Fan von Bear Bryant, diesem Football-Coach. Angeblich hat sie ihn sogar mal getroffen beim Tag der offenen Tür an der University of Alabama. Das ist doch was, oder?«

»Ach ja, verstehe, jetzt seh' ich sie anders. Sie muss Mutter Theresa sein.«

»Du bist verdammt schlecht gelaunt.«

Das stimmte, und ich hatte bereits halbherzig versucht, mir zu erklären, was dahintersteckte, aber Bud war mir zuvorgekommen.

»Du vermisst Black, stimmt's? Die allein durchwachten Nächte vermiesen dir die Stimmung, hm?«

»Halt den Mund. Das ist es nicht.« Ich sah mich in der Cafeteria um. »Ich mag diesen Campus nicht, und ich mag die Leute nicht, die hier arbeiten. Davon krieg ich schlechte Gedanken, die ich nicht loswerde, verstehst du, so als müsste ich der Welt einen Gefallen tun und alle diese Leute wegsperren und den Schlüssel verschlucken.«

»Du meine Güte, Claire, was ist los mit dir? Krieg dich wieder ein. Wir haben hier einen Job zu erledigen.«

Ich sah ihn finster an, aber er hatte recht. Ich verhielt mich unprofessionell. Höchste Zeit, sich zusammenzureißen und persönliche Animositäten schleunigst abzustellen. »Tut mir leid. Du hast recht. Aber die Art, wie Classon starb, macht mich ganz wahnsinnig.«

Bud schüttelte den Kopf. »Hast du Hunger? Vielleicht geht es dir ja besser, wenn du was isst. Wie wär's mit einem Cappuccino? Ich hol dir einen. Und übrigens, frohe Weihnachten und all dieses Jubel- und Friede-auf-Erden-Zeug.«

Ich sah ihm zu, wie er zum Cappuccino-Automaten rüberging, sich umdrehte, winkte und mir einen Kuss zuwarf. Da musste ich einfach lächeln. Ich versuchte, mich auf die Kids an den umstehenden Tischen zu konzentrieren. Sie unterhielten sich alle prächtig, lachten und quasselten wie ganz normale Teenager. Vor langer Zeit hatte ich das vielleicht auch gekonnt, ehe mir so viele liebe Menschen einer nach dem anderen wegstarben. Ich brach den Gedanken an der Stelle ab, und lenkte meine Aufmerksamkeit wieder auf die quirligen Studenten. Ich fragte mich, ob sie von den hässlichen Vorgängen in der Führungsriege im Büro von Direktor Jesus wussten. Vermutlich nicht, aber wahrscheinlich wäre es ihnen sowieso egal. Vielleicht wussten sie gar nicht, wer der Direktor war und hielten ihn für einen Sandalenvertreter von den Bahamas, der auf dem Campus sein Glück versuchte.

Bud war zurück. »Bitte schön. Trink das und verwandle dich wieder in die echte Claire Morgan. Dann kannst du mir berichten, wie du zu dieser Laune gekommen bist. Ich wette, unsere Freundin Beulah hat Stichwunden in ihrer Stirn.«

»Tschuldigung. Ich will den Kerl, der das getan hat, schnappen, und wir sind noch nicht sehr weit gekommen.« Ich griff nach dem Kaffee, den Bud mir hingestellt hatte, und nahm einen vorsichtigen Schluck. Er schmeckte süß. Irgendwie gut. »Er schlägt wieder zu, Bud. Das weiß ich. Sogar der Polizei-Seher weiß es.«

»Welcher Seher?«

»Richtig, du kennst ja die tollen Neuigkeiten noch gar nicht.« Ich erzählte ihm alles über Joe McKay und Charlies Anordnung, ihn bei unserer Arbeit mitmischen zu lassen. Bud starrte mich mit großen Augen ungläubig an, als wäre ich eines dieser Cantina-Wesen aus *Star Wars*.

»Du nimmst mich auf den Arm, stimmt's? Nicht sehr lustig.«

»Das hab ich Charlie auch gesagt. Er sagte Nein.«

»Mann, das klingt nicht nach Charlie. Mit all diesem Medien- und Geisterseherkram hat der doch noch nie was am Hut gehabt.«

»Dieses Mal leider doch. Er wollte, dass ich diesem sogenannten Seher Classons Haus zeige, damit er sich dort umsieht. Von da komme ich gerade.«

»Echt kein Scheiß? Hat er was rausgefunden?«

»Hör zu. Er hat Spinnen gesehen und Kopfverletzungen und mich in großer Gefahr, der übliche Telepathiekram, weißt du.«

»Du bist in Gefahr?«

»Ja, aber fall auf diesen übersinnlichen Humbug nicht herein. Der Typ ist nicht ernst zu nehmen.«

»Hey, ich werd ihm nicht ins Gesicht lachen. Manchmal liegen diese Typen doch richtig. Hast du mal *Psychic Detectives – Hellseher im Dienst der Polizei* gesehen?«

»Ich bin vielleicht in Gefahr, die Kontrolle zu verlieren und Beulah eins auf die Nase zu geben, mehr nicht. Aber ich hab's im Griff.«

»Und die hat Bear Bryant getroffen. Die reine Verschwendung.«

»Na dann achte mal besser drauf, mit wem du zu Mittag isst. Komm jetzt, wir gehen zu Scarlett und schnüffeln in ihren Akten.«

Wir gingen rüber zu Asholts Büro. Die Gebäude waren in dunkle Schatten gehüllt, und im Innenhof ertönten nacheinander sechs Glockenschläge. Mrs Harper, Asholts Sekretärin, eine korpulente Dame mit grauem Haar, war die verkörperte Effizienz. In ihrem Dutt steckten zwei schwarze chinesische Lackstäbchen, was merkwürdig aussah. Sie packte gerade zusammen, zeigte uns aber mit präzisen sachlichen Anweisungen, wo sich die Einschreibungslisten befanden und wie man sie korrekt handhabte. Sie sagte, die Schöne aus dem Süden sei gerade in einer Besprechung mit Johnstone, und mir klingelten sofort die Ohren. Ich erwartete sekündlich einen wütenden Anruf von Charlie, denn, um ehrlich zu sein, ich hatte mich der Frau gegenüber wirklich schlecht benommen. Es war unprofessionell, auszurasten und persönlich zu werden. Ich würd's nicht wieder tun, ehrlich. Ich sah mich in Asholts Büro um, hielt Ausschau nach Südstaatenflaggen oder alten *Vom Winde verweht*-Plakaten. Wahrscheinlich hätte sie das Gesicht von Vivien Leigh durch eigene Aufnahmen ersetzt. Stattdessen hingen diverse Abschlusszeugnisse herum, die meisten von namenlosen Junior Colleges irgendwo in der Pampa. Die Schmuckausgabe mit Schnörkeln.

Eine halbe Stunde später bekam Bud einen Anruf von Charlie. Es wurde eine Hofsondervorstellung verlangt, nicht mehr und nicht weniger, und dieses Mal war Bud an der Reihe, sich mit Seher-Joe zu treffen und ihm den Mordschauplatz zu zeigen. Ich riet ihm, sich von ihm bloß nicht anfassen zu lassen; da bräuchte ich mir keine Sorgen zu machen, antwortete er. Er fuhr los, und ich setzte mich an Mrs Harpers Computer und gab Joe McKay ein. Er hatte gesagt, er sei hier irgendwann mal selbst Schüler gewesen, und ich musste das überprüfen. Ich minimierte das Fenster, als Ms Beulah hereinstakste und nett und ganz normal ohne Singsang fragte: »Hallo, Detective, kann ich vielleicht helfen?« Ich lehnte höflich ab, worauf sie scheinbar erleichtert zu ihrem roten Mantel mit Pailletenkränzchen auf dem Revers griff, ihren grünen Schal stilvoll um den Hals drapierte und von dannen schlich wie ein verdammter begossener Pudel. Ich hab diese Wirkung ab und an – egal, ob dumme Ziege aus dem Süden oder sonst wer.

Dann setzte der Feierabendexodus voll ein, und die Angestellten verschwanden eilends wie Aschenputtel Schlag Mitternacht, nur früher. Genau wie ich mir das vorstellte. Jesus steckte den Kopf zur Tür herein und sagte mir, ich solle mich wie zu Hause fühlen. Er musste zu einer Essenseinladung um 19.30 Uhr zu Hause sein. Eingeladen wurde ich nicht. Bud auch nicht. Zum Glück erteilte er mir aber auch keine Rüge, weil ich auf Asholt mit meinen genagelten Schuhen herumgetrampelt war. Eine angenehme Überraschung.

Im Haus wurde es dunkel und still, und auch draußen war die Nacht nun hereingebrochen. Ich würde nach Herzenslust herumschnüffeln können. Joseph McKays Name erschien auf dem Bildschirm. Ich las seine persönlichen Daten und stellte fest, dass seine Zeit an der Akademie fast fünfzehn Jahre zurücklag. So ziemlich alle relevanten Angaben waren vorhanden: Körpergröße: 1,85 m, Gewicht: 84 kg, Haarfarbe: blond, Augen: blau etc. Kreuzchen für Psychocrack oder Telepathie gab es keine. Dann landete ich einen Volltreffer. Die Rubrik »Sonstiges«. Aber hallo!.

Ich klickte eilends drauf, und da stand es auch schon, mit allen hässlichen Details. McKay war der Schule verwiesen worden, rausgeflogen, und warum? Weil er Simon Classon eine lebende Strumpfbandnatter aufs Pult gelegt hatte. Schon mal was von persönlicher Vendetta gehört? Ich las weiter, sabberte beinahe auf die Tastatur, und stellte fest, dass er so einiges auf dem Kerbholz hatte. Er hatte vier Verweise bekommen, davon drei von Classon, der einen ausführlichen, überaus gemeinen Kommentar über McKays geschmacklosen Streich hinterließ und darin auch erklärte, wie sehr er darunter gelitten und sich gefürchtet hatte. Wahrscheinlich hatten seine Schutzengel gerade frei. Ich las weiter. Der Psychojunge war ein einziges Ärgernis, eckte überall an, machte Probleme noch und noch und trieb Classon und Jesus fast in den Wahnsinn. Mir wurde er immer sympathischer.

Dann drang ich etwas tiefer in seine Vergangenheit vor, biss aber auf Granit, als ich herausfinden wollte, wer McKay empfohlen und ihm die Schule finanziert hatte. Neben dem grün blinkenden Cursor hieß es »vertraulich«. Aha. Höchst verdächtig und eine Sache, der man nachgehen musste. Ich druckte mir alle Angaben Joe McKay betreffend aus. Vielleicht würde Charlie ja gern einen Blick auf die jugendlichen Eskapaden seines Schützlings werfen. Und vielleicht jagte er ihn ja dann zum Teufel und tat damit auch noch was Gutes gegen meine grausige Stimmung.

Ich durchsuchte die Daten weiter nach aufmüpfigen Schülern und druckte die Angaben aus. Dann schaltete ich den Computer aus, zog meinen Parka und die Handschuhe an und düste nach draußen zum Auto. Plötzlich wollte ich unbedingt meinen Boss sprechen. Im Bibliotheksgebäude gegenüber waren alle Fenster von Leselampen hell erleuchtet. Ich steuerte darauf zu, in der Hoffnung, dort noch mehr belastendes Material gegen McKay zu finden; zudem fragte ich mich, ob es dort vielleicht Artikel aus Lokalzeitungen auf Mikrofiche gab, in denen von Todesfällen durch Spinnen oder Schlangen auf Lehrerpulten die Rede war. Drinnen war es warm und gemütlich mit den teuren braunen Ledersofas und Tischen und Stühlen zum Arbeiten. Musste sich wohl um das braune Haus handeln. Die einzige anwesende Person schlief tief und fest, schnarchte und gab dabei seltsame Prustgeräusche von sich. Hatte offenbar eine Allergie gegen braun. Ich steuerte die Bibliotheksaufsicht an.

Der Mann hinter dem Schalter erhob sich sofort. Er hatte an einem Laptop gearbeitet und ließ ihn aufgeklappt. Typisch Mann.

»Kann ich Ihnen helfen?« Er lächelte, ein großer Schwarzer mit schwarz geränderter Brille, dichtem, links gescheiteltem Haar, ruhiger Stimme, guten Manieren, gepflegten Zähnen, höflich. Sicher ein Bibliothekar wie aus dem Bilderbuch.

»Ich bin Detective Morgan vom Canton County Sheriff's Departement. Ich würde gern Ihr Mikroficheleseger ät benutzen.«

»Gern. Kein Problem. Kennen Sie sich aus?«

»Aber klar doch. Ich bin Detective, falls Sie das noch wissen.«

Er lachte. »Na dann. Ich bin Morton DeClive, der leitende Bibliothekar hier. Sehr erfreut.«

»Ganz meinerseits. Und, falls ich das sagen darf, Mr DeClive, Sie sind die einzige normale Person, die mir hier je über den Weg gelaufen ist.«

»Was Sie nicht sagen.«

Eine wirklich angenehme Ausstrahlung. Endlich jemand, bei dem es mich nicht gleich packte, die Faust zu ballen und ihm eins auf die Mütze zu geben.

»Eine üble Geschichte. Ich meine, was mit Simon passiert ist.«

Ich nickte. »Das stimmt. Kannten Sie ihn gut?«

»Nein.«

»Mochten Sie ihn?«

»O Gott, nein.«

Wie gesagt, er hatte ein nettes Lächeln und zeigte es jetzt. »Hatten Sie und Classon größere Auseinandersetzungen?«

»Er rief mich regelmäßig an, um mich zusammenzustauchen, meistens mittwochs.«

»Mittwochs?«

»Ja, stellen Sie sich vor!«

»Er starb an einem Mittwoch.«

»Stimmt. Sie halten das für bedeutsam?«

Ich zuckte nur kurz mit den Schultern. Dieser Fall war so abstrus. Mich konnte nichts mehr überraschen. »Wer weiß? Möglich wär's.«

»Ihn hat keiner gemocht, zumindest niemand, den ich kenne, aber deswegen hätte ihn keiner umgebracht. Die meisten haben ihn ignoriert und hinter seinem Rücken über ihn gelästert. Ich habe erwachsene Männer gesehen, die ihm die Zunge rausstreckten oder ihm den Stinkefinger zeigten, wenn er vorbeikam.«

»Wirklich? Ist das nicht ein bisschen kindisch?«

»Klar. Aber das Gefühl dabei war sicher gut.«

Wir lachten beide. Ich mochte ihn wirklich. Unglaublich. Zum ersten Mal mochte ich einen Mitarbeiter der Begabtenakademie Höhlensystem. Daraufhin führte er mich in den hinteren Bereich des Lesesaals und zeigte mir das Mikrofichegerät. Dann sagte er mir, er hätte eine Auflistung aller in den Lokalblättern erschienen Artikel über die Akademie. Ich fragte Morton, ob er sie mir ausdrucken würde, damit ich sie in meiner Freizeit durchlesen könnte, die ich natürlich nicht hatte. Ebenso wenig hatte ich natürlich weder Zeit noch Lust, bis zehn Uhr in der Bibliothek zu sitzen, auch nicht in der Gesellschaft von Morton DeClive.

Ich überflog ein paar Broschüren über die Akademie und ihre fragwürdigen Vorzüge, während er einen ganzen Stapel von Zeitungsartikeln ausdruckte. Dann bot er mir an, mir eine Sammlung eigener Veröffentlichungen der Akademie zur Verfügung zu stellen, die er in seinem Schreibtisch für persönliche Zwecke verwahrte. Ich nahm das gern an, und bat ihn, noch andere ermittlungsrelevante Unterlagen dazuzupacken. Ich sagte ja, dass wir uns gut verstanden. Andererseits handelte ich mir dadurch einen höchst unangenehmen Berg häuslicher Zusatzarbeit ein, aber was sollte ich sonst auch machen? Black war verreist, und meine Weihnachtseinkäufe hatte ich schon erledigt.

Es stellte sich heraus, dass ich mir über die Gestaltung meiner Freizeit keine Sorgen machen musste. Mein Handy meldete sich just, als ich meinen Explorer erreichte. Ich holte es aus der Tasche, während ich einstieg.

»Ja. Morgan.«

Bud informierte mich: »Joe hatte eine Vision, sah angeblich das zweite Mordopfer. Charlie sagt, wir sollen dem nachgehen.«

»Vergiss es.«

»Doch. Du wirst sobald wie möglich dort erwartet.«

»Wer, sagtest du noch mal, war es?«

»Unser Satanist Stuart Rowland.«

»Gut. Wir haben ihn doch heute Morgen noch gesehen. Wo wohnt er?«

»Lake Road 565. Kennst du das?«

»Kenn ich.«

»Die Abzweigung ist gleich nach dem Wal Mart. Wir treffen uns dort.«

Mein Adrenalinpegel schoss in ungeahnte Höhen, während ich aus der Parklücke ausscherte und schlingernd in die Hauptstraße einbog. Lake Road 565 war ungefähr fünfzehn Minuten entfernt, in einer entlegenen, mit Einfamilienhausparzellen zugepflasterten Gegend. Ich brauchte zehn Minuten bis zum Wal Mart, flott, flott. Vor mir sah ich Buds Bronco abbiegen und auf Rowlands Haus zufahren. Ich gab Gas, holte ihn ein und sprang schon vor der Zufahrt zum Haus aus dem Wagen, noch bevor der Motor stillstand.

Rowlands Haus war eine Ranch im Stil der 50er-Jahre, ein brauner Ziegelbau mit Panoramafenster neben der rostroten Eingangstür, sehr hübsch und gepflegt. Die Vorhänge hinter dem Fenster waren geschlossen, und es brannte kein Licht bis auf eine Kutscherlaterne am Haus. Die Garagentür war offen, drinnen stand der blaue Mustang, den wir zuletzt im Straßengraben vor Classons Leiche gesehen hatten.

»Bleiben Sie hier, McKay. Wir sondieren die Lage.«

»Okay, aber er ist bereits tot. In einer Art Truhe oder Kommode oder was auch immer. Der Mörder ist weg.«

Bud sagte: »Sicher?«

Ich sagte: »Gehen wir. Bud, nimm du die Rückseite. Ich gehe

durch die Garage. McKay, rufen Sie, wenn jemand aus der Haustür kommt.«

Ich öffnete meinen Parka und griff nach meiner Glock, während Bud um das Haus herum in die Dunkelheit eintauchte. Dann bewegte ich mich auf den Mustang zu und legte die Hand auf die Motorhaube. Sie war kalt. Ich knipste meine Taschenlampe an und tastete mich vorsichtig um das Auto herum. Es gab keine Auffälligkeiten, keine Spinnen, keine Schlangen, keine perversen Serienmörder.

Ich stellte mich mit dem Rücken gegen die Wand neben der Tür und legte die Hand um den Knauf. Er ließ sich leicht drehen. Ich drückte die Tür auf und tastete nach einem Schalter. Ich fand ihn, machte Licht und sah mich blitzschnell um. Niemand war in der Küche, und so ging ich hinein, die Waffe im Anschlag. Stille. Weiße Schränke, rote Bodenfliesen, glänzende Edelstahlgeräte. Alles in scheinbarer Ordnung, keine Hinweise auf einen Kampf. Aus dem Augenwinkel heraus nahm ich eine Bewegung wahr und riss die Waffe herum. Es war Bud. Er stand vor dem Fenster und bedeutete mir, ihn hereinzulassen. Rückwärts bewegte ich mich darauf zu und schob das Fenster mit der Taschenlampe am Griff hoch.

»Schon was entdeckt?«

»Noch nicht.«

Bud übernahm eine Seite der Küche, ich die andere. Eine Schwingtür führte irgendwohin, und ich bedeutete Bud, vorzugehen. Er schritt in gebückter Haltung durch, ich gab ihm Rückendeckung und drückte auf einen Lichtschalter. Eine Lampe in der Ecke ging an und erleuchtete das Wohnzimmer und den bereits geschmückten Weihnachtsbaum. Die elektrischen Kerzen waren nicht eingesteckt, und einige Weihnachtskugeln lagen zerbrochen auf dem Boden. Sonst schien alles an seinem Platz. Dann überprüften wir die drei Schlafzimmer und die zwei Bäder. Ich steckte meine Waffe ein und sah mich um. Dann fiel er mir ins

Auge, ein antiker roter Überseekoffer, den Rowland als Kaffeetisch verwendete. Ein Anhänger für Weihnachtsgeschenke lag darauf.

»Das ist es, Bud.«

»Was steht auf dem Anhänger?«

Ich sah den Anhänger an, dann ihn. »Erst Weihnachten öffnen.«

»Du meine Güte. Etwas bewegt sich da drinnen. Hör doch.«

Ein leises, schabendes Geräusch drang nach außen.

»Hörst du's?«

»Ja. Da ist tatsächlich was drinnen. Gib mir Deckung, Bud, ich mach auf.«

Plötzlich hatte ich Simon Classons Leiche vor Augen, und in dem Moment wusste ich, Stuart Rowland war da drin, genau wie es McKay vorhergesehen hatte. Ich machte mich auf einen unangenehmen Anblick gefasst. Bud richtete seine Waffe nach unten auf den Koffer, während ich vorsichtig das Schloss aufmachte und den Deckel hochklappte. Ich leuchtete mit der Taschenlampe hinein.

»O mein Gott, was sind das für schwarze Tiere?«

Buds Gesicht drückte Entsetzen aus.

»Skorpione«, sagt er leise. »Du meine Güte, und so viele.«

Und Stuart Rowland befand sich mit drinnen. Er trug einen blauen Trainingsanzug. Seine Handgelenke waren gefesselt, sein Gesicht von einer roten indonesischen Teufelsmaske bedeckt, wie sie der Direktor an der Wand hinter seinem Schreibtisch hängen hatte. Dutzende von Skorpionen wimmelten mit aggressiv aufgerichtetem Schwanz überall auf seinem Körper. Es war ein grausiger Anblick.

Ich begann unwillkürlich zu zittern und fuhr beinahe aus der Haut, als jemand gegen die Haustür pochte. Bud und ich schnellten beide herum und richteten die Waffe in Richtung Tür. Eine männliche Stimme gellte: »Öffnen! Polizei!«

Bud steckte die Waffe weg und öffnete die Tür, woraufhin ein Mann in Uniform der Polizei Osage Beach die Waffe vor Buds Brust hielt.

»Hände hoch! Wird's bald!«

»Gemach, Mann. Ich bin vom Sheriff's Departement Canton County.« Er hielt ihm sein Abzeichen entgegen. »Danke für die prompte Unterstützung.«

»Was für 'ne Unterstützung? Ich hatte gerade Dienstschluss, als der Bewohner dieses Hauses dazwischenkam. Angeblich versucht jemand, bei ihm einzubrechen.«

»Kann nicht sein. Der Bewohner ist tot.«

An dem Punkt erschien plötzlich Stuart Rowland auf der Bildfläche. »Was zum Teufel reden Sie da? Ich bin nicht tot. Und was machen Sie in meinem Haus?«

Bud und ich starrten ihn kurz an, dann sagte ich: »Halten Sie ihn draußen, Officer.«

Vorsichtig gingen wir zurück zum Koffer. Fünf oder sechs Skorpione waren entkommen und krabbelten nun auf dem Boden herum, die meisten aber befanden sich noch auf dem Körper. Ich zertrat diejenigen auf dem Boden mit den Füßen und hob dann die Maske mit den Fingerspitzen vorsichtig an. Ich rang nach Luft und wandte mich geschockt ab. Nun trat Bud näher und starrte erschrocken auf Christie Foxworthys zugeklebten Mund und die hervorgequollen Augen.

Racheengel

Eines Abends, etwa ein Jahr nach Uriels Ankunft bei seiner Großmutter, holte Gabriel Uriel mit dem Motorrad auf eine Spritztour ab. Er liebte es, die fünfzehn Meilen zu einer Stadt zu brettern, bei der eine Eisenbahnlinie unter einer Autobahnbrücke hindurchführte. Hobos trafen sich dort gern auf eine Flasche Whiskey.

Gabriel und Uriel versteckten sich im Gebüsch und hörten ihren Knastgeschichten und Erinnerungen an schwere Prügeleien und solche Sachen zu. Gabriel sagte, sie seien böse, sündhafte Männer und sollten in den Himmel befördert werden, aber es waren zu viele, und so saßen sie nur da und hörten zu. Manchmal warteten sie, bis die Tramps wegdösten, um sich dann an das Lagerfeuer zu schleichen und ihre Taschen und ihren Fusel zu klauen.

An diesem Abend ergatterten sie eine Flasche Wodka. Gabriel wischte den Rand ab und nahm einen großen Schluck. Dann reichte er sie an Uriel weiter, und auch Uriel nahm einen Schluck, würgte aber sofort und hustete, weil das Zeug widerlich schmeckte und in der Kehle brannte.

»Du Schisser«, sagte Gabriel. »Du musst lernen, zu trinken wie ein Mann. Ich habe schon mit neun angefangen, Bier zu trinken. Komm jetzt, trink noch was, davon wachsen dir die Haare auf der Brust. Jedenfalls sagen das diese alten Knacker unter der Brücke, ich hab's gehört.«

Uriel wollte nicht, gehorchte aber, nippte zuerst nur an dem Zeug, damit Gabriel nicht böse wurde. Dann begannen sie, abwechselnd immer mehr zu trinken, und Gabriel nahm ein Päckchen Camel heraus.

»Eigentlich könntest du auch zu rauchen anfangen. Fühlt sich gut an, wenn du dich mal dran gewöhnt hast. Mein Alter würde mich grün und blau schlagen, wenn er davon wüsste, aber zum Teufel, er raucht auch Pfeife, und das ist okay. So ein Heuchler, oder nicht?«

Uriel nickte, als Gabriel eine Fluppe ansteckte und an ihn weitergab. Er zog daran und musste wieder husten, kam sich aber cool dabei vor, und er wollte wie Gabriel sein, genau wie er, in jeder Hinsicht.

So saßen sie eine Weile da, trinkend und rauchend. Manchmal tat Uriel nur so, als würde er ziehen, denn der Rauch war bitter und brannte, und er mochte es nicht. Und vom Wodka wurde ihm schlecht.

»Komm, Uriel, höchste Zeit, nach Hause zu fahren. Morgen ist Schule.«

Gabriel setzte ihn wie immer am Waldrand ab, und Uriel rannte den dunklen Pfad entlang, den er mittlerweile so gut kannte. Der Vollmond schien und leuchtete, aber er blieb abrupt stehen, als er sah, dass seine Großmutter noch wach war und ihn am Hintereingang erwartete.

Sie stand auf und hielt sich am Geländer fest. »Wo bist du gewesen, junger Mann?« Ihre Stimme war streng und wütend. Diesen Ton hatte er nie zuvor an ihr gehört. Sie packte seinen Arm, wobei sich ihre knochigen Finger richtig festkrallten. »Was ist das für ein Gestank an dir? Zigaretten? Gott schütze uns, Kind, was hast du dir denn da erlaubt?«

Von fern her, weit draußen auf dem Highway, hallte das Knattern von Gabriels Motorroller durch die stille Nacht. Seine Großmutter drückte seinen Arm noch fester. »Hast du dich wieder mit dem Sohn des Priesters herumgetrieben? Los, sag schon! Was hast du gemacht?«

»Nein, Ma'am, ich konnte einfach nicht einschlafen, und da bin ich rausgegangen auf einen Spaziergang, weil der Mond so schön scheint.«

»Du kleiner Lügner, du Sünder, mit diesem Bengel triffst du dich nicht wieder, hörst du? Ich verbiete es dir! Freddys Bruder glaubt, er hat was mit dem Tod dieses armen Jungen zu tun. Du gehst jetzt sofort rein, und wehe, du verlässt mir noch mal bei Dunkelheit das Haus!«

Erschrocken rannte Uriel ins Haus, knallte die Zimmertür hinter sich zu und schob eine Stuhllehne unter die Klinke. Sie erschien dennoch, rüttelte ein paar Mal an der Tür und schimpfte böse auf Gabriel. Er hielt sich die Ohren zu, damit er nichts hörte. Und er wurde richtig zornig, weil sie ihm Vorschriften machte. Er hatte schon einmal jemanden in den Himmel befördert. Er war ein Racheengel, oder nicht? Er würde nie aufhören, Gabriels Freund zu sein, egal was die Alte sagte. Gabriel war sein bester Freund, sein geheimer Freund, der ihn liebte und gut auf ihn aufpasste.

Am nächsten Tag in der Schule berichtete Uriel genau, was passiert war, und Gabriel sagte, sein Vater dürfe auf keinen Fall von ihr erfahren, dass sie geraucht und Schnaps getrunken hatten. Vielleicht, meinte er, wäre es an der Zeit, sie in den Himmel zu schicken, damit sie mit dem Rest von Uriels Familie zusammen wäre. Uriel wusste nicht, wie er darüber denken sollte. Er hatte Bedenken, denn immerhin hatte sie ihn bei sich aufgenommen und für ihn Schokoladeplätzchen und gestürzten Ananaskuchen gebacken. Alles in allem war sie völlig in Ordnung.

»Ich weiß nicht, Gabriel. Wer kümmert sich dann um mich, und wo soll ich wohnen?«

Gabriel runzelte die Stirn. »Da hast du recht. Und wir wollen nicht, dass du in so ein Pflegeheim kommst. Ich glaube, wir müssen sie nicht in den Himmel befördern, aber wir müssen trotzdem verhindern, dass sie meinem Daddy was erzählt oder dich nicht mehr mit mir zusammen sein lässt. Ich hab eine Idee, ich kenne da einen schon älteren Typen, total verrückt, aber er besorgt mir manchmal Drogen. Ich kann welche besorgen, wovon sie die ganze Zeit nur schläft. Alte Leute schlafen sowieso viel. Da kommt kein Mensch je drauf. Du kannst sagen, sie fühlt sich nicht wohl, und ich kann sagen, ich komme gern jeden Tag vorbei, um zu sehen, wie es ihr geht. Und wir gehen für sie einkaufen und erledigen auch sonst alles. Somit stehen wir auch noch gut da.«

»O ja, Gabriel, dieser Vorschlag gefällt mir viel besser. Ich meine, so schlecht, sie in den Himmel zu befördern, ist sie nicht. Es war das erste Mal, dass sie mich angeschrien und mir gedroht hat.«

An jenem Abend zerrieb Uriel ein paar kleine weiße Pillen, die Gabriel ihm gegeben hatte, und mischte sie in den grünen Tee seiner Großmutter, als sie das Spiel der Cardinals im Fernsehen verfolgten. Es dauerte auch nicht lange, und sie schlief in ihrem Stuhl ein. Sie war so still, dass Uriel sie mehrmals mit dem Finger anstieß, aber sie reagierte nicht, und da legte er seine Hand auf ihren Mund, um zu prüfen, ob sie noch atmete, was der Fall war.

Gabriel hatte gesagt, die Wirkung würde die ganze Nacht über und wahrscheinlich auch einen Großteil des nächsten Tages anhalten. Er hatte recht. Er hatte immer recht. Uriel ließ sie in ihrem Schaukelstuhl sitzen, den Kopf auf die Brust gesunken, und rannte durch die Wälder zu der alten Jagdhütte. An diesem Abend wollten sie erstmals Marihuana rauchen, unten in der Höhle, wo sie niemand sehen konnte. Uriel freute sich schon darauf und konnte es kaum erwarten. Gabriel sagte, er werde sich dabei fühlen, wie ein richtiger Engel, der durch die Lüfte schwebt, vielleicht bis nach ganz oben in den Himmel.

14

Anfangs war ich nur fassungslos und konnte es nicht glauben, als ich Christie Foxworthys entstelltes Gesicht sah. Ich war mir so sicher gewesen, dass sich Stuart Rowland in diesem Koffer befand. Bud wandte sich sprachlos ab und trat ein paar Schritte zurück.

»Okay«, sagte ich. »Okay, Bud. Reißen wir uns zusammen.«

Ich machte den Deckel zu, damit nicht noch mehr Skorpione entwischten. Bud stand gegen die Wand gelehnt und sah mich an. Er war kreidebleich.

»Okay«, wiederholte ich, ebenfalls mehr als ein bisschen geschockt. Ich ging zur Haustür, wo der Polizist stand und sagte: »Wir haben hier einen Mordschauplatz. Sorgen Sie dafür, dass der Tatort abgesperrt wird und niemand an das Haus rankommt. Bud, du forderst sofort Buckeye und den Amtsveterinär an.«

Bud starrte mich an, kreidebleich und sprachlos.

»Komm schon, Bud, Kopf hoch. Geht's dir gut?«

Er nickte, machte aber keinen so guten Eindruck. »Mann, sie war so jung und musste so grausam sterben. Wer tut jemandem wie ihr so etwas an? Was für eine Art Mensch ist das?«

Ich hatte selbst zu tun, mit meinem Schrecken fertigzuwerden. »Vermutlich die Art Mensch, die dasselbe auch Classon angetan hat. Und wir müssen ihn schnappen. Black und McKay haben beide gesagt, dass er möglicherweise wieder zuschlägt. Das können wir nicht zulassen.«

Bud brauchte eine Beschäftigung, um sich abzulenken. Ich sagte: »Kümmere dich um die Telefonate, Bud. Und setz auch Charlie ins Bild. Sag ihm, wer sie war und wie sie zu Tode kam. Vielleicht will er ja selbst rauskommen und sich den Tatort ansehen.«

Ich versuchte, Ordnung in mein Gedankenchaos zu bringen, hatte aber nur das Kratzen und Schaben im Kopf, das noch immer aus dem Koffer ertönte.

Bud sagte: »Ich will sie da raus haben. Sofort.«

»Ich auch, aber das geht nicht, und du weißt das. Also komm, mach deinen Job. Ehe wir die Leiche rausholen, muss Buckeye den Tatort absuchen, denn dieses Mal hat der Killer Spuren hinterlassen, glaub mir.«

»Was Christie hier wohl gemacht hat? In Rowlands Haus?«

»Lass es uns rausfinden.«

Bud folgte mir nach draußen. Ich atmete tief durch, aber diesen Anblick würde ich so schnell nicht wieder loswerden. Und anders als bei Classon kannte ich dieses Opfer persönlich. Ich hatte doch mit Christie noch vor Kurzem gesprochen. Stuart Rowland hatte eine Menge Fragen zu beantworten.

Wir ignorierten Joe McKay. Er hatte sich, das Opfer betreffend, zwar getäuscht, aber den Tatort hatte er genau vorhergesagt. Dennoch war er noch lange nicht aus dem Schneider, denn seine Angaben waren doch verdammt genau, Seher hin oder her. Ich hatte einige dieser Sendungen im Fernsehen gesehen. Die Hellseher warteten mit beliebigen Zahlenfolgen oder vagen Details auf, etwa von der Art, das Opfer läge in einem Maisfeld nahe einem roten Silo. Aber dass jemand eine exakte Adresse lieferte, kam nicht vor. McKay könnte daher sehr gut selbst der Täter sein und uns wundersamerweise sämtliche Details präsentieren. Aber die Frage, die sich jetzt vor allem stellte, war die nach dem Warum. Und warum Christie Foxworthy? Was hatte sie mit all dem hier zu tun?

Draußen sah ich Stuart Rowland auf dem Beifahrersitz eines roten Ford Taurus. Neben ihm saß eine Frau.

»Wer ist diese Dame?«, fragte ich den Polizisten.

»Mr Rowland sagt, es sei seine Noch-Ehefrau. So hatte er sich ausgedrückt: Noch-Ehefrau. Sie heißt Nancy.«

Bud telefonierte noch immer mit Charlie; vermutlich musste er alles zweimal sagen, ehe Charlie ihm glaubte. Also ging ich rüber und klopfte bei Rowland ans Fenster. Es glitt herunter, und er fuhr mich an: »Was in Gottes Namen geht hier eigentlich vor? Niemand sagt mir ein Wort.«

»Kommen Sie mit, Mr Rowland, und Sie erfahren alles.«

»Jetzt gleich?«

»Jetzt gleich.«

»Okay.«

»Mit Ihrer Frau wird sich mein Kollege unterhalten.«

»Wozu denn das? Sie hat mich nur nach Hause gebracht und kann nichts dazu sagen.«

»Reine Routine.«

»Ich weiß gar nichts«, sagte sie, indem sie sich seitlich vorbeugte und mich ansah. Sie war der Typ verblassende Schönheit, perfekt gepflegt, vielleicht Anfang vierzig, das blonde Haar leicht angegraut und eine etwas schwere, modische rote Brille mit viereckigen Gläsern im Gesicht. Sie wirkte überaus besorgt.

»Ja, Ma'am. Detective Davis wird Ihnen alles erklären. Mr Rowland, würden Sie bitte aussteigen.«

Rowland folgte mir zu meinem SUV, und ich bat ihn, auf dem Beifahrersitz Platz zu nehmen. Ich setzte mich neben ihn, drehte den Zündschlüssel und wartete, bis die Heizung anlief. Sein schwerer Atem bildete eine frostige Wolke.

»Würden Sie mir bitte sagen, was hier vorgeht?«

»Ich habe gehofft, Sie könnten das.«

»Wie bitte? Woher soll ich das wissen? Wer, bitte schön, ist nun bei mir eingebrochen, und was wurde alles gestohlen?«

Ich sah ihn an, überlegte kurz und beschloss, direkt mit der Wahrheit herauszurücken. »Wir haben eine tote Frau in Ihrem Haus gefunden, Mr Rowland.«

»Was?« Seine Bestürzung klang echt. »Nein, nein, das kann nicht sein, unmöglich.«

»Es ist leider wahr, glauben Sie mir. Und sie war noch nicht lange tot. Ich nehme an vielleicht zwei oder drei Stunden. Wo waren Sie in den letzten Stunden?«

»Ich? Warum diese Frage? Ich war mit Nancy zusammen. Wir haben uns vor einigen Monaten verkracht und da habe ich sie heute Abend zum Essen ausgeführt, um noch mal in Ruhe drüber zu reden. Wir haben im Restaurant Five Cedars draußen in der Cedar Bend Lodge gespeist, und ich habe sie mit Champagner und Rosen überrascht. Aber sagen Sie, wer wurde denn ermordet? Warum war sie in meinem Haus? Da ist normalerweise niemand.«

»Nicht schlecht, Ihre Fragen, Mr Rowland. Hat jemand außer Ihnen einen Schlüssel?«

»Meine Frau natürlich …«

»Und Christie Foxworthy? Hat sie auch einen Schlüssel?«

Rowland erbleichte. Fast konnte ich zusehen, wie alle Farbe aus dem Gesicht schwand. Er starrte mich an, als hätte es ihm die Sprache verschlagen. Dann sagte er zutiefst betroffen: »Christie ist nicht tot. Unmöglich. Das kann nicht sein.«

»Ich fürchte doch.«

»Ich glaube das einfach nicht. Ich habe heute Morgen noch mit ihr telefoniert.«

»Nun, jetzt ist sie tot. Haben Sie sie ermordet, Stuart?«

Stuart verblüffte mich, indem er in Tränen ausbrach. Er weinte hemmungslos, mehrere Minuten lang, das Gesicht in die Handflächen gestützt. Dabei wiederholte er ständig: »Nein, nein, nein, das kann nicht sein. Sie ist nicht tot. Das glaub ich nicht.«

Ich hätte ihm ein Taschentuch angeboten, wenn ich eins dabeigehabt hätte. Sollte diese Tränenflut vorgetäuscht sein, dann war er ein regelrechter Sir Anthony Hopkins.

»Ich vermute, Sie hatten eine enge Beziehung zu dem Opfer.«

Rowland versuchte, sich zu beruhigen, es gelang ihm aber nicht. Immer wieder wurden seine heiseren Worte von Schluchzen unterbrochen. »O Gott, ich habe sie geliebt wie wahnsinnig, habe versucht, von ihr loszukommen. Darüber ist meine Ehe zerbrochen. Meine Frau hat alles erfahren.«

»Wissen Sie, warum Christie bei Ihnen zu Hause war?«

»Nein. Sie wusste, dass ich versucht habe, zu Nancy zurückzukehren. Sie wusste es. Erst heute habe ich es ihr wieder gesagt, auch dass ich nicht zu Hause sein würde an diesem Abend. Warum sollte sie dann hier herkommen?«

»Wir werden es erfahren. Gibt es jemanden, der ihr übel gesinnt war? Jemand, der sie bedroht hat?«

»Nein, nicht dass ich wüsste. Die Frauen in der Schule mochten sie nicht sonderlich. Sie war jung und bildhübsch ...« Er erhob sein tränennasses Gesicht. »Sind Sie sicher, dass es sie ist? Vielleicht täuschen Sie sich ja? Wäre doch immerhin möglich, oder?«

»Nein, Sir. Es ist definitiv sie. Ich habe sie an dem Tag vernommen, als Classon starb.«

Auf der anderen Straßenseite kam Charlies blauer Cherokee Jeep schlitternd zum Stehen, und ich sah zu, wie er ausstieg, die Tür zuknallte und zornig zum Haus stapfte. Er tauchte unter dem Absperrband hindurch und redete mit dem sich außer Dienst befindlichen Osage-Beach-Officer, der ein paar Sekunden zuhörte und dann in meine Richtung zeigte. Als Charlie zu mir hersah, hob ich grüßend die Hand, um mich dann wieder Rowland zuzuwenden.

»Erzählen Sie mir von sich und Christie. Welche Art von Beziehung hatten Sie genau zu ihr?«

Rowland schniefte und wischte sich die Augen aus. Er konnte nicht aufhören zu weinen. Er sprach schluchzend mit erstickter Stimme. »Wir hatten eine Affäre.«

»Wusste außer Ihnen beiden sonst jemand davon?«

»Nein. Sie wäre gefeuert worden, und ich wahrscheinlich auch.«

»Und als Ihre Frau davon erfahren hat, hat sie Sie verlassen?«

Er nickte. »Christie rief einmal an, und Nancy nahm das Telefon in der Küche ab. Ich wusste nicht, dass sie da war. Sie war früher von der Arbeit nach Haus gekommen. Warum war Christie hier draußen? Es gibt keinen Grund dafür.«

»Hat Sie und Ihre Frau sonst noch wer in Cedar Bend Lodge gesehen?«

»Sicher. Wir haben in der Haupthalle gespeist. Es waren auch einige von Nancys Kollegen da, und wir haben uns mit ihnen unterhalten. Nach dem Essen saßen wir an der Bar und haben Champagner getrunken. Ich nehme an, dass wir dort auch gesehen wurden. Ich habe mit meiner Kreditkarte gezahlt, sodass Sie das überprüfen können.«

»Was ist mit Ihnen? Wurden Sie bedroht? Von einem von Classons Freunden zum Beispiel?«

»Nein, nein. Außerdem habe ich Ihnen doch gesagt, dass Classon keine Freunde gehabt hat.« Ihm dämmerte, was ich meinte, und er sagte: »Sie glauben tatsächlich, der Mörder hatte es eigentlich auf mich abgesehen und stattdessen sie erwischt?«

»Vielleicht. Vielleicht hat sie aus irgendeinem bestimmten Grund vorbeigeschaut, um etwas abzuholen, was ihr gehört. Und dabei hat sie den Mörder überrascht, der Ihnen in Ihrem Haus aufgelauert hatte. So könnte es passiert sein.«

»Ich kann das einfach nicht glauben. Das kann alles nicht sein.«

Ich sah Buckeye im weißen Wagen der Spurenermittlung vorfahren. Er hatte sich richtig beeilt. Er und Shag stiegen aus und schleppten ihre Alukoffer ins Haus. Charlie folgte ihnen auf dem Fuß. Bud war noch immer mit Nancy Rowland im Auto.

»Mr Rowland, ist Ihnen irgendeine Verbindung zwischen Christie und Mr Classon bekannt?«

»Sie hat ihn gehasst, das weiß ich. Warum fragen Sie das?« Er sah mich eindringlich an. »Hat der Mörder sie erhängt so wie Classon?«

»Ich darf keine Details herausgeben, Mr Rowland. Wäre es Ihnen möglich, das Gespräch morgen auf der Wache fortzusetzen?«

Er nickte, indem er weitere Schluchzer unterdrückte. »Was ist mit meinem Haus?«

»Nehmen Sie sich ein Hotelzimmer oder fahren Sie mit Ihrer Frau nach Hause. Die Spurenermittlung wird etliche Tage in Anspruch nehmen. Wo wohnt denn Nancy?«

»Sie hat sich was in Camdenton gemietet.«

»Wie ist die Adresse?« Ich notierte seine Angaben und sagte dann: »Verlassen Sie bitte nicht die Stadt. Wir müssen uns noch mal unterhalten.«

Rowland wischte sich mit dem Ärmel über das Gesicht und versuchte, sich für die Begegnung mit seiner Frau zu fassen. Um die Fahrt mit ihr nach Hause beneidete ich ihn nicht. Die Arme hatte genügend Demütigungen ertragen, und das war noch längst nicht alles.

Inzwischen war der Mann vom Veterinäramt vorgefahren und ausgestiegen. Er hieß Brett Walker, und ich kannte ihn ziemlich gut, da ich im letzten Jahr mit zwei Rottweilerattacken zu tun hatte. Er musste die aggressiven Hunde bändigen und hatte möglicherweise noch immer Narben an der Hand.

»Hey, Claire. Habe ich richtig verstanden? Ihr habt hier wirklich Skorpione?«

»Stimmt genau. Scharenweise. Aber das bleibt unter uns. Ich will nicht, dass die Medien Wind davon bekommen.«

»In Ordnung.«

»Nur als Vorwarnung, Brett. Was dich da drin erwartet, ist ziemlich krass.«

»Alles klar. Danke.«

Charlie stand mitten in der Eingangstür. Er sah sehr ernst drein und hatte offenbar so eine Wut im Bauch, dass er dem Nächstbesten an die Gurgel springen könnte.

Er sagte: »Wo ist Bud?«

»Im Gespräch mit Rowlands Frau.«

»Wird sie ihm ein Alibi verschaffen können?«

»Kann sein. Bud wird's erfahren.«

Charlie wies auf den roten Schrankkoffer. »Ist das Opfer noch drin?«

»Ja, Sir.«

»Mit einem Skorpion?«

»Ja, Sir, aber nicht nur einer, sondern Dutzende.«

»Der reine Wahnsinn. Was zum Teufel spielt sich hier ab?«

Gute Frage, dachte ich. »Dieses Mal müssten wir den einen oder anderen Hinweis finden, Sir. Er hat sie hier abgemurkst, da sind wir ziemlich sicher. Aller Wahrscheinlichkeit zufolge muss er was von sich hinterlassen haben.«

Brett Walker entfernte die Skorpione einen nach dem anderen, indem er sie mit einer großen Zange ergriff und in eine Blechdose mit Löchern im Deckel beförderte. Auf dem Kofferboden befand sich eine Menge Blut aus ihrer Wunde am Hinterkopf. Niemand sprach ein Wort. Ich konnte mit Sicherheit sagen, dass jeder im Raum vollkommen fassungslos war. Ich auch. Und das kam sicher nicht oft vor.

Es dauerte die ganze Nacht, bis wir mit der Tatortermittlung fertig waren. Buck hatte alle Leute herbeordert, die Bereitschaftsdienst hatten, und als ich in der Morgendämmerung aufbrach, waren sie noch immer beschäftigt. Bud fuhr mit mir zusammen los, sichtlich erleichtert, dass Christie aus diesem schrecklichen Koffer draußen und auf dem Weg in die Gerichtsmedizin war.

Zu Hause fiel ich in meinen Kleidern erschöpft aufs Bett, konnte aber nicht einschlafen. Ich öffnete im Geiste diesen Koffer wieder und wieder und fürchtete eine erneute Begegnung mit meinem alten Feind, Schluss jetzt! Die Albträume begannen, kaum dass ich eingeschlafen war.

15

Nach vier Stunden voller rastloser Träume schleppte ich mich aus dem Bett, duschte, zog mich an und vermied es, einen Blick auf die Truhe vor dem Fußende meines Betts zu werfen. Mein erster Weg führte mich direkt in Charlies Büro, denn mit ihm hatte ich ein Hühnchen zu rupfen.

Bei meiner Ankunft brüllte Charlie gerade ins Telefon, also tigerte ich draußen auf dem Flur auf und ab. Ich war nervös. Nach zwei Opfern war ein drittes nicht unwahrscheinlich, ja sogar zu erwarten, aber genau das zu verhindern, war ich bereit, alles zu tun. Bud war noch einmal in die Akademie beordert worden, um die Belegschaft und die Studenten über Christie Foxworthy zu befragen. Besser er als ich. Ich fühlte mich müde und war in der Stimmung, zuzuschlagen, sobald mir einer querkam. Von Black hatte ich auch nichts gehört, was mir gehörig an die Nieren ging, aber ich wäre schön dumm, wenn ich mein hart verdientes Geld für Überseegespräche vergeuden würde. Wahrscheinlich hatte er vom Anblick der vielen nackten Tänzerinnen einen Kater.

»Okay, kümmern Sie sich darum.« Das war Madge, Charlies Sekretärin, die die Station seit siebzehn Jahren leitete.

»Morgen, Sheriff.« Ich versuchte, gleich von Anfang an besonders nett zu sein, denn was ich zu sagen hatte, würde ihm nicht gefallen. Außerdem war mir nicht daran gelegen, schnippisch oder patzig zu sein. Mein einziges Trachten richtete sich nur darauf, einen psychopathischen Killer zu schnappen und seiner Exekution beizuwohnen.

Charlie schnaubte zornig. »Buck sagt, die Kleine hatte mehr als fünfzig Stiche am Körper.«

»Brett Walker zufolge war sie ziemlich schnell tot.«

»Nette kleine Gnade. Gott sei Dank.«

Ich konnte nicht nachvollziehen, was daran gnädig sein sollte. Es war einfach ein schrecklicher Tod.

»Wie ist denn nun Ihre Einschätzung der Lage?«

»Für mich eine rein persönliche Geschichte. In beiden Fällen. Der Täter wollte, dass seine Opfer Angst haben und leiden. Beim zweiten Mal hat er allerdings sehr schnell wieder zugeschlagen. Könnte sein, dass er Christie oder vielleicht auch Rowland mundtot machen wollte. Als Warnung sozusagen. Bud und ich vermuten zudem, es könnten auch Drogen im Spiel sein. In Classons Haus fanden wir ein Kokainlager, und Bud versucht gerade herauszufinden, welches Verhältnis Classon und Christie zueinander hatten. Vielleicht war er ihr Dealer.«

Charlie ließ sich in seinen Ledersessel plumpsen.

»Setzen Sie sich, Claire.«

Ich gehorchte, während er sich nun seiner Pfeife widmete wie einer lang vertrauten Geliebten. Zu Hause durfte er nicht rauchen, denn seine Frau hasste es, und so frönte er seinem Laster ausgiebig und ungehemmt bei der Arbeit. Der Rauch störte niemanden allzu sehr, weshalb sich keiner beschwerte, abgesehen davon, dass sich sowieso keiner getraut hätte. Besonders jetzt, wo Charlie zwei Morde in seinem Revier an der Backe hatte.

Er sagte: »Wie weit seid ihr mit den Ermittlungen?«

»Wir haben schon fast alle Mitarbeiter über Classon befragt. Zurzeit kümmert sich Bud um Christie Foxworthys Freunde.«

»Was ist das eigentlich für eine Schule?«

»Sind Sie schon mal draußen gewesen, Sir?«

»Ich habe Johnstone mal kennengelernt. Er schien okay.«

»Er trägt einen weißen Anzug, Sir. Und Jesuslatschen. Und er sammelt asiatische Teufelsmasken.«

»Also ein Spinner?«

»Schlimmer noch, ein aufgeblasener Spinner.«

»Halten Sie ihn für verdächtig?«

»Ausschließen will ich es nicht.«

»Gibt's noch mehr Verdächtige? Mit Motiv?«

»Alle sagen, Classon sei ein Ungeheuer gewesen, ein Monster und was nicht noch alles. Nur der Bibliothekar ist cool.«

»Sehr gut. Wie sieht's mit Alibis aus? Können alle eins vorlegen für die jeweiligen Tatzeiten?«

»Die meisten. Einige müssen wir noch überprüfen. Ein paar sind nun noch dazugekommen.«

»Gibt es jemanden, dem Sie diese Art Grausamkeit zutrauen?«

»Schwer zu sagen. Eigentlich sollte niemand dazu fähig sein. Aber wer auch immer es ist, der Täter ist auf alle Fälle gestört und hat es gelernt, die dunklen Seiten seiner Persönlichkeit vor anderen zu verbergen.«

Charlie seufzte. »Wenigstens haben wir die Medienfritzen noch nicht am Hals. Achten Sie darauf, dass das so bleibt.«

»Jawohl, Sir. Wahrscheinlich ist es für Primadonnen zu kalt. Diese smarten Kommentatoren haben doch alle Angst vor aufgesprungen Lippen.«

Charlie grinste. Wunderbar. Genau darauf hatte ich gewartet. Höchste Zeit für einen Stimmungsumschwung. Ich zögerte. So einen Bammel hatte ich schon lange nicht mehr.

»Noch was, Sheriff. Wir müssen uns über diesen Typen unterhalten, diesen McKay.«

Charlies Augen fixierten mich herausfordernd. »Ja? Was ist mit ihm? Ich habe gehört, er hat euch auf die Spur des zweiten Opfers gebracht.«

Ich nahm die Herausforderung an. Ja, ich trau mich was. »Stimmt, was ihn zum Hauptverdächtigen macht.«

Charlie explodierte nicht gleich, sondern ließ mich erst mal weitersprechen. Gutes Zeichen.

Nun kam es darauf an, ihn quasi aus dem Hinterhalt zu überzeugen. »Ich hatte die Gelegenheit, mir die Einschreibelisten an der Akademie genauer anzusehen. Er war selbst dort Schüler vor etwa fünfzehn Jahren. Und nun raten Sie mal, warum er geflogen ist.«

Charlie lehnte sich zurück und steckte sich die Pfeife wieder in den Mund. »Er hat Simon Classon eine Schlange aufs Pult gelegt.«

Nun war ich platt. »Gut geraten, Sir.«

»Ich weiß alles über Joes Vergangenheit, Claire. Warum genau also verdächtigen Sie ihn?«

War Charlie nun völlig verrückt, oder was? »Er hat das erste Opfer zu Tode erschreckt, und Classon hat ihn darauf von der Schule fliegen lassen. Klingt so, als wären sie nicht unbedingt die dicksten Freunde. Viel eher könnte er Classon dafür gehasst haben. Und dann stößt er Bud und mich mit der Nase auf das zweite Opfer. Exakt. Dabei ist nirgendwo genau verbürgt, dass er übersinnliche Fähigkeiten hat. Tut mir leid, Sir, sein diesbezüglicher Ruf reicht mir einfach nicht.« Das war's. Ohne zu fackeln und in klaren Worten. Gut für mich, nehm ich an.

»Woher wussten Sie, dass er an der Akademie war?«

»Er selbst hat es mir gesagt, also hab ich mir seine Daten in der Schule mal angesehen.«

»Klingt mir nicht sonderlich danach, als würde er versuchen, was zu verbergen.«

»Es könnte ihm herausgerutscht sein.«

»Möglich.«

»Bei allem gebührenden Respekt, Sir, Sie müssen mir gestatten, diesen Burschen noch etwas genauer unter die Lupe zu nehmen. Mein Bauch sagt mir, dass er involviert ist, und auf meinen Instinkt kann ich mich verlassen.«

»Was konnten Sie sonst noch über ihn herausfinden?«

»Ich weiß jetzt, dass sein Schulbesuch von einem anonymen Geldgeber finanziert wurde. Muss einen doch stutzig machen.

Überlegen Sie doch, Sir, finden Sie es nicht komisch, dass er hier plötzlich auftaucht, sich in meine Ermittlungen einmischt und uns schnurstracks den Weg zum zweiten Opfer weist? Vielleicht um zu wissen, wie es bei uns läuft? Man kennt dieses Verhalten bei Tätern, dieses Bemühen, der polizeilichen Ermittlungsarbeit immer einen Schritt voraus zu sein.«

Charlie sah mich finster an. Ich hielt dem Blick stand und verließ mich weiter auf meinen Mut. »Ich will die Erlaubnis, ihn auf Distanz zu halten, ich will nicht, dass er über alle meine Schritte Bescheid weiß. Ich trau ihm nicht, Sir. Ich will nicht den Babysitter spielen und ihn überallhin mitschleppen. Und Bud auch nicht. Außerdem will ich ihn befragen, woher er seine Kenntnisse über den Fundort der Leiche von Christie Foxworthy hat. Meiner Meinung nach hat er nämlich gar keine übersinnlichen Fähigkeiten, und das will ich beweisen.«

Charlie seufzte tief. Er zündete ein Streichholz an und paffte seine Pfeife. Es herrschte Stillschweigen, keiner muckste sich, was aber normal war. Auf diese Weise entspannte sich Charlie und dachte nach. Eine Minute später stand er auf und ging ans Fenster.

»Es schneit«, sagte er.

»Ja, Sir.«

Er schaute weiter auf die Straße hinunter. Ich hörte das Geräusch durchdrehender Reifen auf eisglattem Untergrund. Vielleicht kam ja Bud gerade. »Sie sind gut, Claire, sehr gut. Ich hätte Ihnen von Anfang an die Wahrheit sagen sollen.«

Oje. Das hörte sich nicht gut an, genauso wenig, wie das, was als Nächstes kam.

»Dieser vertrauliche Sponsor von Joe McKay«, er drehte sich um. »Der war ich, Detective. Ich habe ihn finanziert, und ich habe auch das Problem mit der Schlange in Classons Klassenbuch geregelt.«

»Sie machen Witze.« Bitte sagen Sie, dass das nicht wahr ist.

»Nein. Und Sie haben recht, es ist ungefähr fünfzehn Jahre her. Ich hatte Mitleid mit dem Burschen. Er hatte Probleme mit seiner Familie und Ärger, weil er ein altes Gebäude draußen in den Wäldern zerstört hat. Er wollte es abfackeln. Er war damals ziemlich wirr im Kopf. Irgendetwas hab ich vermutlich in ihm gesehen. Sein Anwalt schickte ihn zu einem Kinderpsychologen, der sagte, er sei ein kluger Kopf. Er schlug die Akademie als Rückzugsort vor, an der er einen Abschluss oder eine Ausbildung bekäme, mit der er sich bis zu seinem achtzehnten Geburtstag über Wasser halten könnte. Meine Sonntagsschulklasse an der Trinity-Baptist-Kirche hat sein Stipendium bezahlt, hat ihn gewissermaßen adoptiert. Eine seiner Lehrerinnen behauptete, er hätte tatsächlich übersinnliche Fähigkeiten.«

Ich starrte ihn an. »Ich weiß nicht, was ich sagen soll, Sir.«

»Ein paar Jahre ging es gut mit ihm, dann begann er, blöde Streiche zu spielen. Seine Spezialität war es, Leute zu erschrecken. Mit der Schlange ist er einen Schritt zu weit gegangen.«

Würde ich auch sagen. »Warum hat er Classon das angetan?«

»Hat er nie gesagt. Meinte nur, Classon habe es verdient. Classon wollte die Sache vor Gericht bringen, wenn Joe nicht von der Schule suspendiert würde. Also hat Johnstone ihn gefeuert. Da habe ich Joe vor die Wahl gestellt, Knast oder Militär. Also ging er zu den Marines, und da blieb er bis zu seinem Ausscheiden. Ich wollte ihm eine Chance geben, sich zu beweisen, gerade weil er mich letzten Sommer mit dieser Vorhersage gewarnt hatte. Deshalb hab ich ihn in den Fall reingebracht. Ich bin überzeugt, dass er irgendeine Gabe hat, die ich gar nicht verstehen will.«

»Glauben Sie nicht, es ist ein sonderbarer Zufall, dass Classon ausgerechnet jetzt plötzlich tot aufgefunden wurde, exakt nachdem McKay wieder auf der Bildfläche erschienen ist? Und warum sollte es ihn interessieren, wer Classon getötet hat, wenn er ihn nicht ausstehen konnte?«

»Er warnte uns, es würden noch andere zu Schaden kommen.

Das hat sich jetzt bewahrheitet. Genau das wollte er angeblich verhindern.«

Ich holte tief Luft, dann noch einmal, aber ich wäre von allen guten Geistern verlassen, wenn ich McKay als Mitarbeiter akzeptierte. »Ich will ihn nicht an der Backe haben, Sheriff. Ich bitte Sie, mir in diesem Fall freie Hand zu lassen, bitte. Bud und ich kommen allein zurecht. Das wissen Sie. Und er gehört nun zu den Hauptverdächtigen. Ob Ihnen das gefällt oder nicht.«

»Ich glaube, Joe ist nicht zu der Art von Grausamkeit fähig, mit der dieser Täter vorgeht.«

»Sir, ich bitte Sie lediglich um die Erlaubnis, ihn nicht als Tatverdächtigen auszuschließen, bis ich mir der Sache wirklich sicher bin.«

Schweigen. Eine Sekunde. Zwei Sekunden. Drei Sekunden. »Okay, Sie haben die Erlaubnis.«

Erfreut darüber, dass Charlie kapituliert hatte, drückte ich ihn am Arm, aber sehr sanft. »Was hat er beim Militär eigentlich gemacht?«

»Sondereinsätze, geheime Missionen und solche Sachen. Hoch dekoriert. Sprengstoffspezialist.«

»Höchst geheim, hm?« Beeindruckend, musste ich zugeben.

»Ja. Er hat sich komplett gewandelt. Die Disziplin, nehme ich an. Und das Gefühl, dazuzugehören. Er hatte ein schweres Leben gehabt und einige Familienmitglieder verloren. Die Mutter litt an schweren Depressionen und hat sich das Leben genommen.«

»Wie hat er seine Familienmitglieder denn verloren?«

»Ich bin mir nicht sicher. Möglicherweise war es ein Autounfall. Genau weiß ich es wirklich nicht.«

»Haben wir eine Akte über ihn vorliegen?«

»Ich bitte Madge, sich darum zu kümmern. Jetzt verschwinden Sie zum Teufel noch mal, und machen Sie sich wieder an die Arbeit. Ich informiere McKay, dass er nicht mehr gebraucht wird.«

Hocherfreut und zufrieden düste ich eilends von dannen.

Dunkle Engel

Uriels Großmutter behelligte sie nie wieder. Sie war dauernd benommen, konnte sich an nichts erinnern und Gabriels Vater meinte schon, sie könnte Alzheimer haben. Ihr Vorrat an weißen Pillen war unerschöpflich, da Gabriel begonnen hatte, an seine Mitschüler Rauschgift zu verkaufen. Somit waren Uriel und Gabriel frei. Sie konnten tun und lassen, was und wann immer sie wollten. Sie führten Experimente an gefangenen Tieren durch, und Gabriel hatte sogar eine Art Schwarzmarkt aufgetan, wo er exotische Spinnen, Bienen, Skorpione und sogar giftige Frösche bestellen konnte. Sie stammten aus Versandgeschäften in Australien, dem Amazonasgebiet und Asien. UPS lieferte die Sendungen an die Adresse von Uriels Großmutter, und Gabriel gab vor, dort zu wohnen.

Es machte Spaß, ganz neue Tiere geschickt zu bekommen, und manchmal hielten sie seine Großmutter mehrere Tage hintereinander im Dämmerschlaf, sodass sie sogar ins Bett machte. Sie weinte viel und klagte, dass sie sich einfach an nichts mehr erinnern könnte, und manchmal tat sie Uriel leid, aber dann fiel ihm ein, dass sie ihm Gabriel wegnehmen würde, sollte sie jemals wieder sie selbst werden. Also streute er weiter weißes Schlafpulver in ihren Tee, und sie machte nie wieder auch nur den geringsten Ärger.

Gabriel hatte in der Stadt eine Anstellung als Krankenpfleger bekommen. Nach einer Weile kaufte er sich einen alten weißen Lieferwagen ohne Fenster. Er stammte von einer Reinigung und war im hinteren Teil noch mit Einbauten versehen, an die man Kleider hängen konnte, und es gab noch Kisten mit Plastikhüllen, die zum Schutz frisch gereinigter Sachen dienten.

Und dann beschloss Gabriel, dass es an der Zeit wäre, jemanden in die Höhle zu entführen und in den Himmel zu schicken. So fuhren sie allabendlich durch die Straßen, auf der Suche nach Leuten, die allein unterwegs waren, und Gabriel fand, ihr erstes Opfer sollte ein junges Mädchen oder eine alte Person sein, die nicht stark genug war, sehr viel Widerstand zu leisten. Auf der Suche nach einem möglichen Kandidaten kamen sie auch in benachbarte Countys, aber niemals trampte jemand allein oder fuhr auf einem Fahrrad nach Hause, und so kamen sie schließlich auf die Hobos unter der Interstatebrücke.

Eines Abends hatten sie wirklich großes Glück und stießen auf einen alten Tramp neben einem fast schon erloschenen Lagerfeuer. Es war merkwürdig. Sie schlichen sich auf Zehenspitzen an, um ihn bloß nicht zu wecken, aber dann stellten sie fest, dass sich seine Haut heiß anfühlte und er wirres Zeug brabbelte, das sie nicht verstanden. Er musste eine Lungenentzündung oder sonst was Schlimmes haben, und Gabriel sagte, er sei ein idealer Kandidat. Ihn in den Himmel zu schicken bedeutete, ihn von seinem Leid zu erlösen.

Sie fuhren mit dem Wagen rückwärts an das Feuer heran, und gemeinsam schafften sie es schließlich, ihn in den Laderaum zu schleifen. Er war nicht allzu schwer und sagte dauernd: »Baby, Baby, bist du das? Ich hab dich vermisst, Baby …«

Uriel fragte sich, von wem er da redete, aber der alte Mann öffnete nie so richtig die Augen. Sie stoppten den Wagen an einer Forststraße an einer Stelle, wo es einen gut verborgenen Hintereingang in ihre Höhle gab, und Gabriel legte ihn sich über die Schulter und trug ihn den Rest des Weges. In der Höhle legte ihn Gabriel auf den Boden.

»Was machen wir mit ihm denn jetzt, Gabriel?«

»Lass mich überlegen. Wir schicken ihn ziemlich bald gen Himmel. Er wird sicher nichts spüren. Ich wette, er hat an die vierzig Grad. Lass uns das überprüfen.«

Er zog ein Thermometer aus der Tasche, eines, das er in der Notaufnahme der Klinik gestohlen hatte, als er eines Abends noch spät sauber machte. Er steckte das vordere Ende in das Ohr des Mannes, und auf der Digitalanzeige stand 40,1.

»Wahrscheinlich stirbt er sowieso. Wir setzen uns einfach hin und sehen zu, wie lange es dauert. Oder wir könnten ein bisschen nachhelfen, so wie du es mit dem Hundebaby da gemacht hast.«

Er zeigte auf den Tank, in den Uriel den Hund vor längerer Zeit hineingeworfen hatte. Der Kadaver war mittlerweile in ein dichtes Spinnennetz eingewoben. Er hatte lange Zeit ziemlich gestunken, aber der Schwefelgeruch von den Quellen trug dazu bei, den Geruch toter Tiere zu überdecken, und so war es nicht mehr ganz so schlimm.

»Wir könnten ihn mit den neuen Skorpionen, die wir erst bekommen haben, zusammensperren und zusehen, was sie machen.«

»Oder wir schneiden ihm einfach die Pulsadern auf. Mal sehen, wie lange es dauert, bis er verblutet. Ein Arzt im Krankenhaus hat erzählt, wie ein Mädchen in der zugestöpselten Badewanne Selbstmord gemacht hat, und das Blut stand fast sieben Zentimeter hoch. Angeblich hat sie noch einen Zettel hinterlassen auf dem stand, sie wolle nicht, dass ihre Mutter eine große Sauerei vorfindet. Sehr rücksichtsvoll von ihr, oder nicht?«

»Ja, komm, das machen wir. Höchste Zeit, dass er in den Himmel kommt und dort wieder mit seinem Baby zusammen ist. Außer uns kümmert sich doch niemand um ihn. Wir schneiden ihm einfach die Pulsadern auf und sehen, was passiert.«

Zusammen packten sie den Mann an den Armen und schleppten ihn zu der großen Zinkwanne, in der Gabriel gefangene Tiere so lange festhielt, bis sie diese mittels Schlangen oder Spinnen töteten. Erst neulich erwischte es einen jungen Waschbären, den sie mit einem fetten schwarzen Skorpion aus Ägypten zusammensperrten. Letzteren hatten sie sich von einem Laden für exotische Haustiere in Scottsdale, Arizona, schicken lassen. Gabriel setzte den Mann so in die Wanne, dass er mit dem Rücken gegen das höhere Ende gelehnt lag.

»Was nehmen wir denn?« Uriel warf einen suchenden Blick auf ihre Schneidwerkzeuge in den Holzregalen an der Wand.

Gabriel lächelte. »Schau mal, Uriel, ich hab dir aus dem Krankenhaus was mitgebracht. Das ist ein Skalpell. Damit schneiden Chirurgen ihre Patienten auf. Ich hab es im Operationssaal gestohlen. Es ist schärfer als eine Rasierklinge.«

Uriel nahm das Skalpell und lächelte. »Mensch, Gabriel, das ist aber nett von dir. Ich wette, das schneidet so ziemlich alles.«

»Willst du dieses Mal? Du magst es doch, wenn das Blut spritzt. Willst du ihn ganz allein in den Himmel befördern?«

Uriel sah auf das rote Gesicht des Mannes, die grauen Koteletten und die Art, wie er sabberte. Auf seinem Hemd klebten Krusten von Erbrochenem, und aus seiner Nase kam Rotz. Er würde sowieso sterben. Es gab gnädige Engel, die ihn von seinem Leid und seinen Schmerzen erlösen konnten. Und Uriel würde sein Blut zu sehen bekommen, alles.

»Okay. Zeig mir, wo ich aufschlitzen soll.«

»Ich hab mich auf die Sache vorbereitet. Mit Büchern, die ich in der Klinik gefunden habe. Und im letzten Semester hatte ich eine Eins in Biologie. Du musst wissen, es gibt eine Schlagader am Hals. Genau hier.« Gabriel drückte den Kopf des Alten mit dem Zeigefinger zur Seite und zeigte auf die Stelle am Hals. »Genau da. Aber es spritzt wirklich weit, wenn du hier schneidest, weil es nah am Herzen ist. Und das pumpt weiter, bis er tot ist. Es wird also eine ziemliche Sauerei. Das sollten wir uns besser für ein anderes Mal aufsparen, wenn wir draußen sind und nicht in der Höhle. Hier müssten wir nur alles wieder sauber machen.«

»Okay.«

»Lass uns doch nur seine Pulsadern aufschneiden. Ich habe eine Stoppuhr. Mal sehen, wie lange es dauert, bist er aufhört zu atmen.«

Uriel nahm das Skalpell und überprüfte es an seinen Fingern. Es war schärfer als jedes ihrer Messer. Gabriel nahm das rechte Handgelenk des Mannes und legte es auf seinen Bauch. »Schau nur, wie seine Adern hervorstehen. So ist das bei alten Leuten. Die schneidest du jetzt durch. Aber geh auch tief genug. Ich muss um acht zur Chorprobe in der Kirche sein, und Dad rastet aus, wenn ich wieder zu spät komme.«

»Sollten wir nicht zuvor ein Gebet sprechen, Gabriel? Damit die Engel auch wissen, dass sie herunterkommen und ihn holen sollen, und damit Gott ihn erwartet.«

»Gute Idee. Nehmen wir uns an der Hand.«

Sie verschränkten die Hände, und Gabriel betete für die Seele des Mannes, und dass Gott sich seiner erbarmen möge. Sie, die Gnadenengel, schickten ihn nach Hause zum Herrn, damit sein Leid ein Ende habe.

»Amen«, sagte Uriel. Dann nahm er das Skalpell und machte einen tiefen vertikalen Schnitt auf der Innenseite des entblößten Handgelenks. Der alte Mann zuckte leicht und stöhnte. Uriel legte die Hand auf den Wannenboden und griff dann nach der anderen. Er ging genauso vor, aber dieses Mal musste er die scharfe Klinge zweimal entlangführen. Dann nahmen er und Gabriel auf Klappstühlen Platz, die sie in der Kirche gestohlen hatten, aßen Kartoffelchips und tranken Limonade und sahen zu, wie sich die Wanne mit Blut füllte.

16

Bud und ich verbrachten den Nachmittag draußen in der Schule, konnten dort aber zunächst nicht viel erreichen. Alle waren nur geschockt über den Tod von Christie Foxworthy, und nicht wenige zeigten es auch. Sie war kein allgemeines Hassobjekt gewesen. Gegen fünf Uhr fuhren wir wieder ab, worauf ich mich in mein Büro zurückzog, um Berichte zu schreiben und darüber nachzudenken, welche Beziehung Classon und Christie Foxworthy zueinander gehabt hatten, die sie beide zum Mordopfer werden ließ.

Um halb sieben fuhr ich nach Hause. Es hatte noch nicht aufgehört zu schneien, und die Straßen waren etwas glatt, aber nicht schlimm. Man kam durch. Bei Harve machte ich kurz halt, um Milch und Eier vorbeizubringen, die er bestellt hatte. Er war mit einem der Persönlichkeitsprofile beschäftigt, die er erstellte, und so fuhr ich gleich weiter nach Hause. Natürlich brannte kein Licht bei mir, ein dunkles, nicht sehr einladendes Zuhause. Ich drückte auf den Schalter für das Garagentor, und es glitt sacht nach oben.

Nachdem ich das Auto abgestellt hatte und ins Haus gegangen war, sah ich mich erst einmal um. Wirklich hübsch, mein neues Zuhause, und hübsch leer. Ich hörte meinen Anrufbeantworter ab. Keine Nachricht von Black, aber er hätte mich ohnehin auf dem Handy angerufen. Dann warf ich den Parka über eine Stuhllehne und griff nach der riesigen Fernbedienung. Ich knipste den Kamin an und dachte kurz an den Whirlpool, aber darin hätte ich keinen Spaß, nicht mit diesen gruseligen Skorpionszenen, die mir durch den Kopf geisterten. Mein Blick fiel auf den großen Fernseher. Vielleicht könnte ich etwas recherchieren, denn es gab so einiges, was ich über Spinnen und Skorpione wissen wollte.

Ich ging ins Internet und googelte Giftspinnen. Es kamen ungefähr eine Million Treffer. Ich klickte den ersten an und bekam eine nette Großaufnahme einer Spinne, auf die ich gern verzichtet hätte. Bud hatte recht mit den Augen, die auf Stielen saßen. Igitt! Ich las alles zum Thema Nekrose und scrollte mich durch abscheuliche abstoßende Aufnahmen nässender Fleischwunden, alles von der Braunen Einsiedlerspinne verursacht. Ich las genug, um mich nächtelang um den Schlaf zu bringen und mir Fantasien einzuhandeln, die mir kalte Schauer über die Haut jagten. Ich zitterte vor Angst, es war erbärmlich.

Ich dachte einen Moment an Simon und den Hass, dem er ausgesetzt war, allein im Wald in diesem Schlafsack. Er musste dieses Krabbeln gespürt haben, die Arme und Beine hinauf und über die Brust, konnte aber nicht schreien oder die Biester mit den Händen fernhalten. Er musste sich innerlich verzweifelt gewehrt und sich wie wahnsinnig gewunden haben, was sie noch aggressiver zubeißen ließ. Ich zitterte, ein Schaudern, das über das ganze Rückgrat entlang lief.

Und Christie. Ihre weit aufgerissenen Augen verfolgten mich. Der reine Horror. Ob der Mörder die Skorpione wohl alle auf einmal auf sie geworfen hatte? Brett Walker zufolge waren die meisten Skorpione einzeln nicht tödlich, außer einer besonderen Art, dem nordafrikanischen Dickschwanzskorpion. Ich tippte die Bezeichnung ein, und holte mir das Ungeheuer auf den Schirm. Was für ein widerliches Biest. Es hatte zwei große Zangen und einen langen, stachelbewehrten Schwanz und wurde als einer der giftigsten Skorpione der Welt beschrieben. Sein Vorkommen war jedoch auf Nordafrika beschränkt.

Woher bekam der Mörder so viele Spinnen und Skorpione? Ich

fügte meinen ursprünglichen Suchwörtern den Begriff »Lebensraum« hinzu. Wir waren im tiefsten Winter, mit Temperaturen unter dem Gefrierpunkt. Draußen könnten sie nicht überleben, oder? Wie verhielten sie sich überhaupt? Fielen sie in Froststarre und überlebten dennoch? Oder überwinterten sie unterirdisch? Ich las einige Artikel und stieß auf etliche Versandhändler, bei denen man sie kaufen konnte, dazu exotische Schlangen und abstoßend aussehende giftige Insekten aus Australien, Afrika, Asien sowie Südamerika. Dazu gab es garantiert auch noch schwarze Absatzkanäle. Über diesen Weg brachte er sie wahrscheinlich nach Missouri, aber er musste eine Art Keller besitzen, einen dunklen, warmen, geschützten Ort, an dem er seine Käfige aufbewahrte oder was auch immer er zu diesem Zweck verwendete. Ganz sicher jedenfalls konnte er sie nicht frei in seinem Haus herumlaufen lassen. Ich informierte mich noch etwas weiter über das Verhalten von Spinnen und Skorpionen und bekam noch mehr Angst. Es hieß, sie würden sich gegenseitig auffressen. Ich schauderte wieder, und als mein Festtelefon klingelte, erschrak ich schier zu Tode. Ich musste definitiv meine Nerven unter Kontrolle bringen.

Ich ging an die Anrichte in der Küche und nahm ab. Es war der lange verschollene Black.

»Hey.«

»Hey.«

»Wo bist du gewesen? Ich hab den ganzen Tag versucht, dich über Handy zu erreichen.«

»Das hab ich dabeigehabt.«

»Dann sieh nach dem Akku. Du darfst ihn nicht dauernd leer werden lassen, oder du gerätst eines Tages in große Schwierigkeiten. Ich hab mir Sorgen um dich gemacht.«

»Ich wähnte dich noch immer im Crazy Horse, du weißt schon, wegen des guten Essens.«

Er war einen Moment ganz still und sagte dann: »Gut, gut, ich glaub ja, dass du eifersüchtig bist. Wunder gibt es immer wieder.«

»Bin ich gar nicht. Wo bist du denn?«

»Noch immer in der Klinik. Und morgen geht's nach London. Jacques und seine Frau machen dort Weihnachtsurlaub, also schau ich mal kurz vorbei und sag Hallo. Und natürlich, um Geschenke auszutauschen.«

Die beiden waren sein Bruder, seines Zeichens Pate der Cajun-Mafia, und seine Schwägerin aus New Orleans, die ich letzten Sommer kennengelernt hatte, aber ich hüllte mich, was seine kriminellen Familienbande betraf, in Schweigen. »Ich nehme an, das bedeutet, der Kopf deines Patienten funktioniert wieder normal.«

»Wir können die Zwangsjacke weglassen.«

Ich grinste leicht, aber es war wohl doch so gemeint. »Ich freu mich, wenn du wieder hier bist. Wird langsam einsam hier.«

»Du vermisst mich? Das ist ein gutes Zeichen, Claire. Vor allem, weil du es laut ausgesprochen hast. Wie läuft's mit deinem Fall?«

»Wir haben es mit einem Serienmörder zu tun.«

Schweigen. Dann: »Woher weißt du das?«

»Wir haben eine junge Frau gefunden, eine gewisse Christie Foxworthy. Sie hatte siebenundfünfzig Skorpionbisse am ganzen Körper.«

»O mein Gott.«

»Hat auch an dieser Schule gearbeitet.«

»Hing sie an einem Baum? Schwarzer Plastikmüllsack?«

»Nein, sie wurde eingesperrt in einem Schrankkoffer im Haus des Satanprofessors gefunden. Der sich übrigens als ihr Liebhaber entpuppte.«

»Gibt's Verdächtige?«

»Ich hab so 'ne Vermutung.«

»Erzähl.«

»Charlie hielt es für angebracht, mir einen Hellseher aufzuhalsen, der Bud und mich prompt auf den Fundort des zweiten Opfers brachte, komplett mit Adresse und allem.«

»Echt jemand mit übernatürlichen Kräften?«

»Als ob's die in echt gäbe.«

»Bei manchen ist es nachgewiesen.«

»Wow. Was für eine Überraschung, dafür dass du so ein berühmter und anerkannter Psychiater bist. Ich dachte, für ein Kaliber wie dich wären übernatürliche Phänomene Humbug.«

»Sind sie es für dich?«

»Ich glaube an Fakten, konkrete Fakten, und an das, was ich mit meinen eigenen Augen sehe.«

»Das klang jetzt wie Jack Webb. Du weißt schon, der Typ aus *Polizeibericht.*«

»Hey, das war ein Detektiv. Ich habe die Wiederholungen gesehen, und er löst alle seine Fälle. Und das mit dieser höflichen Polizistenstimme.«

»Hast du schon Ergebnisse?«

»Nein. Es gab so viele gute Gründe, Classon aus dem Weg zu räumen, dass ich gar nicht weiß, wen ich zuerst verhaften soll. Christie war nicht ganz so unbeliebt, ist aber genauso tot.«

»Dabei hatte Classon diesen Engeltick.«

Ich wollte lachen, es gelang mir aber nicht so richtig, obwohl mich Black normalerweise immer aufheitern konnte, auch wenn mich die Erinnerung an grotesk zugerichtete Leichen belastete wie eben jetzt. Vielleicht mochte ich ihn ja deshalb so gern, deshalb und wegen seiner teuren Geschenke. Und wegen vieler anderer Sachen. Er half mir, mit meiner Vergangenheit und den ganzen Schmerzen fertigzuwerden, die ich mit mir herumtrug, seit ich klein war. Und das war doch eine Menge wert, glaube ich.

»Erzähl mir von diesem sogenannten Hellseher. Wie heißt er?«

»Joe McKay. Im Moment mein Hauptverdächtiger. Ich trau dem Burschen nicht. Und halt dich fest, vor Jahren hatte er eine Auseinandersetzung mit Classon, woraufhin er von der Schule flog und zum Militär abgeschoben wurde. Nun taucht er hier wieder auf, und was passiert? Es hagelt einen Mord nach dem anderen.«

»Klingt wie ein legitimes Motiv, wenn er eine Rechnung mit Classon offenhatte. Wann war das?«

»Vor fünfzehn Jahren.«

»Doch eher unwahrscheinlich, dass jemand so nachtragend ist, oder nicht? Und dann auch noch den starken Affekt aufbringt, der erforderlich ist, um jemanden so zu töten wie in Classons Fall.«

»Er ist obendrein auch noch Charlies Schützling. Hab ich das schon erwähnt? Aber ich mach keinen Rückzieher, glaub mir.«

»Warum überrascht mich das jetzt nicht?« Black hielt inne, und ich hörte eine Stimme im Hintergrund murmeln.

»Wer ist das denn?«

»Zimmerservice. Ich hab Überstunden gemacht und noch nichts gegessen, also hab ich mir was bestellt.« Er hielt inne. »Du fehlst mir mehr, als ich dachte.«

»Vielleicht sind Nackttänzerinnen doch nicht so ganz das, als was sie gepriesen werden.«

Er lachte. Vielleicht mochte er mich unter anderem ja auch deshalb. Weil ich ihn zum Lachen brachte.

»Schaffst du's, bis Weihnachten zu Hause zu sein?«

»Gerade mal so. Auf Biegen und Brechen.«

Ich setzte mich aufrecht hin, als ich das Geräusch eines Vierradantriebs durch die stille Dunkelheit vor meinem Haus donnern hörte. Wenig später stapfte jemand über meine Veranda und klopfte an der Haustür.

»Eine Sekunde bitte. Da ist jemand.«

»Du hast doch nie Besuch. Wie spät ist es da drüben?«

»Kurz vor acht.«

Ich warf einen Blick aus dem Fenster und sah Joe McKay vor meiner Tür stehen. Er lächelte und winkte mir zu, als wäre ich seine lange verloren geglaubte Schwester. Dann wies er zur Tür.

Blacks Stimme erschall aus dem Telefon. »Wer ist es denn?«

»Erinnerst du dich an den Möchtegernhellseher?«

»Klar. Was will er?«

»Ich will es gerade herausfinden.«

»Vielleicht solltest du ihn so spät nicht mehr empfangen? Du sagtest, du würdest ihn verdächtigen.«

»Ich bin Polizistin und bewaffnet. Glaubst du, er will mich entführen?«

»Er könnte dir Avancen machen. So wie ich, als ich dein Hauptverdächtiger war.«

Ich lächelte unwillkürlich. Ja, das hatte er. Und ich hatte ihn abblitzen lassen, so lange meine kochenden Hormone es zuließen. Aber nun blitzte er nicht mehr ab. »Du solltest lieber schnell nach Hause kommen. Sonst angle ich mir noch einen neuen Freund beziehungsweise Verdächtigen. Einen, der auf übernatürliche Weise ahnt, wonach mich verlangt.«

»Mach die Tür nicht auf.«

»Iss du dein Abendessen und ruf mich später zurück.«

Ich legte auf, löste den Sicherheitsverschluss meines Pistolenhalfters und öffnete die Tür.

»Na, wen haben wir denn da. Hätten Sie vorher angerufen, wär ich verduftet.«

»Passt es gerade nicht so?«

»Denken Sie drüber nach. Vielleicht kommen Sie ja drauf.«

»Darf ich vielleicht reinkommen? Draußen schneit's.«

»Haben Sie wieder neue übersinnliche Wahrnehmungen für mich?«

Ich trat zur Seite, und er kam herein, winterkalt und mit rotem Gesicht. Er zog seine Lederhandschuhe aus und rieb die Hände aneinander. »Dürfte ich mich vielleicht am Feuer aufwärmen?«

»Seien Sie mein Gast. Was führt Sie zu mir, McKay? Und woher haben Sie überhaupt meine Adresse?«

Ich ließ ihm den Vortritt und sah zu, wie er vor dem Feuer in die Hocke ging und sich die Hände wärmte. Dann öffnete er seinen Parka weit, um die Wärme aufzufangen. Bei der Beantwortung meiner Frage sah er mich nicht an. »Die weiß ich noch vom letzten Sommer, als auf sämtlichen Kanälen Luftaufnahmen von Ihrem Haus zu sehen waren.«

»Danke, dass Sie mich daran erinnern.«

Dann stand er auf, drehte sich um und grinste. »Eine Riesensache war das. Und Sie fast so was wie eine Heldin.«

Ich hatte keine Lust, über letzten Sommer zu reden. »Charlie zufolge sind Sie das auch. Er sagte, Sie seien ein hochdekorierter Militärveteran.«

»Na ja, man tut halt so seine Pflicht. Die Männer, die nicht zurückkommen, sind die wahren Helden.« Er sah sich um. »Nett hier. Ich mag Whirlpools.«

Ich sah ihn an und fragte mich, ob das die vielleicht plumpste Anmache war, die ich je erlebt hatte. War es nicht.

»Charlie sagte, Sie wollen meine Hilfe nicht länger in Anspruch nehmen. Sollte ich etwas gesagt oder getan haben, womit ich Sie beleidigt habe, dann bitte ich dafür um Entschuldigung.«

»Nein. Die Sache ist die: Sie sind mein Hauptverdächtiger, und ich bin nicht sehr erpicht darauf, mit Ihnen vertrauliche Informationen auszutauschen.«

»Ich?« Er wirkte echt überrascht. Toller Hellseher.

»Ja genau. Denken Sie mal zurück, und nutzen Sie Ihre Kräfte. Simon Classon, die Sache mit der Schlange auf dem Lehrerpult, der Schulverweis, wechselseitiger Hass. Und nun kommen Sie plötzlich mit Ihrem Wissen über den Fundort eines Mordopfers daher. Zählen Sie zwei und zwei zusammen.«

»Diese Sache mit Simon war nichts als ein harmloser Streich. Sein Hobby war es, meine Mitschüler bloßzustellen. Und da hab ich ihnen halt eine kleine Freude gemacht. Hätte es aber nicht tun sollen. Das weiß ich jetzt besser.«

»Und Christie Foxworthys Leiche?«

»Ich hab das Haus in einer Vision gesehen, und da ich wusste, dass es Stuart gehört, nahm ich an, er befände sich in dem Koffer. Manchmal täusche auch ich mich. Wenn Sie nicht glauben, dass ich diese Gabe habe, wie soll ich Sie denn dann davon überzeugen?«

»Können Sie nicht.«

»Aber Sie müssen mir glauben.«

»Da täuschen Sie sich. Was wollen Sie, McKay? Ich bin dabei, Ihnen diese Verbrechen anzulasten.«

»Wie wär's mit einem Waffenstillstand?«

»Hören Sie. Wir brauchen keinen Waffenstillstand. Sie machen Ihr Ding, und ich meins. Jeglicher Kontakt zwischen uns erübrigt sich. Nun würde ich sagen, danke für Ihren Besuch, aber es ist Zeit, zu gehen und mich allein zu lassen. Tut mir leid, Sie sind aus dem Fall draußen und bleiben es.«

»Hören Sie, Detective, Sie sind in Gefahr. Ich habe Sie im Krankenhaus gesehen, eindeutig, und es war nicht in der Vergangenheit. Die Sache kommt, und zwar bald. Mehr habe ich bis jetzt nicht gesehen. Sie werden schwer verletzt oder vielleicht sogar getötet werden, wenn Sie nicht sehr, sehr vorsichtig sind.«

»Ich bin Polizistin, McKay. Da ist man immer in Gefahr, und ich glaube nicht, dass ich unvorsichtig bin. Ich bin bewaffnet und kann mich auch sonst wehren. Und ich lasse mich nicht so schnell einschüchtern, sollte das der Grund sein, warum Sie hier sind.«

»Der Typ, der Simon umgebracht hat, ist nicht normal.«

»Machen Sie keine Witze, Sherlock.«

»Er hat Sie im Visier. Ich spüre es. Ich kann es sehen.«

»Ach ja? Vielleicht hat er ja meine Adresse rausgefunden.«

»Ich bin nicht der Mörder. Ich versuche Ihnen zu helfen.« Er sah sich um, als könnte im nächsten Moment eine Art schwarzer Mann aus dem Schrank stürzen und einen Eimer Spinnen über mich entleeren.

»Okay. Ich hab's ja schon kapiert. Ein Serienmörder treibt sein Unwesen, und ich soll vorsichtig sein. Haben Sie vielleicht ein paar zusätzliche Details für mich, mit denen ich auch was anfangen kann?«

»Zum Teufel noch mal, meine Liebe, jemand wird Sie umbringen. Genau wie Classon und diese arme Kleine. Hören Sie doch auf mich!«

Ich dachte an tiefe, nässende Wunden von Spinnenbissen und an das schabende Geräusch von Skorpionen, an Christies Gesichtsausdruck. In mir regte sich ein nicht enden wollender innerer Schauder.

»Wann und wo, McKay? Sagen Sie mir das. Wäre zumindest hilfreich.«

»Ich sehe einen dunklen Ort, und es ist heiß dort und feucht, und es riecht merkwürdig, und Sie fühlen sich wie in einer Falle und wollen raus, können aber nicht. Diese Wahrnehmung drängt sich mir ständig auf. Nicht besonders angenehm, oder?«

»Klingt wie ein Grab.«

Ich weiß nicht, warum ich das sagte, aber sein Gesichtsausdruck daraufhin ließ mich nicht unberührt. Eine Sekunde lang sah er schrecklich krank aus, und ich dachte, er würde in Ohnmacht fallen. Dann starrte er mich an, als wäre ich eine Erscheinung.

»Geht es Ihnen gut?«

In dem Moment schien er wieder zu sich zu kommen, und er steuerte auf die Tür zu. Nachdem er sie geöffnet hatte, drehte er sich noch einmal um, sein Gesicht so weiß wie der Vorhang fallender Schneeflocken hinter ihm. »Denken Sie daran, was ich gesagt habe. Seien Sie vorsichtig. Sie sind die Nächste.«

Dann war er mit einem Schwall kalter Luft vom See her verschwunden. Ich machte die Tür zu und legte den Riegel vor. Wenn das nicht bedrohlich klang, was dann?

17

Die Begabtenakademie Höhlensystem blieb von Weihnachten bis zum zweiundzwanzigsten Januar geschlossen, und man würde in dieser Zeit dort niemanden antreffen. Zum Glück hatten Bud und ich die ganze letzte Woche damit zugebracht, Schüler und Lehrerschaft über Christie Foxworthy zu befragen, sodass wir die Vernehmungen gerade noch rechtzeitig abschließen konnten, ehe der Exodus begann. Sicher würde so mancher Schüler nicht aus den Ferien zurückkehren, wenn die Eltern erst einmal erfahren hatten, dass Menschen aus dem Umfeld der Schule auf grausigste Weise ermordet worden waren. Es kursierte sogar das Gerücht, Jesus würde die Schule so lange geschlossen halten, bis die Verbrechen geklärt wären. Ich fürchtete, unser Täter könnte ebenfalls verreisen.

Vor dem Heimgebäude reihte sich Auto an Auto, die frostige Luft erfüllte fröhliches Gelächter, Abschiedsworte und Weihnachtswünsche. Die langen Schulferien verzögerten unsere Ermittlungsarbeit, aber auch Polizisten haben Familien, mehr oder weniger intakte. Charlie gab an diesem Nachmittag und am Weihnachtstag fast allen frei. In den letzten Jahren hatte ich freiwillig Notdienst geschoben, aber in diesem Jahr gab es tatsächlich einen Mann, mit dem ich die Feiertage verbringen wollte. Man stelle sich das vor. Ich war nicht allein. Schuldgefühle brauchte ich aber deswegen keine zu haben, denn ein neuer und ziemlich übereifriger Kollege namens Carl Marston konnte mich vertreten. Er war jung und unverheiratet, und seine Familie lebte ihn Missoula,

Montana, für eine Heimreise zu weit entfernt. Insgeheim war ich froh darüber. Okay, ich geb's zu. In den letzten Jahren war ich einsam an Weihnachten, keine Arbeit, allein, es sei denn, ich drängte mich einer anderen Familie auf und sah zu, wie sie sich beschenkten. Nicht besonders lustig.

Dabei sah es immer mehr danach aus, es würde in diesem Jahr wieder so sein. Black hatte nicht angerufen und würde es wahrscheinlich sowieso nicht mehr rechtzeitig nach Hause schaffen, eine schwer erträgliche Vorstellung. Aber es war Schlimmeres geschehen, also warum dann klagen. Ich würde es überleben. Mein Geschenk für ihn lag hübsch verpackt bereit. Es konnte warten. Und ich hatte zwei in der Tat groteske Mordfälle am Hals, über die ich mir genug Gedanken machen konnte.

Als Bud und ich zu unseren an der alten Kirche geparkten Autos hinausgingen, sah ich zum Himmel. Er war ausnahmsweise mal klar und blau, und die Sonne schien, aber die Luft war arktisch kalt. Es lagen mindestens dreißig Zentimeter Schnee, und laut Wetterbericht sollte die Temperatur nachts weiter absinken. Wir blieben zwischen unseren Fahrzeugen kurz stehen, ehe wir losfuhren. Bud hatte den Auftrag bekommen, sich um Christie Foxworthys persönlichen Hintergrund zu kümmern.

»Konntest du schon mit Christies Angehörigen reden, Bud?«

»Ja, der Vater klang ziemlich mitgenommen. Er ist bei der Handelsmarine irgendwo im Südchinesischen Meer. Der Mutter dagegen scheint es völlig egal zu sein. Sie ist ein richtiges Miststück.«

»Gibt es was über den Freund und die Verbindung zur Mafia, die sie uns gegenüber erwähnt hat?«

»Nein. Und ich finde, Tod durch Skorpione klingt auch nicht nach Hinrichtungsmethode der Mafia. Aber ich bin dran. Charlie sagt, falls nötig, können wir auch nach New York reisen.«

»Für mich nicht plausibel. Der Täter stammt von hier. Hausgemacht sozusagen. Das spür ich.«

»Genau der Meinung bin ich auch.«

»Ich bin gespannt drauf, was Brett uns über diese Riesenskorpione sagen kann, die sie vermutlich töteten.«

»Wir kriegen ihn, Claire.«

»Ganz sicher.«

Ich versuchte, Licht ins Dunkel zu bringen, zu lächeln, aber Fälle wie diese konnten jede Ferienstimmung vermiesen. Ich konnte kaum an etwas anderes denken.

»Sind deine Mom und dein Stiefvater schon hier, Bud?«

»Ja, seit gestern Abend. Mom macht gerade in meiner kleinen Küche Truthahn mit Maisbrotfüllung und Cranberrysauce.«

»Mmm, klingt gut.«

Bud grinste. »Ist es auch. Mein Magen knurrt schon seit Erntedank. Schau doch einfach heute Abend bei uns zum Essen vorbei. Mom liebt dich und findet, du wärst die Richtige für mich. Ich hätte Black zuvorkommen sollen.«

»Ich bin viel zu schlampig für dich.«

»Stimmt.«

Gegenüber auf dem Hof knutschte ein Schülerpärchen so heftig herum, dass es fast ein Fall für die Sitte war, und erst als ihre peinlich berührten Eltern drängten, ließen sie voneinander ab. Das Mädchen stieg hinten ein, worauf sie sofort losfuhren, sicher voller Angst, der Junge könnte hinter ihnen herhecheln wie ein räudiger Hund. Wir sahen, wie der Junge mit hängendem Kopf hügelabwärts in Richtung rotes Haus schlurfte wie zu seiner eigenen Hinrichtung.

Bud sagte: »Ach je, junge Liebe. Was für ein Schlamassel.«

»Kann ich nichts zu sagen. In dem Alter hatte ich keinen Freund.«

Er sah mich an. »Und warum nicht?«

Hier fiel mir auf, dass ich Bud nie von meiner schweren Kindheit und Jugend erzählt hatte. Offenbar zeigten die Therapiestunden bei Black doch Wirkung, denn immerhin hatte ich Bud nun ein kleines Fitzelchen meiner Vergangenheit erzählt.

»Ich war nie lange genug an einer Schule.« Ich fühlte mich unwohl und wollte das Thema wechseln. In therapeutischer Hinsicht wahrscheinlich kein gutes Zeichen. Ich öffnete die hintere Tür meines Wagens. »Ich hab ein kleines Geschenk für dich. Du weißt schon, zu Weihnachten.«

»Ich hab auch was für dich.«

Ich zog eine Geschenktüte heraus. »Es sind garantiert keine Socken.«

»Mist. Da bin ich jetzt schon enttäuscht.«

Wir grinsten beide irgendwie rührselig. Verhältnisse unter Kollegen sind was ganz Eigenes, beinahe schon wie eine Ehe, nur ohne Sex, wenn man klug ist, und man ist fast immer zusammen, außer nachts beim Schlafen. Eine Freundschaft auf Leben und Tod, die beileibe nicht immer ohne Spannungen verläuft, besonders wenn es sich um Mann und Frau handelt. Vielleicht diskutierten und witzelten Polizisten ja deshalb so viel miteinander. Locker und unbeschwert, bis der eine oder andere mit einer Kugel in der Brust begraben wird. Meine Güte, frohes Fest allerseits?

Bud sagte: »Ich mach meins gleich auf.«

»Bitte schön, wenn du willst.«

Der Parkplatz war mittlerweile ziemlich leer. Bud machte die Tüte auf und zog eine Thermogarnitur mit Tarnmuster heraus. Für die Entenjagd, hatte ich gedacht. Er grinste und nickte mehrmals mit dem Kopf. »Wunderbar, Claire. Danke. Harve und ich wollten sowieso raus auf den Jägerstand. Und das hält mich mollig warm.«

»Genau. Ich dachte mir, ihr beide könnt was Warmes gebrauchen. Er kriegt dasselbe. Partnerlook sozusagen.«

»Prima.« Er freute sich wirklich, das sah man. Dann schaute er auf das Päckchen in meiner Hand. »Noch was, Morgan?«

»Aber ja doch.« Ich war leicht verunsichert. »Da, nimm.«

Bud riss das Papier auf und zog die gelbe Seidenkrawatte aus der Box. Er sah mich entgeistert an. »Wow. Der totale Wahnsinn.«

»Black und ich waren doch mal in London. Erinnerst du dich? Die haben wir in der Straße mit diesen vielen Schneidereien und Klamottenläden besorgt. Du weißt schon.«

»Du meinst Savile Row? Ist das dein Ernst? Da kommt die her?«

Ich nickte. »Black meinte, sie würde dir gefallen. Er hat beim Aussuchen geholfen, aber bezahlt hab ich sie.«

»War sicher nicht billig. Garantiert.«

»Schön, dass sie dir gefällt.«

Bud prüfte das weiche Material zwischen Daumen und Zeigefinger. »Wow, Savile Row, damit hätte ich nicht gerechnet.«

Dann zauberte er eine Geschenktüte aus dem Auto hervor. Meine aus dem vorigen Jahr, rot-weiß und mit Weihnachtsmanngesichtern. Er war bekennender Wiederverwerter. »Ist zwar nicht aus England, aber ich wusste, du brauchst eins.«

Ich packte aus. Ein neues Waffenreinigungsset. Ich grinste echt erfreut und zog dann zwei Karten heraus, die noch dabei waren. Die erste war ein Gutschein für eine Jahresmitgliedschaft in der Nationalen Schusswaffenvereinigung. »O Mann, danke. Ich vergesse ständig, sie zu verlängern.«

»Das monatlich erscheinende Magazin ist inbegriffen.«

»Super.«

»Vielleicht bist du über die andere Sache weniger erfreut, aber ich dachte, du könntest es brauchen, nun, da du mit dem Guru zusammen bist.«

Es war ein Geschenkgutschein im Wert von dreihundert Dollar von Swank's, einer schicken Edelboutique in Camdenton, wo sogar die Schaufensterpuppen versnobt wirkten. Ich hatte nie auch nur einen Fuß in den Laden gesetzt und würde es wahrscheinlich auch nicht tun.

»Sehr aufmerksam, Bud. Willst du damit vielleicht sagen, dir gefallen meine eingerissenen Jeans und schmuddeligen Sweatshirts nicht?«

»Du bist enttäuscht, stimmt's?«

»Nein, ganz und gar nicht. Wahrscheinlich liegst du gar nicht so falsch. Ich könnte schon für irgendwas irgendwo irgendwann ein Kleid brauchen. Danke.«

Bud sah betreten drein. »Komm, Claire. Du weißt, wir werden uns beide auf dieser Silvestergala draußen in der Akademie blicken lassen müssen, und da geht es förmlich zu. Man munkelt, sie würde abgesagt, aber das kommt angeblich nicht infrage. Wie auch immer, ich dachte, du brauchst was zum Anziehen, falls Charlie uns dorthin schickt.«

Er hatte recht. Ich ging immer noch davon aus, sie würden die Sache absagen wegen der zu erwartenden Kritik. Irgendwie hoffte ich aber auch, es würde stattfinden. Wäre interessant, das Kollegium bei diesem gesellschaftlichen Ereignis zu beobachten. Bud hatte recht, was das Kleid betraf. Ich besaß nichts, was auch nur entfernt für eine schicke Gala gepasst hätte.

»Sehr klug von dir, Bud. Daran hab ich gar nicht gedacht.«

Bud lächelte erleichtert. Er blies eine frostige Atemwolke von sich und zog die Handschuhe an. »Bist du sicher, dass du heute Abend nicht vorbeischauen willst? Schnell mal allen guten Abend sagen und Mom dabei zusehen, wie sie uns verkuppeln will?«

»Black will ja heute Abend zurück sein, aber wer weiß? Er hat viel zu tun. Kann sein, dass ich komme.« Mir war klar, ich würde nicht kommen, wollte ihn aber nicht verletzen.

»Also, wenn er es nicht schafft, komm zu uns. Frohe Weihnachten, Claire.«

Wir umarmten uns nicht, o nein, das wäre viel zu sentimental gewesen; dafür sah ich zu, wie er in seinen Bronco stieg und rückwärts aus der Parklücke ausscherte. Als er losfuhr, grinste er über das ganze Gesicht, stellte sich vermutlich gerade seine Savile-Row-Krawatte vor. Sicher würde er sie an diesem Abend sofort tragen. Er hatte einen sehr guten Geschmack und war immer makellos gekleidet. Ich bin mir sicher, wenn ich ihn nett bitten würde, würde er für mich in dieser schicken Boutique genau das passende

Kleid aussuchen. Würde ihm vielleicht sogar gefallen. Vielleicht sollte ich ihn fragen. Dann bräuchte ich keinen Fuß in diesen Laden zu setzen.

Da ich die kommenden vierundzwanzig Stunden frei hatte und auch die meisten Berichte fertig waren, wollte ich noch bei Harve vorbeischauen. Es herrschte irre viel Verkehr, alle waren noch unterwegs, um noch das letzte perfekte kleine Geschenk oder den obligatorischen Kürbiskuchen zu besorgen. Ich schimpfte auf die hupenden Autos und die wie aufgescheuchten Fußgänger, war aber auch sehr froh darüber, dass sie von den schrecklichen Verbrechen in ihrer unmittelbaren Umgebung noch nichts wussten. Ich fuhr kurz an der Wache vorbei und trug mich in die Bereitschaftsliste ein; das Mindeste, was ich für Marston tun konnte, dachte ich. Black würde wahrscheinlich sowieso nicht aufkreuzen. Mir doch egal. Ich stellte mich schon mal drauf ein. Er war schließlich so was von wichtig und viel beschäftigt, immer auf dem Sprung, und zwischendurch schnell ein Trip nach London oder Paris, ja genau. Warum also Druck machen und in dieses Kuhkaff zurückdüsen? Spielte sowieso keine Rolle, sagte ich mir. Ich hatte zwei Morde aufzuklären und einen niegelnagelneuen Plasmafernseher zu Hause stehen.

Die meisten Straßen waren frei oder würden es zumindest sein, bis die nächste Schneeladung auf sie herniederging. Und das stand noch in dieser Nacht bevor, wenn man den Vorhersagen glauben konnte. Fast wünschte ich, ich würde noch in L.A. wohnen, o nein, lieber doch nicht. Letzten Sommer hatte ich mir geschworen, diese Hölle auf Erden nie wieder aufzusuchen, und dabei blieb ich.

Als Harves Haus vor mir erschien, erkannte ich an den Autos in der Zufahrt, dass seine Verwandten zu Besuch bei ihm waren. Sein Bruder Randy aus Michigan war mit seiner Familie zu Gast. Harve sagte so etwas zwar nie, hatte sich aber gewiss auf den Besuch gefreut, denn ich hatte meine ganze Freizeit mit Black verbracht, und er fühlte sich einsam. Kaum hatte ich geklopft, da öffnete Harve bereits schwungvoll die Tür. Der verführerische Duft von Truthahn und gebackenen Süßkartoffeln überfiel mich geradezu. Mir lief das Wasser im Mund zusammen, und mein Magen knurrte. Ich fühlte mich an Weihnachtstage bei meiner Tante Helen unten in Hartville erinnert und vermisste sie prompt, überlegte sogar, anders als geplant, vielleicht doch runterzufahren, um die Zeit mit ihr im Haus von Ted und Janet Russell und deren Töchtern Paula und Julie zu verbringen. Vielleicht sollte ich einfach ins Auto steigen und losfahren. Warum nicht? Niemand kochte so gut wie Janet Russell, außer vielleicht Paula Deen.

»Hey Mädchen, wird ja auch langsam Zeit! Du musst mit uns essen. Jamie ist eine Spitzenköchin, und sie hat den ganzen Vormittag wie eine Verrückte gebacken.«

Randys Frau Jamie erschien in der Küchentür. Sie hielt ein Nudelholz in der Hand und hatte die Hände voller Mehl. Sie winkte mir zu, und Randy kam nach vorne und drückte mich fest an sich. Im letzten August hatte ich sie ein gutes Stück besser kennengelernt, als Harve und ich beide für kurze Zeit im Krankenhaus waren.

»Und wie geht's, Claire?« Randy grinste. Er war ein Baum von Mann, breitschultrig und mit braunen Augen, die so gut wie immer freundlich funkelten. Er arbeitete in Detroit als Feuerwehrmann und war ebenso wie Harve ein Held, denn er hatte vor ein paar Jahren ein Mädchen gerettet, indem er das Dach aufgehackt hatte, um sich zu ihr durchzuarbeiten. Fast wäre er selbst dabei zu Tode gekommen, und die Narben an seinen Armen sah man noch immer. »Immerhin siehst du heute ein bisschen besser aus als beim letzten Mal.«

Lachend antwortete ich: »Ja, wenn du mit fünfzig Stichen an der Schulter genäht wirst, bist du nicht ganz taufrisch.«

»Im Ernst, ich bin froh, dass es euch gut geht, Harve und dir. Da habt ihr was mitgemacht!« Er sah zur Küche und senkte dann die Stimme. »Ich hab gehört, du hast wieder einen ganz scheußlichen Fall. Kommst du voran?«

»Ein bisschen. Ist noch etwas früh.«

Jamie rief nach Randy, damit er ihr den Pekannusskuchen aus dem Ofen holte. Er sagte: »Claire, du passt auf dich auf, hörst du?«

Harve kam im Rollstuhl auf mich zu. »Du bleibst doch zum Abendessen, oder? Ich hätte dich so gern hier.«

»Vielleicht. Wenn Black nicht aufkreuzt.«

»Mach dir keine Sorgen. Er wird kommen. Der Mann ist so was von verliebt in dich. Glaub mir.«

Hörte sich komisch an, wenn das jemand laut aussprach. Nicht einmal Black und ich hatten das bis jetzt laut ausgesprochen. Ich fragte mich, ob ich ihn liebte oder ob ich mir nur was vormachte. Die Vorstellung hatte etwas Beängstigendes, sie ließ mich beinahe erstarren. Jemanden zu lieben bedeutete, verletzlich zu sein wie sonst nie, und ich glaubte nicht, auf einer tieferen Ebene dafür bereit zu sein. Das hatte ich Black auch von Anfang an gesagt, und auch er wollte es langsam angehen lassen. Aber das hieß nicht, dass ich ihn nicht über Weihnachten zu Hause haben wollte.

Die drei Kleinen von Randy und Jamie, ein Mädchen und zwei Jungs, sahen im Nachbarzimmer fern. Dr. Phil sagte gerade zu jemandem, er sei ein Vollidiot. Sie brüllten vor Lachen.

»Ich kann wirklich nicht bleiben, Harve. Ich wollte nur schnell die Geschenke vorbeibringen.«

»In Ordnung. Für dich hab ich auch was.«

Er führte mich an den Baum, den wir letzte Woche aufgestellt hatten. Er war jetzt mit Lametta und noch mehr Kugeln und Eiszapfen geschmückt. Wirklich hübsch. An der Spitze saß ein Engel.

»Toll, der Baum.«

»Jamie und die Kinder haben ihn gestern Abend fertig geschmückt. Bitte, Claire. Frohe Weihnachten. Schön, dass wir beide noch hier sind, um zu feiern. Du weißt, was ich meine.«

»Natürlich.« Ich hielt einen viereckigen Karton in der Hand, rot eingepackt und mit einer großen roten Schleife drauf. Sah aus wie ein Paar Schuhe. Neue Nikes, hoffte ich. Ich überreichte ihm meine Geschenktüte und fühlte mich verlegen. Warum wand ich mich immer so beim Austausch von Geschenken? Wahrscheinlich weil ich nicht von klein auf daran gewöhnt war. Meine verschiedenen Adoptiveltern waren als Santa Claus nicht sehr begabt gewesen. Seltsam, wie sehr ich mich plötzlich mit meiner Vergangenheit beschäftigte, sicher eine Folge der Therapiesitzungen bei Black. Dabei wollte ich mich gar nicht damit beschäftigen; ich war es auch nicht gewohnt und war nicht bereit, mir das erste Weihnachten seit Langem mit der Chance, es ein bisschen genießen zu können, verpfuschen zu lassen.

Harve dagegen schenkte von ganzem Herzen und genoss es auch, meines sofort auszupacken. Er riss die Tüte beherzt auf. »Jetzt sieh dir das mal an. Die *Sopranos* in einer DVD-Box! Wahnsinn.«

»Es sind sämtliche Staffeln komplett plus Bonusmaterial.«

Dann fand Harve die Camouflagewäsche unten in der Tüte. »Eine Thermogarnitur. Bestens!«

»Bud hat die gleiche bekommen. Damit meine zwei besten Freunde nicht auf der Jagd erfrieren.«

Er lachte. »Du kommst doch mit uns, nicht wahr?«

»Ich setz mich nicht mitten im Winter ins Freie, nur um ein paar arme Enten totzuschießen. Bud sagt, sein Hochsitz ist jetzt fertig und einsatzbereit.«

Harve strahlte. »Ich kann's kaum erwarten. Und für dich und Nick gibt es dann Ente à l'Orange.«

»Ente à l'Orange?«

»Nick meinte, er könne mir noch das Rezept vom Küchenchef im Five Cedars besorgen. Wann erwartest du ihn zurück?«

»Gestern, aber er hat's nicht geschafft. Und heute hab ich noch nichts von ihm gehört. Wahrscheinlich hat er seinen Flug wegen eines Patienten verschieben müssen. Das bin ich schon gewohnt.« Was überhaupt nicht stimmte. Ich war enttäuscht und mochte dieses Gefühl kein bisschen.

»Dann bleib doch noch ein Weilchen. Was willst du allein herumsitzen. Oder iss wenigstens noch was, bevor du gehst.«

»Eigentlich hab ich unterwegs noch was mitgenommen, das volle Programm, gefüllter Truthahn und so weiter, für den Fall, dass Black noch vor Mitternacht eintrudelt.«

»Heb ihn für morgen auf.«

»Danke, Harve, aber ich muss wirklich noch Geschenke einpacken.« Das war glatt gelogen. Ich packte gar nichts mehr ein, seit es diese praktischen Tüten gab. Einfach rein mit dem Geschenk und fertig.

»Mach jetzt deins auf.«

Ich wickelte mein Geschenk aus, wusste aber schon, dass es mir gefallen würde. Das Papier stammte vom Bass Pro Shop in Springfield, Missouri, meinem absoluten Lieblingsgeschäft und ein Paradies für Angler, Jäger und andere Outdoor-Freaks. Und fürs Auge gab es dort echte Wasserfälle, ausgestopfte Bären und Füchse.

»Du meine Güte, Harve. Ist die schön.« Ich nahm die stumpfnasige Pistole Kaliber .38 aus der braunen Ledertasche.

»Nach dem, was im letzten Sommer passiert ist, dachte ich, du hättest gern 'ne zweite. Für mich hab ich auch eine besorgt. Nur für alle Fälle.«

Ich setzte mich aufs Sofa und schob mein Hosenbein hoch. Ich schnallte mir die Waffe direkt über dem Fußgelenk um. »Mann, Harve, die fühlt sich gut an.« Dann ging ich ein paar Mal auf und ab, um mich an das Gewicht zu gewöhnen. »Man sieht auch keine Beule.« Ich strahlte. Was für ein Geschenk. Harve kannte mich besser als sonst jemand.

»Wir probieren sie in den kommenden Tagen mal aus.«

Ich umarmte ihn. Er hatte mir den Tag gerettet. »Noch mal vielen Dank, Harve.«

»Was erwartest du? Du bist meine beste Freundin.« Etwas in seiner Stimme berührte mich. Ich drückte ihn noch einmal. »Gut, ich verschwinde jetzt und lass dich mit deiner Familie allein.«

»Doch schade, dass du nicht bleibst.«

»Ich komm in ein paar Tagen wieder zum Resteessen.«

»Alles klar. Hey, Claire, warte. Ich hab diese Info für dich ausgedruckt. Über diese Begabtenakademie. Dann noch einige Fälle, bei denen jemand durch Spinnen- oder Schlangenbisse ums Leben kam. Es gibt da viel mehr, als ich gedacht hätte.«

»Danke. Ich schau's mir heute Abend mal an. Hab einiges zu tun, bis Black kommt.«

Ich wartete, während er in sein Büro fuhr und mit einem dicken Ordner zurückkam. Nun beschimpfte Dr. Phil gerade irgendeinen armen Mann, der die Dallas Cowboys mehr mochte als seine Frau. Ich dachte schon fast, er würde ihn erwürgen. Das gäbe eine Schlagzeile: DR. PHIL THERAPIERT SICH SELBST NACH ERMORDUNG EINES GASTES MIT BLOSSEN HÄNDEN.

Jamie kam aus der Küche, in der Hand einen in grünes Cellophan verpackten und mit einer Silberschleife dekorierten Kuchen. »Frohe Weihnachten, Claire. Hoffentlich magst du selbst gebackenen Pekannusskuchen. Wir verdanken dir viel, weißt du.«

»Was Besseres kann ich mir gar nicht vorstellen.«

Nachdem die Tür nach lebhafter Verabschiedung hinter mir ins Schloss fiel, blieb ich auf der hinteren Veranda stehen und sog die kalte, belebende Luft tief ein. Der Anblick der verschneiten Landschaft weckte Erinnerungen an frühere Weihnachtsfeste, als ich nicht so allein war. Als ich einen kleinen Jungen hatte, dem ich Spielzeug kaufte und mit dem ich Schneemänner baute. Ich erinnerte mich daran, wie aufgeregt Zach schon immer lange zuvor gewesen war, und dann sah ich ihn schlaff in meinen Armen liegen, die großen blauen Augen, die mich ansahen, bis das Licht in ihnen für immer verlosch. Nein. Schluss damit. Denk nicht an ihn. Denk nicht an früher. Ich kann nicht festhalten an der Erinnerung, nicht jetzt und für immer. Es ist zu schmerzhaft.

Ich fuhr die Dreiviertelmeile bis zu mir nach Hause. Es war einsam dort am See. Trotz Blacks Verschönerungen. Ich hätte ein paar Lämpchen anbringen sollen, die ich vom Auto aus anknipsen konnte, damit es einladender wirkte, wenn ich vorfuhr. Keine Spur von Nick.

Mein Garagentor brummte effizient. Ich stellte den Explorer darin ab und ließ das Tor hinter mir herunter. Dann packte ich die Kartons mit dem Essen zusammen, das ich für unser erstes gemeinsames Weihnachtsessen gekauft hatte. Sollte er es noch rechtzeitig schaffen. Wenn nicht, dann, zum Teufel noch mal, hatte ich eine neue .38er, um ihn umzuballern. Im Haus war es kalt und düster, also knipste ich den Kamin an. Das machte die Sache doch gleich freundlicher und wärmer. Ich sah auf mein Bäumchen auf dem Kaffeetisch. Es wirkte nackt und verloren. Ich hatte blinkende Lichter und Schmuck besorgt, hatte aber eigentlich gedacht, dass es nett wäre, ihn mit Black zusammen zu schmücken, als Auftakt einer netten Tradition sozusagen, aber vielleicht war es zu früh für den Beginn sentimentaler Traditionen. Hatte vielleicht auch was Angstmachendes.

Ich verstaute alles Essen im Kühlschrank und ließ den Pekannusskuchen auf der Anrichte stehen. Dann setzte ich mich auf einen Barhocker und starrte ihn an, gelangweilt und hungrig. Ein kleines Stück, dachte ich mir, bevor Black zurück war, könnte nicht schaden. Er war noch warm und schmeckte hervorragend, und so gönnte ich mir ein zweites kleines Stück. Sollte Black nicht bald aufkreuzen, würde ich ihn aus purem Trotz allein aufessen.

Der Abend schritt voran, und ich versuchte, was Interessantes im Fernsehen zu finden, worauf ich feststellte, dass ich keine Lust hatte auf Fernsehen, nicht einmal auf den Film *Ist das Leben nicht schön.* So schön war mein Leben im Moment gerade nicht, und auch mit Jimmy Stuarts Rolle konnte ich mich nicht identifizieren. In meinen Fällen waren die Menschen meistens tot, wenn ich sie fand, und ich konnte kein Leben mehr retten. *Fröhliche Weihnachten* fand ich etwas mehr nach meinem Geschmack, während ich mein drittes Stück Kuchen vertilgte.

Black hatte nicht angerufen, und ich gab schließlich der Versuchung nach und rief ihn auf dem Handy an, erreichte ihn aber nicht. Er konnte sich irgendwo über dem Atlantik befinden. Oder er schlief. Oder er amüsierte sich prächtig auf einer Weihnachtsparty in Paris oder London. Aber das sei ihm nicht geraten. Ich brannte geradezu darauf, diese neue .38er zu benutzen.

Irgendwann war ich so gelangweilt, dass ich tatsächlich Johnstones Buch zur Hand nahm, jenes von June Green überreichte Freiexemplar. Ich starrte auf sein Konterfei auf der vorderen Umschlagseite, und musste dauernd denken, was für eine Witzfigur er doch war. Gemein, oder? Ich blätterte es durch und schaute mir die alten Schwarz-Weiß-Aufnahmen an. Die Akademie gab es offenbar seit zwanzig Jahren, erbaut auf einem Grundstück, das ein alter Herr namens Walter Proctor zur Verfügung gestellt hatte, zweifellos aus steuerlichen Gründen. Der blöde Name bezog sich auf Höhlen in den Hügeln der Umgebung. Dennoch, man konnte sagen, was man wollte, er war trotzdem saublöd.

Es gab viele grobkörnige Aufnahmen der weißen Holzschindelkirche, die mitten auf dem Hof der Akademie stand. Anscheinend hatte der alte Proctor verfügt, dass die Kirche erhalten werden sollte als Symbol der besonderen göttlichen Gnade gegenüber jenen Männern und Frauen, welche entgleisten Jugendlichen eine neue Chance gaben. Ja, ich lach mich gleich tot. Würde Proctor Jesus Johnstone & Co. kennenlernen, er würde sich im Grabe umdrehen.

Ich blätterte die nächste Seite um, und mein Blick fiel auf ein Gruppenbild, das aussah wie eine Picknickrunde aus dem 19. Jahrhundert. Stutzig wurde ich beim Blick auf ein Foto mit einem Teenager in Jeans und weißem T-Shirt, der gerade eine Kirchenbank anstrich. Er winkte mit dem Pinsel in die Kamera und sah ziemlich genau wie Joe McKay aus, bevor dieser seinen Körper trainiert und beschlossen hatte, über übersinnliche Wahrnehmung zu verfügen. Es war noch ein kleinerer Junge bei ihm, der das Gesicht abgewandt hatte. Ich war mir ziemlich sicher, dass der Größere Joe McKay war, aber da stand kein Name. Eine andere Gestalt auf einem anderen Bild sah genau aus wie Direktor Jesus als Jugendlicher mit langen Haaren und Allerweltslächeln; er stand neben einem Priester und hielt eine Bibel in der Hand, aber sicher war ich mir nicht. Er trug keine weißen Sandalen, also war er es wahrscheinlich doch nicht.

Ich legte das Buch weg und sah noch ein bisschen fern, die *Weihnachtsgeschichte* von Charles Dickens, ehe ich abschaltete. mich auf die Couch legte und fragte, wie ich es so lange geschafft hatte, nicht ermordet zu werden. Es waren schon so viele. Ich dachte an Simon Classon und an Christie Foxworthy, an meine Mutter, meine Tante, meinen Onkel und all die anderen, die meinetwegen sterben mussten. Daraufhin fühlte ich mich sehr schlecht und depressiv. Wenn Black hier wäre, würde er sagen, ich litt unter dem Überlebenden-Syndrom, aber nun, es war doch auch so. Er würde mir raten, aufzustehen und eine Meile zu laufen oder an meine Arbeit zu denken oder mit ihm ins Bett zu gehen, aber er war nicht da, also was tun?

Gegen acht Uhr döste ich weg und hörte in meinen Träumen Blacks Boot herankommen. Ich setzte mich auf und schlug die blaue Bettdecke beiseite. Dann hörte ich, wie das Motorgeheul abnahm und schließlich verstummte. Endlich war er gekommen. Ich strahlte über das ganze Gesicht wie ein Honigkuchenpferd. Aber ich war nun mal froh, dass er zurück war. Ich ging zur Tür und sah ihn auch schon vollbepackt aus dem Boot steigen. Er winkte zu mir herauf, lächelnd und überglücklich, wieder hier zu sein, und auch ich freute mich dermaßen, dass es schon fast beschämend war. Ich lief ihm die Treppe hinunter entgegen und rief ihm zu: »War aber auch höchste Zeit, Black. Ich mag es nicht, wenn man mich so lange warten lässt. Die Zeit hätte ich besser auf dem Schießstand zugebracht.«

»Ich hab dich auch vermisst.«

Darauf ließ er die Einkaufstüten fallen und schloss mich in die Arme; ich merkte, wie ich mich wie ein großes, bedürftiges Baby an ihn klammerte. Unsere Münder fanden sich, heiß und atemlos, und genossen es, wieder vereint zu sein. Er hob mich hoch, und ich schlang die Beine um seine Hüften. Sein Mund ließ lange genug von mir ab, um zu murmeln: »Wenn ich so empfangen werde, kann ich gern öfter verreisen.«

Ich lächelte und küsste ihn wieder. Er küsste verdammt gut, und ich lernte verdammt schnell unter seiner Anleitung.

»Ich hab dich wahnsinnig vermisst.«

»Ich dich auch.«

Als er mich schließlich herunterließ, griff ich nach einer der Taschen, als etwas darin kläffte. Ich ließ sie fallen und hätte fast die Waffe gezückt.

»Erschieß bitte bloß den Hund nicht.«

»Was?«

»Den Hund. Ich hab dir einen kleinen Hund mitgebracht.«

Er holte ein kleines, sich windendes Bündel aus weißem Fell heraus. »Das, meine Liebe, ist ein echter französischer Toypudel, registriert in Paris.«

Ich sah mir das kleine Wesen stirnrunzelnd an. »Meine Kollegen kriegen einen Lachkrampf, wenn ich mich mit diesem Schoßhündchen blicken lasse.«

»Ist doch kein Schoßhündchen, nicht wahr, mein Kleiner?«

Er drückte mir das kleine Wollknäuel in die Arme, und ich hielt es vorsichtig etwas ins Licht. Ich war hin und weg und wäre fast dahingeschmolzen. »Wirklich süß, muss ich schon sagen.«

»Okay, lass uns reingehen. Und keine Angst, er ist schon stubenrein.«

»Aber was soll bloß mit ihm machen, wenn ich arbeiten gehe?«

»Er kann gut allein bleiben, in der Garage, wenn du willst. Da ist es warm, und ich habe alles, was du für ihn brauchst.«

Ich setzte das kleine Wollknäuel auf den Boden und es begann sofort herumzurennen und alles zu beschnüffeln. Es kläffte ohne Ende, laut, schrill und lästig. »Hattest du einen guten Flug?«

Er nickte. »Hab fast nur geschlafen und bin ausgeruht und bereit für dich.«

»Gut. Du wirst deine Kraft brauchen.«

»Klingt vielversprechend.«

Wir ignorierten den Hund, ließen uns auf das Sofa sinken und begannen eine wilde Knutscherei, soweit das komplett angezogen möglich war. »Das hab ich am meisten an dir vermisst«, sagte er nach einer Weile. »Aber wenn mich nicht alles täuscht, ist diese Waffe an deinem Bein doch neu.«

Ich befreite mich, setzte mich auf und schob mein Hosenbein hoch. »Harves Weihnachtsgeschenk. Er trifft es immer genau.«

Er nahm sie in die Hand, prüfte sie mit Kennermiene, wie ich feststellte, und legte sie wieder weg. Dann zog er mich wieder in seine Arme. »Es ist so schön, wieder zu Hause zu sein.«

Zu Hause, dachte ich und kuschelte mich in seine Arme. Ich, die ich mein Leben lang nie gekuschelt hatte. Black beäugte meinen Weihnachtsbaum.

»Ich sehe, du hast einen Baum. Ist doch einer, oder?«

»Ich dachte, wir würden ihn gemeinsam schmücken.«

»Claire, das ist der jämmerlichste Weihnachtsbaumersatz, den ich je gesehen habe. Kann man fast nicht anschauen. Peinlich.«

»Der wird noch. Müssen nur ein paar Lichter dran.«

»Das will ich mal hoffen.«

»Nörgel nicht so rum. Hast du Hunger?«

»Und wie. Aber ich hab nichts besorgt, weil ich keine Zeit verlieren wollte.«

»Ich hab das komplette Programm im Kühlschrank.«

»Dann lass uns essen.«

Ich tischte auf, was ich hatte, wobei Black darüber hinwegsah, dass es Supermarktware war. Wir aßen zusammen und schmückten dann den Baum, der danach wirklich sehr viel besser aussah. Dann ging ich nach oben und holte sein Geschenk.

»Für mich? War aber nicht nötig. Das ist für dich.«

Es war ein blaues Samtschächtelchen. Du meine Güte, ich hoffte, er würde nicht alles mit einem Verlobungsring kaputtmachen. »Du hast mich bereits beschenkt, erinnerst du dich? Das alles.« Ich machte eine ausbreitende Bewegung mit dem Arm.

»Ist nur eine Kleinigkeit. Mach auf.«

Es war nicht eingepackt, also klappte ich den Deckel hoch. Es befand sich eine silberne Medaille an einer feingliedrigen, langen Kette darin. Ich war entschieden erleichtert, denn so gern ich ihn mochte, Verlobungen gingen mir gegen den Strich.

»Das Schmuckstück stellt den heiligen Michael dar, den Schutzpatron der Polizei. Ein wenig Beschützung kann dir sicher nicht schaden. Ich hab's in Notre Dame gekauft, und für mich gleich eins mit. Vielleicht könnte ich ja mal Hilfe gebrauchen, wenn ich weiter mit dir zusammenbleibe.«

»Da könntest du wohl recht haben.«

Er lächelte, während er mir die Kette um den Hals legte. Ich nahm den Anhänger in die Hand und sah ihn an. Er war ziemlich schwer und größer als die meisten religiösen Medaillen. Massives Silber. »Es ist wunderschön.«

»Versprich mir, dass du es anbehältst.«

»Wirst du jetzt abergläubisch?«

»Versprich's mir.«

»Okay, ich verspreche es.«

Nun war er zufrieden. »Und hier hab ich noch ein Souvenir aus Paris.«

Ich nahm das Hochglanztütchen in die Hand und zog einen schwarzen Kaschmirschmal heraus. Er war längs mit feiner Seidenstickerei eingefasst und an den Enden mit seidenen Fransen versehen.

»Von Hermès«, sagte er.

Ich hatte keine Ahnung, was Hermès war, aber er war richtig edel und wahrscheinlich richtig teuer. Ob ich ihn je tragen würde, wusste ich nicht. Vielleicht könnte ich ihn ja als Stola auf der Couch verwenden, wenn ich, was selten vorkam, Oprah Winfrey guckte.

»Parfum hab ich auch noch mitgebracht und einen Fresskorb mit französischem Käse, Baguette und Schokolade. Ich dachte mir, Bud und die anderen können dir dabei helfen.«

»Nette Idee. Und wenn er leer ist, kommt er voll bepackt mit Chips auf meinen Rücksitz, damit Bud bei unserer nächsten Observierung was zu essen hat.«

Black lachte.

Dann überreichte ich ihm ziemlich kleinlaut und reichlich verlegen mein bescheidenes kleines Geschenk. »Es ist nicht viel, wirklich nicht, und weißt du, man kann dir auch schwer was schenken, Black. Was schenkt man jemandem, der alles hat?«

»Alles hab ich nicht, nur das meiste, was ich unbedingt haben will.« Er sah mich wohlwollend von der Seite an.

Ich lachte, als er meine jämmerliche kleine Schneemanntüte an den Griffen hochhob. Er nahm das Buch heraus und sah es an. »Ach herrjemine. Wie um alles in der Welt hast du denn das zustande gebracht?«

»Ich hab mir den angeblich besten Fotografen von ganz New Orleans geangelt und in die Sümpfe hinaus geschickt, um dort Fotos zu machen und diese anschließend in ein Buch zu packen.« Ich zuckte mit den Schultern. »Mir fiel einfach ein, wie du gesagt hast, wie schön doch die Sümpfe sind, als wir dort unten waren.« Er konnte den Blick nicht lösen davon und blätterte noch immer. »Ist natürlich nicht viel, im Vergleich zu deinen vielen Geschenken.«

Black sah mich freudestrahlend an, und als er lächelte, vertieften sich die Grübchen an seinen Mundwinkeln auf gerade die Art, die mich so anmachte. »Mir gefällt es sehr. Es ist eines der schönsten und passendsten Geschenke, die ich je bekommen habe.«

Seine Reaktion übertraf meine Erwartungen über alle Maßen.

»Es gibt auch ein Bild von deinem Freund Aldus Herbert.« Ich lächelte als er Seite für Seite durchblätterte.

»Für mich ist die Lafourche-Region eine der schönsten der Welt. Es weckt viele Kindheitserinnerungen in mir. Danke noch mal.«

Er beugte sich zu mir her und küsste mich, aber ich brach ab, ehe es kein Zurück mehr gab. »Ich hab noch einen Strumpf für dich. Bitte schön.«

»Ich hab auch einen für dich. Lustig.«

Er zog meinen aus einer gold glänzenden Tüte hervor. Das Teil steckte zusätzlich in einer original Tiffany-Box und war aus rotem Samt mit von Hand applizierten Ornamenten, die aussahen wie echte Diamanten und Rubine. Sein Strumpf bestand aus rotem und weißem Filz und steckte in einer blauen Plastiktüte von Wal Mart. Verdammter Mist. Mit der Kaufkraft dieses Typen konnte ich einfach nicht konkurrieren. Könnt's auch gleich aufgeben.

Mein Strumpf enthielt einen Flakon Chanel No. 5 aus der original Chanel-Boutique und Weihnachtsdeko in Eiffelturm-Form von Tiffany.

»O Black, im Vergleich zu deinen sind meine Geschenke ja richtig poplig.«

»Eine Uzi wäre vielleicht passender gewesen.«

»Nö, Charlie gestattet keine Maschinenpistolen. Mir gefällt das alles sehr, wirklich.«

Er zog den kleinen Goldrahmen aus seinem Strumpf, den ich bei Dillard's um sechzig Prozent billiger bekommen hatte. Ursprünglich war er sehr teuer gewesen. Darin steckte ein Bild von uns beiden. Wir saßen beim Abendessen mit ein paar Kerzen vor uns. Er sah glücklich aus. Ich hatte einen Arm in der Schlinge.

Er lächelte mich an. »Bermuda. Im letzten Herbst.«

»Harve war der Fotograf. Weißt du noch, wir hatten zu dritt draußen auf der Veranda zu Abend gegessen. Irgendwas an dem Bild mag ich besonders. Ich hab noch einen Abzug für mich.« Ich zuckte mit den Schultern. Irgendwie kam ich mir wieder komisch vor.

»Lieber Gott, Morgan, du bist ja richtig sentimental.«

Ich runzelte die Stirn. »Nein, bin ich nicht.«

»Klar bist du's. Wer hätte das nur gedacht?«

»Ich bin nicht sentimental, verdammt noch mal. Das will ich nie wieder hören.«

Er lachte kurz. »Ich liebe es, und ich liebe dich.«

Sein Gesicht war nun sehr ernst, viel ernster, als es mir recht war. Ich wollte ihm nicht sagen, dass ich ihn liebe. Ich wusste nicht, ob ich ihn liebte, vielleicht, möglicherweise, aber es war Weihnachten, und ich war so was von glücklich, dass er zu Hause war. Er war daran gewöhnt, dass ich diese Worte nicht sagen wollte, er war Psychiater und konnte mir wahrscheinlich genau erklären, warum ich davor zurückschreckte. Aber er drängte mich nicht dazu, ihm meine Gefühle mitzuteilen, Gott sei Dank.

»Tatsächlich? Dann zeig mir, wie sehr«, sagte ich herausfordernd, und, Junge, Junge, er zeigte es mir.

Dunkle Engel

Die Jahre vergingen, und alles lief sehr gut. Uriel war plötzlich von Indianern fasziniert, nachdem er *Der mit dem Wolf tanzt* mit Kevin Costner gesehen hatte. Er liebte es, durch die Wälder zu laufen wie ein Osage-Indianer, jener Stamm, der, wie Gabriel sagte, früher hier gelebt hatte. Sie spielten draußen, trugen Lendenschurz und Mokassins und bemalten ihre Körper wie früher die Indianer.

Von Gabriels Geld, das er für das Saubermachen des Operationsraums bekam, kauften sie Pfeil und Bogen und übten an gefangenen Tieren, die sie an Pfählen festbanden. Aus einem seiner Bücher erfuhr Gabriel von winzigen Fröschen, sogenannten Pfeilgiftfröschen, die im tropischen Regenwald in Kolumbien in Südamerika lebten. Es hieß, die dortigen Ureinwohner benutzten das Gift dieses Frosches, wenn sie mit Blasrohr und Pfeilen bewaffnet auf die Jagd gingen. Gabriel bestellte einige dieser Frösche, und als sie sich genügend vermehrt hatten, zeigte er Uriel, wie man sie dazu brachte, ihr Gift abzusondern.

»Sieh genau zu, Uriel. Schau, so machen das die Indianer. Denk daran, niemals, aber auch wirklich niemals, einen dieser Frösche zu berühren. Sie sind sehr gefährlich.« Er holte eine lange Glasröhre mit einem Frosch darin hervor. »Darin hält und füttert man sie.« Er streifte sich Handschuhe über und ließ den Frosch herausfallen. Dieser war ungefähr sieben Zentimeter groß und rot mit gelben Punkten auf dem Rücken, und er hatte große schwarze Augen.

»Um das Gift zu bekommen, nimmst du diesen spitzen Stift und steckst ihn durch das Maul hindurch, dass er an einem der Beine wieder herauskommt. So ungefähr.«

Uriel ging näher heran und sah genau hin.

»Der Schmerz lässt ihn schwitzen. Siehst du den weißen Schaum auf seinem Rücken? Das ist das stärkste Gift überhaupt.«

Gabriel nahm einen Pfeil. »Du rollst die Spitze des Pfeils in dieser weißen Substanz hin und her, und das Gift hält ein ganzes Jahr lang. Unglaublich, oder? Gib mir auch die anderen Pfeile. Es heißt, ein Frosch reicht für etwa fünfzig Pfeile.«

»Mannomann, Gabriel, das ist echt cool.«

Lange Zeit dachten sie darüber nach, ob sie auch einen Menschen damit in den Himmel schicken könnten, aber in ihren Fallgruben in den Wäldern fingen sie nur kleine Säugetiere, außer einmal, als ein Reh hineinfiel und sich dabei ein Hinterbein brach. Sie experimentierten daran, und es starb sehr schnell. Dann endlich, als sie draußen waren und Indianer spielten, hörten sie einen Mann um Hilfe schreien.

Gabriel und Uriel sahen sich triumphierend an und folgten den Rufen hin zu einer ihrer Gruben. Ein mit Pfeil und Bogen bewaffneter Jäger war in das mit Ästen und Laub verdeckte Loch im Boden gefallen. Er steckte von Kopf bis Fuß in Tarnkleidern. Beim Fallen war sein Bogen an einer Wurzel am oberen Ende der Grube hängen geblieben. Einer der scharfen Dorne, die sie im Boden der Grube verankert hatten, hatte sich in seinen Schenkel gebohrt. Er litt höllische Schmerzen, sobald er sich bewegte.

»Gott sei Dank habt ihr mich gefunden«, presste er zwischen zusammengebissenen Zähnen hervor.

Die Schmerzen würden noch viel schlimmer werden, dachte Uriel, denn Gabriel hatte die Pfähle mit Froschgift präpariert, nachdem sie sie in den Boden gerammt hatten.

»Ich bin schwer verletzt. Holt den Krankenwagen, Jungs, damit mich jemand rausholt!«

Gabriel sagte: »Sie hätten hier auf unserem Land nicht jagen dürfen, Mister. Es gibt Warnschilder. Offensichtlich haben Sie einen Stacheldrahtzaun überklettert, um hier reinzukommen.«

»Richtig. Tut mir leid. Ich habe einen Bock verwundet und daraufhin die Blutspur verfolgt. Seht, dass ihr zu einem Telefon kommt. Wählt den Notruf und gebt an, wo ich bin. Mir geht es sehr schlecht.«

Dann sagte Gabriel: »Hey, Mister, wissen Sie was? Sie haben Glück. Wir sind Engel und gekommen, Ihnen zu helfen.«

Der Jäger runzelte die Stirn. Sein Blick fiel auf die Kriegsbemalung ihrer Gesichter und der nackten Oberkörper. Er bat: »Bitte, ruft doch einen Rettungswagen. Ich habe viel Blut verloren.«

Uriel lachte. »Hey, wir sind keine Engel der Gnade, sondern Todesengel.«

Der Mann versuchte krampfhaft, sein Bein zu befreien, was ihm aber nicht gelang. Dann rief er wütend: »Ihr kleinen Dreckscheißer, hört auf mit diesem Unsinn und holt Gott verdammt noch mal Hilfe.«

Gabriel wandte sich an Uriel: »Hast du das gehört? Er hat den Namen des Herrn missbräuchlich im Mund geführt. Ich finde, wir sollten ihn gen Himmel schicken, oder nicht?«

»Genau. Er ist unhöflich und hat uns beleidigt.«

»Dann los, Uriel, du bist dran. Du schießt zuerst.«

»Was? Was habt ihr vor? Ihr müsst mir helfen …«

Uriel setzte vorsichtig einen Giftpfeil an die Sehne, zielte auf den Jäger hinunter, spannte den Bogen, so weit er konnte, und gab den Pfeil frei. Er traf den Mann am Oberkörper und bohrte sich dicht am Herzen tief hinein. Der Mann schrie auf und wand sich hilflos.

Gabriel setzte einen Pfeil an und versenkte ihn zischend in der rechten Schulter des Mannes.

»Du kannst besser mit dem Bogen umgehen als ich, Uriel. Ich muss mehr üben.«

Uriel war wieder an der Reihe, und er schoss einen weiteren Pfeil auf die Brust des Mannes ab, die Einschussstelle sehr nahe an der ersten. Offenbar war nun die Lunge schwer getroffen, denn die Schreie des Mannes gingen in ein seltsam atemloses Gurgeln über. Gabriel bereitete seinen nächsten Pfeil vor.

»Bitte, bitte, hört auf«, keuchte der Mann unter Tränen. Er blutete schwer und atmete so angestrengt, dass sie ihn kaum verstanden. Er war stattlich und mit seinen über eins achtzig zu kräftig, als dass sie seinen Körper mit ihren Pfeilen direkt durchbohren konnten.

Sie schossen abwechselnd einen Pfeil nach dem anderen, bis ihre Köcher leer waren, jeder von ihnen ungefähr ein Dutzend Giftpfeile, aber der verirrte Jäger war schon sehr viel früher tot. Dann schlangen sie ein Seil um seinen Hals, zogen ihn heraus und wuchteten ihn hoch auf einen Baum hinauf, damit die Bussarde sein Fleisch bis auf die Knochen abnagen konnten. Niemand würde ihn finden, nicht hier draußen auf dem Land von Uriels Großmutter. Sie konnten dort tun und lassen, was und wann immer sie wollten, also entzündeten sie ein Feuer direkt unter der Leiche und brieten sich Würstchen zum Abendessen.

18

Als ich im Dämmerlicht des anbrechenden Tages erwachte, spürte ich eine warme Zunge im Ohr und murmelte: »Bitte, Black, es reicht.«

Als Black wie ein Hund winselte, drehte ich mich nach ihm um und bekam einen weiteren feuchten Kuss auf die Nase. Ja, es war mein Weihnachtspudel, den wir Jules Verne getauft hatten.

»Hör auf, Schluss damit jetzt!« Das niedliche kleine Ding stand erwartungsvoll auf der Bettdecke und wedelte wie verrückt mit dem Schwanz. Okay, der Hund ist also nett, vielleicht sogar süß in den Augen mancher Frauen, die nicht zufällig gerade Mordermittlerinnen sind, aber das Wort süß hatte ich noch nie in meinem ganzen Leben benutzt, nicht einmal für kleine Babys, und würde auch jetzt nicht damit anfangen.

Ein Blick auf den Wecker sagte mir, dass es sechs Uhr war, morgens wohlgemerkt. Offenbar galt für den Hund noch Pariser Töpfchenzeit. Seinen Jetlag müsst er also überwinden, wenn er bei mir im Haus leben wollte. Auch Black befand sich noch in französischen Zeitzonen. Er hatte ein Kissen über dem Kopf und war im wörtlichen Sinn total weg. Mit einem Arm hielt er es fest, zur Warnung an mich und Jules Verne, ihn bloß nicht wach zu lecken. Black hatte genügend Weihnachtsfreuden gehabt, nahm ich an. Gassigehen blieb mir vorbehalten.

Jules Verne trippelte theatralisch am Fußende des Betts auf und ab, als würde er allen Mut für einen Sprung in den Grand Canyon zusammennehmen. Schließlich sprang er doch, landete mit sanftem Plumps auf dem Parkett und tapste zur mit Teppich ausgelegten Treppe. Er fiepte leise, musste offenbar dringend. Dann hörte ich ihn mit seinen Krallen auf dem Küchenboden hin und her flitzen und winseln. Du meine Güte, Black hatte vergessen, eine Hundetür einzubauen.

Ich schlüpfte wenig begeistert aus dem warmen Bett, zog eilends meinen roten Fleece-Bademantel über und stieg in die flauschigen Delfinhausschuhe aus blauem Plüsch, die mir meine Tante Helen zu Weihnachten geschickt hatte.

Jules saß nun vor der hinteren Terrassentür und sah mir, als ich auf ihn zuwatschelte, mit einem hochmütig vorwurfsvollen Gesichtsausdruck entgegen. Wer, frage ich da, ist hier dressiert? Er oder ich?

»Mach dich auf was gefasst, Kleiner, von heute an wirst du nicht mehr geschoren. Ein Hund mit Püschel am Schwanzende kommt für mich nicht infrage. Du siehst lächerlich aus. Und dieses affige, paillettenbesetzte Halsband kommt auch weg. Du brauchst so ein Teil mit Dornen. Und mit dem entsprechenden Blick, Jules, nimmt jeder Rottweiler Reißaus.«

Er wedelte mit dem Schwanz und schoss hinaus, kaum dass die Tür offen war. Dann sah ich nichts mehr als besagten Püschel, der sich langsam durch vierzig Zentimeter bis dato jungfräulichen Schnees pflügte. »Hals und Beinbruch, Kleiner, und willkommen am Nordpol.«

Es schneite schon wieder. Weiße Weihnachten bekam heuer am Ozarks-See eine völlig neue Bedeutung. Irgendwer da oben musste den Schalter umlegen und die Bremse anziehen.

Während Jules Verne sein Geschäft erledigte – vielleicht sollte ich ihn J. V. nennen –, wandte ich mich um und griff zur Fernbedienung, um das Kaminfeuer zu entfachen. Ja, die Gasscheite entwickelten sich rasch zu meinem Lieblingsgeschenk. Ich stellte die Kaffeemaschine an und wartete darauf, dass dieser einzigartige Duft den Raum erfüllte, ohne den kein Tag für mich begann.

Draußen suchte Jules noch immer nach einem geeigneten Ausstieg aus seiner Freilufttoilette, und ich lachte mich halb schief, als er wie der Blitz schnurstracks auf die Küchentür zuhopste.

Als er über und über voll Schnee hereinkam, zitterte er am ganzen, fast nackten Körper. Du liebe Güte, er brauchte dringend was zum Anziehen. Schneite es denn in Frankreich nie? Vielleicht war er ja an der Côte d'Azur geboren und hatte sein Geschäft am Strand verrichtet. Er sprang an mir hoch und umklammerte mich mit den Vorderpfoten, als wollte er sagen: »Bitte, bitte, ich frier mir den Püschel ab.« Also nahm ich ihn auf den Arm, wickelte ihn in ein Küchenhandtuch und drückte ihn eng an mich. Irgendwie fühlte er sich an wie eine kalte, sich windende Ratte.

Bei einem Blick nach oben stellte ich fest, dass sich mein transatlantischer Lieblingsweihnachtsmann noch immer nicht bewegte. Na, den würde ich so schnell nicht wiedersehen, dachte ich. War auch okay. Wir hatten fast die ganze Nacht damit zugebracht, uns wieder näherzukommen, und ich hatte sowieso zu tun. Ich hatte geträumt, ich wäre in diesem roten Koffer mit Christie Foxworthy und den Skorpionen zusammen gewesen, wobei sie immer wieder gesagt hatte: »Was hab ich denn getan? Was hab ich denn nur getan?«

Ich zitterte allein bei dem Gedanken daran, und fragte mich, was sie wohl getan haben könnte, um so ein schreckliches Schicksal zu verdienen. Ich sah zu, wie der Kaffee durchlief. Rowland könnte es gewesen sein. Vielleicht wollte sie die Beziehung nicht beenden und lauerte ihm und seiner Frau ständig auf. Sollte das jedoch wahr sein, dann war er ein verdammt guter Schauspieler. Und warum sollte er diesen Officer außer Dienst herbeirufen? Könnte auch ein Trick gewesen sein, um uns abzulenken, aber Rowland wirkte nicht unbedingt wie ein zweiter Einstein. Jedenfalls nicht in meinen Augen.

Als der Kaffee schließlich fertig war, war ich es auch. Ich füllte meinen extra großen weißen Becher, setzte mich an den Tisch und nahm die drei randvollen Ordner zur Hand, die sich über die Mordfälle Classon und Foxworthy bisher angesammelt hatten. Ich drückte auf den Lichtschalter an der Wand, und Blacks neuer Kronleuchter mit schwarzem Organzaschirm ergoss sein Licht über einige besonders grausige Obduktionsbilder. Aber für diese frühe Tageszeit waren Simons Wunden dann doch etwas zu drastisch, und überhaupt war der Anblick von Eiter und faulender Haut zum Kaffee noch nie mein Ding gewesen. Und Christies Augen verstörten mich noch mehr. Buckeye zufolge hatte sie einen Schlag auf den Kopf bekommen, bevor sie in den Koffer gepresst wurde, und er hatte auch die genaue Anzahl der Bisswunden ermittelt, jedoch war nur der Biss des nordafrikanischen Dickschwanzskorpions allein für sich tödlich und letztlich auch für ihren Tod verantwortlich.

Dann sichtete ich das von Harve gesammelte Material; mithilfe der von ihm markierten Stellen konnte ich mir schnell einen Überblick verschaffen. Pro Jahr wurden am See etwa ein Dutzend Fälle von Spinnenbissen gemeldet, wobei die wirklich ernsten, etwa ein Drittel, von der Braunen Einsiedlerspinne oder der Schwarzen Witwe verursacht wurden. Meist versteckten sich die Biester in Schuhen oder alten Sachen im Keller. Die anderen Opfer waren in der Regel Camper und Kinder in Ferienlagern.

Ein Zeitungsartikel war rot umrandet. Er war ungefähr zehn Jahre alt und in etwa zu der Zeit von Joe McKays Schulausschluss erschienen. Die Überschrift lautete: BRAUNE EINSIEDLERSPINNE VERSEUCHT HÖHLENSYSTEM-AKADEMIE, SCHÜLER EVAKUIERT. Ich überflog die zwei Spalten. Offenbar wurden Kammerjäger eingesetzt, nachdem eine betroffene Schülerin ins Krankenhaus musste. Zum Zeitpunkt des Berichts war das Mädchen stabil, ihr Zustand jedoch ernst. Dann gab es noch einen wenige Tage später erschienenen Folgeartikel mit Foto. Es zeigte das vierzehnjährige Mädchen aufrecht im Krankenbett sitzend, wie sie einen nackten Arm in die Kamera hielt. Das tiefe rote Loch, das sich in ihr Fleisch fraß, war deutlich zu sehen. Es war nicht so tief wie bei Classon, aber ebenso abstoßend. Ein Zufall? Ich glaube nicht. Jemand, der jahrelang mit der Akademie verbunden war, züchtete Killerspinnen für grausige Racheakte. Wir mussten ermitteln, wer zu dieser Zeit an der Schule gewesen war. Eines wusste ich. Joe McKay war dort gewesen und, dem Artikel zufolge, auch Direktor Johnstone. Die Frage war, ob einer der beiden einen Bezug zu dem Mädchen gehabt hatte. Ich notierte mir ihren Namen. Jennifer Blocker. Vielleicht war sie mit unserem Meisterhellseher befreundet gewesen und hatte ihm den Laufpass gegeben hatte. Oder sie hatte vielleicht ehrgeizige Jesusnachahmer vorgezogen.

Ich sichtete den Rest von Harves Unterlagen, fand aber keine signifikanten Auffälligkeiten mehr hinsichtlich eines Bezugs der Akademie zu Spinnen. Dann nahm ich mir den Stapel an Artikeln vor, die der Bibliothekar Morton DeClive für mich ausgedruckt hatte. Viele schlecht geschriebene, von der Akademie herausgegebene Meldungen, die deren Innovationen und hohen Standards überschwänglich priesen. Von wegen. Dazu haufenweise Fotos von Schülern, die diese oder jene Auszeichnung gewonnen hatten. Teufelsmasken oder nässende Wunden hielt keiner in die Kamera, alle waren sie jedoch mit ihrem Direktor abgebildet, angetan mit seinem weißen Tropenanzug und einem Tausend-Watt-Grinsen. Unglaublich, welche Show dieser Popanz von Direktor für die Kamera abzog.

Ich hielt kurz inne, als Black auf einem Foto erschien; er schüttelte darauf lächelnd dem Direktor die Hand, während er ihm mal ganz nebenbei einen Hunderttausend-Dollar-Scheck für den Bau einer neuen Turnhalle überreichte. Kein Wunder, dass sich die Menschen am See alle möglichst gut mit ihm stellten. Sicher jedoch könnte Black geeignetere Schulen unterstützen, solche ohne die Fächer Heidentum und Teufelsverehrung. Und Johnstone, dieser Widerling, würde sowieso einen Großteil der Spenden selbst einstecken. Ich beschloss, Harve auf unseren lieben Direktor anzusetzen. Vielleicht hatte er ja hübsch im Verborgenen ein Vorstrafenregister. Überhaupt, vielleicht sollte ich Harve auf alle da draußen in der Akademie ansetzen. Da hatte doch jeder einen Knall. Ich notierte mir ein paar Namen.

Ich stutzte, als ich auf den Namen Wilma Harte stieß. Sie war die verschwundene Hausmeisterin. Ich betrachtete ihr Foto nachdenklich, während ich mich fragte, ob sie etwa Selbstmord begangen hatte oder vielleicht irgendwann wieder auftauchen würde. Zunächst jedoch stellte sich die Frage, warum sie überhaupt verschwunden war. Mein Instinkt sagte mir klar, dass Wilma Harte auf die eine oder andere Art was mit Simon Classon zu tun haben musste. Es klang so, als wäre sie die Hauptzielscheibe seines Spotts gewesen. Vielleicht hasste und verabscheute sie ihn genug, um ihn zu ermorden. Eine kühne Überlegung, der nachzugehen sich aber sicher lohnte. Ich würde Harve bitten, herauszufinden, ob sie vielleicht irgendwo aufgetaucht war. Mit der Kleinen würde ich mich gern mal unterhalten.

Ich las die Papiere durch, die ich mir über Spinnen ausgedruckt hatte, ihr Verhalten und Vorkommen. Keine gemeldeten Morde mittels Spinnen. Bis jetzt. Andererseits könnten Verbrechen dieser Art leicht als Unfall durchgehen. Es sei denn, das Opfer befand sich in einem Müllsack zusammen mit den achtbeinigen Ungeheuern, gefesselt und geknebelt und an einem Baum aufgeknüpft. Aber vielleicht sollte Classon ja gar nicht gefunden werden. Vielleicht wäre der Täter davongekommen, wenn Stuart Rowland nicht diesen Unfall gebaut hätte. Vielleicht plante der Täter, Classon herunterzuholen und sich der Leiche zu entledigen, wie es ihm beliebte.

Ich stand auf und goss mir Kaffee nach. Ein Serienmörder, der mit Spinnen arbeitete, schien absurd. Zwei Mordfälle gab es aber nun, bei denen diese unangenehmen Viecher sowie ein Mörder im Spiel waren, der seine Opfer mit sehr viel Bedacht dieser Tortur aussetzte und tötete, ohne eine Spur zu hinterlassen. Möglicherweise hatte er eine Menge Erfahrung, von der wir bis dahin noch gar nichts wussten.

Jules Verne knurrte grimmig; ich sah ihn nicht, aber er klang ungefähr zehn Mal größer, als er war. Neugierig darauf, wie ein Schoßhündchen aussah, wenn es so richtig auf Hundert war, stand ich auf. »Okay, Jules, was hast du denn nun?«

Ich sah ihn nicht, aber er kratzte wie wild auf den Fliesen vor dem Kamin. Er sprang etwas an, wich zurück und griff erneut an. Dann begann er so schrill zu kläffen wie noch nie ein Hund zuvor.

»Sei still, Hund. Dein Kumpel Black will schlafen.«

Ich ging um die Couch herum und sah dann, was ihn so aufbrachte. Mir standen die Nackenhaare zu Berge. Gegen den Kamin gedrängt hockte die größte Spinne, die ich je gesehen hatte. Sie war fett, schwarz und haarig. Eine Vogelspinne. Fünfzehn Zentimeter im Durchmesser. Zwei von ihren Beinen zappelten in der Luft wie bei einem sich aufbäumenden Pferd, bereit dazu, Jules Verne bis auf den Tod zu bekämpfen.

Ich riss den Hund hoch und wich zurück, als wäre die Spinne ein Tiger im Sprung. Ich zitterte am ganzen Körper, und mir wurde fast schlecht. Dann holte ich tief Luft und rief mir ins Bewusstsein, dass ich keine Angst vor Spinnen hatte. Wirklich nicht, verdammt noch mal, ich konnte sie zertreten, oder nicht? Bei dieser bräuchte man aber wohl Spezialslipper, also ließ ich es bleiben. Okay. Tarantulas sind nicht tödlich, glaube ich. Sie sehen nur so aus. Manche Leute halten sie als Haustiere und lassen sie auf dem Arm krabbeln. Lauter Idioten natürlich, aber was soll's.

Das haarige achtbeinige Monster machte sich auf den Weg in Richtung Couch. Sie durfte nicht entkommen, denn sonst würde ich nicht wissen, wo im Haus sie sich gerade herumtrieb. Ich wurde sofort aktiv, schnappte mir mein Keksglas, kippte die letzten Brösel raus und schlich dann vorsichtig um das Sofa herum auf die andere Seite. Nun war sie etwas weiter hinten an der Wand und sah mich an, fürchtete ich. Ob giftig oder nicht, sie war abstoßend hässlich. Einen Ausbruch von Gänsehaut bekämpfend, biss ich die Zähne zusammen, drehte das Glas zur Seite und fing die Spinne mit einem Schwung ein. Ich stellte es auf den Sims, zitterte ungefähr eine halbe Minute lang, während sie erfolglos versuchte, an den bauchigen Wänden des Glases hochzuklettern.

Da fiel mir ein, dass sie vielleicht Jules Verne gebissen haben könnte. Ich hielt den sich windenden Welpen auf dem Küchentresen fest und suchte ihn nach Bissspuren ab. Er leckte mir über die Hände und wehrte sich mit allen vier Pfoten gegen meine zudringlichen Finger. Da ich aber nichts Auffälliges finden konnte und auch kein schmerzvolles Winseln gehört hatte, nahm ich an, dass nichts passiert war.

»Was zum Teufel stellst du denn mit dem Hund an?«

Black sah von oben skeptisch herunter, mit nacktem Oberkörper und verstrubbelten Haaren.

»Ich such ihn nach Vogelspinnenbissen ab.« Ich setzte den Hund auf den Boden und sah zu, wie er die Treppe zu Black hochstolperte. »Soeben habe ich mit meinem Keksglas die größte Vogelspinne meines Lebens gefangen.«

»Noch mal, bitte.«

»Du hast richtig gehört.«

»Okay, Kekse kommen also für mich nicht mehr infrage.«

»Ich mein es ernst.«

»Wirklich? Eine echte Tarantula? Hast du sie zertreten?«

»Um Himmels willen, nein. Ich will wissen, um welche Art es sich handelt und ob sie giftig ist. Die ist garantiert nicht von hier, eher aus Nordafrika.«

»Warum Nordafrika?«

»Weil von dort der Killerskorpion des Täters stammt.«

Wenig später kam Black in seinem schwarzen Flanellbademantel und in Hausschuhen die Treppe herunter, Jules Verne trug er auf einer Hand vor sich her. Der Schwanz des Hunds sah aus wie ein wild gewordenes Metronom.

»Wo ist sie denn?«

»Auf dem Kaminsims.«

»Meinst du, sie ist giftig?«

»Mir wäre es lieber, wenn nicht.«

Black blickte verkniffen drein, er hatte also die gleichen beunruhigenden Gedanken wie ich. Besorgt fragt er: »Hast du hier im Huas viele Spinnen?«

»Keine fetten, ekligen, behaarten Vogelspinnen. Schon gar nicht mitten im Winter. Aber vielleicht hat sie ja der Weihnachtsmann gebracht?« Ich machte einen auf lustig, aber beide fanden wir es nicht zum Lachen.

Ich sah, wie er vor dem Glas in die Hocke ging. »Mein Gott, es ist wirklich eine Tarantula. Sieht aus wie die hier am See heimische Art. Ich hab sie schon auf den Straßen von Cedar Point gesehen, besonders im Herbst. Ist das die einzige, die du hier im Haus gesehen hast?«

»Ja, Gott sei Dank.« Die Vorstellung, dass sich noch mehr davon hier herumtrieben, beunruhigte mich über die Maßen. Ich bekam regelrecht Angstzustände und wäre am liebsten auf den Tisch gesprungen, hielt mich aber im Zaum. Black hätte mich ausgelacht, denn Vogelspinnen waren ja nicht giftig. Reiß dich zusammen, Claire.

»Vielleicht hat sie in den Wänden Winterschlaf gehalten, die die Zimmerer beim Umbau entfernt haben«, sagte Black.

»Das machen vielleicht Einsiedlerspinnen oder Schwarze Witwen, aber doch nicht Vogelspinnen von draußen aus den Wäldern.«

»Wie sollte sie sonst hereingekommen sein? Bei der Menge Schnee.«

»Vielleicht hat sie jemand reingebracht. Um mich zu erschrecken oder um mich zu töten. Vielleicht ist sie ja doch giftig, und wir wissen es nur nicht.« Ein ernüchternder Gedanke. Vielleicht hatte der Mörder ja wirklich mich als sein drittes Opfer bestimmt.

Black sagte: »Ist eher unwahrscheinlich.«

Ich hoffte, dass er recht hatte.

»Schau dir doch mal diese Kriminalakten da drüben an. Vielleicht bist du ja dann anderer Meinung.«

»Hast du Angst?«

»Zumindest bin ich froh, dass ich nicht barfuß im Dunkeln heruntergekommen und draufgetreten bin. Und die Vorstellung, dass ein Irrer mein Haus mit Killerspinnen verseucht, gefällt mir auch nicht. Dir?«

Er runzelte die Stirn. »Wer war denn in letzter Zeit außer den Zimmerleuten noch hier? Oder ist was Ungewöhnliches passiert?«

»Nein. Aber woher soll ich das wissen? So oft bin ich nicht zu Hause. Und heute hätte ich dieses Ungeheuer auch nicht bemerkt, wenn der Hund mich nicht mit der Nase draufgestoßen hätte.«

»Guter Junge, Jules.«

Dann traf es mich wie ein Laserstrahl, und ich wusste schlagartig, wer tatsächlich unlängst in meinem Haus gewesen war; wer sich hingekniet und den Mantel geöffnet hatte, um sich zu wärmen. »Dieser Typ, von dem ich dir erzählt habe, dieser Hellsichtige. Der war hier. Ich erinnere mich genau. Hatte gerade mit dir telefoniert.«

»Meine Güte, Claire, ich hab dir doch gesagt, lass ihn nicht rein.«

»Ich behaupte nicht, er hätte sie mitgebracht, aber ausschließen kann ich es nicht. Er hat sich so merkwürdig benommen, warnte mich, auf der Hut zu sein, denn ich wäre die Nächste. Alles aufgrund seiner Visionen.« Wut stieg in mir hoch. Ich spannte meinen Kiefer an. »Er steckt tief mit drinnen, das hab ich vom ersten Tag an gewusst. Mit einer Schlange hat er Classon mal erschreckt. Vielleicht versucht er jetzt Ähnliches mit mir.«

»Soll das heißen, du warst hier mehrere Tage mit diesem Biest zusammen?«

Daran hatte ich gar nicht gedacht. Ich runzelte die Stirn, und mich schauderte.

»Okay, wir brauchen unbedingt einen Kammerjäger.«

»Am Weihnachtsmorgen?«

»Was sonst? Und wir ziehen zu mir um, bis wir hier klar Schiff gemacht haben.«

»Nein, mir geht's jetzt wieder gut. Gut möglich, dass das die einzige war, und ich hab sowieso keine Angst vor Spinnen. Man kann sie doch leicht töten. Ich kauf einfach 'ne größere Fliegenklatsche.«

»Davor musst du sie erst mal entdecken.«

»Dafür hab ich ja nun einen Wachhund.«

»Pack einen Koffer, Claire. In Cedar Bend können wir wenigsten sicher sein, keine Spinnen im Bett zu haben.«

»Bloß keine Panik jetzt. Wie viele Spinnen kann denn eine Person hier schon aussetzen?«

»Warst du mit ihm die ganze Zeit über im Zimmer?«

»Ja. Kann sein, dass ich ein-, zweimal weggesehen hab, aber für den Rest der Zeit, da kannst du Gift drauf nehmen, waren meine Blicke auf ihn geheftet. Er hätte keine Chance gehabt, glaub mir.«

»Sollte ich hier auch nur noch eine Spinne sehen, dann sind wir weg, klar?«

»Vergiss es. Ich lass mich doch von McKay nicht aus meinem Haus vertreiben.«

Black sah auf die auf dem Tisch verstreuten Unterlagen. »Bist du deshalb so früh auf?«

»Jules musste mal aufs Töpfchen, und ich wollte mich beschäftigen, bis du aufstehst.«

»Übrigens, frohe Weihnachten.«

»Dito.«

Er goss sich Kaffee ein. »Wie wär's, ich zaubere schnell ein paar Waffeln mit Erdbeeren?«

»Als ob ich im Dezember Erdbeeren in der Truhe hätte.«

»Ich ruf einfach im Restaurant an.«

»Doch nicht um sieben Uhr am Weihnachtsmorgen. Wie wär's stattdessen mit Toast und Eiern? Ich mach Frühstück für dich.«

»Hab ich da eben richtig gehört?«

»Ich hab ein paar Talente, von denen du keine Ahnung hast.«

»Ein paar durfte ich ja schon kennenlernen.«

»Gleichfalls.«

Wir grinsten uns vielsagend an, dann ließ ich ihn mit seinem Kaffee und dem Anblick der Spinne im Glas allein, während ich eine Pfanne und eine Packung Speck bereitstellte. Black ging im Wohnzimmer umher und sah unter den Möbeln nach, ob sich dort noch mehr Weihnachtsgäste befanden. Nur zu!

Nachdem er etliche Schranktüren auf- und wieder zugemacht und sich ein Glas Orangensaft eingegossen hatte, sagt er: »Darf ich?« Er zeigte auf die auf dem Tisch verstreuten Unterlagen.

»Tu dir keinen Zwang an, aber vergiss nicht, das alles ist streng vertraulich. Selbst die Angehörigen der Akademie wissen nicht genau, wie Classon zu Tode kam. Wir wollen die Medien strikt außen vor halten.«

Ich dachte an die Scharen von Reportern und Kameramännern, die letzten Sommer wie eine biblische Plage über uns hereingefallen waren, und wusste, dass ihm dieselben Gedanken durch den Kopf gingen. Diese Hölle mochte keiner von uns noch einmal erleben. Ich schlug sechs Eier in einer Schüssel auf. Als ich mich nach ihm umschaute, saß er in den Akten versunken am Tisch. Jules Verne schlief auf seinem Schoß.

»Sieht so aus, als hättest du den Hund eher für dich gekauft.«

»Ich mag Hunde, und hatte keinen mehr gehabt, seit ich klein war.«

»Willst du ihn zurückhaben?«

»Du kannst ihn sicherheitshalber behalten, bis der Kammerjäger hier war. Und benutz bitte um Himmels willen diese verdammte Alarmanlage, die ich kürzlich einbauen ließ.«

»Das war kein Einbrecher neulich, sondern Joe McKay, und ich hab ihn selbst reingelassen.« Ich legte unsere Teller mit Streifen knusprigen Specks aus, verrührte die Eier mit einer Gabel und kippte sie in die heiße Pfanne. Das einzige Gericht, das ich gern zubereitete. Manchmal, wenn ich eine dieser Kochsendungen gesehen habe, werde ich sogar richtig kreativ. Dann nehme ich Schinken statt Speck.

»Das ist doch unfassbar.« Er sah mich erschrocken an. »Was für eine grausige Art zu sterben.«

»Ja, ich weiß. Classon musste tagelang leiden, bei der Frau ging's etwas schneller.«

»Dieser Typ ist schwer gestört. Und ich glaube auch nicht, dass Classon sein erstes Opfer war. Das ist mir alles zu inszeniert, zu genau durchdacht.« Er ging zum Küchentresen und nahm mir gegenüber auf einem Hocker Platz. »Ich halte ihn für einen Psychopathen, Claire. Der Tod seiner Opfer ist Nebensache, ihm sind die Qualen wichtig. Wahrscheinlich törnt ihn das sexuell an.«

Er sah mir nachdenklich in die Augen. »Du musst dich vor ihm in Acht nehmen, Claire. Geh nicht allein los. Das wäre viel zu riskant. Er plant seine Taten genau, bis ins kleinste Detail. Dieses eine Mal nur hatte er Pech gehabt, weil ein Auto in der Nähe des Tatorts in den Graben schlitterte. Andernfalls wäre Classons Leiche nie gefunden worden. Er hätte ihn entweder abgenommen und seine sterblichen Überreste irgendwie beseitigt, oder er hätte ihn gleich da draußen hängen lassen. Niemand wäre auf die Idee gekommen, ihn dort zu suchen. Er ist ein Sadist, und ich halte es für möglich, dass er sogar daneben saß und zusah, wie Classon litt. Verschlimmernd kam für Classon noch hinzu, dass er sich in der Nähe der Schule befand und dennoch keine Hilfe erwarten konnte. Dieser Täter liebt es, seine Opfer leiden zu sehen, genießt deren Angst, möglicherweise mehr als die eigentliche Mordtat. Er wird schwer zu fassen sein.«

»Ich kriege ihn.«

»Im Ernst, Claire, ich bitte dich. Bleib bei mir in Cedar Bend Lodge, bis du ihn tatsächlich geschnappt hast. Er ist so was von gerissen, und sollte diese Tarantula von ihm sein, dann weißt du, was es geschlagen hat. Hat er irgendwie versucht, sich an Bud ranzumachen?«

Hier stockte mir der Atem. »Ich glaube, Bud hätte mir gesagt, wenn McKay sich ihm genähert hätte, oder wenn er etwas in seinem Haus gefunden hätte. Er hasst Spinnen.«

»Wie oft schaltest du das Sicherheitssystem denn überhaupt ein?«

»Ich bin es noch nicht gewohnt. Lass mir Zeit.«

»Denk bitte von nun an dran.« Er warf mir ein Foto quer über den Tresen rüber, eine Nahaufnahme von einer der Beinwunden Simon Classons. »Oder du endest letztlich so.«

»Das habe ich nicht vor.«

»Du bist nicht unverwundbar. Denk bitte dran.«

»Ich kann gut auf mich aufpassen.«

»Aber das ist kein gewöhnlicher Killer. Der tickt völlig anders, und ich bezweifle, ob er sich überhaupt normal benehmen kann. Du wirst sehen, wie seltsam und exzentrisch er sich benimmt, wenn du ihm gegenüberstehst.«

»Vielleicht tut er ja so, als könnte er hellsehen, aber leider ist jeder an dieser Schule ein bisschen verrückt. Wie wär's, wenn du mir ein psychologisches Profil erstellst?«

»Ich sage dir sofort und uneingeschränkt, dieser Typ ist krank. Keine ausgefallenen Syndrome, keine Persönlichkeitsspaltung, keine Schizophrenie, keine sonstigen Störungen. Er ist einfach ein verrückter, irrer Bastard.«

»Vielleicht ist er schlicht abgrundtief böse, wie ein Teufelsverehrer etwa.«

»Satanisten verstümmeln ihre Opfer, schneiden das Herz oder auch andere Organe heraus für rituelle Opferhandlungen. Von einem Kult, dessen Anhänger mit Giftspinnen töten, hab ich nie was gehört. Diese Methode, glaub mir, ist wirklich sehr selten und todsicher.«

Ich sah ihn an, sein plötzlicher Ernst verunsicherte mich. Ihm war unheimlich zumute, was selten genug vorkam. »Kannst du dir ein netteres Gesprächsthema für einen Weihnachtsmorgen vorstellen, Black?«

Black verzog keine Miene. Wie sollte man unter den Umständen auch fröhlich sein. »Seit ich diese Bilder kenne, ist mir überhaupt erst klar, welchem Monster du da auf der Spur bist. Der Typ wird schwer greifbar sein. Er ist jemand, der mit Menschen nicht gut zurechtkommt, ein Außenseiter, fast eine Art Paria. Vielleicht hat er Komplexe. Und er muss Zugang zu Spinnen haben und über entsprechende Räume verfügen, in denen er sie vielleicht sogar züchtet wie Haustiere.«

»Wir haben uns das auch schon gefragt. Woher, glaubst du, hat er all diese Spinnen? In dieser Jahreszeit? Bei dem Schnee?«

»Er kennt einen geheimen Ort, an den er sich zurückzieht, um mit seinen kleinen Lieblingen zu spielen, nehme ich an. Vielleicht eine Art Treibhaus ganz weit draußen, in dem es warm, dunkel und feucht ist.«

Ich dachte dran, was Joe McKay über mich und einen dunklen, feuchten Ort gesagt hatte. Ich erinnerte mich an seinen Gesichtsausdruck, als ich die Grabesassoziation hatte. Das behielt ich lieber alles für mich. Kein Grund, Black noch mehr zu beunruhigen, als er es ohnehin schon war.

»Du glaubst also, der Mörder wollte zurückkommen, um Classons Leiche zu holen?«

»Du nicht?«

Ich nickte. »In dem Punkt stimme ich dir zu. Ich glaube, er wollte, dass Simon seine Kollegen drüben in der Schule sieht, während an ihm die Spinnen knabberten. Damit wird die Sache ultrapersönlich. Er kannte Simon, und er kennt andere Personen an der Schule. Er kannte Christie und Rowland, und sie haben es sich irgendwie mit ihm verscherzt. Er ist dort tief verwurzelt. Stuart Rowland könnte selbst der Täter sein, aber mein Bauchgefühl sagt mir was anderes. Und du glaubst, er hat das schon öfter gemacht?«

»Ganz sicher, oft sogar, wenn auch vielleicht nicht ganz so brutal. Er hat nur die Leichen früher besser versteckt. Die Vermisstenliste hast du doch überprüft, oder?«

»Harve ist dabei. Er recherchiert auch über diesen McKay weiter nach. Irgendwie ist der darin verwickelt. Das spüre ich. Frag mich nicht warum. Es ist einfach so.«

»Tu mir einen Gefallen, okay, Claire? Betrachte es einfach als weiteres Weihnachtsgeschenk an mich.«

»Was denn?«

»Halte dich von McKay fern. Und lass ihn um Himmels willen nicht noch einmal in dein Haus. Lass überhaupt keinen mehr rein.«

Ich lachte. »Nun übertreibst du aber, oder nicht?«

»Ich meine es vollkommen ernst.«

»Du weißt, dass du dir in dieser Hinsicht keine Sorgen zu machen brauchst. Ich bin von Natur aus ungastlich.«

»Was hab ich Glück, dass ich über Nacht bleiben darf.«

»Übrigens, Black, hast du immer noch die Einladung zu dieser großen Galasause in der Akademie an Silvester?«

»Ja, warum?«

Ich verteilte die Rühreier auf unseren Tellern, ziemlich stolz darauf, dass sie nicht angebrannt waren. »Sie findet trotz allem statt, also dachte ich, wir gehen hin, amüsieren uns und läuten das neue Jahr zusammen ein.«

Black sah mich skeptisch an. »Dir ist klar, dass das ein formeller Anlass ist?«

»Ist doch cool. Gar kein Problem für mich. Den Abschlussball mit sechzehn hab ich schließlich auch überstanden, trotz Strumpfhosen.«

Black beäugte mich misstrauisch. »Garderobenzwang, Claire. Das bedeutet für mich Smoking und für dich, ich muss das sagen, Abendkleid und Stöckelschuhe.«

»Nur weil ich kein Kleid besitze, heißt das noch lange nicht, ich könnte mir keines besorgen.«

»Heißt das allen Ernstes, du willst dir ein Kleid kaufen?«

»Von Bud habe ich einen Geschenkgutschein für Swank's, diese schicke Damenboutique in der Stadt. Den nehme ich her.«

»Und wo verbirgst du deine Kanone?«

»Von Harve habe ich ein Fußgelenkhalfter bekommen, ich muss mir also nur was Bodenlanges besorgen.«

»Du kommst inkognito, um die Verdächtigen zu beobachten, stimmt's?«

Ich musste lachen. »Hey, pass auf. Vielleicht gefall ich dir ja sogar in einem Kleid.«

»Bin ja gespannt, ob du das wirklich durchziehst. Soll ich dir beim Aussuchen helfen? Es gibt eine tolle Boutique in Cedar Bend Lodge. Da bist du immer kreditwürdig.«

»Nein danke. Dieser Dreihundert-Dollar-Gutschein brennt mir arg in der Tasche.«

»Okay, die Wette gilt. Nächste Woche bin ich für ein paar Tage in New York, aber ich tu alles, um rechtzeitig zurück zu sein, nur damit ich dich mal in einem Kleid sehe.« Er fixierte mich mit seinen Augen. »Du willst es dir nicht überlegen, bei mir zu wohnen, solange ich weg bin? Da gibt's Zimmerservice rund um die Uhr.«

»Ja, genau, ich vergesse meinen Job und verstecke mich bei dir zu Hause vor dem schwarzen Mann.«

»Wie du willst, Claire, aber überleg's dir bitte.« Dieses Mal schob er mir ein Foto von Christie Foxworthy rüber, das, auf dem sie mit weit aufgerissenen Augen aus dem Koffer starrt.

»Frühstück ist fertig«, sagte ich mit aufgesetzter Fröhlichkeit. »Hast du auch so Kohldampf wie ich?«

19

Am Silvestermorgen schließlich lungerte ich wieder auf der Straße herum, dieses Mal in der Innenstadt von Camdenton. Zum Glück musste ich zu diesem Einsatz weder Netzstrümpfe noch ultrakurze Shorts tragen; es genügte mein üblicher schwarzer Overall mit der großen obligatorischen, gelb fluoreszierenden Prägeschrift SHERIFF. Anders als meine Verkleidung als Prostituierte schreckte dieses Outfit sämtliche potenziellen Freier von vornherein ab.

Tatsächlich wartete ich auf Bud, der sich verspätet hatte. Der trübe, bedeckte Himmel passte haargenau zu meiner Stimmung. Über mir türmten sich dicke Schneewolken, die nichts Gutes verhießen. Wo lebte ich eigentlich? In der Arktis? Fehlten eigentlich nur noch ein Iglu und ein Pinguin als Haustier. Die vergangene Woche über hatten wir die Hintergründe von Absolventen der Akademie erforscht, ohne allzu großen Erfolg, und das Wetter kam unserer Arbeit auch nicht gerade entgegen.

Dann tauchte Bud wie aus dem Nichts auf und schlenderte die Straße entlang auf mich zu.

Ich begrüßte ihn freundlich. »Wird verdammt aber auch Zeit.«

»Ey, Mann, ich hab den ganzen Vormittag lang Alibis überprüft. Weißt du schon, welche Art von Spinne du daheim hattest?«

»Laut Veterinäramt war sie harmlos. Kommt in den hiesigen Wäldern häufig vor, ist hier heimisch. Ich fang dir eine. Kannst du dann Fido nennen.«

Er schauderte. »Nein, danke. Ich hab ’nen Goldfisch.«

»Vielleicht schenke ich sie Shabby nachträglich zu Weihnachten. Der steht auf so gruseliges Zeug.«

Bud sah sich um. »Okay, was gibt's? Neue Hinweise?«

»Das nicht, aber ich brauch deine Hilfe.«

Bud stutzte sofort, denn eigentlich war ich ein ziemlich unabhängiges Mädchen. Unwahrscheinlich, dass ich ihn schon mal um einen Gefallen gebeten hätte.

»Welche Art von Gefallen?« Nun klang er misstrauisch. Verwirrt blickte er abermals um sich.

»Versprichst du mir, nicht zu lachen?«

»Aber ja doch.«

Ein Teenagerpärchen kam händchenhaltend vorbei. Ich wartete kurz, und flüsterte dann: »Du sollst mir helfen, ein Kleid für deinen Geschenkgutschein auszusuchen.«

Bud lachte herzlich.

Meine Miene verfinsterte sich. »Moment mal, Bud. Wozu schenkst du mir diesen Gutschein, wenn du nicht willst, dass ich Gebrauch davon mache?«

Er fing sich sofort. »Tut mir leid, aber wenn ich geschockt bin, muss ich immer lachen. Willst du ihn wirklich benutzen?«

»Sicher.«

»Für ein Kleid?«

»Ja.«

»Wow. Als Frau, so richtig, hab ich dich noch nie gesehen.«

»Vielen Dank.«

Bud schob die Hände in die Taschen. »Hey, es ist mir eine Ehre. Wirklich.«

Ich kam mir saublöd vor. »Also da draußen in der Akademie heute Abend geht's wohl ziemlich etepetete zu. Ich weiß nicht, was man zu so einem Anlass anzieht, also musst du mir helfen.«

Er legte die Hand aufs Herz. »Ich bin gerührt, Claire, und ich werde dich nicht enttäuschen.«

»Hilfst du mir nun beim Aussuchen oder nicht?«

»Aber sicher. Swank's ist gleich um die Ecke. Schon mal dagewesen?«

»Wo denkst du hin?«

Bud grinste frech. »Halt dich einfach an mich, und sag ansonsten kein Wort. Und zück nicht die Waffe, wenn sie dich zur Anprobe bitten.«

»Halt jetzt den Mund, Bud.«

Wir betraten Swank's Couture mit entsprechend arroganter Miene, und ich klopfte den Schnee auf dem weißen Teppich von meinen Springerstiefeln. Im Eingangsbereich plätscherte ein weißer, dreistufiger Brunnen vor sich hin, was mich sofort nach der Toilette Ausschau halten ließ, und die herumstehenden, zum Teil halb nackten Schaufensterpuppen, machten einen freundlicheren Eindruck auf mich als Bostoner Society-Ladys. Das ganze Ambiente stieß mir sofort unangenehm auf.

Die Wände waren fast alle verspiegelt mit vielen zurückversetzten Nischen für viele extra angestrahlte blasiert dreinblickende Schneiderpuppen. Und ich meine nicht Bud und mich.

Wenig später trat die Eiskönigin von Finnland hinter einem goldsamtenen Vorhang hervor. Mit ihren langen, wohlgeformten Beinen hatte sie das stolze Auftreten eines Showgirls aus Las Vegas. Bud nahm unverzüglich Haltung an. Sein Lächeln vertiefte sich, und fast hätte er zu sabbern begonnen. Sie sah uns an. »Hallo, mein Name ist Brianna. Kann ich Ihnen helfen?«

Ihr eilends kaschierter Gesichtsausdruck verriet mir, dass sie glaubte, wir bräuchten ihre Hilfe äußerst dringend. Sie riss sich zusammen: »Oh, ich erinnere mich, Sir. Sie waren kurz vor Weihnachten hier und haben einen Geschenkgutschein für eine unbekannte Glückliche erworben.« Sie hatte einen deutlichen Akzent, nicht zu überhören, und mir kamen sofort Bilder von Rentieren und dem Land der Mitternachtssonne in den Sinn. Was war das nur mit all diesen Akzenten? Waren wir hier mitten in Missouri oder bei den Vereinten Nationen?

»Ja, Ma'am, Brianna, diese Glückliche bin ich.«

Brianna löste den Blick von diesem so gut aussehenden Gentleman und richtete ihre Aufmerksamkeit auf mich, als hätte sie just bis dahin nicht bemerkt, dass ich ein Mädchen war. Vielleicht hatte Bud ja gut daran getan, mir ein Kleid zu schenken. »Oh, hallo. Was, bitte, kann ich für Sie tun?«

Ich überreichte ihr den Gutschein und war froh, ihn los zu sein. »Also Folgendes. Ich brauche ein Kleid, aber ich will nichts mit Rüschen oder Spitzen, und bitte keine Pailletten oder anderen auffälligen Glitzerkram. Keine Stickereien und auch nicht durchsichtig oder tief ausgeschnitten. Es darf nicht mehr als dreihundert Dollar kosten und muss bodenlang sein, damit niemand mein Fußgelenkhalfter sieht.«

Miss Finnland zwinkerte heftig und sah sich nach Bud um. Er zuckte mit den Schultern, peinlich berührt, nehme ich an. »Sie ist eher der burschikose Typ«, sagte er vorsichtig.

»Da lässt sich sicher was machen «, sagte sie voller Zuversicht angesichts dieser Herausforderung.

»Hm-hm. Da lässt sich gar nichts machen. Ich brauche lediglich ein schlichtes Kleid für dieses sogenannte Ballereignis heute Abend. Sie wissen schon, Smoking und Abendrobe.«

»Dann folgen Sie mir bitte.«

Als sich Brianna entfernte, kam Bud dicht an mich heran und flüsterte mir ins Ohr: »Ich bin mir ziemlich sicher, dass sie auf mich steht.«

»So leicht lässt die sich nicht rumkriegen.«

Er lächelte zuversichtlich. »Meinst du? Ich lad sie einfach zum Essen ein. Sie flirtet wie verrückt. Sonnenklar, dass die was von mir will.«

Meiner Meinung nach hatte sie einfach diesen Hauch von Whopper und Käse in seinem Atem gewittert.

»Helfen Sie mir einfach, ein Kleid zu finden, das nicht peinlich aussieht, okay?«

Die vermeintliche Finnin führte uns in dem weitläufigen Geschäft weiter nach hinten, vorbei an noch mehr raffiniert eingesetzten Strahlern, Spiegeln, Palmen, Kronleuchtern und Puppen mit hochmütig aufgeworfenen Lippen. Manche hatten über dazu passenden Pullovern Strickwesten um die Schultern geschlungen. Ich hasste Leute, die so was machten. Ist doch total gekünstelt! Stopf das verdammte Ding einfach in eine Tasche oder lass es im Auto.

»Bitte schön, Miss. Wenn Sie bitte hier Platz nehmen. Dann zeig ich Ihnen mal, was für Sie infrage kommt. Welche Größe haben wir denn? 36? Oder vielleicht doch eher 34?«

Ich zuckte mit den Schultern. »Bei Schutzwesten trag ich S.«

Die Finnin lachte von Herzen und war mir gleich viel sympathischer. »Ich such was aus, das gut zu Kevlar passt.«

Ich sah ihr nach, wie sie hinter einem großen Spiegel verschwand, der sich als eine Art Geheimtür entpuppte. »Hey, Bud, sie weiß, aus welchem Material unsere Schutzwesten sind. Ein gutes Zeichen. Bleib am Ball.«

Wir brachten die Wartezeit mit Fachsimpelei zu, indem wir unsere Aufzeichnungen über den Fortgang der Ermittlungen verglichen. Als sie zurückkam, schob sie einen Rollständer voller bodenlanger Edelroben vor sich her.

»So, Miss Morgan. Eine ganze Kollektion in unterschiedlichen Stilen nur für Sie.«

»Woher wissen Sie denn, wie ich heiße?«

»Der Name stand auf Ihrem Geschenkgutschein. Sticht Ihnen hier was ins Auge?«

Ins Auge stechen? »Probieren können wir uns, glaub ich, sparen.«

»Unmöglich.« Das war Bud. »Ohne Probieren geht das nicht, Claire.«

»Ich bitte dich, Bud. Dazu hab ich keine Zeit. Such einfach was aus, und weg sind wir. Ich hab 'ne Besprechung mit Charlie.«

»Wir haben direkt im Haus auch einen sehr talentierten Make-up-Artist und Hairstylisten, falls Sie interessiert wären«, erbot sich die Finnin hoffnungsvoll. »Sie würden staunen, was das unter Umständen ausmacht.«

»Seh' ich dann vielleicht so aus wie diese Puppen?«

Brianna lachte abermals. Wer hätte das gedacht, sie findet mich amüsant. Sie sah sich um und senkte dann die Stimme. »Dieser Laden ist doch ziemlich schickimicki, oder?«

Sie wurde mir immer noch sympathischer, und ich überlegte tatsächlich, was anzuprobieren. Bud fächerte die Kleider eines nach dem anderen durch wie Ralph Lauren oder so jemand. »Welche Farbe soll's denn sein, Claire? Hier ist eins in Aqua, das gut zu deinen Augen passen würde.«

»Nee, viel zu aqua.«

»Okay, wie wär's dann mit diesem in Gold-Beige, passend zu deinen Haaren?«

»Nee, viel zu gold-beige.«

Hier griff Brianna ein. »Miss Morgan, für mich sind Sie der Typ Frau, der eher schlichte Sachen bevorzugt, womit man meiner Meinung nach sowieso immer richtig liegt. Wie wär's mit Schwarz. Dieses da zum Beispiel?«

Sie legte es sich über den Arm, um es mir vorzuführen. Ich begutachtete es genau zehn Sekunden lang und sagte dann: »Okay, ich nehm's, vorausgesetzt, es kostet nicht mehr als dreihundert Dollar.«

Brianna nahm das Preisschild in die Hand. »Kommt fast hin. Genau dreihundertfünfzehn plus Mehrwertsteuer.«

»Was gibt's sonst noch?«

»Claire, um Himmel willen, nur zwanzig Dollar mehr.« Bud abermals.

»Okay, okay, packen Sie's ein. Ich nehm's.«

Brianna lächelte und verschwand mit dem Kleid in einer weiteren Wandnische, die aussah, wie das Taj Mahal, nur kleiner. Hier befand sich die Kasse. Ein Kronleuchter spendete genügend Licht, damit reiche Leute große Schecks für kleine Kleider ausstellen konnten, die 315 Dollar plus Mehrwertsteuer kosteten.

Ich beglich die zusätzlichen Kosten, und sie drückte mir, begleitet von einem strahlenden Lächeln, das Wechselgeld in die Hand. »Schwarz steht Ihnen sicher sehr gut, sehr elegant, überhaupt, ein hübsches Paar, Sie beide.« Sie sah Bud beinahe schmachtend an, enttäuscht und traurig, dass er mir gehörte und nicht ihr.

Ich beschloss, ihren Tag zu retten. »Bud und ich sind kein Paar, ich hab einen anderen Mann, aber Bud ist Single und findet Sie verdammt attraktiv.«

Bud schaute mich an, als wäre ich verrückt geworden. Brianna lebte richtig auf. »Stimmt das wirklich?«

»Ja, find ich tatsächlich«, säuselte Bud, indem er sich mit einem Ellbogen auf der Theke abstützte. »Wollen wir uns nicht mal auf einen Drink treffen?«

»Liebend gern. Gleich heute Abend? Um halb sieben? Sie können mich hier nach der Arbeit abholen.«

Bud war platt, und diese Brianna hatte es faustdick hinter den Ohren. Aber ich mochte selbstbewusste Frauen, die das Heft in die Hand nahmen. Brianna war schon in Ordnung, aber Buds Südstaatenakzent hatte es ihr offenbar schwer angetan. Vielleicht stammte sie ja aus Südskandinavien.

»Vielleicht begleitet sie dich ja auf die Gala heute Abend, Bud. Ein passendes Kleid hat sie garantiert, und vielleicht können wir uns ja dort treffen.«

»Ich hätte große Lust«, stimmte Brianna ohne Zögern ein. Bud sah aus, als wäre er gestorben und in den Himmel gekommen.

Wieder draußen klemmte ich mir den silberfarbenen Karton mit dem Kleid unter den Arm und suchte nach dem Schlüssel für meinen Explorer. »Da hast du dir ja was angelacht, Junge, Junge. Die Frauen liegen dir ja regelrecht zu Füßen.«

»Für wie alt hältst du sie denn?«

»Alt genug, solltest du das gemeint haben.«

»Mann, sie sieht echt umwerfend aus. Blond, blaue Augen und gut gebaut.«

»Danke übrigens für deine Hilfe.«

»Lieber Gott, du hast das Erstbeste genommen, das sie dir gezeigt hat. Du hättest es anprobieren sollen. Bei Kleidern kann man sich erst sicher sein, wenn man sich im Spiegel gesehen hat.«

»Ich probiere nie was an. Es wird sicher passen. Hör zu, Black wird so gegen acht aus New York zurück sein und mich abholen. Wir erwarten dich und Brianna da draußen. Ich will mich auf dem Campus etwas umsehen, währen dieser Johnstone seine Show vor dem Publikum abzieht.«

»Bis später.« Bud schlenderte davon und winkte Brianna zu, die noch immer in der Tür stand und ihm hinterhersah. Was war das bloß mit ihm und den Frauen? Es musste der sexy Tonfall sein. Was wohl Brianna sagen würde, wenn sie erfuhr, dass er eigentlich Budweiser hieß?

Später an diesem Abend stand ich vor meinem Badezimmerspiegel und wünschte mir zum Teufel noch mal nichts sehnlicher, als dass ich das Kleid anprobiert hätte. Oder es wenigstens umgedreht hätte. Ich wandte mich leicht zur Seite und sah meinen Rücken. Verdammt, das war Betrug. Sie hatten vergessen, die Rückseite des Kleids anzunähen. Die Vorderseite war äußerst züchtig und elegant und alles, lange Ärmel, weich fließender schwarzer Samt mit hohem Rollkragen, aber wehe, du drehst dich um, Baby, hinten war ich nackt bis zur Taille. Das hieß, ich musste ohne BH und ohne Schulterhalfter gehen. Gott sei Dank hatte Harve mir dieses Fußgelenkhalfter zu Weihnachten geschenkt. Und Gott sei Dank hatte mir Black diese Fransenstola aus der Lichterstadt Paris mitgebracht.

Ich stellte einen Fuß auf den Waschbeckenrand und stellte fest, dass der Seitenschlitz sich bis weit zum Schenkel hinauf öffnete;

also schnallte ich mir die Waffe ans andere Fußgelenk, knapp über den schwarzen Lackstilettos, letztmals getragen, als ich damit zudringliche Kerle auf einem Lkw-Parkplatz kastriert hatte. Aber sonst hätte ich zu diesem Kleid nicht Passendes gehabt. Springerstiefel waren nicht so ganz das Wahre und auch schwarz-orange, knöchelhohe Nikes nicht. Und Black wollte ich ja schließlich auch nicht blamieren.

Danach fummelte ich eine Weile mit meinen Haaren herum, und beschloss, sie wie Black einfach streng nach hinten zurückzufrisieren. Sein Haargel stand griffbereit, und ich trug etwas davon auf. Ich hatte noch ein Paar Diamantohrstecker von Tante Helen, also legte ich die auch an. Dann fiel mein besorgter Blick auf das Make-up-Set von Lancôme, das mir Bud vor zwei Jahren zum Geburtstag geschenkt hatte. Ich hatte es nie geöffnet. Sollte ich? Wie schon gesagt, das war eine schicke Angelegenheit, und ich wollte Black nicht blamieren. Ich wollte mich andererseits auch nicht blamieren, und ein bisschen Kosmetik konnte wirklich nicht schaden.

Ich öffnete das Set und nahm ein Fläschchen Mascara heraus. Meine Wimpern wunderten sich wahrscheinlich. Dann trug ich etwas Rouge auf meine Wangen auf, dazu zimtbraunen Lippenstift, nur einen gedämpften Hauch. Du lieber Himmel, so viel Make-up hatte ich seit einer Verabredung in meiner Jugend nicht mehr getragen. Ich kam mir blöd vor, aber Black würde es sicher gefallen.

Als ich ihn hereinkommen hörte, nahm ich die Stola und legte sie mir um die Schultern. Nach einem letzten missgelaunten Blick in den Spiegel fragte ich mich, wer zum Teufel diese Frau überhaupt war. Black musste sich dasselbe gefragt haben, als ich die Treppe herunterkam, denn er stand wie angewurzelt da und starrte mich an.

»Lieber Himmel, Claire.« Er trug einen Smoking und sah auch verdammt gut darin aus. Dann sagt er: »Du bist wunderschön.«

Ich ging die Treppe ganz nach unten, und er sagte: »Ohne deine Waffe erkenn ich dich ja kaum.«

»Falsch gedacht.« Ich hob den Saum des Kleids und zeigte ihm das süße kleine Ding.

»Ich hätt's wissen müssen.«

»Wie war New York?«

»Okay. Komm bitte her. Ich brauch dich.«

»Aber ruinier bloß nicht meinen Lippenstift.«

»Kann ich nicht versprechen.«

Er ruinierte ihn natürlich doch, aber was soll's. Ich hatte ihn auch vermisst. »Okay, Black, das muss für's Erste reichen. Wir dürfen uns nicht verspäten. Charlie könnte auch dort sein.«

»Solange wir das später fortsetzen können.«

»Oh, noch was.« Ich wirbelte herum und zeigte ihm die fehlende Rückseite meines Kleids. Nicht dass er auf dem Ball eine Herzattacke bekam!

»Mann, du hast echt vor, das in der Öffentlichkeit zu tragen?« Dabei lächelte er aber. »Da kann ich für nichts garantieren. Nicht bei so viel nackter Haut.«

»Darum die Kaschmirstola.«

Black nahm sie und legte sie mir um die Schultern. Ich kam mir vor wie in einer dieser bekloppten Seifenopern.

»Ich glaube, mir gefällt deine Aufmachung. Noch besser als das Prostituierten-Outfit.«

»Schmeichler.«

»Du riechst auch so gut.«

»Irischer Frühling. Von dir. Hab ich im Bad gefunden. Komm jetzt, lass uns gehen. Ich hoffe, du hast die Heizung im Auto angelassen. Dieses Kleid ist allenfalls was für heißblütige Brasilianerinnen.«

Ich schnappte mir meinen Polizeiparka und zog ihn über mein schickes Outfit. Ich würde mir doch nicht den Hintern abfrieren, nur um mein neues Fähnchen zu zeigen.

Ich trat zur Tür hinaus und blieb wie angewurzelt stehen.

»Wahnsinn, Black.«

»Dacht ich mir, dass er dir gefällt.«

Es war ein nagelneuer Geländewagen, ganz in Schwarz und Chrom, massiv und bullig. Nicht so eine mickrige Kiste, wie man sie heute oft sieht, sondern das riesengroße Original, das im Irak und anderen Kriegsschauplätzen eingesetzt wird. Black machte keine halben Sachen.

»Wann hast du ihn bekommen?«

»Letzte Woche bestellt. Musste von South Bend hierher überführt werden. Ich dachte mir, ist in dieser hügeligen Gegend vielleicht ganz praktisch. Gefällt er dir?«

»Mach keine Witze.«

»Willst du fahren?«

»Was meinst du?«

Er öffnete die Fahrertür, und ich stieg ein. Der Motor lief bereits. Ein kleiner Monitor zeigte unseren Standpunkt – ein GPS-Navigationsgerät. Alles sah aus wie im Cockpit einer Boeing 727. Ich war hingerissen. Musste ich unbedingt auch haben.

»Ziemlich cool, hm?«, bemerkte Black, während er Platz nahm, übrigens ziemlich weit weg von mir. Die Kiste war riesengroß, das können Sie mir glauben.

»So was hätte ich auch gern.«

»Du kannst ihn haben.«

Ich dachte, er würde Witze machen. Er fuhr sich wie ein richtiges Auto, eine große, dicke Machokiste, genau das, was ich mochte. Ich fühlte mich unverwundbar. Wenn bloß dieses nicht Kleid wäre.

Dunkle Engel

Es dauerte drei Wochen, bis der Jäger verrottet war. Sie ließen ihn im Baum hängen, kontrollierten ihn aber täglich. Es wurde ein Suchtrupp nach ihm ausgesandt; davon hatten sie im Radio gehört, aber die Polizei konzentrierte sich auf das nationale Forstgebiet, sein übliches Jagdrevier. Uriel hatte seinetwegen kein schlechtes Gewissen, nicht einmal als er seine Frau und drei kleine Kinder im Fernsehen weinen sah. Hätte sich der Jäger rechtmäßig verhalten und den Grund und Boden von Uriels Großmutter nicht betreten, wäre er noch am Leben.

Je größer und älter Uriel wurde, umso mehr mochte er die Wälder. Er und Gabriel hatten nun auch jede Menge Geld zur Verfügung, und sie bestellten sich ein paar nordafrikanische Dickschwanzskorpione und wunderschöne Giftspinnen aus Australien, die sich in Luftblasen am Boden von Swimmingpools versteckten. Wenn jemand drauftrat, bissen sie zu, und schwupp, das Opfer war nach zehn Minuten tot. Machte richtig Spaß. Auch etliche Grubenottern und ein Königskobrapärchen aus Indien zum Züchten hatten sie sich besorgt und ein Babypython, für den sie eigens ein Loch in der Höhle gruben, um zu sehen, wie groß er wurde. Es war wunderbar, diese exotischen Tiere zu beobachten und zu sehen, wie sie Menschen töteten.

Gabriel beschaffte das Geld. Er betätigte sich als Drogendealer und versorgte andere Kids, aber auch einige erwachsene Junkies. Es war leicht verdientes Geld. Manchmal nahmen Gabriel und Uriel auch selbst Drogen, bevor sie loszogen auf der Suche nach

Kandidaten, die sie in den Himmel schicken könnten. Aber sie mussten vorsichtig sein und durften sich nicht erwischen lassen. Sobald Uriel erwachsen war, würden sie seine Großmutter töten, damit er allein in ihrem Haus leben konnte. Das wäre für beide das Beste. Überhaupt, was war das noch für ein Leben, Tag und Nacht immer nur im Bett? Einige Spinnen hatte Uriel ohnehin schon in seinem Zimmer, und seine Großmutter fürchtete sich schon jetzt vor ihm, wenn sie wach war. Sie pflegte ihren Tee zu trinken, schloss sich danach in ihrem Zimmer ein. Genau nach Uriels Geschmack.

Eines Tages waren sie wieder in der Höhle und sezierten die Überreste des Jägers mit frisch geschliffenen Skalpellen, als sie Geräusche in der alten Jagdhütte oberhalb der Höhle hörten. Sie fürchteten schon, die Polizei wäre ihnen auf die Spur gekommen, und packten ihre neuen Remington-Schrotflinten und krochen durch den Tunnel zur Falltür. Draußen ertönte laute Heavy-Metal-Musik, Lachen und ein buntes Durcheinander von Stimmen.

»Pssst, Uriel. Sei leise«, flüsterte Gabriel, indem er einen Finger an die Lippen legte. Er stieg die wenigen Leitersprossen hinauf und nachdem er die Falltür innen entriegelt hatte, hob er sie an und lugte vorsichtig in den Raum mit dem Boiler. Da war niemand. Der Lärm kam vom anderen Ende der Hütte. Sie glitten hinaus und schlichen sich auf Zehenspitzen weiter. Mitternacht war längst vorbei, aber in einem Raum flackerte Licht. Sie bewegten sich vorsichtig auf eine Stelle zu, von der aus sie eine Gruppe von vielleicht sechs Kids sahen, die Schnaps tranken und Haschisch rauchten.

»Wir müssen sie alle umbringen, stimmt's, Gabriel?«, flüsterte Uriel, indes sich sein Herz vor Aufregung fast überschlug.

Gabriel sagte: »Wenn du willst, klar.«

»O ja, und wie! Wir werfen sie mit ein paar Klapperschlangen in die Fallgrube.«

Gabriel lachte. »Für dein Alter bis du ja schon richtig blutrünstig, Uriel. Also los. Die haben keine Ahnung, dass es ihnen heute noch an den Kragen geht. Das wird was werden!«

Wenig später sprangen sie beide heraus und riefen: »Buh!«

Die Kids ließen alles liegen und stehen und starrten sie an.

»Was habt ihr hier zu suchen?«, brüllte Gabriel. »Hände hoch!«

Ein groß gewachsener, magerer Junge mit Tarnjacke kam langsam hoch. Er sprach schleppend. »Ey, Mann, wir tun keinem was, wollten nur Party machen und uns wegdröhnen. Wir sind nicht von hier. Wir sind eine Rockband und schlagen uns durch nach L.A., wollen entdeckt werden. Von den Gleisen aus sind wir einfach diesen Fluss entlang, nach einem Platz zum Schwimmen und was rauchen. Morgen früh sind wir wieder weg.«

»Pass auf, Mann, wir haben hier gleich die coolste Party eures Lebens. Stimmt's, Uriel?«

»Genau.«

»Wer seid ihr denn?« Das war ein Mädchen. Sie trat in den Feuerschein nach vorne. Sie war hübsch mit kräftigen dunklen Locken und schwarzen Augen. Sie sog tief an einem Joint, blies Rauch von sich und sagte: »Mach keinen Ärger, Mann, komm, mach dich mal locker und nimm dir was zu rauchen. Ist genug da.«

Gabriel sagte: »Haschischrauchen ist verboten. Ihr verstoßt gegen das Gesetz, wenn ihr das macht. Das wird Gott nicht gefallen. Er wird euch dafür bestrafen.«

Der Junge mit der Tarnjacke trat zurück. »Hey, Mann, komm her, 'n bisschen chillen und Spaß haben.«

Gabriel lachte. »Spaß haben? Okay, dann pass mal auf.«

Er drückte ab, und aus dem Doppellauf ballerte es dem hageren Jungen in die Brust, dass er nach hinten taumelte. Wie in Zeitlupe sank er an der Wand entlang, Blutspuren hinterlassend, zu Boden, wo er als lebloses Bündel liegen blieb. Die anderen Kids sprangen entsetzt hoch und versuchten schreiend und kreischend zu fliehen, während Gabriel und Uriel das Feuer eröffneten, Bibelsprüche brüllten und herumballerten wie Engel, die es Pech und Schwefel regnen ließen in einem einzigen, mindesten fünf Minuten dauernden Mordrausch, das Nachladen mit inbegriffen. Blutbespritzt von oben bis unten und keuchend standen sie danach in dem kleinen, von Rauchwolken erfüllten Raum, in dem es intensiv nach Schießpulver roch.

Uriel wandte sich Gabriel zu und sagte mit heiserer Stimme: »Ich dachte, wir würden ein paar Klapperschlangen auf sie loslassen.«

Gabriel warf den Kopf in den Nacken und lachte, ein einziger überdrehter Freudenschrei, der die Nacht erfüllte und in den Wipfeln der umstehenden Bäume widerhallte. »Ach komm, Uriel, es gibt noch mehr von ihnen, dort, wo sie hergekommen sind. Wir müssen nur losziehen und sie suchen.«

Uriel musste auch lachen, weil er recht hatte. Es war so einfach, die Welt war voll mit Menschen, die sie in den Himmel schicken könnten. Und er und Gabriel waren Engel, echte Engel, die im Auftrag Gottes handelten. Gott würde nie zulassen, dass man sie schnappte. Im fiel ein Gebet ein, dass seine Mutter gern aufsagte: »Gott ist groß, Gott ist gut.«

»Falls noch einer lebt, probieren wir's mit Gift, oder wir werfen sie den Schlangen vor, wenn dir das lieber ist. Die Toten kommen in die schwarzen Müllsäcke, die ich gestern gekauft habe. Wir knüpfen sie in den Bäumen auf und benutzen sie als Zielscheibe. Kein Mensch kommt je auf die Idee, sie hier draußen zu suchen. Noch dazu sind es Ausreißer. Wer soll sich denn um die groß kümmern?«

»Wann kriegen wir denn neue Ausreißer, Gabriel?«

Gabriel schaute Uriel an. »Menschenskind, Junge, du bist ja noch schlimmer als ich, und das will was heißen. Ich glaub, ich hab ein Ungeheuer erschaffen.«

Sie lachten, als sie sich daran machten, die Leichen hinauszuschleppen und in Müllsäcke zu steckten. Ein Mädchen war noch nicht ganz tot. Sie war am Bauch und an den Beinen verletzt und blutete stark, weshalb Uriel sie an den Füßen in den Boilerraum schleppte, damit er seine neuen Levi's nicht beschmutzte. Voller Aufregung riss er die Falltür auf und schob sie über den Rand. Sie verschwand und fiel polternd zu Boden wie ein zentnerschwerer Sack voller Kartoffeln.

Er und Gabriel sprangen hinterher, und das Mädchen stöhnte, als Gabriel sie an den Haaren packte und über den Verbindungsschacht in die Haupthöhle schleifte. Sie war nun halb bei Bewusstsein. Sie schleppten sie an das hinterste Ende mit der Quelle, wo sie die Grube für die Klapperschlangen ausgehoben hatten. Am Boden wimmelte es von Dutzenden dieser giftigen Tiere.

Gabriel sagte: »Hey! Mädchen, komm! Aufwachen! Wir haben eine neue große Überraschung für dich. Spritz ihr etwas Wasser ins Gesicht, Uriel, damit sie es genauso genießen kann wie wir.« Er lachte, während seine Augen vor Vorfreude funkelten.

Uriel schöpfte mit einer Tasse Wasser aus der Quelle und kippte es ihr ins Gesicht. Sie prustete und schlug die schmerznassen Augen auf.

»Wie sieht's aus? Magst du Schlangen?«, fragte Gabriel. »Wir hätten da was ganz Nettes für dich.«

Er hob ihren Kopf, damit sie in die Grube hinuntersehen konnte, und stieß sie dann hinein. Sofort machten sich einige verstörte Schlangen über sie her, und das Mädchen gab einen einzigen Schrei des Entsetzens von sich und versuchte zu fliehen, doch unmittelbar danach blieb sie einfach still liegen. Nach kurzer Zeit ließen sie die Schlangen in Ruhe, und Gabriel sah zu Uriel.

»Na ja, lang hat sie nicht durchgehalten. Beim nächsten Mal dürfen wir sie nicht vorher erschießen. Dann sehen wir, wie lange es dauert, bis eine Frau durch Klapperschlangen zu Tode kommt.«

Uriel sah auf das Mädchen und die sich auf ihm windenden Schlangen hinunter und fragte sich, er konnte nicht anders, wer sie war und wo sie herkam.

20

Der Parkplatz der Begabtenakademie Höhlensystem war zugeparkt mit Autos überwiegend der Marken BMW, Mercedes und Lexus. Wir waren der einzige ausgewachsene Humvee. Jesus hatte eigens einen Parkdiener bestellt, in Person eines gewissen Willie Vines. Er sah mich an, als wäre ich ein Alien, beäugte jedoch den Humvee, als hätte er Jessica Simpson splitterfasernackt vor sich. Als er losfuhr, saß er kerzengerade hinter dem Steuer und grinste breit, wahrscheinlich träumte er davon, die Kids aus der Cafeteria könnten ihn in dem Moment sehen.

Drinnen war ich ziemlich froh über mein neues Kleid, nachdem ich die Aufmachung manch anderer Lady gesehen hatte. Es war tatsächlich ein gesellschaftliches Ereignis ersten Ranges, so schien es, trotz zweier Morde unter dem Personal, oder aber es gab niemand eine so gute Silvesterparty wie Jesus H. Johnstone. Oder die Leute erschienen, weil Filet Mignon aufgetischt wurde. Meine Stilettos waren wirklich eine einzige Tortur. Zumindest in Bewegung rempelte ich dauernd irgendwelche Leute an. Black hielt mich jedoch fest untergehakt, vielleicht wohl auch aus Angst, meine Stola könnte verrutschen.

»Wow.« Die Turnhalle war ein einziger magischer Tummelplatz für Reiche, viel besser als die meisten Jahrgangspartys. Es gab Dutzende von Weihnachtsbäumen und kleine blinkende Lämpchen, wohin man sah, sowie glänzende Girlanden in Gold, Rot und Silber. Zwischen den weißen, mit Damast gedeckten und mit roten Kerzen geschmückten Tischen huschten Kellner mit weißen

Schürzen diskret und effizient zwischen der aufwendig gekleideten Menge hindurch.

»Riecht schon ganz gut«, kommentierte ich, während mein Magen aufdringlich knurrte.

»Es gibt exzellentes Essen. Das Catering besorgen wir.«

»Echt? Five Cedars?«

»Genau. Johnstone will mir die nächste große Spende abluchsen.«

»Kein Wunder. Diese Turnhalle hat doch Nicholas Black gebaut, wenn ich mich recht erinnere.«

Black zeigte seine Einladung vor und wurde von den Türstehern sofort als Mann mit den großen Spendierhosen erkannt. Entsprechend tief fiel die Verneigung aus. Machte Spaß, zuzusehen. Sie geleiteten uns höchstpersönlich und überfreundlich an einen großen runden Tisch direkt vor dem Podium. Ich blickte mich nach Bud und seiner neuen Flamme um und sah ihn schließlich von einem kleinen Tisch nahe der Toiletten herüberwinken. Dort also platzierte man Polizisten, die es wagten, sich unter die Elite zu mischen. Von Charlie war keine Spur zu sehen. Er würde vermutlich doch nicht kommen.

»Da ist Bud und seine Begleitung. Können sie sich zu uns setzen?«

Black nickte und winkte den nächststehenden Bückling heran. »Ich habe Freunde hier, die ich gern zu uns an den Tisch setzen würde.« Ganz der Mann von Welt.

»Ja Sir, Dr. Black. Ist natürlich überhaupt kein Problem.«

Ich winkte Bud kumpelhaft und so gar nicht ladylike heran, worauf er, sein Ladenmädchen im Schlepptau, sofort herübergerauscht kam. Leider hatte er auch meinen übersinnlichen Erzfeind mit im Schlepptau. Black erhob sich für Miss Finnland höflich von seinem Platz, während ich aus reiner Neugier darauf achtete, ob er auf ihr tiefes und sehr üppiges Dekolleté über ihrem dunkelblauen Kleid guckte, das sie Pamela-Anderson-mäßig zur Schau stellte. Dass Seher-Joe ungebührlich lange auf meinen nackten Rücken starrte, bemerkte ich sofort. Black bemerkte es auch und bedachte McKay mit einem scharfen Blick.

»Die Stola behältst du vielleicht lieber an«, flüsterte Black mir ins Ohr. »So mancher hier sabbert gleich in seine Suppe.«

»Verstehe.«

Die Finnin alias Brianna lächelte mir einnehmend zu. Du meine Güte, sagte ich soeben einnehmend? Das konnte nur an meinem Kleid und dem Mascara liegen. Sie machte mir ein Kompliment: »Sie sehen wunderbar aus, Ms Morgan. Ich hab's mir gleich gedacht. Das Kleid ist goldrichtig.«

»Ja, aber Sie hätten mir sagen sollen, dass der Rücken fehlt.«

Sie lachte auf diese perlende, mir unverständliche Art, wie sie nur Frauen zustande brachten. Wenn ich lachte, was selten genug vorkam, klang das nur wie ha, ha, ha. Nicht gerade musikalisch und schon gar nicht perlend. Ob sie probte, um das so hinzukriegen? Vielleicht lachte sie ja Tonleitern oder so was.

Ich kam nah heran und flüsterte: »Pass gut auf heute Abend, Bud, und lass es mich wissen, wenn sich jemand, den wir vernommen haben, verdächtig benimmt. Könnte sein, er spielt uns absichtlich was vor.«

Neben mir sprach Black: »Ich glaube nicht, dass wir uns kennen.« Er redete mit Seher-Joe.

Als er ihm die Hand entgegenstreckte, sagte ich: »Pass auf, Black, er kann hellsehen. Gut möglich, er prophezeit dir, dass du nächsten Freitag stirbst.«

Black sah mich an, als hielt er mich für unhöflich. Unglaublich.

»Mein Name ist Nick Black.«

»Joe McKay.« Ich beobachtete den Burschen genau, um zu sehen, ob er entsetzt oder irgendwie geschockt dreinblickte, während sie sich die Hand schüttelten. Nicht dass ich an seine hellseherischen Fähigkeiten glaubte, aber ich hatte doch ein besseres

Gefühl, wenn er ruhig blieb. Er lächelte nur und wechselte ein paar belanglose Worte mit Black. An der Stelle fiel mir auf, dass er auch einen Smoking trug, was mich fast vom Hocker haute, denn dafür war er definitiv nicht der Typ. Seine langen blonden Haare hatte er straff nach hinten zu einem Pferdeschwanz gebunden, wodurch die hohen Wangenknochen und die Augen mit den langen Wimpern erst richtig zur Geltung kamen. Er sah wirklich gut aus. Aber auch Serienkiller können attraktiv sein.

Black sagte: »Ich hab gehört, Charlie hat Sie um Unterstützung an Claires Fall gebeten.«

»Stimmt. Aber die Dame hier am Tisch ist von der Idee nicht allzu begeistert, und so sind meine Dienste nicht länger gefragt.«

Er lächelte mir unmissverständlich zu, sodass jeder wusste, wer damit genau gemeint war. Black ergriff meine Hand und hielt sie fest. Ebenso gut hätte er mir seinen Namen auf die Stirn prägen und mir ein Schild umhängen können, auf dem stand: HALTET EUCH FERN, HELLSEHER. Ich zog meine Hand selbstbewusst zurück.

»Tut mir leid, von übersinnlicher Wahrnehmung und derlei Humbug hab ich noch nie viel gehalten. Ich vertraue auf handfeste polizeiliche Ermittlungen.«

Joe McKay lächelte immer noch. »Kann ich nur zustimmen.«

Dann waren wir also jetzt ein und derselben Meinung, dicke Freunde sozusagen. »Wissen Sie was, McKay? Sie werden's kaum glauben, aber ich hab doch mitten bei mir zu Hause eine dicke fette Vogelspinne gefunden. Krabbelte da einfach so rum, das Biest. Und stellen Sie sich vor, sie war da plötzlich kurz nach Ihrem Besuch, als Sie mich so nett gewarnt hatten.«

Alle am Tisch starrten mich an, ehe sie ihre Blicke auf Joe richteten. Er tat so, als wäre er ebenso überrascht wie sie. »Sie haben eine Vogelspinne in Ihrem Haus gefunden?«

»Genau. Stellen Sie sich vor. Haben Sie die da hinterlassen?«

»Nein, Ma'am. Warum sollte ich?«

»Auch nicht, wenn sich dadurch Ihre Voraussagen bewahrheiten würden?«

»Ich muss nicht dafür sorgen, dass sie wahr werden. In Ihrem Fall hoffe ich bei Gott, dass das nicht so sein wird.«

Black runzelte die Stirn. »Welche Voraussagen?«

»Ich habe sie an jenem Abend gewarnt, dass ich sie in großer Gefahr sehe. Ich sah sie im Krankenhaus, und zwar ziemlich übel zugerichtet. Deshalb habe ich sie zu Hause aufgesucht, um ihr zu sagen, besser sehr vorsichtig zu sein.«

Bud fragte: »In welcher Art Gefahr haben Sie sie denn gesehen?«

Zum Glück betrat Jesus just in dem Moment das Podium und stellte das Mikrofon ein. »Guten Abend. Ich heiße Sie alle herzlich willkommen und wünsche Ihnen ein glückliches neues Jahr. Ihre immense Beteiligung finde ich fantastisch. Vielen, vielen Dank für Ihr Kommen.«

Plötzlich kippte seine freudige Begeisterung ins Gegenteil. »Für uns, die wir hier an der Akademie beschäftigt sind, ist es jedoch ein eher trauriger Anlass. Wie Sie mittlerweile sicher wissen werden, haben wir unlängst zwei Kollegen verloren. Beide, Simon Classon und auch Christie Foxworthy, waren wunderbare Menschen und gute Freunde für jeden von uns. Ihr Verlust schmerzt uns sehr.« Er machte eine kunstvolle Pause. »Nun bitte ich Sie, sich zu erheben und zusammen mit mir ihrer und der großen Leistungen, die sie für die Akademie erbracht haben, einen Moment lang schweigend zu gedenken.«

Alle standen auf und lauschten auf das Geschirrgeklapper und die Zurufe des Catering-Personals in der Küche. Jemand sollte ihnen den Ernst des Augenblicks klarmachen. Zumindest warfen keine Classon-Hasser Tomaten auf das mitten auf der Bühne aufgestellte Porträt. Christie Foxworthys Konterfei befand sich auf einer Staffelei daneben. Es sah aus wie ihr Schulabschlussfoto. Davor häuften sich üppige Arrangements aus weißen Rosen. Ich fragte mich, was all die Leute um mich herum wohl dächten, wenn sie die genauen Umstände von Christies Tod kennen würden. Am Bühnenrand lungerten etliche Reporter herum. Das verhieß nichts Gutes.

Der Direktor meldete sich zurück, genug der Andacht für zwei grausig gepeinigte Mordopfer, die doch allen so am Herzen lagen. »Ich danke Ihnen. Nehmen Sie nun bitte Platz und genießen Sie das Dinner. Nach dem Dessert bieten wir Ihnen ein kleines Programm, und dann spielt unser Orchester für Sie zum Tanz auf, die Bar ist auch schon geöffnet. Prost Neujahr!«

Das war's für Simon und Christie. Wenn Jesus von einer Schweigeminute sprach, dann meinte er auch genau sechzig Sekunden. Richard Johnstone nahm Platz, und ich musste zugeben, mit Smoking sah er entschieden besser aus als in seinem Schneeanzug, was keine Kunst war. Ich hatte mit einem weißen Frack und dazu passendem Zylinder plus Sandalen gerechnet. Quer über den Tisch hinweg durchbohrten mich McKays Blicke.

Ich sagte: »Kann ich was für Sie tun, oder sind Sie immer so unhöflich?«

Er lächelte ungeniert, was mich noch mehr ärgerte, und starrte mich weiter an wie die Schlange das Kaninchen. »Ich hab mich nur gefragt, ob Dr. Black mir im Lauf des Abends ein Tänzchen gestatten würde.«

Gelassen antwortete ich: »Sicher hat er große Lust, mit Ihnen zu tanzen.«

Bud und die Finnin lachten. Black und McKay ebenfalls. Hatte offenbar meinen witzigen Abend. Black sagte nicht viel. Vermutlich hatte er auf den Modus stiller psychiatrischer Beobachter geschaltet. Ich ärgerte mich, als er schließlich sagte: »Erzählen Sie mir von Ihren Aktivitäten als polizeilicher Ermittler, Mr McKay. Muss ja ein faszinierender Job sein.«

»In der Regel spreche ich nicht über meine Arbeit.«

Black sagte: »Und warum nicht?«

»Weil mich die Polizei darum bittet. Außerdem empfinde ich es als ungebührlichen Eingriff in die Privatsphäre der Opfer und deren Angehörigen.«

Wow, nun trug er aber mal richtig dick auf, der Hellseher.

»Ich nehme an, Detective, Sie lassen sich auch nicht öffentlich über ihre Fälle aus«, wandte er sich an mich.

Noch bevor ich eine passende Antwort parat hatte, wechselte Black das Thema. »Bud, ich gratulier dir zu deinem guten Geschmack. Das Kleid steht Claire perfekt.«

»Können wir bitte dieses Thema ein für allemal beenden«, sagte ich unwirsch, vielleicht weil ich mich wirklich sehr, sehr unwohl fühlte, aufgebrezelt wie Gwyneth Paltrow oder sonst jemand auf dem Weg zur Oscarverleihung. Ich beschloss, eine Weile lang nett zu sein.

Wir verfielen in eine nette kleine Plauderei, und ehrlich gesagt, das Essen war in der Tat gigantisch. Chateaubriand, wenn schon, denn schon, und Wein und Austern à la Rockefeller. Der übliche Studentenfraß. Für so ein Essen bezahlte sich die Akademie garantiert dumm und dämlich, noch dazu, wenn es aus Blacks Hotel kam. Offenbar unterstützte die Allgemeinheit die Schule in hohem Maße, denn fast jeder, der mit diesem Schuppen zu tun hatte, kam an unseren Tisch auf ein paar freundliche Worte mit Black, oder, anders gesagt, um sich einzuschleimen. Alle starrten mich an und wünschten sich, ich hätte einen möglichst tiefen Ausschnitt, damit sie die Narbe von diesem Hackmesser sehen könnten, die letzten Sommer so viel öffentliches Furore gemacht hatte. Gut, dass mein Rücken einigermaßen verschont geblieben war, denn sonst müsste ich eine Kittelschürze tragen.

Bud und die Finnin verstanden sich prächtig, während der Hellseher still dasaß und sich wohl auch eine Begleiterin wünschte. Als er sich weiterhin brav und zurückhaltend verhielt und mich weitgehend in Ruhe ließ, beschloss ich, den Versuch zu wagen, ihn über früher auszufragen.

»Seit wann eigentlich, McKay, sind Sie wieder zurück am See?«

»Seit ungefähr einem Monat.«

»Und wo, sagten Sie, haben Sie früher gelebt?«

»Ich hab nichts gesagt.«

»Was dagegen, wenn ich rauskomme und Ihr Haus durchsuche?«

»Haben Sie einen Durchsuchungsbefehl?«

»Brauch ich denn einen?«

Black unterbrach. »Lass uns tanzen, Claire.«

»Kann ich doch nicht.«

»Ich bring's dir bei.«

Er zog mich hoch und führte mich auf die Tanzfläche, wobei er mir frech, wie er war, eine Hand auf meinen nackten Rücken legte. »Vielleicht willst du den Typen mal kurz loswerden.«

»Wie meinst du das?«

»Deine Feindseligkeit ist förmlich greifbar.«

»Ich bin doch gar nicht feindselig.«

Er legte den Arm um mich, und ich gab mein Bestes, so zu tun, als würde ich tanzen. »Doch, das bist du. Weißt du noch, was ich dir gesagt habe, als ich dein Hauptverdächtiger war und du mich behandelt hast, als wäre ich der Hinterletzte? Mit Honig fängt man mehr Fliegen als mit Essig.«

»Er steckt tief mit drin, Black. Ich bin sogar der Meinung, er hat's getan, kann es nur noch nicht beweisen. Dazu gibt es zu viele Indizien. Er taucht plötzlich zu einem Heimatbesuch hier auf, und ich finde eine riesengroße haarige Tarantula bei mir zu Hause. Das alles gefällt mir gar nicht.«

»Dann ermittle gegen ihn, aber ohne dich emotional hineinzusteigern.«

Ich sah zu ihm auf. Zwar bin ich nicht klein, aber er ist über eins achtzig groß. »Und das kommt ausgerechnet von dir? Du hast doch mit allen nur erdenklichen Tricks gearbeitet, um mit mir anzubandeln, als ich dich verdächtigte.«

»Ja, vielen Dank, aber mach's bitte nicht wieder.« Er beobachtete die Leute an unserem Tisch. »Ich glaube, ich werde John Booker mal auf McKay ansetzen. Mal sehen, was er so zu Tage fördert.«

Booker war Blacks Privatdetektiv und Kumpel aus alten Armeezeiten. Früher hatte Black ihn mal bezahlt, um mich auszuschnüffeln, weshalb ich ihn nicht besonders mag, aber er macht einen guten Job, das muss man sagen. Und ich würde zu gern einen Blick in die Vergangenheit dieses Scharlatans werfen. Dann sah ich zufällig, wie sich just der gerade mit Jesus unterhielt. Als sich die beiden zusammen einen Weg in die Küche bahnten, sagte ich: »Hör zu, Black, da gehen McKay und Johnstone. Ich will mal sehen, was sie im Schilde führen. Halt mir den Rücken frei, bis ich wieder zurück bin, und sag den anderen, ich sei auf der Toilette.«

»Pass auf dich auf.«

»Schon gut.«

Während Black an den Tisch zurückging, schlängelte ich mich durch tanzende Paare hindurch bis zur Cafeteriatür, die mit einer durchsichtigen Stoffbahn voller kleiner weißer Lichter verhängt war. Ich schlüpfte darunter durch und erblickte etwa zwanzig Leute, die wahnsinnig schicke Desserts, Schokoladenkuchen mit Kirschsauce, vorbereiteten. Hoffentlich würde Black nicht vergessen, eins für mich zu reservieren. Nirgendwo eine Spur von den beiden. Wohin waren sie so schnell verschwunden? Wichtiger noch, was führten sie im Schilde? Ich sah mich ohne großen Erfolg hier und da in dem Gebäude um und steuerte dann an der Küche vorbei den Flur an, der zu Willie Vines Büro führte. Etwas an diesem Burschen machte mich nervös, etwas, das ich nicht greifen konnte. Als ich zu ihm kam, saß er gerade an seinem zerschrammten Schreibtisch und las ein Buch, da seine Dienste als Parkwächter bis Mitternacht nicht gebraucht wurden.

»Hallo Willie.«

Als er mich sah, sprang er auf und starrte mich an wie eine Erscheinung aus der Hölle. Vielleicht erkannte er mich nicht in einem halben Kleid. »Entschuldigung, wenn ich störe, Willie, aber ich hab mich ziemlich gelangweilt da draußen und dachte, ich nutze die Gelegenheit und stell dir noch ein paar Fragen. Hast du eine Minute Zeit?«

Er sah sich nervös um, als suche er nach einer Fluchtmöglichkeit. Er wirkte völlig verstört. Warum?

»Hat's Spaß gemacht, Blacks Humvee zu fahren?«

»Der reine Wahnsinn, diese Kiste. Hätt' ich nie gedacht, dass ich da mal drinsitze. Arnold Schwarzenegger hat angeblich auch einen.«

»Stimmt.« Ich schaute auf das Buch in seiner Hand. »Was liest du da?«

»Ein Buch halt.«

»Was für ein Buch?«

Ich ging näher ran und hielt den Umschlag hoch. »Die Bibel?«

»Ja, Ma'am. Aber die hier ist anders, so richtig lesbar und ohne diese altmodischen Wörter.«

»Du meinst, wie ein Roman?«

»Ja, Ma'am. Wenn man's versteht, isses wirklich interessant.«

»Du interessierst dich also für die Bibel?«

»Ja, Ma'am.«

»Hast du Mr Classons Angelologiekurs besucht?«

»Mm-hmm. Ja, Ma'am.«

»Und wie hat's dir gefallen?«

»War recht interessant. So bin ich auch auf dieses Buch gekommen.«

»War Mr Classon denn ein guter Lehrer?«

»Ich fand, er konnte ziemlich gemein sein, aber wenn er von den Engeln erzählt hat, war's toll.«

Mir fiel die Medaille ein, die ich von Black bekommen hatte. Vielleicht könnte ich Willie damit ködern, seine Reserviertheit aufzugeben und sich zu öffnen. Ich zog sie heraus und legte sie in meine Handfläche. »Den heiligen Michael hier trage ich immer bei mir. Er ist der Schutzheilige der Polizei, und wir beide sind ein richtig eingespieltes Team. So kann mir nichts mehr passieren. Cool, nicht wahr?« Ich lachte über den kleinen Scherz.

Willie lachte nicht, wirkte jedoch mächtig beeindruckt. »Der heilige Michael ist der Racheengel Gottes. Mr Classon hat gesagt, er ist der erste Engel, den Gott erschaffen hat, und der Anführer aller Erzengel. Mit seinem Flammenschwert schützt er uns vor dem Satan. Und Mr Classon hat auch gesagt, dass er mit Luzifer gekämpft und ihn aus dem Himmel geworfen hat.«

»Stimmt genau. Und wir beide passen gut zusammen. Ich hab auch schon ab und an den einen oder anderen Kerl fertiggemacht.« Ich musste wieder lächeln, die Polizeibeamtin, die auf Engel stand. Aber Willie schien nun aufzutauen. Angelologie musste sein Lieblingsfach gewesen sein.

Er sagte: »Der Erzengel Michael hat auf dem Berg Sinai auch zu Moses gesprochen, und er hat Adam gezeigt, wie man Ackerbau treibt und eine Familie ernährt.«

»Wow! Der ist ja viel rumgekommen damals, nicht wahr?«

»Ja, Ma'am. Und Mr Classon hat gesagt, er hilft Menschen mit schlimmen Albträumen.«

»Okay, das macht die Sache perfekt. Ich nehm das Ding nie wieder ab.«

»Heißt das, Sie haben Albträume, Detective Morgan?«

»Manchmal. Du etwa auch?«

Willie nickte, und seine Miene verriet mir, dass es richtige Hämmer waren. »Hin und wieder, ja, und beim Aufwachen hab ich Todesängste.«

»Dann geht's dir wie mir, Willie. Besorg dir so schnell wie möglich auch so ein Ding.« Ich lächelte ihm aufmunternd zu, während ich die Medaille wieder in meinem samtenen Ausschnitt verschwinden ließ.

Willie schien nun regelrecht begeistert und lächelte, als hätten wir beide ein Engelgeheimnis. Ich warf einen Blick in die Ecke auf den Stuhl mit der geraden Lehne. »Was dagegen, wenn ich mich kurz setze? Ich bin nicht so scharf auf diese Schickimickigesellschaft da draußen. Mein Boss hat mich herbeordert.«

Das machte mich in seinen Augen noch sympathischer. »Klar, nehmen Sie Platz. Ich bin auch kein großer Partygänger.«

»Seit wann arbeitest du schon hier?«

»Von Anfang an.«

»Im Ernst? Dann musst du ja schon mit drei hier angefangen haben.«

Er grinste etwas. »Vielleicht bin ich ja älter, als ich aussehe, und diesen Job mag ich sehr, weil ich nur wenig mit Menschen zu tun habe. Ich bin mehr ein Einzelgänger und gern allein.«

Mein Blick fiel auf einen Bilderrahmen auf seinem Schreibtisch. Er enthielt das Porträt eines hübschen Mädchens mit roten Zöpfen und Sommersprossen. »Ein gutes Foto von Wilma.«

Willie schien sich zu verkrampfen. Er blickte herum, ohne den Versuch, es zu verbergen. »Richtig. Sie hat es mir geschenkt, und ich hab's in den kleinen Rahmen gesteckt. Lag in der Schreibtischschublade.«

»Erzähl mir von ihr.«

Er hielt den Blick gesenkt und wand sich auf seinem Stuhl. »Was wollen Sie denn wissen?«

»War sie deine Freundin?«

»Nein, hm-hm. Ich hatte noch nie eine Freundin.«

»Warum nicht? Du siehst doch gut aus.«

Er wurde rot, wich meinem Blick noch immer aus. »Ich weiß nicht.« Er zuckte leicht mit den Schultern, dann noch einmal. »Ich bin am liebsten allein.«

»Also wart ihr beide nur gute Freunde. Was auch was heißt.«

»Stimmt. Sie ist auch gern hierhergekommen, so wie Sie heute Abend. Einfach, um zu reden und von den anderen weg zu sein.

Sie hasste die hässlichen Dinge, die hier abgingen, aber konnte nichts dagegen tun.«

»Hat dich sicher schier wahnsinnig gemacht, als Classon anfing, sie zu schikanieren, hm?«

»Natürlich. Jeder. Sie hat es einfach nicht verdient, wie er über sie geredet hat.«

»Gab es jemanden, der Classon seine Gemeinheiten heimzahlen wollte?«

»Mr Rowland hat mal gesagt, er würde Classon die Toilette hinunterspülen wollen, wo er hingehört. Aber solche Sachen haben alle gesagt.«

»Was ist mit Christie Foxworthy? Hat sie Wilma gemocht?«

»Glaub schon. Ich hab sie nicht gut gekannt. Sie hat mich nie groß beachtet.«

Ich sah ihn genau an. »Wie war das für dich, als Wilma weggegangen ist? Wolltest du Simon Classon umbringen dafür, dass er sie vertrieben hat?«

Willie starrte mich an, während er nervös an seinem Schnurbart herumzupfte. »Ja, ich glaub schon. Am liebsten hätte ich ihn in eine dieser gigantischen Müllpressen geschmissen, wie es sie in den ersten *Star-Wars*-Filmen gab.«

Okay, so weit, so gut. Mit seinen Gefühlen hielt Willie nicht hinterm Berg. Beiläufig fragte ich: »Du bist es nicht zufällig gewesen, der ihn umgebracht hat?« Ich lachte, Sie wissen schon, ha, ha, ha, Sie sind verhaftet.

Willies Augen weiteten sich kreisrund. Er sah mich direkt an. »Muss ich jetzt einen Anwalt rufen?«

Nun war ich nicht schlecht überrascht. Der Junge war gar nicht so vertrottelt, wie er immer tat.

»Nur wenn du es getan hast.«

»Ich würde nie jemanden umbringen.« Da war er wieder, der Naivling mit dem unbedarften Blick. Durch die Maske hindurch jedoch beobachtete mich Willie Vines mit Adleraugen. Vielleicht sollte ich mal etwas genauer mit Willie Vines Vergangenheit beschäftigen und mit der Frage, wo er sich aufgehalten hatte, als Classon entführt und Christie in diesen Koffer gesperrt worden war. An dem Jungen war mehr, als man auf den ersten Blick vermuten würde.

»Könnte aber sein, dass ich was weiß.«

Aha. »Gut, dann solltest du es mir vielleicht sagen.«

Er zögerte und sah zur Tür. »Und was ist, wenn ich Angst habe? Wenn sich jemand an mir rächt, wenn ich was sage?«

Nun wurde es richtig spannend. »Wie wäre es dann, gleich mit der ganzen Wahrheit rauszurücken, damit ich den Betreffenden verhaften kann, ehe er sich an dir rächt? Wie wäre es, wenn ich dir verspreche, für deinen Schutz zu sorgen?«

Er zögerte immer noch, die merkwürdigen Augen voller Angst. »Ich weiß nicht. Bin mir nicht sicher …«

Sein Blick ging plötzlich in Richtung Tür, und sein Gesicht zeigte den Ausdruck blanken Entsetzens. Ich drehte mich langsam um und sah direkt in das Gesicht von Joe McKay.

»Hallo, Detective. Ich sehe, Sie unterhalten sich gerade mit einem alten Freund von mir.«

»Ich wusste nicht, dass Sie beide befreundet sind.«

»Ja, er hat hier schon gearbeitet, als ich Schüler hier war. Wirklich ein guter Junge.«

»Er könnte mir womöglich eine Menge über Sie erzählen, McKay, Sachen, die ich gar nicht wissen sollte.«

»Vielleicht, aber ich bezweifle es. So gut kannten wir uns gar nicht, stimmt's, Willie?«

Willies Gesicht hatte eine seltsame weiße Färbung angenommen. Er sah aus, als würde er sich gleich übergeben. »Nein, Sir, nicht wirklich.«

»Wir haben fast Mitternacht, Detective, meinen Sie nicht, Sie sollten zurück zu Ihrem Begleiter?«

»Das, meine ich, sollten Sie lieber mir überlassen, McKay.«

Willie stand auf, rang vor Verzweiflung fast die Hände, wischte sich aber stattdessen mit den feuchten Handflächen über die Hose seiner Uniform. Das plötzliche Auftauchen seines alten Kumpels setzte ihn schwer unter Druck. »Ich kümmere mich mal lieber um die Ballons für die Mitternachtssause. Sonst macht mich der Direktor zur Schnecke.«

Er suchte blitzschnell wie eine Kakerlake das Weite.

»Warum gehen wir nicht zurück zur Party?«, schlug McKay vor. »Übrigens, Sie sehen heiß aus in dem Kleid.«

»Na vielen Dank. Nun weiß ich wenigstens, wie Sie's finden, und kann heute Nacht ruhig schlafen.«

Er lachte, aber seine Augen blickten umsichtig wachsam drein wie immer. Mann, er wirkte so was von tatverdächtig, dass ich am liebsten meine Waffe gezogen und ihn verhaftet hätte, nur um es hinter mich zu bringen. Wir schauten in Richtung Turnhalle, als die Gäste laut lärmend begannen, die letzten Sekunden bis Mitternacht herunterzuzählen. Wie schnell doch die Zeit verging, wenn man sich nicht amüsierte.

»Sie sollten sich lieber beeilen, Detective. Ich wette, Sie brechen Schlag Mitternacht von hier auf.«

Ich bedeutete ihm, vorauszugehen, denn meinen Rücken wollte ich ihm partout nicht zuwenden aus Angst, er könnte ein paar Vogelspinnen in seinem Kummerbund in petto haben. Daraufhin zog er los, und ich folgte ihm unmittelbar. Meinen ersten Vorsatz fürs neue Jahr hatte ich in dem Moment schon gefasst. Ich würde diesen Typen so fest an die Wand nageln, dass er aussah wie sein eigener Steckbrief, und ich war mir nun sicher, dass Willie Vines den Hammer hatte, den ich dazu brauchte.

21

Ich schlängelte mich zurück an unseren Tisch, während sich der Neujahrscountdown fortsetzte. Überall um mich herum amüsierte man sich prächtig, alles hatte dämliche Partyhütchen aufgesetzt, blies in Papiertröten, warf Konfetti in die Luft und wollte nichts mehr wissen von zwei Mordopfern und ehemaligen Kollegen. Mir wurde davon regelrecht schlecht. Über diverse Champagnerpyramiden ergoss sich das edle Gesöff in Strömen, und die Feiernden kippten es in sich hinein wie Wasser. Man gönnte sich ja sonst nichts an der Begabtenakademie Höhlensystem. Egal, Jesus Johnstone fuhr an diesem Abend jede Menge Kohle ein für sein kleines abgelegenes Mordinstitut, nicht zu vergessen die eigenen kleinen Hippietaschen. Seher-Joe war längst verschwunden. Ich musste ihn wohl aus den Augen verloren haben.

Als ich am Tisch ankam, brach die Menge in Prosit Neujahr aus. Bud wirkte nun wie zu allem bereit, was die Finnin betraf, während Black stinksauer dreinguckte. »Ach, sieh einer mal an, wen haben wir denn da. Und gerade noch rechtzeitig zum Ende der Party.«

War das sarkastisch? Ich glaube mal ja. »Tut mir leid, aber du weißt ja, wie das ist, wenn man sich eine Polizistin anlacht.«

»Ach ja? Wie denn, Darling?«

Ich lächelte, erleichtert darüber, dass er Darling gesagt hatte, was sonst nur im Bett vorkam. Er konnte also nicht allzu verärgert sein, oder aber er hatte noch romantische Pläne für später, worüber ich mir allerdings nicht sicher war. Ich hoffte es jedoch.

Ich beschloss, eine Charmeattacke zu starten, worin ich schon auf dem College nicht besonders gut war, aber ich konnte es ja versuchen.

»Hey, ich bin rechtzeitig zurück, um das neue Jahr einzuläuten, oder?« Sehen Sie, was ich meine? Charme ist nicht so ganz meins. Black ist da besser, und er hat genug davon für uns beide.

Alles stand mittlerweile, man lachte und trank und fixierte die große Digitaluhr, die Black auf der Bühne hatte anbringen lassen. Die Leute begannen, die Zahlen laut herauszubrüllen, während ich die Ausgänge nach Joe McKay absuchte.

»Vier … drei … zwei …«

Als der Countdown bei eins ankam, vergaß Black meine unentschuldigte Abwesenheit und umarmte mich, verbunden mit einigen nicht ganz leidenschaftslosen Zärtlichkeiten. Über seine Schulter hinweg sah ich Joe McKay. Er schlich sich hinter uns heran und grinste mir zu, für mich wie ein Schlag ins Gesicht. Ich spürte instinktiv, dass er sich mit keiner guten Absicht draußen herumgetrieben hatte.

Nach einer Welle freudiger Erregung und unter vielen Umarmungen und Küssen, kündigte sich das Ende der Party an, indem Jesus ein letztes Mal die Bühne erklomm und mit salbungsvollen Worten allen für ihr Kommen dankte, eine gute Heimfahrt wünschte, und dass Gott mit uns sein möge, mit allen und jedem. Genau, und vergessen Sie bitte nicht, Ihr Spendenkärtchen in dem am Ausgang aufgestellten Korb zu hinterlassen.

Ich warf mich in meinen Parka und trat mit Black ins Freie. Schneeflocken trudelten herunter, bis der Wind auffrischte. Dann blies es uns in horizontalen Böen mitten ins Gesicht. Den Humvee brachte ein anderer Junge zurück, dicht in einen Kapuzenparka eingepackt und mit dicken Lederhandschuhen und einem breiten Lächeln. Einen Moment lang dachte ich schon, wir bräuchten eine Brechstange, um den Burschen aus dem beeindruckenden Fahrzeug zu stemmen, aber er überreichte mir die

Schlüssel doch freiwillig. Ich mochte den Humvee tatsächlich und fühlte mich wie Alien Terminator in einem sexy Kleid, als ich hinter das Steuer glitt. Sollte Black doch den Part von Maria Ford übernehmen und auf dem Beifahrersitz Platz nehmen.

Wir fuhren los, und ich kam mir vor wie in einem 007-Plot, unterwegs durch die Antarktis mit dem Auftrag, gestohlene atomare Sprengsätze zurückzuerobern. Ich zog die Handschuhe aus und ergriff das Steuerrad, wild entschlossen, den winterlichen Seegöttern die Stirn zu bieten.

Black drehte die Heizung auf geschätzte dreißig Grad auf und sagte: »Zu mir nach Hause ist es näher. Wir verbringen die Nacht dort.«

Ich zögerte, weil es doch sehr nach Befehl klang, und ich war keine von seinen Lakaien. Andererseits hatte er natürlich recht. Cedar Bend war zwanzig Meilen näher als mein Zuhause, und es lag keine kurvige Bergstraße dazwischen. Und wir hatten diese abscheuliche Spinne bei mir zu Hause gefunden, die vielleicht Verwandte hatte, die ebenfalls bei mir eingezogen waren. Ich bog an der nächsten Abzweigung rechts ab und nahm Kurs auf sein Luxusappartement mit dem gigantischen Whirlpool in Cedar Bend Lodge.

Dann fiel mir plötzlich ein, dass ich ja nun einen Hund hatte, für den ich verantwortlich war. »Was ist mit Jules Verne?«

»Ich lass ihn abholen.« Black hielt sich am Armaturenbrett fest, weil ich eine Kurve zu schnell genommen hatte und ins Schlingern geraten war. Ich steuerte gegen und gewann die Kontrolle wieder. Beruhigt linste er zu mir herüber. »Was hast du nun eigentlich herausgefunden, als du mich für gerade mal zwei Stunden allein am Tisch gelassen hast?«

»Es waren nicht zwei Stunden, sondern gerade mal eineinhalb, um realistisch zu sein. Tatsächlich hatte ich ein Gespräch mit dem Hausmeister Schrägstrich Parkdiener Schrägstrich Verdächtigen, der mehr weiß, als er zugibt. Er verbirgt etwas, stell dir vor.«

»Und Joe? Er war auch lange Zeit weg. Was hat er gemacht.«

»Er und der Direktor haben sich verdrückt. Ich wollte sie suchen, stieß aber auf Willie Vines. Und weißt du was? Joe hat mich in Willies Büro aufgestöbert, und Willie hatte Riesenschiss vor ihm. Er war regelrecht eingeschüchtert. Ziemlich interessant, findest du nicht? Und dass Joe mit dem Direktor herumhängt, als wären sie alte Kumpel, ist auch interessant.«

»Der Direktor und ein ehemaliger, noch dazu suspendierter Schüler bei einer Klüngelei mitten auf der wichtigsten Spendengala des Jahres? Kommt mir ein bisschen merkwürdig vor, stimmt. Wie, findest du, fährt sich denn dieses Baby?«

»Gut, wenn man gern einen Panzer fährt. So wie ich.« Ich blickte in den auf das Scheinwerferlicht zurasenden Flockenwirbel, was richtig psychedelisch aussah, wie ein Stroboskopgewitter. »Alles an dieser Schule ist merkwürdig.« Ich sah zu Black, der mir riet, die Straße im Auge zu behalten. »Warum taucht McKay plötzlich hier auf, kurz bevor Classon gefunden wird? Kannst du etwas anderes daraus folgern, als dass er unser Täter ist?«

»Könnte sein, der Publicityrummel vom letzten Sommer hat ihn hierher zurückgebracht, vor allem, wenn er der Killer ist. Ich kenne das von anderen Fällen. McKay liest alle diese schillernden Zeitungsberichte über dich, die brillante Detektivin, die einen Zusammenstoß mit einem verrückten Killer überlebt hat. Jeder Psychopath hält sich für klüger als alle anderen. Vielleicht war er eifersüchtig ob all der Aufmerksamkeit und beschloss, es einfach mal drauf ankommen zu lassen, um zu sehen, wie viel du wirklich auf dem Kasten hast. Herrgott, sämtliche Reporter des ganzen Landes waren hier und trieben uns vor sich her.«

Mir kamen Bilder von Übertragungswagen, aufdringlich herumbrüllenden, ego-getriebenen Reportern, die mir Tag und Nacht auflauerten und mir ihre Mikrofone ins Gesicht knallten, es war die Hölle. »Nur eine Frage der Zeit, und sie bekommen Wind von dem Fall.«

»Vielleicht halten sie ja die Schneestürme in Schach, aber es braucht nur einer die bizarren Details dieser beiden Fälle auszuschnüffeln, dann fallen sie auf Schneeschuhen hier ein. Und wenn das passiert, bleibst du bei mir, damit du sicher vor ihnen bist.«

»Charlie gibt absolut keine Fakten bekannt. Das hat ihn die Erfahrung gelehrt. Und sogar die Zeitungen hier vor Ort sind viel zu sehr mit dem Wetter beschäftigt, als dass sie sich noch um andere Dinge kümmern würden. Er sagt, ein paar Anfragen hatte er schon, aber er hat sie abgeschmettert.«

Black sagte: »Bis jetzt.«

»Genau.«

Seine diesbezügliche Einschätzung wirkte nicht gerade vertrauenerweckend. Ich konzentrierte mich aufs Fahren, genoss das Gefühl dieses dicken Brummers. Vielleicht würde Black mir ja auch einen kaufen. Vielleicht einen schwarzen mit individuellem Kennzeichen, auf dem stand RUINIERT. Als der Schneefall richtig ernst machte und die Straße glatt wurde, trat ich auf die Bremse. Die riesengroßen Flocken klatschen nass und schwer gegen die Scheibe, dass die Wischer fast schlapp gemacht hätten. Ich atmete erleichtert auf, als die beeindruckende Einfahrt aus Naturstein und all die bunten Weihnachtslämpchen auftauchten, die Cedar Bend Lodge in ein Winterwunderland verwandelten. Die Anlage war wirklich gigantisch, Stein gewordener Ausdruck von Blacks Lebensmaxime, die da lautete: Nicht kleckern, sondern klotzen. Ich hörte leise die Klänge des »Mexikanischen Huttanzes« aus meiner Tasche, brachte den Humvee zum Stehen und klappte das Telefon auf.

»Detective Morgan? Hier ist … Willie Vines.«

Ich sah zu Black und sagte: »Ach, Willie, du, hast du mir was zu sagen?«

Schweigen. Ich hörte auf das Rubbel-Flopp, Rubbel-Flopp der Wischer. Meine Spannung stieg ins Unermessliche. Vielleicht war das ja der alles entscheidende Durchbruch.

»Willie? Bist du noch da?«

»Ja, aber ... ich hab echt Angst.«

»Warum?«

»Ich weiß Sachen, die bringen mich um. Er bringt mich um, wenn ich was sage.«

»Wer? Sag mir wer, Willie?«

»Was wenn er davon erfährt?«

»Wir sorgen für deinen Schutz. Du musst uns nur die Wahrheit sagen. Wo bist du denn jetzt? In der Akademie?«

»Nein. Nach dem Gespräch mit Ihnen bin ich gegangen.« Noch leiser. »Ich bin ganz durcheinander.«

»Wo bist du? Wir können uns treffen. Auf ein Gespräch unter vier Augen.« Ich sah zu Black. Er wirkte interessiert. Oder vielleicht doch verärgert.

»Es gibt einen Ort, den niemand kennt außer mir. Da bin ich manchmal.«

»Jetzt auch?«

»Ja.«

»Sag mir, wie man da hinkommt.«

»Kennen Sie den Highway 5, an diesem alten Schulhaus vorbei, das jetzt ein Museum ist, und dann weiter. Genau in dieser Richtung. Auf dem Briefkasten ist ein Fisch, Sie wissen schon, das Symbol für Jesus Christus.«

Ich runzelte die Stirn. Seltsam. »Okay, bleib, wo du bist. Sprich mit niemandem. Ruf niemanden an und lass niemanden rein.«

Ich klappte das Telefon ein. »Willie ist bereit, zu singen. Kommst du mit?«

»Darauf kannst du Gift nehmen.«

Ich rief Bud per Schnellwahl. Es klingelte zweimal, ehe er abnahm. »Wo bist du?«

»Brianna hat mich auf einen Kaffee reingebeten.«

Was heißen sollte, er verbrachte die Nacht mit ihr. »Willie Vine ist bereit auszupacken. Black und ich sind schon unterwegs.«

»Mist. Jetzt?« Bud war nicht begeistert. »Wo?«

Ich beschrieb es ihm, machte einen U-Turn auf der Straße und düste wieder raus.

Black sagte: »Langeweile kommt mit dir keine auf, Detective. Wie sieht's aus? Könnte das eine Falle sein?«

»Gut möglich. Für Joe McKay ist Willie bereit, alles zu tun. Er hat Angst vor ihm. Du hättest sein Gesicht sehen sollen, als McKay plötzlich vor uns stand.«

»Was ist der Grund dafür?«

»Genau das will ich erfahren.«

Es dauerte fast eine halbe Stunde, bis wir den richtigen Briefkasten fanden, wobei kein Verkehr herrschte, mit Ausnahme weniger Fahrzeuge, die von irgendwelchen Partys nach Hause schlitterten. Das Wetter spielte weiter verrückt, aber der Humvee war wie unser persönlicher Schneepflug.

»Da ist er. Sieht so aus, als hätte er den Schnee heruntergewischt, damit wir ihn besser sehen.«

»Vielleicht hat er uns von hier draußen über sein Handy angerufen.«

Eine Fußspur führte eine dicht von Bäumen gesäumte Straße entlang. Auf beiden Seiten schlugen uns Zweige und Äste entgegen.

»Mann, pass auf den Lack auf.«

»Tschuldigung.«

Nach einer halben Meile sahen wir das Haus. Es war sehr alt, ein typisches Farmhaus inmitten von verschneiten Feldern. Sämtliche Lichter brannten. Ich fuhr neben einem alten klapprigen Chevy Pick-up vor, stellte den Motor ab, ließ aber die Scheinwerfer an, um den Eingang zu beleuchten. Die Tür war nur angelehnt. Mein sechster Sinn rotierte.

»Mir gefällt das nicht.«

»Mir auch nicht.«

»Willst du auf Bud warten?«

»Nein.«

»Vielleicht solltest du aber.«

Ich stieg aus und zückte meine .38er. Meine Stilettos versanken im Matsch und ließen die Zehen gefrieren. Der Schnee hatte sich inzwischen in Eisgraupel verwandelt, die gegen den Humvee hagelten. Der Motorlüfter lief an. Sonst war alles still. Black stieg auf der anderen Seite aus. Zu meinem Erstaunen zog er seine .38er hinter dem Rücken hervor.

»Du bist bewaffnet?«

»Ja, sicher ist sicher. Das weiß ich spätestens seit letztem Sommer.«

Ich sagte: »Hier ist was oberfaul.«

»Wie meinst du das?«

Auf dem Weg zur Haustür verliefen viele Spuren, in beide Richtungen und die Treppe hinauf. Ich blieb stehen und lauschte. Totenstille. Ich zog den Saum meines Kleids nach oben und stopfte ihn unter den Parka. Nur für den Fall, dass ich jemandem in die Lenden treten müsste. Wir schlichen uns seitlich die Treppe hoch. Offensichtlich war, dass Black irgendwann irgendwo mal eine Art Polizeiausbildung gemacht haben musste. Vielleicht in seiner Zeit bei den Army Rangers. Ich war froh, ihn zur Unterstützung bei mir zu haben.

Ich klopfte an die Tür. »Willie? Bist du da?«

Keine Antwort. Ich stieß die Tür mit der Fußspitze auf, und sie bewegte sich laut knarrend und quietschend wie im Horrorfilm nach innen. Drinnen gab es Spuren eines Kampfes. Eines schweren Kampfes. Umgeworfene Stühle. Zerbrochenes Geschirr. Eine riesengroße Blutlache in der Form Kaliforniens plus der Halbinsel Niederkaliforniens.

Hinter uns erschien Buds Bronco mit einem Schwenk seiner Scheinwerfer über uns hinweg. Er hielt an und stieg aus, zog seine Waffe.

»Nimm du die Rückseite, Bud. Drinnen ist alles voller Blut.«

Er schlich sich um das Haus herum, wobei die schräg niedergehenden Streifen von Graupel und Schneeregen im Lichtkegel seiner Taschenlampe aufleuchteten. Black hielt seine Waffe schussbereit in Höhe seiner rechten Schulter vor sich her. Ich glitt, gefolgt von ihm, mit dem Rücken zur Tür nach ins Innere des Hauses. Immer noch Totenstille. Vom Wohnzimmer aus gingen zwei Türen ab. Blutige Schleifspuren führten zu einer der Türen, wahrscheinlich ins Schlafzimmer. Ich zuckte zusammen, als hinten eine Tür aufgestoßen wurde, gefolgt von Buds Rufen.

»Ich bin drin. Alles in Ordnung.«

Sekunden später erschien er in der Küchentür. Ich zeigte auf die Blutspur. Wir bewegten uns zusammen darauf zu, um Möbel herum und mit dem Rücken an der Wand entlang. Black behielt seinen Standpunkt bei und gab uns Deckung. Die Blutspur glänzte und sah frisch aus auf dem ramponierten dunkelgrünen Linoleum.

Bud warf einen schnellen Blick in den Raum hinein. »Du lieber Himmel, was für ein Blutbad.«

»Gehen wir.«

Wir gingen zügig voran, Bud hinter mir. Der Raum war leer. Keine Schränke, keine Versteckmöglichkeiten. Nur Blut, wohin man sah, dass mir der Atem stockte.

Ich hielt die Waffe mit ausgestreckten Armen vor mir. »Da ist jemand regelrecht abgeschlachtet worden.«

»O mein Gott.« Das war Black, der nun in der Tür stand.

Das Doppelbett in dem Raum war mit einer Tagesdecke aus Chenille bedeckt. Sie war so voller Blut, dass ich zunächst gar nicht bemerkt hatte, dass sie gelb war. Aber das war nicht das schlimmste Detail. Darauf lagen ein Kopf und ein Torso, bis zur Unkenntlichkeit zerhackt. Und andere Körperteile. Weitere lagen auf dem Boden verstreut.

Im Inneren dessen, was von der Brusthöhle übrig geblieben war, steckte ein Riesending von Machete. Der ekelerregende Gestank frischen Bluts erfüllte den Raum. Mir drehte sich der Magen um, und ich spürte, wie mir die Galle hochkam. Ich schluckte, brachte aber kein Wort hervor. Niemand sagte etwas, alle starrten wir nur auf das Gemetzel. Schließlich sagte ich: »Ich glaube, das ist Willie.«

Bud trat näher an das Bett heran und machte ein paar vorsichtige Schritte um den verstümmelten Körper herum. Dann zeigte er auf den Torso. »Auf der Hemdtasche ist sein Name eingestickt.«

Ich sah auf einen abgetrennten, gegen ein Kissen gelehnten Fuß. »Diese Stiefel trug er noch gestern Abend.«

Ich schluckte schwer angesichts meiner Fassungslosigkeit. »Könnte sein, alles ist so arrangiert, damit es so aussieht, als ob er es wäre. Alles sieht so anders aus als die letzten beiden Tatorte. Für mich ergibt das keinen Sinn.«

Black sagte: »Nur Willie hätte einen Grund, das Opfer so herzurichten, dass es aussieht wie er. Und warum sollte er das tun?«

Gute Frage. »Wer weiß? Vielleicht ist er der Täter, oder jemand anders will, dass wir das glauben. Wir müssen abwarten, bis Buck für Klarheit sorgt. Okay, wir lassen alles so, wie es ist, holen tief Luft und ziehen uns erst einmal Schutzkleidung an, ehe wir den Schauplatz kontaminieren.«

Ich rief Charlie an, weckte ihn, aber er war zu geschockt, als dass er mich zusammengestaucht hätte. Er wollte Buckeye und die Kriminaltechnik alarmieren. Ja, frohes neues Jahr allerseits.

Ich legte auf und sagte: »Wie lautet deine Einschätzung, Bud?«

»Sieht so aus, als hätte alles im Wohnzimmer begonnen.«

»Der Typ wurde in lauter kleine Stücke zerhackt«, warf Black ein. »Ein derartiges Ausmaß von Wut ist mir nie zuvor begegnet. Der Killer muss über und über voll gewesen sein mit Blut. Schaut euch doch die Wände an. Die Decke.«

»Wie konnte der Täter eigentlich entkommen, ohne blutige Fußspuren zu hinterlassen?«

Bud sagte: »Er ist aus dem Fenster gestiegen. Seht doch.«

Blut befand sich am Fensterbrett, an der Scheibe und am Rahmen. »Dieses Mal kriegen wir ihn. Er muss uns was hinterlassen haben.«

Ich wartete, bis Bud nach draußen gestapft war und mit Latexhandschuhen und Papiergamaschen zurückkam. Wir legten die Sachen an, und ich arbeitete mich um Blutlachen herum und an Fleischfetzen vorbei bis zum Fenster vor. Ich machte es auf und leuchtete mit Buds Taschenlampe den Boden davor ab. Die Schneeschicht war rot und großflächig zerstört. Der Mistkerl hatte sich im Schnee herumgewälzt und gereinigt. Somit waren wir nun einem blutigen Schneeengel auf der Spur. Ich ließ den Lichtstrahl weiter vor über den Hof schweifen. In den Wald hinein führten die Spuren eines Allradgefährts.

»Er ist mit einem Allrad geflohen. McKay fährt auch einen. Vielleicht gelingt uns ein Profilabgleich.«

Ich musste daran denken, wie verängstigt Willies Stimme kurz zuvor am Telefon noch geklungen hatte, und ich ihm gesagt hatte, wir würden ihn schützen. Ich spürte, wie sich mein Magen zusammenzog, kalt und schwer. McKay war sicher der Täter. Das hatte ich im Gefühl. Und ich wurde mir immer sicherer. Und ich würde ihn für all seine Untaten zur Verantwortung ziehen. Willie Vines würde sein letztes Opfer sein.

22

In den frühen Morgenstunden des Neujahrstags untersuchten Buckeye und sein Team nicht minder geschockt als wir den Tatort. Der Himmel erstrahlte mittlerweile in leuchtendem Blau, was schwere Kopfschmerzen befürchten ließ, und ich schluckte vorsichtshalber schon mal eine Excedrin, denn es würde Stunden dauern, das Blut zu beseitigen und alle Körperteile einzusammeln. Ersten Erkundungen zufolge hatte Willie keine lebenden Verwandten. Mir schien es ein merkwürdiger Zufall zu sein, dass alle drei Opfer so gut wie allein auf der Welt waren, wenn man mal von Christie absah, deren Angehörige es aber bisher nicht für nötig erachtet hatten, die Herausgabe der Leiche anzufordern.

Black brach so gegen fünf Uhr auf, um ein paar Stunden zu schlafen, ehe er sich um die Patienten kümmerte, die über die Feiertage hinweg in Cedar Bend Lodge geblieben waren. Es war später Vormittag, als Bud mich bei mir zu Hause absetzte. Ich ließ Jules Verne hinaus, damit er sein Geschäft verrichten konnte, und schlief dann drei Stunden lang, ehe ich wieder aufstand, mich anzog und mit Bud telefonierte. Aus einem Telefonat mit dem Direktor, in dem wir ihm die traurige Nachricht überbrachten, ging hervor, dass er sich höchstpersönlich für Joe McKay verbürgen konnte. Nach der Gala hatte er zusammen mit Joe und zwei Beiratsmitgliedern sowie deren Frauen noch einige Drinks getrunken. Offensichtlich überlegte der Direktor, McKay als Dozenten zu engagieren, für einen Kurs, der sich dann wohl »Übersinnliche Wahrnehmung für Anfänger« nannte. Und er würde da draußen nicht schlecht hinpassen, was mich aber nicht davon abhielt, weiter Druck auf McKay auszuüben. Willie hatte große Angst vor ihm gehabt, und nun war Willie tot. Es wurde höchste Zeit, Joe in seinem kleinen Refugium in den Wäldern einen kleinen Besuch abzustatten. Bud fuhr in meinem Bronco mit.

Er wirkte stark übermüdet, dennoch saß die messerscharfe Bügelfalte in seiner Jeans perfekt. Mensch, wie machte er das bloß? Seine ersten Worte waren: »Haben wir einen Durchsuchungsbefehl für McKays Bude?«

»Noch nicht. Buckeye will mich anrufen, sobald sie eindeutiges Belastungsmaterial gegen ihn finden.«

»Wo wohnt dieser McKay überhaupt?«

»Laut Charlie irgendwo draußen am Ende der Welt. Wo seine Familie früher gewohnt hat. Das find ich, du wirst sehen.«

Am Ende der Welt war die Untertreibung des Jahres. Und wir hatten schon gedacht, Willie wohnte weit draußen. Ja, es lag wirklich sehr, sehr tief in den Wäldern, weitab von Willies Haus und der Akademie. Warum hielt ein junger Typ wie McKay so viel Abstand zu der Welt? Vielleicht weil er jede Menge Leichen im Keller hatte. In einem Keller voller Macheten und Spinnweben.

»Hier ist es. Charlie sagte, da wäre ein verrosteter Briefkasten mit dem Namen Bulinsky.«

Ich bog in eine verschneite Schotterstraße ein. Es gab keine frischen Allradspuren, aber unlängst war ein Auto hier entlanggefahren.

»Sieht so aus, als wäre er zu Hause«, folgerte Bud.

»Hoffen wir es, mit Willies Blut an den Klamotten.«

Auf den Ästen der Bäume beiderseits der Straße lagerte eine dicke Schneeschicht, und gegen das gleißende Licht war sogar meine Sonnenbrille machtlos. Meine Kopfschmerzen wurden stärker. Dann tauchte ein Farmhaus vor uns auf, das dem von Willie sehr ähnlich, aber vielleicht nicht ganz so verfallen war. Aus einem gemauerten Kamin stieg schwarzer Rauch in die frische Morgenluft.

Das herumliegende Holz ließ auf Renovierungsarbeiten schließen. Dann sah ich ihn auch schon, schräg hinten neben einer frei stehenden Garage. Er sah uns auch, vermute ich, denn er rannte überstürzt zur Hintertür.

Ich gab Vollgas, worauf wir gefährlich ins Schlingern gerieten, wenig später aber kurz vor der Haustür zum Stehen kamen. Wir zogen unsere Waffen und sprangen heraus. Bud übernahm den Vordereingang und erklomm Schritt für Schritt die Verandastufen. Ich machte mich auf den Weg um das Haus herum durch tiefe, ganz frische Schneewehen hindurch. Hinten zögerte ich, wohl wissend, dass er mir mit einer abgesägten, doppelläufigen Schrotflinte auflauern könnte, oder, schlimmer noch, mit einer blutbefleckten Machete. Ich dachte an Willies zerstückelten Körper, schluckte und spürte einen Hauch von Furcht, den ich aber ignorierte. Ich wagte einen Blick um die Ecke. Im Hof war niemand, nur jede Menge zertrampelter Schnee. Ein halb fertiger Schneemann mit Karottennase. Häh? Das schien mir doch etwas überraschend. Vielleicht spielten ja auch eiskalte Killer gern im Schnee. Vielleicht packten sie ja auch Eis um ihr Herz, um den Killerinstinkt frisch zu halten.

Vorne polterte Bud mit der Faust gegen die Tür und schrie: »Polizei! Sofort aufmachen!« Ich hielt meine Kanone auf den Hintereingang gerichtet, den Finger am Abzug und ziemlich sicher, dass mein Freund im nächsten Moment herausstürzen und das Feuer eröffnen würde.

Die Fußspuren im Hinterhof verliefen kreuz und quer und waren von Motorrad- und Allradspuren überlagert. Viele führten in die alte Garage. Die Tür war offen. Ich arbeitete mich mit seitlichen Schritten darauf zu, Blick und Waffe auf den Hintereingang gerichtet. Bud schlug abermals gegen die vordere Haustür. Ich warf einen kurzen Blick in die Garage, die Waffe voraus und einsatzbereit.

Drinnen stand McKays Harley-Davidson, und in dem angebauten Metallschuppen stapelte sich jede Menge Unrat: Gartenwerkzeug, alte Reifen, Rasenmäher, leere Farbkübel.

Ich drehte mich um und suchte den Hof nach Allradspuren in Richtung Wald ab. Da hörte ich plötzlich ein Geräusch und schwenkte die Waffe blitzschnell herum. Draußen auf seiner Veranda stand Joe McKay in einem schwarzen Pullover und Bluejeans. »Aber hallo, Detective Morgan, was suchen Sie denn in meiner Garage?«

Prince Charming höchstpersönlich und wie immer verschmitzt lächelnd. Sein Atem wölkte sich beim Sprechen. Meiner vor Wut. Ich rief Buds Namen, bat ihn, herumzukommen, während ich langsam auf Joe zuging und die Glock mit beiden Händen umklammerte; sie war schussbereit auf McKay gerichtet.

Joe fixierte mich. Ich starrte auf seine Hände. »Schöner Tag, nicht wahr? Nach all dem Schnee. Laut Wetterbericht soll noch mehr kommen. Ungewohnt, im Vergleich zu Südkalifornien, glauben Sie mir, aber trotzdem eine nette Abwechslung.«

Ich war nicht gekommen, um mich über das Wetter zu unterhalten, reagierte also nicht darauf. Dafür schaute ich mir seine Augen genauer an und entdeckte darin eine Veränderung. Vielleicht war er verunsichert. Gut, sollte er ruhig sein. Dann stieß Bud zu unserem kleinen meteorologischen Small Talk.

»Auch nett, Sie haben Detective Davis mitgebracht. Und sieh mal einer an, diese Waffen. Verdammt, wenn ich das gewusst hätte, hätte ich noch ein wenig sauber gemacht. Sogar rasiert hätte ich mich für Sie, Detective Morgan.« Er glitt mit den Fingerspitzen über die Wangen. Seine Bartstoppeln waren einen Hauch dunkler als seine langen, sonnengebleichten Haare.

Ich rückte bis an das untere Ende der Treppe vor und sah zu ihm hinauf. Er starrte auf meine Waffe, und ich spürte seine Nervosität. Das war ein neuer Zug an ihm. Vielleicht stand er ein bisschen unter Stress, nachdem er gerade diesen jungen Mann bis zur Unkenntlichkeit verstümmelt hatte.

»Sie sind doch nicht gekommen, um mich abzuballern, nicht wahr, Detective? Soll ich vielleicht die Hände hoch nehmen und mich nicht bewegen? Oder soll ich mich, die Arme ausgebreitet, an die Wand stellen?« Nun gab er wieder mehr den Klugschwätzer und grinste von Oslo bis Kalkutta.

»Und stellen Sie sich vor, McKay, was letzte Nacht passiert ist. Willie Vines wurde in tausend kleine Stücke zerhackt.«

»Wie bitte?« McKays Gesicht verwandelte sich in eine Kraterlandschaft.

»Genau, damit hätten Sie jetzt nicht gerechnet, oder? Und wir fragen uns, ob Sie vielleicht blutgetränkte Sachen bei sich zu Hause rumliegen haben? Vielleicht mit Willies Blutgruppe?«

McKay runzelte die Stirn. »Wissen Sie was, Detective? Mir klingt das sehr nach einer Anschuldigung. Ist dem so? Wenn ja, dann würde ich Ihnen raten, schleunigst Beweise vorzulegen, andernfalls erfolgt eine Beschwerde bei meinem alten Freund Charlie, und Sie und Ihr hübscher kleiner Hintern landen postwendend vor Gericht!«

Bud sagte: »Wow! Jetzt schüchtern Sie uns aber richtig ein, McKay. Sehen Sie, wie wir zittern und beben wie Espenlaub? Aber ich hab 'ne andere Idee. Wie wär's, Sie laden uns jetzt mal hübsch brav ein, reinzukommen? Damit wir uns umsehen und selbst entscheiden können, wie unschuldig Sie sind.«

McKay lachte wie der heilige Nikolaus persönlich. »Nichts dagegen, Detective. Präsentieren Sie mir einen höchstrichterlich unterschriebenen Durchsuchungsbefehl und *mi casa es su casa.«*

Ich sagte: »Wir brauchen also eine amtliche Genehmigung für einen netten kleinen Besuch?«

»Und ob, Süße. Sie haben sich doch von Tag eins an auf mich als Täter eingeschossen, und ich werde Ihnen verdammt noch mal nicht dabei behilflich sein, mir von Ihnen den ganzen Drecksmist anhängen zu lassen, der hier passiert. Und was gedenken Sie jetzt zu tun, hm? Ein paar Gramm Kokain hinter meiner Toilettenschüssel deponieren? Nicht dass ich Ihnen nicht traue, aber es sind schon merkwürdigere Dinge vorgekommen. Sie wissen, was ich meine? Ich habe mir absolut nichts zuschulden kommen lassen, seit ich wieder hier bin, und Sie hängen an mir wie eine Klette. Verdammt, glauben Sie wirklich, ich würde jemanden aus dem Weg räumen, während Sie mir rund um die Uhr auflauern?« Er blickte über den Hof hinaus auf die Baumlinie. Ich folgte seinem Blick, sah aber nichts außer Schnee und kahlen Bäumen.

Ich sagte: »Wo waren Sie gestern Abend nach der Gala?«

»Zu Hause bei Direktor Johnstone. Bei einer Art informellem Vorstellungsgespräch. Und wenn Sie mir nicht glauben, dann fragen Sie ihn doch. Und die beiden Beiratsmitglieder und deren Frauen können Sie gleich noch mit fragen.«

»Keine Angst, das werde ich sicher tun.« Dieses Alibi kam für meinen Geschmack etwas zu gelegen. Vielleicht sollten wir ja Direktor Johnstone auf die Wache vorladen, um seine Version der Geschichte auseinanderzunehmen.

»Sie greifen nach Strohhalmen, Detective. Und wenn Ihnen danach ist, mir einen Besuch abzustatten, gern, aber nur mit Durchsuchungsbefehl. Und viel Glück dabei. Kein Richter sieht einen triftigen Grund dafür, Sie meine Sachen durchwühlen zu lassen. Sie haben nichts gegen mich in der Hand, und das wird auch so bleiben. Weil ich unschuldig bin. Besonders was Willie betrifft. Ich habe diesen Jungen gemocht.«

»Ja, man sieht es Ihnen richtig an, wie betroffen Sie sind.«

Bud sagte: »Sie sind sich Ihrer Sache sehr sicher, McKay. Warum sind Sie dann weggerannt, als Sie uns gesehen haben?«

McKay zeigte auf eine gegen die Ecke gelehnte Schrotflinte. »Weil ich niemanden erwartet habe. Ich bin neu in der Gegend, und wer sollte mich bei diesen Straßenverhältnissen am Neujahrsmorgen besuchen kommen?«

»Empfangen Sie Gäste stets mit der Flinte in der Hand?«, fragte ich.

Bud sagte: »Sie wohnen da draußen ja wirklich sehr weit ab. Gibt's dafür einen Grund?«

»Unsere Welt ist gefährlich, aber das wissen Sie ja, Detective. Und wer so weit draußen wohnt, muss erst recht auf der Hut sein.«

Plötzlich dachte ich, ich hörte etwas in seinem Haus und runzelte die Stirn. »Ist da noch wer bei Ihnen, McKay? Jemanden, den Sie vergessen haben zu erwähnen?«

»Nee. Wie schon gesagt, ich bin ganz allein auf der großen weiten Welt. Aber der Fernseher läuft. Die Rose Bowl Parade. Ich liebe diese blumengeschmückten Festwagen, überhaupt muss ich dringend wieder rein, sonst verpasse ich noch die Königin und ihre Prinzessinnen.«

Ich ignorierte das und blickte über den Hof. »Ein Schneemann – hier bei Ihnen?«

»Ich bin im Herzen Kind geblieben, verstehen Sie das? Ich mag auch selbst gemachtes Schnee-Eis.«

Wir starrten uns ein paar Momente lang fassungslos an. Der Typ wurde ja richtig handzahm.

»Und diese Festwagen nun? Warum dürfen wir nicht reinkommen, um uns das Spiel im Rose-Bowl-Stadion anzusehen – Kalifornien gegen Texas, stimmt's? Wir sind beide Footballfans.« Bud ließ nicht locker.

»Ja. Warum nicht? Zaubern Sie Ihren Durchsuchungsbefehl hervor, und ich sorge für Pizza und Bier.«

Ich sagte: »Sie kommen sich wohl sehr toll vor, was, McKay? Nun denn, ich danke Ihnen für Ihr Entgegenkommen, und wir sehen uns sicher schon sehr bald wieder, das verspreche ich Ihnen.«

McKay verschwand grinsend im Haus und schlug die Tür hinter sich zu. Ich hörte einen Riegel einrasten. Schweigend stapften Black und ich um das Haus herum zurück nach vorne und stiegen in meinen Explorer. Alle Fenster waren beschlagen. Ich sagte: »Etwas verbirgt er in diesem Haus.«

»Aber was den Durchsuchungsbefehl angeht, hat er recht. Uns fehlt eine ausreichende Begründung.«

»Vielleicht sollten wir wiederkommen, wenn unser Freund und Hellseher nicht zu Hause ist, und uns ein wenig bei ihm umsehen. Spielst du mit?«

»Ja klar.«

»Diese Runde geht also an ihn. Dann warten wir mal ab, was sich sonst noch ausfindig machen lässt. Vielleicht hat ja Blacks Privatschnüffler was entdeckt, das wir gegen ihn verwenden können.«

Ich startete den Motor und wendete. Wir verließen McKays Zufahrt in Richtung Highway. Etwas im Zusammenhang mit diesem Schneemann ließ mir keine Ruhe. Erwachsene gehen nicht raus und bauen für sich allein einen Schneemann. Ohne Kind. War es das? Er hatte ein Kind, von dem ich nichts wissen sollte. Ergab auch keinen rechten Sinn, aber das traf auf alles an diesem Mann zu.

»Er hat richtig Dreck am Stecken, Bud. Ich rieche das.«

»Genauso geht's mir auch. Lässt dein Instinkt dir auch keine Ruhe?«

»Ganz und gar nicht. Ich habe den Eindruck, McKay war richtig durcheinander. Mehr als er zugab. Wir müssen Charlie dazu bringen, einer Überwachung zuzustimmen, um McKay nervös zu machen. Vielleicht knickt er ein und macht einen Fehler.«

So recht wollte ich nicht daran glauben, während ich versuchte, die Spur zu halten, die wir auf der Hinfahrt hinterlassen hatten. Bud öffnete das Handschuhfach und kramte darin herum. »Hast du noch ein Snickers hier? Ich bin am Verhungern.«

»Bist du doch immer.«

»Mensch, ich war die ganze Nacht auf und hatte kein Frühstück. Nun mach mal halblang. Nur weil du nie was zu essen brauchst, muss ich noch lange nicht verhungern.«

Ich grinste. Er hatte recht. »Schon gut, dies ist dein Glückstag. Auf dem Rücksitz ist ein Korb voller Fresssachen aus Frankreich.

Hat Black aus Paris mitgebracht, und ich soll es mit dir teilen. Bedien dich.«

Bud drehte sich um. »Was für Sachen denn?«

»Na aus Frankreich, du weißt schon – Käse, Schokolade, etwas von dem Brot, das sie Baguette nennen, ausgefallenes Zeug wie Black es gern isst. Ich hab noch ein paar Päckchen Chips dazugepackt, nur für dich. Glaubst du, McKay verdünnisiert sich, sobald wir außer Sichtweite sind? Vielleicht sollten wir anhalten und die Straße kurz im Auge behalten.«

»Wäre schon interessant, zu sehen, wo er hinfährt. Dafür brauchen wir keinen Durchsuchungsbefehl.«

Ich sah mich nach einem geeigneten Platz zum Parken um, während Bud Blacks Fresskorb auf seinen Schoß holte. »Wow. Ei, ei, ei, Mamselle, man beachte die hübschen kleinen Verschlüsse. Die sind garantiert aus echtem Gold. Vielleicht gibt es drinnen noch einen schmachtenden Liebesbrief. Oder ein Bündel Goldbarren mit roter Schleife.«

»Schluss jetzt, Bud.« Ich sah ihn an. »Was läuft eigentlich zwischen dir und der Finnin? Wurde da nicht heiß getanzt gestern Abend? Und du warst doch noch bei ihr zu Hause, als ich dich angerufen habe?«

»Sie ist gut drauf. Ich mag sie, und gebaut ist die, meine Güte, Beine – eine Meile lang.«

Die nächste Seitenstraße schien geeignet für einen Beobachtungsposten, und ich bretterte darauf zu, begierig, einen Grund zu bekommen, der einen Richter einen Durchsuchungsbefehl ausstellen ließ. Zudem hoffte ich, Booker würde in diesem Moment eine Menge Schmutz aus McKays Vergangenheit zutage fördern. Ich linste zu Bud hinüber, als er den Deckel des Korbs öffnete, denn ein bisschen Hunger hatte ich doch auch. Ich hörte ein seltsames Klickgeräusch und trat dann voll auf die Bremse, als eine Schlange ungefähr so dick wie mein Arm aus dem Picknickkorb herausschnellte und direkt auf Bud zuschoss.

Mein Auto schlingerte in lang gezogenen Linien die Straße entlang, während Bud laut schreiend mit den Armen um sich schlug und versuchte, sich das Biest vom Leib zu halten. Er stieß den Korb samt dem Reptil auf den Boden des Wagens und tastete wild nach dem Türgriff, als wir vom Randstreifen abkamen und geradeaus mitten in eine verschneite Zederngruppe rasten.

Durch den Aufprall schleuderte ich mit dem Kopf aufs Steuerrad, und ich spürte, Weiß vor Augen und unter Schmerzen, wie mir das Blut übers Gesicht lief. Dann warf es mich nach hinten in den Sitz zurück, und ich dachte nur noch, verdammt, raus hier, ehe sich die Schlange über mich hermachte. Ich riss die Tür auf und stürzte nach draußen in eine tiefe Schneewehe, wobei das Blut den Schnee sofort hier und da rot färbte. Benommen vor Schmerz stellte ich fest, dass mein Airbag nicht funktioniert hatte. Bei Bud war es anders, das sah ich, und ich hörte, wie er schrie und mit aller Kraft versuchte, aus dem Auto zu kommen.

»Sie hat mich, ich hab sie am Hals!«

Ich drückte mit der flachen Hand auf die Platzwunde an meiner Stirn und schüttelte den Kopf. Um mich herum drehte sich alles, und mir war schlecht , aber ich zwang mich trotzdem, hinten um den Explorer herumzukriechen. Bud lag auf der Seite und übergab sich in den Schnee. Mit beiden Händen hielt er seinen Kiefer umfasst und stöhnte.

Ich packte ihn vorn an der Jacke und schrie ihn an: »Hör zu Bud, hör gut zu, du darfst dich jetzt möglichst nicht bewegen. Wenn du in Panik gerätst, wird alles nur noch schlimmer. Bleib ganz ruhig liegen.« Ich riss mein Handy heraus und rief per Schnellwahl die Zentrale. Ich nahm eine Handvoll Schnee und drückte sie mir gegen die Stirn, um die Blutung zu stoppen, und machte dann den Reißverschluss an Buds Jacke auf. Sofort sah ich die beiden Wunden von den Giftzähnen am Halsansatz seitlich an der Schulter. Es floss Blut daraus, und ich packte schnell etwas Eis darauf.

Die Zentrale nahm ab, und ich hörte mich selbst schreien. »Bud wurde von einer Schlange gebissen. Highway 5, ungefähr zwanzig Meilen außerhalb.« Ich versuchte, mich zu beruhigen und suchte die Straße nach einem Meilenmarker ab. Nicht weit von der Unfallstelle entfernt fand ich einen. »Marker 119. Wir brauchen einen Rettungswagen, schnell, hört. Es ist dringend, verdammt noch mal.«

Mein Blick fiel auf Bud, auf die Wunde, die bereits anschwoll, und die Lage der Wunde. Ich wusste, ich konnte nicht einfach ruhig dasitzen und auf den Rettungswagen warten, nicht wenn Schlangengift so dicht am Herzen und am Kopf in Buds Blutkreislauf einströmte. Fast wäre ich in dem Moment in Panik ausgebrochen, aber mir war klar, dass ich das verhindern musste, unter allen Umständen, also packte ich noch mehr Schnee auf die Wunde, obwohl ich nicht wusste, ob das helfen würde, aber etwas anderes fiel mir nicht ein. Es war wahrscheinlich besser, die Bissstelle nicht anzuritzen und auszusaugen, nicht, wenn man so nahe an einem Krankenhaus war. Da fiel mir etwas anderes ein. O Gott, wenn nun der Biss die Halsschlagader getroffen hatte?

»Bud, ganz ruhig, wir bringen dich ins Krankenhaus.«

Wir mussten uns auf den Weg machen, um den Rettungswagen auf halber Strecke zu treffen. Jede Minute, die verstrich, könnte tödlich sein. Die Schlange befand sich immer noch im Auto. Ich musste sie da rauskriegen. Ich riss die Glock aus meinem Schulterhalfter und robbte zur Beifahrertür. Sie stand offen. Ich sah nach innen, und die Klapperschlange attackierte mich mit solcher Wucht, dass sie buchstäblich aus dem Auto herausgeschleudert und in den Schnee geworfen wurde. Ich schoss, als sie sich bedrohlich zusammenrollte und ihr tödliches Rasseln ertönen ließ, und traf das sich windende Reptil vier Mal, ehe ich den Finger vom Abzug nehmen konnte. Der scharfe Knall meiner Waffe hallte in den Wäldern wider wie Donnergrollen, der stechende Geruch von Pulver in der klaren Luft, während die Schlange sich im

Todeskampf wand und zuckte. Ich nahm ein Stück von der Schlange und warf es zur Identifizierung auf den Boden vor dem Beifahrersitz; dann stapfte ich durch den blutfleckten Schnee zu Bud. Er wand und krümmte sich vor Schmerzen, die Hand hatte er noch immer am Hals.

»Bud, du musst wieder ins Auto. Auf den Rettungswagen können wir nicht warten. Du brauchst schnellstens ein Gegengift. Hörst du, Bud, wir haben keine Zeit zu warten. Wir müssen sofort los.«

Bud nickte, aber krank wie er war, verlor er zunehmend die Orientierung. Ich packte seinen Arm um meine Schultern und stolperte mit ihm zum Rücksitz des Wagens. Ich mühte mich ab und schob mit aller Kraft, bis er endlich auf dem Sitz lag. Der Explorer steckte mitten in einer Schneewehe, und ich kämpfte mich um das Fahrzeug herum zur Fahrerseite und startete, riss das Lenkrad mal in die eine, dann in die andere Richtung, bis die Räder schließlich griffen. Der Explorer schoss rückwärts auf den Asphaltbelag der Straße. Ich hörte hinter mir, wie Bud stöhnte und sich übergab. Ich wischte mir das Blut aus den Augen und trat das Gaspedal voll durch. Dann rief ich noch einmal die Zentrale und bat sie, an den Rettungswagen durchzugeben, dass wir ihnen bereits entgegenkamen.

Knappe zehn Minuten später tauchte ein Fahrzeug mit Blaulicht vor mir auf, und ich schlitterte auf eine Anhöhe, als der Rettungswagen auch schon neben mir vorfuhr. Zwei Sanitäter kamen auf mich zu, als ich herauskroch und die hintere Tür aufriss. Sie legten Bud auf eine Trage, und ich packte das verbliebene Teil der Schlange und hielt es hoch.

»Das ist sie, irgendeine Klapperschlange, aber ich weiß nicht welche. Habt ihr das Gegengift dabei? Schnell, er braucht es dringend, bitte.« Ich schrie. Ich konnte mich hören, schrill, panikartig, hinaushallend bis zu den verschneiten Zedern beiderseits der Straße.

»Ja, wir haben's dabei. Das ist eine Waldklapperschlange. Was zum Teufel macht die denn draußen im Winter? Was ist mit Ihnen? Diese Kopfwunde sieht übel aus. Wurden Sie auch gebissen?«

»Nein, nur Bud. Mein Kopf schlug durch den Aufprall auf das Lenkrad.«

Ich half ihnen, Bud ins Auto zu bringen, und stieg dann mit ein. Den Explorer ließ ich mitten in der Landschaft stehen. Der Rettungswagen preschte mit einem U-Turn und heulender Sirene los, während ich den Sanitätern bei der Arbeit zusah. Ich hielt mich seitlich an dem schwankenden Gefährt fest, mein Blick auf Buds entstelltes Gesicht gerichtet, das bereits schwarz-blau angelaufen und grotesk verschwollen war. Und ich wusste genau, dass nun dasselbe Programm ablief wie schon so oft zuvor. Menschen in meinem Umfeld kamen zu Schaden und starben, Menschen, die mir am Herzen lagen. Ich dachte, das wäre vorbei nach den Geschehnissen im letzten Sommer, aber dem war nicht so. Alles begann wieder von vorne. Bud könnte sterben, und sollte das der Fall sein, dann wäre wie immer ich daran schuld.

Dunkle Engel

Seit jener Zeit hatten Gabriel und Uriel richtig viel Spaß gehabt. Bis etwas Schreckliches passierte. Gabriels Vater beschloss plötzlich, er wäre von Gott dazu berufen, über das Meer nach Uganda zu fahren und den dortigen Heiden das Evangelium zu predigen. Gabriel wollte nicht fortgehen, und Uriel hatte schreckliche Angst, seinen einzigen Freund zu verlieren.

Aber alles ging gut aus, denn Gabriel konnte seinen Vater dazu überreden, ihn an dieser besonderen Schule draußen in den Wäldern arbeiten zu lassen. Sie nannte sich Begabtenakademie Höhlensystem. Gabriels gute Noten und seine Tätigkeit im Krankenhaus ermöglichten es ihm, dort schnell Fuß zu fassen, und es war ja immerhin nur für so lange, bis sein Vater genug Afrikaner bekehrt haben und nach Hause zurückkehren würde.

Gabriel verschaffte Uriel ebenfalls einen Job an dieser Schule, für die Zeit nachmittags nach der High School. Ungefähr zu dieser Zeit töteten sie Uriels Großmutter mit einer Überdosis und ließen sie danach einfach in ihrem Bett liegen, bis sich ihr Körper auflöste. Kein Mensch erfuhr jemals davon, denn sie hatte so zurückgezogen gelebt, dass sie nie jemand besuchte. Es war so einfach. Ihr gesamtes himmlisches Treiben war sehr einfach, weil es auf Gottes Willen hin geschah.

Beiden gefiel es an der Akademie wirklich sehr gut, weil dort so viele hübsche Mädchen waren und Gabriel seine Drogen von jemandem bezog, der dort arbeitete. Es entwickelte sich alles hervorragend für alle Beteiligten.

Bis zu jenem Tag, an dem Uriel auf ein besonderes Mädchen traf, seine erste richtige Freundin. Sie besuchte ebenfalls die Akademie und war wirklich sehr nett zu ihm. Sie war auf eine burschikose Art hübsch, und an einem Sommerabend kam sie mit ins Autokino. Sie trug eine rosafarbene Bluse, dazu einen weißen Denimrock und weiße Sandalen; in ihre blonden Haare hatte sie sich rosa-weiß gestreifte Schleifen gesteckt. Uriel fand, sie sah wirklich hübsch aus. Er nahm sie in seinem Lieferwagen mit, und nach dem Film fuhr Uriel mit ihr zu einem abgelegenen Waldweg in der Nähe der alten Jagdhütte, um mit ihr zu knutschen. Er hatte noch nie ein Mädchen geküsst oder auch nur wirklich berührt, aber sie wollte von ihm berührt werden, und sie glitt sogar mit der Hand unter sein Hemd und streichelte seine Brusthaare.

Es war das Großartigste, das Uriel je erlebt hatte, sogar noch besser als zu töten. Er fasste unter ihre Bluse und stellte fest, dass sie keinen Büstenhalter trug. Sie küssten sich weiterhin, und sie zog ihre Bluse aus und drückte sich gegen seine Brust, worauf er beinahe gestorben wäre vor Freude und den seltsamen wunderbaren Gefühlen, die ihn durchströmten.

Dann riss plötzlich jemand die Tür auf, und Gabriel stand da. Er lachte darüber, wie sie beide kreischten und eilends ihre Sachen zusammensuchten, und dann packte er das hübsche Mädchen an den Haaren, zerrte es aus dem Auto und durchtrennte seine Kehle mit einem einzigen schnellen Schnitt eines großen Schlachtermessers. Das Blut schoss hoch wie eine Fontäne und spritzte Gabriel mitten ins Gesicht, aber dieses Mal mochte er den Geschmack von Blut nicht, nicht wenn es ihres war. Das Mädchen sackte tot zu Boden, ohne auch nur mehr einen Laut von sich zu geben.

Uriel erfasste die blanke Wut, roh und ungefiltert, und er schrie auf, fiel über Gabriel her und warf ihn rücklings zu Boden. Sie rangen miteinander, wälzten sich und schlugen mit den Fäusten aufeinander ein, bis sie von dem Blut des Mädchens ganz besudelt waren. Sie kämpften so lange, bis sie erschöpft und keuchend auf dem Rücken liegen blieben. Beide hatten sie tiefe Schnittwunden in den Händen von dem scharfen Messer, um das sie sich stritten.

Schließlich kam Gabriel auf die Knie hoch und sah auf Uriel hinab, der über den leblosen Körper des Mädchens gebeugt heulte und schluchzte.

Gabriel, noch immer außer Atem, sagte: »Ich versteh nicht, warum du so ausrastet. Wir machen das doch ständig.«

»Ich wollte sie als Freundin haben. Sie war so nett und meinte es gut mit mir.«

»Mit anderen Mädchen geht es dir auch gut. Sie hat versucht, dich mir wegzunehmen.«

»Nein, hat sie nicht. Ich sollte dich dafür umbringen und in den Himmel schicken.«

»Vielleicht sollte ich lieber dich umbringen. Dann seid ihr beide zusammen.«

»Versuch's doch, na los, mach schon. Ich bin fast genauso stark wie du.«

Gabriel setzte sich hin. »Okay, es tut mir leid, in Ordnung? Ich konnte einfach nicht anders. Ich sah euch beide miteinander wegfahren und wurde eifersüchtig. Ich hatte Angst, du könntest ihr von unseren Geheimnissen erzählen.«

»Du hast auch Freundinnen, immer wieder, und ich hab sie nicht umgebracht.«

»Nein, aber wir haben diesen Blutpakt geschlossen, das weiß du genau. Wir können Sex mit jedem beliebigen Mädchen haben, aber danach müssen wir sie umbringen. Ich hab jedes Mädchen, mit dem ich Sex hatte, umgebracht, stimmt's? Ganz wie vereinbart. Und du wolltest sie nicht umbringen. Ich hab gesehen, wie du sie angelächelt hast und ihr in der Schule überallhin nachgelaufen bist wie ein liebeskranker Trottel.«

»Na und. Was spielt das jetzt noch für eine Rolle? Sie ist tot.«

»Es ist gegen unsere Abmachung, und das weißt du. Keine Frauen erlaubt, es sei denn, du tötest sie danach. Du bist selber schuld daran, Uriel.«

Uriel begann wieder zu weinen und zog den fast völlig abgetrennten Kopf des Mädchens auf seinen Schoß. »Sie hat gesagt, ich sehe gut aus, und das hat sie auch wirklich gemeint.«

»Sie hat ihr Zuhause verlassen, um von ihrem Daddy wegzukommen, und ist nie wieder zurückgekehrt. Niemand in ihrer Familie weiß, wo sie ist. Das hast du mir selbst gesagt. Wir müssen nur die Leiche beseitigen, und jeder wird glauben, sie ist einfach wieder abgehauen.«

»Nein! Ich behalte sie, und du wirst mich nicht daran hindern.«

»Du müsstest sie in der Höhle aufbewahren, und nach einer Zeit riecht das nicht sonderlich angenehm. Das solltest du mittlerweile wissen.«

»Mir doch egal.«

Gabriel seufzte und kam mühsam hoch. »Du benimmst dich wie ein Baby, Uriel. Was soll denn hier anders sein als sonst? Ich dachte, du freust dich über das viele Blut. Deshalb hab ich ihre Halsschlagader durchtrennt.«

»Hör endlich auf. Ich halt das nicht mehr aus.«

»Du darfst nicht vergessen, wer in all diesen Jahren dein bester Freund gewesen ist. Ich. Alles, was du bist, hast du mir zu verdanken. Ich war dein Freund, wenn dich sonst keiner haben wollte. Daran solltest du vielleicht mal denken, anstatt wegen so ’ner blöden Kuh hier rumzuheulen.«

Danach jedoch sprach Uriel mit Gabriel kein Wort mehr, fast einen Monat lang.

23

Bud starb nicht, er hatte jedoch großes Glück gehabt. Der Notarzt konnte ihm das Gegengift rechtzeitig verabreichen, womit er aber noch nicht außer Gefahr war. Wenn er überlebte, würde es lange dauern, bis er sich erholte, sagte der Arzt, und die schlimmen Schmerzen würden anhalten. Ich saß auf dem Flur der Intensivstation, machte die Augen zu und hörte, wie er stöhnte. Die Ärzte kümmerten sich weiter um ihn, ruhig und besorgt in dem Bewusstsein, dass sein Zustand auf Messers Schneide stand. Ein Biss so nahe am Herzen hätte tödlich sein können, was vielleicht sogar beabsichtigt war, und sie trafen alle nur erdenklichen Vorsichtsmaßnahmen.

Ich rieb meine übermüdeten Augen und hielt mir die Hände vors Gesicht. Benommen und fassungslos versuchte ich zu rekonstruieren, wie die Schlange in den Korb gekommen sein konnte. Klar, jemand hatte sie darin deponiert. Aber wer? Und wann? Der Explorer befand sich in meiner Garage, während Black und ich auf der Gala waren, und keiner von uns hatte daran gedacht, die Alarmanlage einzuschalten, als wir weggingen. Aber der Korb war schon seit mehreren Tagen auf dem Rücksicht gewesen; jeder hätte Zugang dazu gehabt.

Die Jungs von der Notaufnahme hatten meine Wunde versorgt, derselbe Arzt, der Dienst hatte, als sie Simon Classon aus diesem Schlafsack voller Spinnen herausgeschnitten hatten. Chris Dale, eine Krankenschwester, mit der ich befreundet war, hatte ebenfalls Dienst, und sie hatte die achtzehn hässlichen schwarzen Stiche, mit denen die fünf Zentimeter lange Platzwunde auf meiner Stirn genäht werden musste, feinsäuberlich mit einem Gazepflaster überklebt. Die Wunde pulsierte und pochte wie verrückt, und ich hatte irre Kopfschmerzen, die nicht vergehen wollten und auch nicht vergehen würden, weil ich die mir angebotenen Schmerztabletten verweigerte. Blut hatte ich auch verloren, nicht viel, aber genug, um mich schwach zu fühlen, schummerig und schuldig und wütend, alles in einem, was alles noch schlimmer machte.

Ich hörte Schritte den Flur entlangkommen. Sie verstummten hinter mir, und ich spürte eine Hand auf meinem Rücken und vernahm Blacks Stimme. »Bist du okay? Wie geht's Bud?«

Ich hatte ihn angerufen, während sie mich vernähten, und war froh, sein besorgtes Gesicht zu sehen. Er kniete sich hin und fasste mich am Kinn, während er den Verband abzog. Er prüfte die Wunde mit kritischen Blicken, als könnte sonst kein Arzt mit Nadel und Faden umgehen wie er.

»Hatte ich dich nicht gewarnt und dir geraten, dich wegzuducken?« Der altbekannte Scherz unter uns, aber seine dunkel leuchtenden Augen ließen keinen Zweifel daran, dass er ernsthaft besorgt war.

»Bud geht es ziemlich schlecht. Die Ärzte wissen nicht, ob er überleben wird. Hoffentlich, aber die Situation könnte schnell umschlagen.«

Black setzte sich neben mich und zog mich eng an sich heran. Ich ließ zu, dass er mich umarmte, zum ersten Mal überhaupt in der Öffentlichkeit. Es fühlte sich gut an, einen Freund zu haben und nicht allein zu sein. Abgesehen von Harve hatte es nicht viele echte Freunde in meinem Leben gegeben und nur wenige Geliebte, bis Black auftauchte.

»Er schafft es, Liebling. Von unterwegs habe ich auf der Intensivstation angerufen, und sie sagen, sie hätten ihm das Gegengift rechtzeitig verabreicht, und es wirkt. Es braucht nur Zeit. Bisse von Klapperschlangen sind selten tödlich, nicht bei sofortiger medizinischer Behandlung. Das hat er dir zu verdanken. Du hast ihn rechtzeitig hierher gebracht.«

»O mein Gott.« Ich barg mein Gesicht weiter an seiner Brust und hielt die Augen geschlossen. Vielleicht würde ja dann alles vorbeigehen. Warum kann man das Leben nicht wie ein Video einfach zurückspulen und von vorn beginnen? Eine andere Richtung einschlagen, keinen Korb mit französischen Delikatessen öffnen, nicht von einer giftigen Schlange gebissen werden.

»Erzähl noch mal genau, was passiert ist. Am Telefon warst du ziemlich durcheinander.«

»Jemand hat eine Klapperschlange in deinen Picknickkorb geschmuggelt. Ich hatte ihn auf dem Rücksitz, weil ich die Sachen mit meinen Kollegen teilen wollte, vergaß aber, ihn mit reinzunehmen. Dahinter steckt McKay, Black. Ich weiß nur nicht wann und wie.«

»Er hat einen geeigneten Zeitpunkt abgepasst. Womöglich als das Auto in der Garage stand. Wer es versteht, mit diesen Biestern umzugehen, ist auch schlau genug, sie irgendwo reinzuschmuggeln.«

»Es muss McKay sein. Alles weist darauf hin. Aber dieses Mal krieg ich ihn, Black, das schwör ich dir.«

»Ja, du kriegst ihn. Und zwar bald. Booker hat mich vor etwa einer Stunde angerufen. Stell dir vor, wer in L.A. polizeilich gesucht wird. In einem Fall von Kindesentführung.«

Das brachte mich auf den Plan und meinem Kopf eine Schmerzattacke, die sich darin austobte wie ein Golfball aus Stahl. Ich drückte mit dem Kiefer dagegen. Black nahm eine Haarsträhne von mir in die Hand. »Du hast Blut in den Haaren.«

Ich tastete über meinen Kopf und spürte das trockene, verkrustete Blut. Viel mehr interessierte mich aber, was Booker zutage gefördert hatte.

»Er hat in Los Angeles ein Kind entführt? Das passt. In seinem Hof war ein Schneemann. Wie alt ist das vermisste Kind?«

»Eineinhalb Jahre. Ein Mädchen namens Elizabeth Duncan. Die Eltern wohnen in einem großen Appartementkomplex in Anaheim. Vor ein paar Monaten lief eine Suchmeldung über sämtliche Medien, aber sie blieb einfach wie vom Erdboden verschwunden.«

»Das wäre in etwa der Zeitraum, in dem McKay hier aufgetaucht ist. Gibt es ein Strafregister? Stieß Booker auf frühere Fälle von Sexualverbrechen mit oder ohne kinderpornografischem Hintergrund?«

Black schüttelte den Kopf. »Vorbestraft ist er nicht. Es gibt nichts Diesbezügliches und auch nichts, das ihn mit dem Mord an Classon in Verbindung bringen würde. Auch keine strafrechtlich relevanten Streiche mit Spinnen oder Schlangen, nicht seit dem einen Mal, als er achtzehn war. Booker sagt, der Kerl hat bei den Marines gedient und sich eine Brust voller Orden verdient, ehe er in Ehren entlassen wurde. Seine Vorgesetzten hielten große Stücke auf ihn und verwendeten ihn für Sondereinsätze, auch für Geheimoperationen, was ihn, militärisch gesehen, zu einem absoluten Spitzenmann macht.«

»Mag alles gut und schön sein, aber nun ist ihm ein Regiefehler unterlaufen, und die Kollegen in L.A. sind ihm auf den Fersen. Ich dachte, ich hätte was in seinem Haus gehört. Vielleicht war es das kleine Mädchen. Und auch der Schneemann deutet darauf hin, dass sie noch am Leben sein könnte.«

Ich stand auf, das Blut in meinem Körper pulsierte. Ich presste die Finger gegen die Schläfen und versuchte, einen klaren Kopf zu bekommen und das Pochen mit meinem Willen abzuschalten. »Charlie ist in Jeff City, aber überträgt den Haftbefehl jederzeit an uns, wenn er von dem vermissten Kind hört.«

»Sei vernünftig, Claire, du brauchst Ruhe, du bist die ganze Nacht über auf gewesen, und Bud ist im Moment stabil, er steht unter Beruhigungsmitteln. Ruh dich aus! McKay und das kleine Mädchen kann jemand anders übernehmen.«

»Ich fahr jetzt da raus und werde ihn stellen, ehe er mit dem Kind wieder verschwindet.«

»Wie denn? Dein Explorer steht noch immer draußen am Highway.«

»Ich weiß. Buckeye und seine Leute sind draußen, um ihn zu untersuchen. Gib mir dein Auto. Solange ich ihm auf der Pelle sitze und ihn überwache, kann McKay nicht verschwinden, und Charlie gibt mir grünes Licht, sobald ich ihn erreiche, ganz gewiss.«

»McKay ist vielleicht schon längst auf halbem Weg nach Mexiko.«

»Hör zu, Black, ich fahr da raus, und du kannst mitkommen, oder auch nicht. Er kommt mir nicht ungeschoren davon, nicht nach dem, was er Bud angetan hat.«

Black wirkte zwar nicht sonderlich erfreut, aber ich war es zum Teufel noch mal auch nicht. Warum musste es immer zu diesen Streitereien kommen. Wer glaubte er denn, wer er war? Meine Mutter?

»Und wenn Bud in eine Krise gerät?«

Hier zögerte ich dann doch, und mein Gewissen ließ mich innehalten. Ich musste mich vergewissern, ob Bud wirklich okay war, aber welchen Sinn hatte es, hier herumzusitzen und den Kopf zwischen den Händen zu halten? Bud wäre es lieber, ich würde McKay schnappen, als draußen auf dem Gang vor seinem Krankenzimmer herumzusitzen und Zeit zu verschwenden. Er hatte einen ganzen Stab von Ärzten und Krankenschwestern, die sich um ihn kümmerten.

»Sie rufen mich an, sollte … was passieren, und ich bin schnellstmöglich wieder hier.«

Black stemmte die Fäuste in die Hüften und sah mich dermaßen grimmig an, mit einem Blick, der seinen Angestellten Beine machte und sie springen und schnellsten ein Bündel Baumwolle pflücken ließ. Ich war aber weder der Typ, dem man Beine machte, noch ließ ich mich dadurch einschüchtern. Er trug seine Arbeitsklamotten, in seinem Fall ein marineblauer Maßanzug, dazu ein blütenweißes Hemd mit weinrot-grau gestreifter Seidenkrawatte. Der dicke schwarze Wintermantel war aus Kaschmir und mit Seide gefüttert und sehr teuer. Er schüttelte den Kopf und wirkte dabei sehr frustriert. War bei ihm immer so, wenn wir uns stritten. »Okay, ich bring dich hin, werde dich aber keine Minute aus den Augen lassen. Basta.«

»Schön. Alles in Ordnung. Lass uns gehen.«

Als ich schließlich Charlie auf dem Handy erreichte und ihm berichtete, dass McKay in Kalifornien polizeilich gesucht wurde, brüllte er, ich solle den Bastard verhaften und sein Haus nach dem Kind durchsuchen. Draußen vor dem Eingang zur Notaufnahme blies uns eine frische Brise neue Schneeflocken ins Gesicht, jedoch spürte ich die Kälte kaum, als ich in Blacks Humvee stieg.

Der Himmel an diesem Spätnachmittag war stahlgrau und von schwer dahinziehenden Wolken verdüstert, dunkle Ahnungen heraufbeschwörend, zumindest von einer weiteren Nacht mit arktischen Temperaturen. Blacks Humvee erregte wie üblich großes Aufsehen und zog jedermanns Blicke einschließlich Hund auf sich. Einen Bankraub mit diesem Ding sollte man tunlichst unterlassen. Und auch eine Beschattung würde ich mit dem Vehikel eher nicht durchführen, aber wir wollten ja, dass McKay uns sah.

»Ist Booker sich denn sicher, dass McKay niemals in seiner Vergangenheit straffällig geworden ist?«

»Sein familiärer Hintergrund entspricht so ziemlich dem, was Charlie schon gesagt. Joe McKay hat keine lebenden Angehörigen mehr und war auch nie verheiratet. Der klassische Einzelgänger, auch während seiner Militärzeit. Deshalb überließ man ihm die gefährlichen Missionen mit geringen Chancen auf Rückkehr. Seinen Akten zufolge zeigte er nie auch nur eine Spur von Angst, und es war ihm anscheinend egal, ob er tot oder lebendig daraus hervorkam.«

»Hängt vielleicht damit zusammen, dass er Dinge sieht, die andere nicht sehen, und er genau weiß, wann und wo er sterben wird. Das würde den Druck herausnehmen. Fand Booker irgendwelche Hinweise auf hellseherische Fähigkeiten?«

»Nein, kein Wort. Offenbar hielt er sich darüber bedeckt, vorausgesetzt, er hat sie wirklich, was ich bezweifle.«

»Genau, ganz deiner Meinung. Schon seltsam, dass er so schweigsam war, bis er hier auftauchte. Dann auf einmal ist er Uri Geller höchstpersönlich, alle sollen's wissen.« Ich strich mir über den Verband und schloss die Augen vor dem gleißenden Schnee. In der Klinik hätte ich gleich eine Handvoll Schmerztabletten nehmen sollen. Ich langte in meine Tasche und fand die eine Tablette, die sie mir gegeben hatten, die ich aber nicht genommen hatte, und nahm sie auf der Stelle ohne einen Schluck Wasser.

»Was war das denn?«

Manchmal nervte es ziemlich, mit einem Arzt befreundet zu sein. »Eine Schmerztablette für meinen Kopf, falls es dich interessiert.«

»Da, setz auf. Das hilft.« Er gab mir seine Sonnenbrille. Zufällig wusste ich, dass sie von den Skigebieten bei Turin in Italien stammte. Ich setzte sie auf und presto, das Gleißen war verschwunden. Wow.

»Was für 'ne Tablette war's denn?«

»Keine Ahnung. Ist doch egal, oder?« Ich wechselte das Thema. »Ich bin mir hundertprozentig sicher, dass dieser Joe in den Mord an Classon verwickelt ist, Black. Und nicht nur das. Sollte er sie alle nicht selbst auf dem Gewissen haben, dann weiß er garantiert, wer es war. Und vielleicht ist es ja auch nur das, vielleicht deckt er jemanden, jemanden ihm Nahestehenden.« Black richtete die Defrosterdüse neu aus, als Eisregen gegen die Windschutzscheibe prasselte. »Und wen zum Beispiel? Familie hat er keine mehr.«

»Das werde ich herausfinden, wenn ich ihn vorübergehend festnehme.« Und ich lechzte geradezu danach, Hand an ihn zu legen.

Der Eisregen verdüsterte die Sicht und erschwerte das Vorwärtskommen, als wäre nicht alles schon schlimm genug. Endlich erreichten wir die Stelle, an der mein Explorer stand. Wir hielten kurz an, und ich fragte Shag, ob sie schon was gefunden hatten, was nicht der Fall war. Ein paar Fingerabdrücke, mehr nicht. Wir fuhren weiter, und innerlich verfluchte ich den Schnee, äußerlich auch. Es reichte. Wir lebten hier schließlich nicht am Nordpol.

Als wir McKays Zufahrt erreichten und auf das Farmhaus zusteuerten, verwandelte sich der prasselnde Eisregen allmählich wieder in sanften, leisen Schneefall.

»Hoffentlich ist er noch da.«

»Ist er. Schau.«

Im Farmhaus brannten Lichter, gelbe, in der Abenddämmerung leuchtende Vierecke. Wir hielten vor dem Haus an, und ich wäre beinahe sofort herausgesprungen, als ich den Motor von McKays Allrad hinter dem Haus aufheulen hörte. Ich zog meine Waffe, aber ehe wir das Haus umrundet hatten, befand sich McKay schon auf halber Strecke über das offene Feld, das in die dicht bewaldeten Hügel dahinter führte.

»Polizei! Stehenbleiben!«

Ich schoss einige Male in die Luft, aber McKay reagierte nicht. Sekunden später war er in dem Dickicht am äußersten Rand seines Besitzes verschwunden.

Black sagte: »Los, so ein Humvee kommt überall hin.«

Wir nahmen die Verfolgung auf, rasant dahinschlitternd, aber Blick grinste nur umso mehr, je weiter er den Motor hochjagte. »Ich wollte schon längst wissen, wie sich dieses Baby im Gelände verhält. Halt dich fest.«

Manchmal waren Blacks teure Spielzeuge wirklich praktisch. Wie eben jetzt. Finsternis legte sich über das Land wie eine große schwarze Decke, was die Verfolgung erschwerte, aber der Schnee reflektierte das Licht der Frontscheinwerfer, als wir über den Hinterhof preschten. Mein Adrenalinhaushalt geriet ins Kochen.

»Gib Gas, Black, bleib dran!«

Wie auch immer, der Allrad hinterließ in jedem Fall eine gut sichtbare Spur, der wir folgen könnten. Wir erreichten den Waldrand, und Black dachte nicht mal daran, zu bremsen. Der Panzer donnerte durch die schlanken Zedern und machte alles platt, was ihm im Weg war. Unmengen Schnee schleuderten durch die Luft, und immergrüne Zweige und Äste knallten gegen die Windschutzscheibe. Ich hielt mich am Armaturenbrett fest und versuchte, nicht daran zu denken, wie sich diese Amokfahrt auf meine Amok laufenden Kopfschmerzen auswirkte.

Die einsame Wagenspur war im Auf und Ab der Frontscheinwerferkegel des Humvees gut zu sehen. Wir hatten an die dreißig Meter im Dickicht des Waldes zurückgelegt, ehe die Zedern alten Eichen mit sechzig Zentimeter Stammdurchmesser Platz machten, die sich nicht so leicht ummähen ließen. Black bremste ab und brachte den Humvee zum Stehen. Die Scheibenwischer bewegten sich rubbelnd hin und her. »Weiter geht's nicht. Die Bäume stehen zu dicht zusammen. Entweder wir verfolgen ihn zu Fuß weiter, oder wir starten einen Fahndungsaufruf.«

»Er steuert den nächsten Highway an, garantiert, und an einem Abend wie diesem ist die Staatspatrouille schon gut unterwegs.«

Ich wollte nicht aufgeben, aber ganz dumm war ich auch nicht. Keiner von uns beiden war auf eine nächtliche Verfolgungsjagd durch die Wälder vorbereitet, noch dazu als sich gerade ein Blizzard zusammenbraute. Zunächst war McKay die Flucht gelungen. Ich starrte ins dunkle Unterholz, spitzte aber sofort die Ohren, als der »Mexikanische Huttanz« aus meiner Handtasche ertönte.

Black und ich schauten uns an, und ich ließ es klingeln. Tatsächlich hatte ich Angst den Anruf anzunehmen, Angst davor, es wären Neuigkeiten von Bud. Schlechte Neuigkeiten.

Black holte das Telefon schließlich heraus. »Nick Black.« Er hörte einige Sekunden lang zu und sagte dann: »Okay, ich werd's ihr sagen.«

Mein Atem stockte, und ich rührte mich nicht. Mir war so mulmig zumute. Schließlich lächelte Black, und ich sank erleichtert in mich zusammen. »Die Wirkung setzt jetzt ein. Sie sagen, er wird's schaffen.«

Meine Augen gingen fast über, aber ich riss mich zusammen, nein, vor Black würde ich nicht weinen wie ein kleines Kind. Nicht angesichts dieser guten Nachricht. Ich nickte. »Ich wusste, er würde es schaffen, wusste es von Anfang an.«

Black drückte meine Hand. Ich atmete noch einige Male erleichtert durch. Ich mochte es nicht, wenn mich andere schwach und von Gefühlen überwältigt sahen, was selten genug vorkam, aber wenn, dann meist, wenn Black versuchte, mich zu analysieren.

»Okay, Gott sei Dank. Aber jetzt wird dieser Bastard gejagt, und zwar mit allen im Staat verfügbaren Polizisten. Ich will ihn noch heute Abend hinter Schloss und Riegel haben, allein mit mir in einem Vernehmungsraum.«

Black lachte. »Oje, da wäre ich nicht gern an seiner Stelle. Einmal reicht.«

Ein Anstandslächeln, mehr gab's dafür nicht, denn mir war nicht nach Scherzen zumute. Ich lechzte mehr nach einem Blutbad. Ich starrte durch den Flockenwirbel nach draußen, an den trüb verwirbelten Schneisen entlang, die unsere Scheinwerfer in den verschneiten Wald laserten. Die Spur des Allrads war deutlich sichtbar, und ich fragte mich, wohin er nun unterwegs war. Vielleicht hatte er irgendwo noch einen anderen Schlupfwinkel. Was war mit dem armen kleinen Mädchen, das er sich gekrallt hatte? Wo war sie? War sie mit ihm im Allrad? Oder hatte er sie auch ermordet? Ich knirschte mit den Zähnen, worauf es in meinem Kopf noch schlimmer hämmerte und ich mich fragte, was für eine blöde Schmerztablette sie mir da gegeben hatten. Da erblickte ich etwas hoch in den Bäumen, das in dem eintönigen Schwarz-Weiß aus Bäumen und Schnee fehl am Platz wirkte.

»Hat diese Kiste einen Scheinwerfer, Black?«

»Ja, ein hübsches Extra und sehr effektiv.« Er schaltete den an der Fahrerseite befindlichen Scheinwerfer an, und ich zeigte auf eine große Eiche links von uns, ungefähr fünfundzwanzig Meter entfernt.

»Schau da mal hinauf, ganz hoch. Siehst du's? Die ganz dicke Astgabel.«

Black bewegte den Lichtkegel langsam über tief verschneites Unterholz hinweg. Dann lenkte er den Hochleistungsstrahl auf den Zielpunkt. »O mein Gott.«

An einem Ast befestigt hing ein schwarzer Müllsack. Er baumelte im Wind hin und her, aber der Kopf am oberen Ende war deutlich sichtbar, genauso wie bei Classon.

Mein Magen machte einen Salto vorwärts. »Er ist ein Serienmörder. Such die restlichen Bäume ab.«

Black glitt mit dem gleißenden Scheinwerferlicht von Baum zu Baum und enthüllte so einen schwarzen Müllsack nach dem anderen. Tödliche Kokons, an verschneiten Ästen hängend und vom Wind sanft geschaukelt wie Babys in der Wiege. Eine makabre Entsorgungsstätte, die sich in den Wald erstreckte, so weit das Auge reichte.

24

Kaum zwei Stunden waren vergangen, nachdem Black und ich den Baumfriedhof des Killers entdeckt hatten, da erstrahlten die Wälder hinter McKays Haus im Widerschein einer gigantischen Flutlichtanlage. Dick eingemummte Polizisten streiften durch die eiskalte Nacht in dem zwar edlen, aber aussichtslosen Unterfangen, einen Verbrechensschauplatz zu konservieren, der mehrere Tausend Quadratmeter verschneiten und bewaldeten Hügellands umfasste. Charlie war mittlerweile in der Stadt zurück und hatte in einem Wutanfall sondergleichen das gesamte Sheriff's Departement mobilisiert.

Momentan stand er neben dem Baum, in dem ich den ersten Müllsack erblickt hatte. Um sich zu wärmen, schlug er die behandschuhten Hände aneinander, während ein Captain von der Highwaypatrouille des Staates Missouri ihn über den Ausgang ihrer Suche informierte. Bis dato gab es keine Spur von McKay, seinem Allrad oder dem vermissten Kind. Er hatte das Mädchen auch nicht im Farmhaus zurückgelassen, weder tot noch lebendig, es befanden sich dort jedoch ein paar seiner Kleider und ein weißer Teddybär. Man musste damit rechnen, dass die Kleine sein nächstes Opfer oder, schlimmer noch, sein bislang jüngstes Opfer war.

Black hatte sich verabschiedet, wohl in dem sicheren Vertrauen darauf, dass mir inmitten von zwanzig oder dreißig gut ausgebildeten und bis an die Zähne bewaffneten Polizisten nichts passieren konnte. Er saß mittlerweile in seinem Privatjet, unterwegs nach New York zu einem prominenten Patienten, der in seiner dortigen Klinik kollabiert war. Er hatte mich noch gefragt, ob ich ihn begleiten wollte, worauf ich geantwortet hatte: »Klar, sofort.«

Black war nicht die Bohne überrascht, wusste er doch, wie ernst ich meinen Job nahm. Er nahm seinen ja auch ernst, und nur deshalb ließ er mich allein zurück, nicht aber ohne mich noch eine Viertelstunde lang zu bearbeiten, die Nacht ja bei ihm zu Hause zu verbringen; mein Haus sollte nach krabbelnden oder kriechenden Geschenken unbekannter Freunde abgesucht werden. Ich hatte geantwortet, vielleicht, ja, aber es würde sich noch herausstellen, wo ich die Nacht verbrachte. Wenn mein Haus vom Kammerjäger gründlich ausgeräuchert war, bräuchte ich mir ja keine Sorgen zu machen, aber ich hatte fest vor, meine schwarz-orangefarbenen, knöchelhohen Nikes von nun an genau zu untersuchen, ehe ich hineinstieg.

Ich stapfte durch den Schnee auf Buckeye Boyd zu, der etliche Feuerwehrleute beobachtete, wie sie gerade ein Opfer in die Hände eines kriminaltechnischen Teams herunterließen. Buckeyes brauner Parka war offen, darunter trug er einen grünen Laborkittel. Der Witterung nicht unbedingt angemessen. An den Füßen hatte er aber immerhin pelzgefütterte Camouflage-Jagdstiefel. Seine weißen Haare wehte der Wind zurück, sodass eine ausgeprägte Stirnglatze zum Vorschein kam, die er normalerweise gut zu kaschieren wusste. Seine Augen blickten erschrocken drein. »Dieses Opfer war noch ganz jung, Claire, wahrscheinlich ein Mädchen, aber der Körper befand sich schon länger hier draußen, das sag ich dir. Sehr viel länger als Simon Classon. Wenn ich sie erst mal auf dem Tisch hatte, weiß ich mehr.«

»Menschenskind.« Das war Shaggy. Er kam neben mich und sah hinauf in die Bäume. Grelle Scheinwerfer zeichneten dunkle Schraffuren in sein junges Gesicht und warfen unsere lang gezogenen Schatten tief in den Wald hinein, wo andere Kriminaltechniker mit denselben entsetzten Mienen in andere Bäume hochstarrten. »Das ist ja schlimmer hier als in diesem Kaff in

Halloween. Wie hieß der Typ denn noch mal, der alle umgebracht hat?«

Buckeye schlug vor: »Michael Myers vielleicht? Jamie Lee Curtis hat das Mädchen gespielt.«

Shag sagte: »Vielleicht hat sich ja Michael Myers hier niedergelassen.«

Ich sagte: »Ja, wir Glücklichen.«

Shag wandte sich an mich. »Ich hab gehört, Bud wurde gebissen. Wie geht's ihm denn?«

»Sie sagen, er ist über den Berg.«

Shag sah auf den Verband und den grässlichen Bluterguss auf meiner Stirn. »Gehirnerschütterung?«

»Eine kleine vielleicht. Tut noch immer höllisch weh, aber ich werd's überleben.«

»Bud hatte ja wirklich Glück. Dieser Täter steckt doch voller grausiger Überraschungen, oder?«

»Und ob. Gutes Wort, grausig. Buckeye, weiß man schon was über die genaue Anzahl der Opfer?«

»Es sind siebenundzwanzig Müllsäcke auf dem Gebiet, von dem wir glauben, es gehört McKay, geschätzte achttausend Quadratmeter, aber das angrenzende Land konnten wir noch nicht überprüfen. Das einzig Gute ist, dass einige der Säcke auch Tierkadaver enthalten, Hunde und Katzen, dazu Kleinsäuger wie Eichhörnchen und Waschbären.«

Ich beobachtete weiter entfernt ein weiteres Team bei der Arbeit. Mit Handschuhen und unter laufender Kamera platzierten sie einen Müllsack auf eine Bahre. »Unfassbar, wie dieses Treiben so lange unentdeckt bleiben konnte. Warum nur ist nie zuvor jemand über diese Leichen gestolpert?«

»Privatgrund und außerdem so weit abgelegen, dass man schon eine Karte braucht, um überhaupt hinzufinden. Und in McKays Abwesenheit gab es für niemanden einen Grund, hierherzukommen. Schon gar nicht in das Waldgebiet hinter seinem Haus.«

Ich sagte: »Ob er vielleicht ab und zu zurückgekommen ist, um hier sein Unwesen zu treiben?«

»Gut möglich, warum nicht.« Buckeye zitterte und stampfte abwechselnd mit seinen Stiefeln. Er hätte sich wärmer anziehen sollen. »Was hast du eben über Buds Zustand gesagt?«

»Er wird's packen. Eine Weile stand es Spitz auf Knopf. Ich hab gesehen, wie die Schlange ihn erwischt hat. Dicht am Hals. Da ungefähr.« Ich fasste an meine Halsschlagader und schauderte bei dem Gedanken daran, wie die Bissstelle ausgesehen hatte.

»Du bist sicher, McKay ist der Täter?«

Ich nickte. »So viele Menschen zu ermorden braucht Zeit, es sei denn, er hat sie gruppenweise abgemurkst.«

Buckeye machte ein böses Gesicht. Dann zog er seine pelzgefütterte Kapuze hoch, stieß die Hände in die Taschen und trat wieder von einem Bein aufs andere.

Shag sagte: »Diese vielen Leichen kriegen wir im Institut gar nicht unter.«

Buckeye sagte: »Charlie hat bereits bundesstaatliche Unterstützung von der Highwaypatrouille angefordert. Aber das ist nicht das schlimmste Problem. Die meisten dieser Leichen werden steinhart gefroren sein.«

Ich fragte: »Gibt's schon brauchbare Hinweise, Buckeye?«

»Nein. Und das kann auch noch dauern, so lange, bis wir sie alle in der Stadt haben. Scheinbar steckt keiner von ihnen in einem Schlafsack wie Classon, sodass er sie wohl kaum dieser Tortur mit Schwarzen Witwen und Einsiedlerspinnen ausgesetzt haben dürfte. Ich glaube, diese Besonderheit hat er sich speziell für Mr Classon ausgedacht.«

Shag stellte fest: »Der Schneefall lässt nach. Da kriegen wir sie leichter eingesackt und markiert.«

Ich sagte: »Aber leider zieht schon ein neues Tief auf. Blacks Pilot musste den Kurs ändern, um es zu umgehen.«

Shaggy ging in Hockposition und untersuchte den eisverkrusteten Stamm. Dann wand er sich an mich: »Hey Claire, schau dir das an. Ich glaube, ich weiß jetzt, wie er sie in den Baum hoch- und wieder runterkriegt.«

»Wie denn?«

»Du kennst doch meinen Kumpel Steve Granger? Der immer mit mir zur Jagd gehen will?«

»Ja, und?«

»Nun ja, neulich bin ich doch mit ihm mitgegangen, damit er endlich Ruhe gibt. Er hat ein Ding, das nennt sich Klettersitz. Und stell dir vor, dieses Teil hinterlässt genau solche Kerben.« Er richtete seine Taschenlampe auf Verletzungen der Rinde. Sie waren identisch mit jenen, die wir auch am Tatort Classon gefunden hatten.

»Was hat man sich darunter vorzustellen? Unter einem Klettersitz?«

»Eigentlich ziemlich genial, das Ding. Du schleppst es auf deinem Rücken mit in den Wald, zusammengeklappt, dann klappst du es auf, stellst dich rein und gehst mithilfe einer Halterung um den Stamm die Bäume hoch. Wie diese Waldarbeiter in Oregon, die um die Wette auf die großen Redwood-Bäume klettern.«

Buckeye fasste an die verwundeten Stellen an der Rinde. »Ich kenn die Dinger. Funktioniert genau so, wie Shag vermutet hat. Der Täter müsste aber den Toten mit reinnehmen, zwischen den Baum und sich, oder er könnte ihn auch auf dem Rücken tragen. Das Seil, um das Opfer am Ast festzubinden, hat er dabei, und dann geht's mit derselben Vorrichtung wieder runter. Er muss Bärenkräfte haben für so eine Prozedur.«

Ich schätzte die Entfernung bis zu der Stelle im Baum, an der der Körper gehangen hatte. »Oder er zog den Körper zuerst nach oben und kletterte dann hinterher, um ihn festzubinden. Vielleicht sollten wir uns das von unserem Freund mal an Ort und Stelle mit einem zentnerschweren Sandsack vorführen lassen.«

Shag meinte: »Tolle Idee! Ich ruf ihn gleich mal an.«

Ich sagte: »Ich nehme an, ihr öffnet die Müllsäcke erst später.«

»Keine Angst, von diesen Opfern wacht keines wieder auf so wie Classon. Die hängen hier schon sehr lange herum, Jahre möglicherweise. Eine Zeitlang hat er offenbar pausiert und das Morden aus irgendeinem Grund aufgegeben, und kaum war er hier, hat's ihn wieder gepackt. So seh ich es.«

»Genau. Oder aber es gibt ein neues Leichenfeld dieser Art irgendwo in Kalifornien. Gott allein weiß, wie viele Opfer er auf dem Gewissen hat.«

Eine Horrorvorstellung. Ich sah mich um und die ganze Szenerie erschien mir plötzlich wie ein Bild aus Dantes *Inferno,* die düster vernebelte Beleuchtung mit den Silhouetten von Männern und Frauen davor, die sich über Leichen beugen oder sie an Seilen herablassen, Schatten, die auf der hellen Schneefläche zwischen Bäumen hervortreten und wieder dahinter verschwinden. Ein Bild aus der Hölle, in der Tat. Und dem Teufel gelang die Flucht in einem Allrad.

Im Morgengrauen erhielt ich meinen Explorer zurück, durchgecheckt und garantiert klapperschlangenfrei. Ich fuhr direkt in die Klinik und sah nach Bud. Er lag nach wie vor auf der Intensivstation, stand noch immer unter Beruhigungsmitteln, aber sie ließen mich gnädigerweise zu ihm. Ich erkannte ihn kaum. Sein Gesicht war verfärbt und angeschwollen, die Lippen fast schwarz und ungefähr dreimal so dick wie normal. Er schlug die Augen auf, und ich versuchte es auf die lockere Tour.

»Du hast auch schon mal besser ausgesehen, Bud.«

»Danke.« Dazu murmelte er noch etwas hervor, das so klang wie: »Du hättest die Schlange mal sehen sollen.« Beide versuchten wir uns an einem Grinsen, was aber keinem so recht gelang.

»Das Biest hab ich ein für alle mal erledigt. Das kannst du mir glauben. Bringen die Mittel was? Geht's dir besser?«

»So la la«, presste er heiser hervor. »Und das ausgerechnet jetzt, wo es doch mit der Finnin so gut lief.«

An der Stelle lächelte ich wirklich. »Die Schwester sagt, sie war schon fünf Mal hier. Du hast es nur nicht mitgekriegt.«

Die Augen fielen ihm zu, als wäre er zu schwach, sie offen zu halten. Ich sagte: »Es war McKay, Bud. Wir haben weitere Opfer in den Wäldern hinter seinem Haus gefunden. Sämtliche Kräfte sind da draußen vor Ort und mit dem Schauplatz beschäftigt. Buckeye wird genügend Beweise finden, um ihn festzunageln.«

Bud beäugte mich. Sein rotes Auge war blutrot. »Ihr habt ihn geschnappt?«

»Noch nicht, aber über kurz oder lang ist er fällig. Es läuft eine Großfahndung nach ihm.«

Buds Augen fielen wieder zu, und er rührte sich nicht mehr. Ich saß neben dem Bett und sah zu, wie er schlief, dann lauschte ich auf das regelmäßige Piepen und beobachtete die Lämpchen auf dem Monitor, nur um sicher zu sein, dass er noch atmete. Als ich meinen Kopf nicht länger aufrecht halten konnte, legte ich meine Wange auf die Matratze neben seine Hand und schlief tief und fest, bis eine Schwester mich weckte und mich aufforderte zu gehen.

Ich fuhr direkt nach Hause, nicht jedoch ohne einen Zwischenstopp bei Harve, um ihm alles zu berichten und um zu sehen, ob es ihm gut ging. Es ging ihm gut, und er lud mich ein, bei ihm zu wohnen, bis der Spinnenmann hinter Schloss und Riegel säße. Das Angebot war verlockend, vor allem weil Black verreist war. Ich überlegte es mir, stieg dann aber doch ins Auto und fuhr heimwärts; meine Vorfreude hielt sich im Vergleich zu damals, als Black gerade alles umgemodelt hatte, sehr in Grenzen. Tödliche Krabbeltiere konnten einem alles vermasseln.

Ich mied die Garage und fuhr vorne vor, blieb sitzen und sah auf mein Haus. Es sah aus wie immer, gar nicht so, als wäre ein mit Spinnen und Klapperschlangen bewaffneter Psychopath auf freiem Fuß. Ich zögerte, hineinzugehen, genauer gesagt, ich hatte eine Wahnsinnsangst, was ich nun wieder finden würde, obwohl Kammerjäger alles behandelt hatten. McKay steigerte sich mit seinen Überraschungen.

Es gab keine Motorrad- oder Allradspuren, auch keine Fußabdrücke. Ich nahm mir die Zeit, für einen Gang um mein Haus herum, konnte aber nirgendwo vor Fenstern und Türen eine Beschädigung der jungfräulichen Schneeschicht feststellen. Ich ging die Treppe zur vorderen Veranda hinauf und lugte ins Fenster hinein. Alles schien normal. Ich hielt Ausschau nach Jules Verne, sah ihn aber nicht. Ich hörte ihn auch nicht, was nicht normal war. Die ungewohnte Stille jagte mir Schauer über den Rücken. Voller Angst drehte ich den Schlüssel um und öffnete die Tür.

Ich schluckte schwer, wohlwissend, wozu McKay fähig war, ehe ich einen meiner weißen Müllbeutel auf dem Küchenboden liegen sah. Ich spürte, wie es mir die Kehle zusammenschnürte.

Ich zog meine Glock aus dem Halfter und blieb unbewegt stehen. Absolute Stille, nur mein sechster Sinn schrillte in den höchsten Tönen. Das Schlimmste befürchtend, kniete ich auf einem Knie neben dem Beutel nieder. Ich zog das zu einer Schleife gebundene gelbe Band auf. Als ich einen kleinen, von Spinnweben überzogenen Körper sah, wich ich gegen die Anrichte zurück, schloss die Augen und spürte, wie mir die Galle hochkam.

»Verdammter Mistkerl, McKay.«

Ich schlich mich seitlich an dem Beutel vorbei hinaus, denn diesen Anblick ertrug ich nicht länger. Black hätte Jules Verne in Paris lassen sollen; nicht einmal Tiere waren im meinem Umfeld sicher. Dann kam es mir schlagartig wie ein Blitz, dass nicht einmal hundert Spinnen einen Welpen so schnell töten und in ihr Gespinst hätten einweben können. Ich war gestern noch hier gewesen. Später an diesem Nachmittag war Black noch gekommen und noch später der Kammerjäger. Also ging ich zurück zu dem Beutel und kippte den verwesenden Kadaver auf den Boden. Die meisten Spinnen waren tot, aber ich musste eine oder zwei mit dem Fuß zertreten, ehe ich genauer hinsah. An dem buschigen

Schwanz erkannte ich schließlich, dass es sich um ein Eichhörnchen handelte.

Erleichtert und zuversichtlich atmete ich auf und begann, das Haus nach dem Hund zu durchsuchen, immer mit dem Rücken zur Wand und dem Finger am Abzug, darauf bedacht, bloß keine Körbe zu öffnen. Ich stellte fest, dass ich vor Angst und wohl auch vor Abscheu zitterte. Nie zuvor in meinem Leben hatte ich Angst vor Spinnen gehabt, das war Bud, der arme entstellte Bud, aber das Entsetzen darüber, wie McKays Opfer zu Tode gekommen waren, hatte eine stark negative Wirkung auf mich, und die Furcht vor Spinnen war nun mal da und wurde von Minute zu Minute stärker. Ganz zu Schweigen von den anderen Ängsten.

Im Erdgeschoss war, soweit ich sehen konnte, alles in Ordnung, und so warf ich einen Blick Treppe hinauf in mein Loft. Dann stieg ich Stufe für Stufe und die Waffe vor mir herhaltend hinauf. Ich hoffte, McKay würde sich da oben versteckt halten, hoffte, er würde den Angriff auf mich wagen, sodass ich das Feuer auf ihn eröffnen konnte.

Oben an der Treppe sah ich ins Schlafzimmer. Jules Verne lag auf dem Bett, das Maul mit silbernem Isolierband verschnürt. Vorder- und Hinterbeine waren ebenfalls gefesselt. Er saß auf der Daunendecke und zitterte am ganzen Körper; sein gedämpftes Winseln begann sich zu überschlagen, als ich auf ihn zukam. Dann überprüfte ich das Bad und entdeckte an die zwanzig Einsiedlerspinnen, die auf dem Wannenboden herumkrabbelten.

Ich knallte die Tür zu, zitterte jetzt nur noch. Nach einem schnellen Blick in den Schrank, ob sich darin jemand versteckte, schnappte ich meinen Pudel und rannte zum Auto. Ich dachte an nichts mehr, keine Sachen zum Wechseln, keine Zahnbürste, wollte nur noch weg von hier.

Draußen suchte ich sogar den Explorer extra noch einmal von oben bis unten durch, so paranoid war ich mittlerweile. Da war nichts, also stieg ich ein, verriegelte die Türen, holte mein Taschenmesser heraus und befreite Jules Verne. Der Arme drängte sich in meinen Schoß und winselte unaufhörlich, versuchte sogar, sich in den Falten meines Mantels zu verkriechen. Wie schon gesagt, sogar meine Haustiere machen sehr schnell die Bekanntschaft mit Monstern. Vielleicht hatte ich deshalb nie weder einen Hund noch eine Katze gehabt. Vielleicht würde Jules darauf bestehen, sofort für ihn den nächsten Rückflug nach Paris zu buchen.

Ich fuhr übereilt rückwärts los und schlitterte prompt in eine Schneewehe. Ich bremste und sah auf das verschneite Seeufer hinunter. Die Wasseroberfläche war fast überall gefroren, mein Steg komplett vereist, also würde Black in nächster Zeit eher nicht mit seiner Cobalt 360 auf einen Besuch vorbeischauen. Dann entdeckte ich die Allradspuren, parallel zu Uferlinie verlaufend, ehe sie in die Wälder nördlich von meinem Haus abbogen.

Eine maßlose Wut überfiel mich, und ich drückte Jules Verne an mich. Für mich war das endgültig und eindeutig der Beweis für McKays Schuld. Ich fragte mich, wann verdammt noch mal McKay bei mir gewesen sein könnte. Ein paar Minuten lang zitterte ich vor Wut, dann fasste und beruhigte ich mich und schwor mir abermals, ihn zu schnappen. Er spielte mit mir, und das sollte er mir büßen.

Ich atmete einige Male tief durch, wie es die Stimme auf meiner Yogakassette für den Fall empfahl, dass ich stockwütend und zu allem bereit war. Ich kurvte die Straße entlang bis zu Harves Briefkasten. Dort stoppte ich. Der Motor lief, und die Heizung blies mir ins Gesicht; meinen Hund hatte ich unter dem geschlossenen Parka. Harve in die Sache zu verwickeln, wäre dumm. Harve wurde im letzten Sommer in meinen Fall verwickelt und wäre beinahe gestorben. Das durfte nicht noch einmal geschehen. Die Gefahr war zu groß, denn McKay war auf freiem Fuß und wurde immer unberechenbarer. Bud und Jules Verne hatte er schon erwischt, bei mir und Black hatte er es versucht. Harve wäre dann sicher der Nächste.

Ich fuhr weiter. Ich würde mich an Blacks Rat halten und in Cedar Bend übernachten. Dort wurde alles überwacht, und ich war nicht allein. Nicht einmal eine Schwarze Witwe würde durch das Sicherheitsnetz gelangen, das Black nach dem Mord im letzten Sommer dort eingerichtet hatte. Und wegen Black machte ich mir keine Gedanken. Er hatte zur Genüge bewiesen, dass er auf sich selbst aufpassen konnte. Natürlich hatte der Gedanke, aus dem eigenen Haus vertrieben zu werden, etwas schier Unerträgliches, im Moment jedoch war es klüger, bei Black zu bleiben, bis ich McKay gefasst hatte. Und an dem Punkt war ich fest entschlossen, Himmel und Erde zu bewegen, nur um ihn zu kriegen.

Dunkle Engel

Uriel hatte sich verliebt, in ein Mädchen an der Schule, bei der er arbeitete. Sie ging ihm nicht mehr aus dem Kopf, und er sehnte sich permanent nach ihr. Gabriel war nun so eifersüchtig, dass er ständig versuchte, ihr auf gemeine Weise wehzutun. Uriel hatte Angst. Er fürchtete, Gabriel könnte in Rage geraten und sie umbringen wie schon Uriels andere Freundin zuvor.

An einem Wochenende dann, als Gabriel zu einer Konferenz über Bildung in die nahe Stadt Columbia gefahren war, fühlte sich Uriel sicher genug, sein Mädchen in die Höhle mitzunehmen und ihr alle seine Schlangen und Spinnen zu zeigen. Anfangs war sie noch zurückhaltend und fürchtete sich, aber nachdem er ihr alles erklärt und ihr gesagt hatte, wie schön und ausgefallen seine Tiere waren, gefielen sie ihr doch. Schließlich wollte sie sogar lernen, wie man Schlangen und Spinnen züchtet. Sie sagte, sie liebte ihn und würde alles auf der Welt für ihn tun, und dann schliefen sie in der Höhle miteinander, für beide das allererste Mal.

Uriel war nie so glücklich gewesen. Nach Gabriels Rückkehr wollten sie sich in der Höhle treffen, und Uriel hatte sich verspätet. Er war außer Atem, als er den Boilerraum erreichte und die Falltür entriegelte. Er sprang hinunter in den Tunnel, voller Angst, Gabriel könnte einen Wutanfall bekommen, denn Uriel war bei seiner neuen Freundin gewesen und hatte sich nicht von ihr trennen können. Das war der Grund für seine Verspätung, aber darauf würde Gabriel nie und nimmer kommen.

Uriel eilte den Gang entlang in die Höhle, konnte aber Gabriel nirgendwo sehen. Etwas hier kam ihm unheimlich vor, so ganz anders als neulich, als er mit seiner Freundin hier gewesen war.

Dann wurde Uriel urplötzlich von hinten angegriffen und zu Boden geworfen. Es war Gabriel, und Uriel versuchte mit aller Kraft, ihn abzuwehren, aber Gabriel war rasend vor Wut und kämpfte wie ein Irrer. Sie wälzten sich auf dem Boden, bis Gabriel ihn unter sich festgenagelt hatte. Mit geballter Faust schlug er Uriel gegen den Kopf, dass dieser einen Moment lang wie bewusstlos war. Uriel starrte seinen Freund und Beschützer fassungslos an, geschockt und entsetzt angesichts der blanken Wut, die er in Gabriels Augen sah. Gabriels Gesicht glühte, und als er sprach, zischte er leise und scharf.

»Du hast diese kleine Schlampe hier heruntergebracht, du Bastard. In unsere Höhle, unser geheimes Versteck, das nur wir kennen. Ich hab gedacht, ich könnte dir vertrauen, aber nun hast du alles kaputtgemacht. Du dummer kleiner Idiot, kapierst du das nicht? Es kommt der Tag, da hat sie genug von dir und geht zur Polizei. Wir landen im Knast, beide, und du allein bist schuld daran. Wie konntest du mir das antun! Ich hab dir vertraut!«

»Nein, das stimmt alles nicht, ich hab sie nicht mitgenommen. Ich schwöre es.«

»Lügner! Ich hab dich gesehen. Ich wusste doch, dass du dich mit ihr triffst und mir alles verheimlichst. Da war gar keine Konferenz in Columbia. Ich war hier. Ich hab dich gesehen, wie du sie in unseren geheimen Schlupfwinkel gebracht hast, wie du sie gevögelt hast. Und dafür muss sie jetzt sterben.«

Uriel lag regungslos da und starrte in Gabriels irres Gesicht. »Nein. Tu das nicht, Gabriel. Ich liebe sie. Es gibt keinen Grund für dich, eifersüchtig zu sein. Ich liebe dich auch. Du bist mein Blutsbruder, du wirst immer der wichtigste Mensch in meinem Leben sein.« Uriel spürte, wie ihm die Tränen kamen und in den Augen brannten. »Bitte, nimm sie mir nicht weg. Ich tu alles, was du sagst, alles, wenn du sie mir nicht wegnimmst.«

»Nein und nochmals nein! Wir haben einen Pakt geschlossen, dass Frauen tabu sind. Und falls es doch mal dazu kommt, muss sie danach sterben. Ich hab mich immer an unsere Vereinbarung gehalten. Jetzt bist du dran. Du hättest sie nicht mit herunterbringen dürfen. Sie wird sterben, und du wirst es selbst tun.«

Uriel wehrte sich gegen den Würgegriff an seinem Hals und weinte ununterbrochen. »Nein, nein, ich bitte dich, Gabriel ...«

»Hör auf, rumzuheulen, Uriel, hörst du mich? Halt dein verdammtes Maul und hör mir zu. Du gehst jetzt sofort zu ihr und bringst sie in mein Haus. Sag, dass ich sie kennenlernen will, dass ich euch beiden meinen Segen gegeben habe, sag ihr zum Teufel noch mal, was immer du willst. Hauptsache du schaffst sie her, und dann wirst du sie vor meinen Augen töten. Verstanden? Wie du's machst, ist mir egal, aber sie wird noch heute Abend sterben. Verstehst du mich? Verstehst du? Das ist die Strafe dafür, dass du gegen unsere Vereinbarung verstoßen hast.«

Uriel gab sich geschlagen und nickte, konnte aber nicht aufhören, zu schluchzen.

»Wenn du es nicht tust, Uriel, dann tu's ich. Kapiert? Ich werd sie flachlegen, und dann steck ich sie zusammen mit ein paar Witwen in einen Schlafsack und sehe ihr dabei zu, wie sie einen grausigen, quälend langsamen Tod stirbt.«

Gabriel stieg von Uriel herunter und zerrte ihn hoch, indem er ihn vorne am Hemd packte. Er schubste ihn in Richtung Tunnel. »Jetzt sieh zu, dass du sie in mein Haus schaffst, aber beeil dich. Ich muss morgen arbeiten. Das ist deine Schuld, Uriel! Wie konntest du nur so dumm sein?«

Uriel gehorchte, aber als er zu seiner Freundin nach Hause fuhr, konnte er vor lauter Tränen kaum die Straße vor sich sehen. Er konnte sie nicht umbringen. Dazu liebte er sie viel zu sehr. Aber konnte er sich vorstellen, Gabriel zu verlieren? Gabriel bedeutete ihm alles, schon seit jeher. Und wenn er es nicht tun würde, dann würde Gabriel sie töten.

Vor dem Haus seiner Freundin blieb er im Auto sitzen und wischte sich die Tränen aus dem Gesicht. Dann stieg er aus, ging den Gehsteig entlang und klopfte an ihrer Tür. Sein Herz tat ihm weh, und er hasste sich für das, was er vorhatte.

Es war einige Zeit verstrichen, als Uriel seine Freundin am Arm nahm und sie die Treppe hinauf zu Gabriels Haustür führte. Er fühlte sich schlecht bis auf den Grund seines Herzens. Sie war so strahlend jung und unbeschwert und bereit, alles zu tun, was Uriel verlangte. Sie liebte ihn. Er fürchtete sich jetzt, da die Zeit gekommen war, zu tun, was getan werden musste. Sie wollte den Türklopfer selbst anheben, und er ließ es sie tun. Er fiel mit einem dumpfen Knall auf die Messingplakette herunter. Sie warteten, und sie lächelte ihn die ganze Zeit über an, ihre Augen glänzten vor Liebe.

Es dauerte nicht lang, bis Gabriel die Tür öffnete und sie begrüßte. Er grinste vielsagend, und Uriel wusste genau, dass Gabriel sich freute, dass Uriel bereit war, seine große Liebe für ihr Geheimnis zu opfern. Gabriel bat sie, hereinzukommen, wobei er die Hand des Mädchens nahm und sie küsste, als wäre er sehr erfreut, sie zu sehen. Er fragte sie, wie ihr die Arbeit an der Schule gefiel, und sagte ihr, wie erfreut er sei, endlich das Mädchen kennenzulernen, das Uriel so sehr liebte. Er lenkte sie ab, indem er auf einige seiner Kunstwerke zeigte, sodass Uriel sie überraschend von hinten treffen konnte. So war es ausgemacht.

Uriel biss die Zähne zusammen. Er wusste, was er zu tun hatte, zögerte jedoch. Er war sich nicht sicher, ob er es konnte. Guter Gott, wie sollte er? Er hielt Ausschau nach einem schweren Gegenstand, griff nach dem schwersten, den er sah, und schlich sich von hinten an Gabriel und das Mädchen heran. Er stemmte den Gegenstand hoch bis über die Schulter und ließ ihn mit aller Wucht niedersausen. Dann sackte er zu Boden und weinte vor Entsetzen und Reue.

25

Als ich mit Jules Verne in Cedar Bend angekommen war, glichen meine Kopfschmerzen wiederkehrenden Nadelstichattacken verbunden mit zum Bersten pochenden Schläfen. Ich fühlte mich nur noch wie fix und fertig, Mann, und ich war auch fix und fertig. Ich sehnte mich nach Black, aber er war für mindestens drei Tage in New York, vielleicht noch länger, falls er eingeschneit wurde. Schien fast so, als hätte ich mich an den Typen gewöhnt, trotz allem.

Sein persönlicher Sicherheitsmann, ein Zwei-Meter-Hüne namens Jerry Presson, nahm mich in Empfang, als trüge ich die Krone von Elisabeth der Zweiten höchstpersönlich auf dem Kopf; entsprechend beiläufig wünschte ich ihm ein gutes neues Jahr und knuddelte den zitternden Jules Verne, während der Fahrstuhl in Blacks palastartige Behausung hochrauschte.

Dort war es so gut wie stockfinster und totenstill, also machte ich erst mal Licht, indem ich die Flurlampe, ein Ungetüm aus Chrom und Glas, anknipste. Ohne Black war ich hier kaum gewesen, und entsprechend einsam und seltsam erschien mir das weitläufige Penthouse in all seiner schwarz-braunen Herrlichkeit; sogar das sanft auftretende Personal schien sich in Luft aufgelöst zu haben. Oder Black hatte ihnen über Neujahr freigegeben. Für so was hatte er Talent.

Hauptsache, das Penthouse war absolut klapperschlangen- und spinnenfrei war, in meiner Situation ein nicht zu verachtendes Plus. Nichtsdestotrotz beäugte ich misstrauisch das Kirschholzparkett und lauschte auf Geräusche von Skorpionen oder Gott weiß was.

Ich war zu übermüdet, um allzu groß nachzudenken, aber ich lugte in jede Nische und Ritze in Blacks ultramaskulinem Schlafzimmer, riss die Bettdecken herunter und schüttelte sie, als wollte ich sie umbringen, und bewaffnete mich zu guter Letzt auch noch mit einer Dose Insektenspray, die ich unter dem Küchenausguss gefunden hatte. Schließlich glitten Jules Verne und ich zwischen die schwarze Bettwäsche aus Seidensatin und ließen es dabei bewenden.

Es dauerte keine Minute, und die Albträume begannen. Ich träumte, Black wäre eine riesengroße haarige Einsiedlerspinne, aus der sein hübsches Gesicht mir lächelnd zublinzelte. Bud war eine Schlange mit sechs Armen und Rasseln als Finger, die beständig nach mir griffen. Ich war eine Feldmaus, die vor ihnen zu fliehen versuchte, stattdessen aber in ein überdimensionales klebriges Spinnennetz hineinrannte, das Joe McKay in den Bäumen hinter seinem Farmhaus gesponnen hatte. Er saß in seinem Allrad mitten drin, grinste über das ganze Gesicht und hatte ein kleines, eingesponnenes Kind neben sich, das sich ständig wand. Zweifellos ein Snack zu mitternächtlicher Stunde.

Als ich erwachte, saß ich aufrecht und schweißgebadet im Bett. Unglaublich, dachte ich und ärgerte mich über die Maßen darüber, dass mich McKays Methoden derart einschüchterten und verfolgten. Ich hatte einen richtigen Schock. Alles war so furchtbar und schrecklich, irrsinnig und richtig furchterregend sogar. Ja genau, das war es, ich fürchtete mich und konnte nichts dagegen tun. Jules Verne ging es genauso. Er winselte und fiepte und verkroch sich tief unter die Decke. Musste wohl denselben Traum gehabt haben wie ich. Nach allem, was Jules mitgemacht hatte, würde Black einen Hundepsychiater engagieren müssen.

Ich stützte mich seitlich auf einen Ellbogen, griff nach meinem Handy und rief im Krankenhaus an. Die Schwester sagte, Bud ginge es besser, aber er habe noch einen weiten Weg vor sich. Dann rief ich in der Wache an und erfuhr, dass McKay auch in dieser Nacht nicht geschnappt worden war. Die Obduktion der neuen Opfer würde nicht vor Mitte Nachmittag beginnen, also stand ich auf, duschte, zog mich an, inklusive aller Waffen, und wünschte, ich hätte mehr als zwei. Ich packte noch ein paar zusätzliche Patronenclips ein, falls mir McKay begegnen sollte, schlüpfte in meinen Parka und steckte meine Dose Insektenspray in die andere Tasche. Plötzlich war dieses Mittel mein bester Freund, auf den ich am meisten vertraute. Der »Mexikanische Huttanz« zerriss die Stille, und ich griff nach meinem Handy.

Es war Black. »Wo bist du denn?«

»Bei dir zu Hause. Bei mir gab's ein paar unerwünschte Geschenke.«

»O mein Gott. Was denn?«

»Na ja, ein von Spinnen eingesponnenes Eichhörnchen in einer Plastiktüte, ich sollte offenbar denken, es wäre Jules Verne. Ich hab mich erschrocken ohne Ende, das kannst du mir glauben, aber keine Sorge, Jules ist obenauf.«

»Der Teufel soll den Mistkerl holen.«

»Hoffentlich. Ach ja, McKay hat Jules zwar gefesselt, mit Isolierband, aber Spinnen hat er keine auf ihn gehetzt. Ist im Grunde seines Herzens wohl doch ein Tierliebhaber. Zu schade für Simon Classon, dass er kein Pekinese war. Und Folgendes hätte ich fast vergessen, in meiner Badewanne hat er ein paar Einsiedlerspinnen hinterlassen. Da musste das Schaumbad ausfallen.« Meine Wortraketen wollten einfach nicht zünden. Tatsächlich klang ich eher so, als versuchte ich, mir sämtliche Zähne aus dem Zahnfleisch zu brechen, und ich selbst hätte wohl auch nicht über mich gelacht. Ich klang wie vom Schrecken verfolgt und war es auch, und bald schien es so, dass es Black genauso erging.

»Geh da nicht wieder zurück, Claire. Bitte. Ich fleh dich an, tu's nicht. Die Sache hier ist für mich beendet, zur Hölle mit dieser

Supervision. Sie sollen ohne mich fertig werden. Er kommt immer näher mit seinen tödlichen Drohungen. Ich frag mich nur, warum. Er müsste längst kapiert haben, dass du dich nicht abschrecken lässt. Und allem Anschein nach hat er es nicht darauf abgesehen, dich wirklich zu treffen. Er will dich lediglich warnen.« Darauf folgten noch ein paar ziemlich saftige Flüche, darunter einige, die ich nie von ihm gehört, ich selbst jedoch unlängst erwogen hatte. Dann fragte er: »Wie geht's Bud?«

»Nicht gut, aber besser, und Joe McKay ist nach wie vor flüchtig, aber nach ihm läuft eine Großfahndung.«

Es folgte in weiterer, ziemlich einzigartiger Fluch mit wohl Cajun-Französischem Einschlag aus seiner Jugend in Louisiana, wie ich vermutete. »Ja, und ich warne dich lieber gleich, Claire, die Medien haben Wind von Classons Ermordung bekommen. Sie nennen ihn Spinnenmann.«

»Verdammte Scheiße.« Diese Bande hatte ich ganz vergessen, in der sicheren Annahme, sie wären mit den neuesten Blizzardmeldungen beschäftigt und damit, wie sie sich oben warm halten, ohne ihre Frisuren zu zerstören. Ich ging ans Fenster, um nach dem ersten Ü-Wagen Ausschau zu halten. Noch war keiner da.

Black stellte noch mehr Fragen. »Was ist mit den Opfern im Wald? Wurden sie schon identifiziert?«

»Buck meint, ein junges Mädchen wäre darunter, Teenageralter vielleicht. Der Körper ist schon zu verwest, und die Tat damit nicht ganz frisch.«

»Claire, das ist alles nicht gut. Völlig krank, die ganze Sache. Dieser Typ mordet jahrelang, und keiner merkt was.«

»Keine Sorge, ich setze dem Treiben jetzt ein Ende.«

»Meinst du nicht vielmehr *wir?* Und damit den ganzen Rest des Departements?«

»Klar. Genau das hab ich gemeint.«

»Nimm die Verfolgung nicht allein auf, Claire. Versprich mir das.«

»Ich verfolge ihn nicht, weil ich nicht weiß, wo er ist.«

»Wenn das Wetter so bleibt, bin ich heute Abend zurück. Spätestens morgen früh.«

»Gut. Und, Black, es ist besser, du lässt den Kammerjäger noch mal kommen. Damit er sich meine Badewanne noch mal vornimmt.«

»Geh einfach nicht mehr nach Hause. Wozu ein Risiko eingehen.«

Nichts einzuwenden dagegen, obwohl ich nicht glaubte, dass McKay noch einmal dort auftauchte. Er hielt sich in irgendeinem dunklen Loch versteckt, lauernd und abwartend, wie eine seiner gottverdammten Spinnen.

»Hör zu, Claire, ab sofort bist du vorsichtiger. Keine leichtsinnigen Aktionen!«

»Wer? Ich?«

Totenstille. Ich konnte fast sehen, wie er die Zähne zusammenbiss. »Dieser Typ ist hochgefährlich, und er hat's auf dich abgesehen.«

»Na, das hab ich schon bemerkt. Jemand hat mich und meine Freunde auf dem Kieker. Stell dir vor.« Ich schloss die Augen und dachte an den letzten Sommer und das letzte Jahr und all die früheren Jahre, als Menschen in meinem Umfeld sterben mussten, weil jemand mich hasste.

»Dieses Mal verhält es sich anders. Nicht deine Freunde sind bedroht, sondern du. Sie kommen ihm nur dazwischen.«

»Na, das tröstet mich doch.«

»Dich trifft nicht die geringste Schuld daran. Du weißt, wir haben darüber schon gesprochen. Er ist der Täter und der Schuldige, er ganz allein.«

»Ich dachte, es wäre vorbei.«

»Dieses Mal verhält es sich anders. Dieser Typ ist hinter dir her, weil du hinter ihm her bist.« Ich antwortete nicht darauf, also sagte er: »Wie geht's dir nun dabei?«

Na bitte, man schaltet wieder auf Psychiatermodus. Aber er hatte mir ja schon mal geholfen, also spielte ich mit. »Wie glaubst du denn, dass es mir geht?«

»Ich glaube, du ergehst dich in Selbstvorwürfen und entfernst dich von Menschen, denen an dir liegt.«

»Genau, und das Lustige daran ist, genau das rettet den Menschen in meiner Umgebung das Leben.«

»Denk an unsere Sitzungen. Du bist nicht schuld daran. Du hast einen gefährlichen Job, und Leuten, die bei der Strafverfolgung arbeiten, passiert manchmal Schlimmes.«

»Richtig.«

»Mir gefällt die Art nicht, in der du das sagst.«

»Richtig.«

»Um Himmels willen, Claire, hör auf mich! Du kannst nicht allein losziehen, nur um dir was zu beweisen.«

»Richtig.«

Black schwieg, abgesehen von einem genervten Seufzer. Er reagierte meistens nicht darauf, wenn ich ihn so piesackte. Ich sollte netter zu ihm sein. Und er hatte natürlich recht, was ich auch wusste.

»Ich werd schon keine Dummheiten machen. Ich fahr jetzt raus an den Schauplatz. Dort durchstreifen an die fünfzig Beamte den Wald, die alle auf mich aufpassen können. Außerdem hab ich meine Glock und die neue stumpfnasige .38er. Damit ballere ich alles um, was sich bewegt.«

»Spiel aber jetzt bloß nicht Rambo.«

»Das ist nicht mehr lustig, Black.«

»Du gehst mir auf die Nerven.«

»Irgendein Hobby braucht jeder.«

Er lachte, war aber sicher gar nicht amüsiert. »Ich hätte nicht weggehen sollen.«

»Hör auf, Black, ich bin kein Kind mehr, sondern eine ausgebildete, erfahrene Polizeibeamtin, die schon den einen oder anderen Schwerenöter hinter Schloss und Riegel gebracht hat. Und wenn ich die Krise krieg, lass mir einfach Zeit.«

»Richtig.«

Ich lächelte. »Also wir sehen uns. Hör auf, dir Sorgen zu machen, und kümmere dich um deine Patienten. Wozu eine übereilte Rückkehr, nur weil mich ein irrer Spinnenmörder bedroht?«

»Pass bitte auf dich auf, Claire. Wegducken et cetera, du kennst die Losung.«

»Richtig, dito.«

»Trägst du deine Sankt-Michaels-Medaille?«

»Ich nehm sie niemals ab.«

»Gut. Du weißt, ich bin abergläubisch.«

Wir beendeten das Gespräch, und aus irgendeinem Grund fühlte ich mich danach gleich etwas besser, vielleicht sogar ein bisschen geliebt. Ich zog meinen Parka zu und ließ Jules Verne allein zurück. Er trippelte nervös auf und ab und hatte möglicherweise Bilder von freundlich lächelnden Männern mit Plastikmülltüten vor Augen. Draußen durchsuchte ich meinen Explorer bis in den kleinsten Winkel und sprühte noch etwas Insektenmittel unter die Sitze, sehr zum Vergnügen von Mike, dem bulligen Sicherheitsmann. Offenbar hatte er noch nie einen nordafrikanischen Dickschwanzskorpion zu sehen bekommen.

Draußen schien die Sonne, und es war ein bisschen wärmer, was die Leute am Tatort wahrscheinlich freudig begrüßten. Vor McKays kleiner Horrorfarm standen noch vier SUVs und der Wagen der Spurenermittlung. Im Haus war Bucks Team auf der Jagd nach Fingerabdrücken und Blutresten, jedoch ohne viel Erfolg. Ich begab mich wieder in meinen Explorer und rumpelte über das Feld hinter dem Haus. Die breiten Humvee-Spuren, die Black und ich hinterlassen hatten, waren noch zu sehen. Ich sah auch, dass alle Leichen nun heruntergeholt und in die Gerichtsmedizin abtransportiert worden waren. Buckeye Boyd war noch vor Ort, immer noch kopfschüttelnd und ketterauchend. Ich fragte mich, beim wievielten Päckchen Marlboro er mittlerweile war. Vielleicht sollte ich ja auch zu rauchen beginnen. Würde vielleicht meine Nerven beruhigen.

»Hey, Buck. Bist du die ganze Nacht über hier gewesen?«

Er nickte und schnippte die Kippe beiseite. Es zischte, als sie auf dem Schnee aufkam. »Ja, ich hab die Bergung beaufsichtigt. Aber wir sind fertig damit, und ich geh jetzt erst mal auf ein Nickerchen nach Hause, ehe ich mit der Obduktion beginne.«

»Gibt's Hinweise auf die Identität des einen oder der anderen?«

»Nichts. Die meisten waren nackt, und es gab keine Anhaltspunkte.«

»Meinst du, diese so mysteriös verschwundene Hausmeisterin ist auch dabei?«

Buckeye zuckte mit den Schultern. »Der Täter hat einfach wahllos zugeschlagen. Da ist alles dabei, Claire, Männer, Frauen, Kinder. Kaum zu glauben, da wird einem richtig schlecht. Und überhaupt, wo bleiben David Duchovny und Gillian Anderson? Ich erwarte schon die ganze Zeit, dass sie mit wehenden Rockschößen hier antanzen.«

Buckeye verpasste keine einzige *Akte X*-Wiederholung.

Der Wind fegte durch die Bäume. Ein Ast brach ab und krachte in einer Wolke aus Schneekristallen zu Boden. Ich zog meine Kapuze hoch und starrte zu den ausgefransten Seilfetzen hoch, an denen der Täter die Opfer um die Brust herum aufgeknöpft hatte. Sie wehten im Wind wie das Kopfhaar einer Leiche.

»Ich werd mich mal ein wenig umsehen, Buck. Wie wär's, ich nehm den Allrad da drüben?« Ich zeigte auf den kleinen, in ungefähr sechs Meter Entfernung geparkten Geländewagen.

»Kein Problem. Die Bundeskollegen haben damit das Umfeld abgesucht. Stell ihn einfach wieder da ab, wenn du fertig bist. Sie sammeln ihn dann später ein.«

Ich kletterte rein, startete und nahm die Strecke außerhalb des gelben Absperrbands den Wald entlang. Aus dem Auto heraus, in

Schrittgeschwindigkeit, besah ich mir die gelb markierten Bäume, in denen die Opfer gehangen hatten.

Am hinteren Ende des Schlachtfelds stellte ich den Motor ab. Ein Leichentuch aus Stille fiel über das Land, dann hörte ich die Stimmen der Männer von der Spurensuche, die ihre Arbeit beendeten. Mich umgab der Duft von Kiefernnadeln, gemischt mit den Benzinschwaden des Allrads. Ich suchte den Boden ab. Alles war übersät mit Fußabdrücken, kein Wunder, mehrere Ermittlerteams waren die ganze Nacht über herumgetrampelt in dem Versuch, irgendwas zu finden. Allem Anschein nach waren kleinere Gruppen, zu zweit und zu dritt, weiter ausgeschwärmt.

Ich suchte nach den Spuren von McKays Allrad, und als ich sie fand, schloss ich aus dem Zustand der Schneedecke, dass meine Kollegen der Sache bereits nachgegangen waren. Ich kletterte in meinen Allrad und folgte McKays Spur ungefähr eine Meile in nördlicher Richtung bis zu einer steil aufragenden Felsformation. Die Spuren führten zu einem schmalen Fluss, dessen Ufer von beiden Seiten zugefroren waren. Die Mitte war offen und breit genug, um in einem Allrad durchzufahren.

Ich ging ungefähr dreißig Meter am Ufer entlang in die eine und die andere Richtung. Am Fuß der Felsformation auf der gegenüberliegenden Seite gab es jede Menge Buschwerk und Bäume, alle schneebedeckt, aber nirgendwo eine Stelle, an der McKay den Flussbereich hätte verlassen können. Es waren keine Reifenspuren auf dem sandigen Grund des Flussbetts zu sehen. Ich vermutete, das Wasser hatte sie längst eingeebnet.

Eine Spur aus Fußabdrücken führte einen hohen Hügel hinter dem Fluss hinauf. Ich fuhr mit meinem Allrad bis zum höchsten Punkt und stoppte. Mein Blick fiel auf ein verfallenes Gebäude unterhalb. Es sah aus wie ein ehemaliges Motel. Hier draußen am Ende der Welt? Eine alte Jagdhütte vielleicht. Ich folgte der Schneise zerstörten Schnees durch kniehohe Verwehungen hindurch hügelabwärts. Ohne den Allrad umzuwerfen, erreichte ich das verfallene Gebäude, das von Fußspuren ermittelnder Beamten umgeben war. Ich stellte den Motor ab und stieg an einer Seite des Gebäudes aus. Ich hörte den Fluss, der hier breiter und schneller in seinem Bett in Richtung See strömte.

Gegen Norden hin türmte sich der Schnee meterhoch, während die Sonne an der Südseite des Gebäudes schon einiges weggeleckt hatte. Ich durchsuchte den eisigen Schlamm nach Reifenspuren, falls McKay das Flussbett hier in der Nähe verlassen haben sollte. Die ermittelnden Beamten hatten scheinbar dasselbe getan. McKay konnte nicht einfach vom Erdboden verschwunden sein. Wenn es eine Spur von ihm gab, würde ich sie finden.

Ich klopfte mir den Schnee von den Schuhen und richtete meine Aufmerksamkeit auf das Haus. Ein Bereich, mindestens zwei bis drei Räume umfassend, war vollständig abgebrannt. Den Rest hatte die Witterung weitestgehend zerstört. Ich stieß auf offene Stellen im Dach, herausgebrochene Fenster und leere Türrahmen. Überall lagen leere Bierflaschen herum, Getränkedosen und Laub. Ein Raum war voller Graffitis, und auf dem Boden lagen Spritzen herum. Es sah aus, als hätten Gewehrsalven die Wände durchsiebt, und auf dem Boden gab es eine Feuerstelle. Hier hatten eindeutig Junkies gehaust. Ideal, sich hier einen Schuss zu setzen. Ein ideales Jagdrevier auch für einen durchgeknallten Psychotäter. Gut möglich, dass sämtliche Kids, die hier von Heroin berauscht Party gemacht hatten, in den Müllsäcken gelandet waren, die wir in den Bäumen jenseits des Hügels gefunden hatten.

Ich ging von einem Raum zum anderen und suchte nach Kritzeleien an den Wänden, Namen vielleicht, die uns bei der Identifizierung der Opfer behilflich sein könnten. Ich fand sie zuhauf, quasi die Visitenkarte menschlicher Beute, von Kids, die jung und leichtsinnig mit Alkohol und Drogen experimentierten, während sich die Eltern zu Hause um sie sorgten.

Brandi liebt Tommy. Bobcats Rock. Sag Mom, es tut mir leid. Heather und Jimmy. Freunde für immer. Kimberley S.

Ich notierte mir die Namen für einen Abgleich mit der Vermisstenliste. Vielleicht käme ja was dabei raus.

Der hintere Raum sah aus wie ein Boilerraum. Überall lag Unrat herum, aufgeweichte Kartons, Bierdosen, Plastiktaschen, verrottetes Laub und Äste. Das Dach jedoch war vollständig intakt, sodass es hier dunkler war als in den anderen Räumen. Keine Spuren von Kritzeleien und auch keine verkohlten Überreste eines Lagerfeuers.

In einem Anfall von Platzangst ging ich nach draußen und atmete kräftig durch, um mir an der frischen Luft den Kopf freizupusten von den Bildern von Jugendlichen, die hier versteckt in den Wäldern ihren Treffpunkt hatten und nun wahrscheinlich tot waren. Irgendwie war mir klar, dass auch sie McKay zum Opfer gefallen waren, so wie Classon, Christie und Willie Vines. Der Himmel war nun wieder bedeckt, finster und Unheil dräuend. Ich fragte mich, wann die Wettergötter uns endlich eine Pause gönnen und nach Alaska weiterziehen würden. So einen strengen Winter hatte es am Ozarks-See noch nie gegeben. Da war es fraglich, ob Blacks Pilot noch rechtzeitig ankommen würde, ehe der nächste Schneesturm hereinbrach.

Leider vermisste ich Black. Ich hatte mich daran gewöhnt, dass er sagte, ich sei nicht schuld an all den Katastrophen, nicht schuld daran, dass Bud im Krankenhaus lag, und dass McKay sich nicht einfach so aus dem Staub gemacht haben konnte. Manchmal glaubte ich ihm. Im Moment nicht. Er sollte lieber schleunigst nach Hause kommen, sonst könnte ich unangenehm werden.

Ich sah mich weiter um und fand nichts Verdächtiges, keine Spur, die auf McKays Anwesenheit hier schließen ließ. Aber als Versteck war dieser Ort nicht zu überbieten. Außer ein paar Drogensüchtigen, die vielleicht Glück gehabt hatten und einem Massaker entkommen waren, kannte wahrscheinlich niemand diesen Ort. Ich beschloss, ihn der Feuerwehr zu melden, die ihn dann zu Übungszwecken abfackeln sollte.

Ich streifte hinter dem Boilerraum herum und schaute über den Fluss hinweg ans andere Ufer, wo sich ein weiterer Hügel erhob. Das Wasser gurgelte und plätscherte munter vor sich hin, und es begann wieder zu schneien, als von einem Eichenast über dem Fluss rot aufleuchtend ein Kardinalsvogel abhob. Die Szenerie einer Weihnachtskarte. Die Hölle befand sich lediglich auf der anderen Seite des Hügels.

Keine Fußspuren zogen sich den Hang hinauf, sodass sich die Schneedecke unzerstört und in jungfräulichem Weiß darüber erstreckte. Ich beschloss, weiter nach der Stelle zu suchen, an der McKay das Flussbett verlassen haben könnte. Vielleicht konnte sein Allrad aber auch fliegen wie die Fahrräder in *ET – Der Außerirdische.*

Mein Allrad konnte definitiv nicht fliegen, würde also in den tiefen Verwehungen versinken, und somit stapfte ich den Hügel zu Fuß hinauf. Etliche Male rutschte ich aus und fiel hin, aber wenn ich mich an den Jungbäumen am Hang festhielt, konnte ich mich den Rest des Wegs hinaufziehen. Erschöpft und schwer atmend kam ich oben an und ließ den Blick in die Ferne schweifen. Ein schöner Ausblick zwar, aber es gab keine Spuren, die mich zu McKay und dessen sofortiger Verhaftung geführt hätten.

So stand ich also auf dem Dach der Welt und lehnte mich mit dem Rücken gegen einen Baum, als ich plötzlich den Eindruck hatte, etwas zu hören. Ein fremdartiger Klang in dieser entlegenen Wildnis. Ein Kind weinte. In der Nähe. Ein leiser Ton, der im aufkommenden Wind immer wieder unterging. Mir lief es kalt den Rücken hinunter, und das lag nicht an den eisigen Temperaturen.

26

Ich stand da und lauschte gespannt, da befiel mich eine schlimme Ahnung. Das Weinen kam nicht von der alten Jagdhütte, sondern von weiter vorne her, aus den Wäldern. Ich stapfte durch tiefen Schnee, kämpfte mich immer weiter heran, und je weiter ich mich von der Hütte entfernte, umso lauter und klagender wurde das Weinen. Hatte McKay das entführte Mädchen etwa hier draußen allein zurückgelassen? Damit es im Schnee einsam zu Tode kam? Ich erinnerte ich mich an Classons qualvolles Ende und wusste sofort, dass dieser McKay zu allem fähig war. Ich steigerte das Tempo, stapfte entschlossen voran, Hose und Stiefel voller Schnee.

Etwa fünfzehn Meter vom Gipfel entfernt, parallel zur Hütte, sah ich eine hauchfeine Dunstsäule aus dem Boden aufsteigen. Es sah aus, als käme sie aus einer Art Riss im Felsen, aus einer unterirdischen Höhle vielleicht. Dieser Teil Missouris war von zusammenhängenden Höhlen durchlöchert wie ein Schweizer Käse, vor allem die Gegend um den See herum, dachte ich, als ich auf die Öffnung zustrebte, mein Handy herauszog und die Zentrale wählte. Kurz davor, ich stapfte noch immer durch Verwehungen, meldete sich Jacqee.

»Jacqee, hier Claire. Hör genau zu, es ist dringend. Ich brauche Unterstützung draußen am Tatort McKay. Genau auf der anderen Seite des Hügels ist ein altes Gebäude, und ich bin mir ziemlich sicher, dass McKay sich mit dem Mädchen in einer unterirdischen Höhle verstecken –«

Plötzlich brach ich ohne Vorwarnung ein und stürzte in ein trichterartiges, vom Schnee überdecktes Erdloch. In versuchte noch, mich irgendwo festzuhalten, und mir entglitt das Telefon, aber ich schoss einfach in die Tiefe, ehe ich nach etwa sechs Metern aufschlug. Mein linker Knöchel verdrehte sich, und unter brennenden Schmerzen spürte ich, wie etwas nachgab. Ich stöhnte auf und griff nach meinem Fuß, als plötzlich Berge von Schnee nachrutschten und mich wie in einem dunklen, eisigen Grab begruben.

Ich konnte nicht atmen. Mich überfiel pure, gedankenlose Panik, und ich hieb verzweifelt aus, grub mit beiden Händen, bis ich mich endlich freigeschaufelt hatte. Ich atmete tief durch, und mein Herz überschlug sich fast. Um mich herum war es stockfinster, und ich ertastete mit den Händen die Umgebung. Der Boden war von Felsen bedeckt, und in dem verzweifelten Versuch, meine Beine unter der lastenden Schneeschicht hervorzuziehen, kämpfte ich mich seitlich auf einen Ellbogen gestützt hinaus in die Dunkelheit und brach schließlich erschöpft auf dem Rücken liegend zusammen. Ich war völlig verzweifelt und keuchte schwer, wusste aber, dass ich mich fassen musste, und zwar schnell. Panik konnte ich mir nicht leisten.

Okay, klarer Kopf jetzt, reiß dich zusammen. Sowohl mein Knöchel wie meine Stirn taten höllisch weh, aber das würde ich einfach ignorieren. Es gab mein Handy, das vielleicht zusammen mit mir heruntergefallen war. Vielleicht konnte ich mich durch den Schneeberg hindurcharbeiten und es wiederfinden. Ich griff nach der am Gürtel befestigten Taschenlampe und war froh, als ich sie spürte. Ich knipste sie an und leuchtete das Umfeld ab.

Ich befand mich tatsächlich in einer Höhle. Sie war ziemlich niedrig, nur etwa einen Meter hoch. Stehen konnte ich hier nicht, also setzte ich mich mühsam auf und zuckte zusammen, als ich meinen verletzten Fuß bewegte. Ich öffnete die Schnürsenkel und leuchtete hin. So wie es sich anfühlte, könnte ich mir was gebrochen haben, mindestens jedoch verstaucht. Ich bedeckte die Stelle mit ein wenig Schnee, wusste aber, dass ich sie irgendwie fixieren müsste, aber es gab keinen geeigneten Ersatz für eine Schiene, also blieb mir nichts anderes übrig, als die Stelle möglichst wenig zu belasten.

Ich legte mich wieder hin, ein wenig benommen und schwindlig von den Schmerzen. Dann hörte ich das Kind wieder schreien, ängstlich hallend und irgendwo weiter weg, aber auch unterirdisch, möglicherweise in einer angrenzenden Höhle. Ich biss die Zähne zusammen, setzte mich auf und ließ den Lichtstrahl kreisen. Schroffe Felswände ragten schattenhaft auf, voller Spinnweben und unheimlich im Schein der Taschenlampe. Der Boden war mit Gesteinsbrocken übersät, und ich bewegte den Lichtkegel langsam darüber hinweg, bis ich einen schmalen Spalt in Bodenhöhe entdeckte, der sich dunkel ins Ungewisse erstreckte. Ich kroch auf allen vieren darauf zu und hörte auf das Wimmern, das genau von dort herüberhallte.

Das musste Elizabeth sein, das vermisste Mädchen, und sie war eindeutig am anderen Ende dieses Schachts. Und das bedeutete auch, dass sich McKay mit ihr da unten befand. Aber er wusste nicht, dass ich ihm dicht auf den Fersen war, es sei denn, er hatte den Einbruch registriert, was allerdings unwahrscheinlich war. Ich leuchtete mit der Taschenlampe in die Passage. Alles war so voller Spinnweben, dass ich kaum weiter als ein paar Meter sah, aber ich hörte das kleine Mädchen nach wie vor. Es stand zu befürchten, dass da auch Spinnen waren, Einsiedlerspinnen oder Schwarze Witwen oder Gott weiß was alles, aber so wie es aussah, musste ich genau da hindurchkriechen, um an das Kind heranzukommen.

Mir fiel die Dose Insektenspray in meiner Jacke ein. Ich nahm sie heraus und sprühte meine Jacke und die Hose gründlich damit ein. Dann zog ich die Kapuze hoch, legte einen Arm über das Gesicht und besprühte meinen Kopf. Junge, Junge, wie mir davor nun grauste. Okay, tief Luft holen, das Mittel wird die Spinnen abschrecken, sie werden wahrscheinlich alle Reißaus nehmen und denken, da kommt ihr schlimmster Feind. Sie haben mehr Angst vor dir als du vor ihnen. Genau.

Ich richtete den Lichtstrahl in den Gang. Der Schacht war verdammt eng, gerade mal groß genug, dass ich mich durchquetschen konnte. Was, wenn ich mittendrin stecken blieb? Was, wenn es eine Sackgasse war und ich bewegungslos darin festsaß? Schon bei dem Gedanken daran bekam ich Gänsehaut, hatte aber weiterhin die verzweifelten Schreie des Kindes im Ohr. Außerdem blieb mir keine andere Wahl, es sei denn, ich blieb in diesem kalten schwarzen Loch sitzen in der Hoffnung, meine Kollegen kamen zum Tatort und beschlossen, meine Spuren durch den Schnee den Hügel hinauf zu verfolgen bis hin zur Einbruchstelle, um dort mit bloßen Händen nach mir zu graben. Und solange ich auf meine Rettung wartete, könnte McKay längst auf die Idee gekommen sein, das Mädchen zu töten, während ich am anderen Ende dieses langen spinnenverseuchten Tunnels saß, und mir alles anhören müsste. Gut möglich, dass er seine Einsiedlerspinnen und Schwarzen Witwen schon jetzt über sie herfallen lassen hatte, was vielleicht der Grund für ihr erbärmliches Weinen war. Also blieb mir nichts anderes übrig. Mein Entschluss stand fest.

»Verdammte Scheiße aber auch, Mann«, murmelte ich und fügte noch einige weitaus schlimmere Kaliber hinzu, die ich selten in den Mund nehme, die aber hier angemessen waren. Ich nahm die Spraydose zur Hand und sprühte auf das dichte Gespinst, das den Eingang des Tunnels verhängte. Sofort rannte eine ziemlich fette Schwarze Witwe über ihr schickes Machwerk hinweg und verschwand auf Nimmerwiedersehen. Na also, dachte ich, stimmt doch gleich zuversichtlich, was aber den Schauder, der mich daraufhin ergriff, auch nicht verhindern konnte. Ich stieß mit der Taschenlampe möglichst viel von dem klebrigen Zeug beiseite und kroch langsam in die enge Öffnung. Ich hörte meinen eigenen

Atem, der klang, als hätte ein Marathonläufer einen Asthmaanfall. Und meine Scheißangst klang auch heraus.

Spinnweben hingen überall herunter, so weit das Auge reichte, klebrige Fäden verfingen sich in meinem Gesicht, in der Kapuze und über der Taschenlampe, als ich mir meinen Weg bahnte. Die Spinnen nahmen aber Gott sei dank weiterhin Reißaus vor mir und meiner Lampe. Mir kam der Gedanke, dass dieser Tunnel McKays Aufzucht- und Trainingszentrum für zukünftige Spinnenattentäter sein könnte. Ich fragte mich, was er sonst noch alles züchtete, und dachte an nordafrikanische Dickschwanzskorpione. Ich zitterte sofort wieder am ganzen Körper, ehe es mir gelang, diese schreckliche Vorstellung zu bannen. Ich kam voran, wenn auch langsam, und besprühte weiterhin die vor mir auftauchenden Spinnweben. Meine Augen begannen zu brennen, und ich zog mir das Shirt über Mund und Nase, um nicht an den giftigen Dämpfen zu ersticken.

Nach ungefähr zehn Metern Hölle auf Erden sah ich einen schwachen Lichtschein vor mir. Die Spinnen flohen noch immer vor meinem Gift, und ich wurde etwas schneller, fegte aber weiterhin Spinnweben beiseite und versuchte in einem neuen Anfall von Panik, so viele Tiere wie möglich mit der Taschenlampe zu töten. Der enge Tunnel schien sich um mich zusammenzuziehen, und ich wollte nur noch raus! Ich hielt es nicht mehr aus!

Ich kroch schneller, bis ich mich schließlich aus dem Tunnel herauswand in eine kleine Höhle hinein. Ich kniete mich hin und begann, zitternd und bebend am ganzen Körper, das klebrige Zeug abzuschütteln und aus meinen Haaren und Kleidern zu zupfen. Ich hoffte bei Gott, dass ich nicht gebissen worden war. Bemerkt hatte ich zwar nichts, aber von meinen Nachforschungen her wusste ich, dass man den Biss der Einsiedlerspinne selten spürte. Ich zwang mich, stillzusitzen und meinen Ekel und die Ängste in den Griff zu bekommen. Okay, du bist draußen, du hast es geschafft. Schlimmer konnte es nicht mehr kommen. Hoffte ich.

Die Höhle war hoch genug, sodass ich, wenn auch leicht gebeugt, darin herumgehen konnte. Der Lichtkegel meiner Taschenlampe erhellte einen weiteren Durchgang, der noch weiter in die Tiefe führte. Ich stützte mich mit einer Hand gegen die Wand, öffnete meinen Parka und zog die Glock aus dem Schulterhalfter. Ich entsicherte sie und wankte den Tunnel entlang, Waffe und Taschenlampe in die Richtung gerichtet, aus der das Schreien des Kindes kam.

Je tiefer ich kam, umso wärmer wurde es. Die Luft war feucht und roch unangenehm erdig wie in einem Reptilienhaus, aber auch nach Schwefel und verfaulendem Fleisch. Da war eine Leiche in der Nähe; ich hatte mit genügend Mordfällen zu tun gehabt und kannte diesen süßlichen, Übelkeit hervorrufenden Verwesungsgeruch.

Ich ließ meine Taschenlampe durch das Dunkel kreisen. Der Geruch wurde umso stärker, je näher ich der Leiche kam. Ich blieb stehen, als ich sie schließlich fand. Es war eine Frau. Sie trug eine rosafarbene Bluse und einen weißen Denimrock und lag auf einem Militärschlafsack der genauso aussah wie jener, in dem wir Simon Classon gefunden hatten. Die Leiche musste schon länger dort gelegen haben, ich erkannte jedoch einen blonden Pferdeschwanz mit rosa-weiß gestreiften Schleifen. In ihren Haaren und auf den Kleidern waren Spinnweben.

Ich ging gegen die Wand gestützt näher an das Opfer heran. Sie hatte Blumen in ihren Händen. Frische Blumen. Weiße Lilien. Um den Körper herum standen halb abgebrannte Kerzen, und an der Wand lehnten gerahmte Engelbilder, jenen ähnlich, die ich in Classons Treppenaufgang gesehen hatte. Ich bewegte den Lichtkegel an der Wand entlang und entdeckte über ihr befestigte Kerzenleuchter und Petroleumlampen. Darauf trat ich zurück, stolperte über etwas und wäre beinahe gestürzt, konnte mich aber noch halten, indem ich mich an der Wand abstützte. Da fiel mein Blick auf eine weitere vermodernde Leiche, in diesem Fall noch etwas frischer und halb mit Erde bedeckt. Ich zog meinen Parka schützend über Mund und Nase und wankte vorbei an den beiden Leichen weiter den Gang entlang.

Ich spürte mit einer Hand, wie kalt und rau die Felswand war, aber den Schmerz in meinem Fuß spürte ich kaum mehr. Stattdessen konzentrierte ich mich auf die immer stärker werdenden Warnsignale in meinem Kopf, als ich mich einem großen runden Loch näherte, das in eine weitere Höhle führte. Mittlerweile war ich dem kleinen Mädchen sehr nahe.

Den Rest des Wegs legte ich auf allen vieren zurück, so leise wie möglich, denn auf eine Willkommensparty konnte ich verzichten. An der Öffnung stoppte ich und sah mich in dem Raum um. Es war eine riesengroße Höhle, und von ganz oben in der gewölbten Decke drang durch einen kleinen Felsspalt Sonnenlicht herein, das alles in ein diffuses Dämmerlicht tauchte. Ich steckte die Taschenlampe in meine Parkatasche und umklammerte die Glock mit beiden Händen.

Mittendrin sah ich eine heiße Quelle hervorsprudeln. Darüber stiegen heiße Dämpfe auf, es war stickig und feucht. Überall standen Glasbehälter und alte Aquarien herum, in denen Schlangen und Spinnen und anderes schreckliche Getier krabbelten. Direkt in der Nähe stand etwas, das die Überreste eines teilweise mit Spinnweben bedeckten Menschen enthielt. Ich konnte die Spinnen darin herumkrabbeln sehen. Mir liefen eisige Schauer über die Haut, und ich schluckte vor Abscheu. In welche Monsterhöhle war ich da geraten? Welche abscheulichen Taten waren in dieser unterirdischen Hölle begangen worden? Ich war erschüttert bis ins Mark und konnte mich nur mit Mühe wieder fassen.

Meine Blicke arbeiteten sich durch den fahlen Dämmerschein. Überall wimmelte es von Spinnen und Skorpione und Schlangen. Ich hörte gedämpftes Rascheln und ein Schaben, das so klang wie die Geräusche aus Christie Foxworthys Koffer. Das Kind schwieg jetzt, und ich fragte mich, warum. Ich zögerte, indem ich das diesige Höhleninnere nach einem Ausgang absuchte. Es gab annähernd ein halbes Dutzend Tunnel, die von diesem großen Gewölbe abzweigten, und alle waren dunkel und mit Spinnweben verhangen. Ich musste lediglich herausfinden, welcher der richtige war.

Ich wagte ein paar vorsichtige Schritte zwischen den Tanks in meiner Nähe hindurch und wäre fast gestorben vor Schreck, als eine riesengroße Klapperschlange auf mich zuschoss und mit den Zähnen gegen die Wand des Tanks prallte, sodass kleine Ströme Gifts daran niederrieselten. Ich taumelte zurück, die Waffe auf das Biest gerichtet, und stieß an ein weiteres Aquarium, worin eine große Schwarze Witwe hockte. Sie schien mich bösartig anzusehen, während sie in ihrem Netz hin und her schaukelte.

»Hallo! Ist da wer? Hilfe, Hilfe!«

Es war die Stimme eines Mannes, scheinbar alarmiert von dem Geräusch, das ich soeben gemacht hatte. Sie kam vom anderen Ende der Höhle, und ich richtete meine Waffe blitzschnell in diese Richtung. Die Stimme kam mir bekannt vor, aber ich konnte sie nicht einordnen. McKay war es nicht. Ich tastete mich langsam zwischen Dutzenden von grässlichen, widerlichen Behältern durch, die allesamt grässliche, widerliche Tiere enthielten. Die Waffe im Anschlag hoffte ich inständig, Jacqee würde Unterstützung angefordert haben und sie befänden sich draußen auf der Suche nach mir.

Da hörte ich das Kind wieder. Nun winselte es, während der Mann weiter um Hilfe schrie. Dann war wieder alles still. Totenstill. Als würden all die Spinnen und Schlangen gespannt den Atem anhalten und darauf lauern, herauszuspringen und mich zu attackieren. Jede Faser meines Körpers, sämtliche Nerven appellierten *kehr um, lauf, flieh,* aber ich zwang mich, tiefer in McKays Schreckenshöhle vorzudringen. Als ich an den Reihen von Glasbehältern vorbei und bis zu einem ausgedehnten unverstellten Bereich neben der Quelle vorgedrungen war, sah ich das kleine Mädchen. Es stand aufrecht in einer schweren Packkiste, die neben dem Wasser auf dem Boden stand. Es hielt sich am oberen Rand der Kiste fest, hatte die Stirn in die Hände gestützt. Es weinte.

Ich blieb stehen und suchte die Höhle abermals nach McKay ab. Er könnte sich überall zwischen den schemenhaften Tischen an den Wänden versteckt halten. Mit seinem Auftauchen rechnete ich jede Minute. Er war bei den Marines gewesen, hatte eine Nahkampfausbildung, sogar Erfahrung in Sondereinsätzen. Er durfte keine Möglichkeit bekommen, mich anzugreifen. Ich hielt die Waffe im Anschlag, Finger am Abzug. Mein Herz hämmerte wie verrückt.

Langsam, vorsichtig, während ich die Waffe hin- und herschwenkte, ging ich auf die Kleine zu. Sie trug einen rosafarbenen Fleecepyjama mit Reißverschluss vorne und mit Füßen. Sie sah mich erst, als ich neben ihr niederkniete. Dann hob sie das Gesicht und schrie auf, kurz und schrill, wich nach hinten zurück und plumpste schwer zu Boden. Auf der Wange hatte sie einen blauen Fleck.

»Schon gut, schon gut, mein Kleines, nun bin ich da«, flüsterte ich, wobei meine Augen noch immer die Umgebung absuchten. Tief betroffen war ich, als sie plötzlich auf mich zukam und die kleinen Ärmchen um mich schlang. Ich hob sie aus der Kiste heraus, und sie klammerte sich zitternd an mich, als würde sie mich nie wieder loslassen wollen. Sie war so klein und zerbrechlich, und einen kurzen strahlenden Moment lang verwandelte sie sich in Zach, den ich wieder in meinen Armen hielt und der mich Mommy nannte. Seit Zachs Tod hatte ich keine kleinen Kinder um mich gehabt, und ich empfand eine einzigartige Freude, den Hauch einer Erinnerung, der abrupt verschwand, als der Mann nun aus einer Richtung rechts von mir wieder um Hilfe schrie.

»Hilfe! Hilfe! Da ist doch jemand! Schnell, bindet mich doch jemand los!«

Das Kind wollte nicht von mir ablassen und hielt mich weiter fest umklammert. Ich murmelte beruhigende Worte und nahm es hoch, während ich mich auf die Stimme des Mannes konzentrierte. Sie hatte geklungen wie Willie Vines Stimme. Aber Willie war tot. Oder doch nicht?

Meine Augen durchsuchten die dunkleren Bereiche an den Wänden, während ich mich langsam in der Richtung voranbewegte, aus der die Hilferufe kamen. Eigentlich sollte ich das Kind absetzen, konnte mich aber nicht dazu überwinden. Die Kleine hatte große Angst und zitterte am ganzen Leib. Ich müsste sie mit Gewalt von mir lösen. Dann sah ich ihn und war zutiefst geschockt, dass es wirklich Willie war. Seine Handgelenke waren gefesselt und über seinem Kopf an einem Haken in der Wand festgebunden. Aus einer Wunde am Kopf blutete er. Das Blut lief über sein Gesicht und in den Ausschnitt seines weißen T-Shirts.

»Gott sei Dank! Gott sei Dank, dass Sie hier sind!«, flüsterte er. Dann brach er in Tränen aus, und sein Schluchzen hallte durch das ganze Gewölbe.

Mindestens ebenso sehr interessierte ich mich für die andere, wenige Meter von ihm entfernt an die Wand gefesselte Person. Eine Frau. Sie starrte mich mit großen Augen an, als ich auf sie zuging, rührte sich jedoch nicht und sagte kein Wort. Ihre Augen blickten glasig drein, als stünde sie unter Schock. An ihren roten Zöpfen erkannte ich sie sofort. Wilma Harte, das mysteriöserweise aus der Akademie verschwundene Mädchen. Abermals fühlte ich mich bedroht und in großer Gefahr, wie zwischen den Klemmen einer Bärenfalle. Ich blieb stehen und lauschte, hörte aber nichts. Keine Spur von McKay.

Willie begann, sich in den Fesseln zu winden, heulte noch immer. »Bitte, bitte. Befreien Sie uns. Wenn McKay wiederkommt, bringt er uns um.«

Sämtliche Alarmglocken in mir schrillten mittlerweile so laut, dass ich vor Angst zitterte. Auf Willies Stimme hin begann das kleine Mädchen zu wimmern. Hier stimmte was nicht, und alles wurde immer mysteriöser. »Wo ist McKay?«

Willie verfiel wieder in Unruhe und wand sich verzweifelt in den Fesseln. »Weiß ich nicht! Er ist weg, sagt aber, er will uns töten. Wir müssen hier raus, ehe er zurückkommt.«

Ich hielt meine Waffe weiter genau auf Willies Brust gerichtet. Der Mann galt eigentlich als tot. Und wenn er es nicht war, wessen Körper war dann am Neujahrsabend in seinem Haus bis zur Unkenntlichkeit verstümmelt worden? Ich hatte nicht vor, ihn zu befreien. Noch nicht. »Das ist Wilma Harte, stimmt's?«

»Genau, ja, McKay hielt sie die ganze Zeit über hier unten gefangen und hat schlimme Sachen mit ihr angestellt. Sie spricht kein Wort, starrt nur dauernd so schrecklich vor sich hin. Bitte, helfen Sie uns doch!«

Die Schwefeldünste von der heißen Quelle brachten mich ins Schwitzen, und mir war flau davon im Magen, aber mich beschäftigten andere, größere Probleme. »Hat McKay das kleine Mädchen geschlagen?«

»O mein Gott, ja, es war furchtbar. Nur weil sie nicht aufhören wollte zu weinen. Er ist verrückt. Glauben Sie mir. Er brüstet sich damit, Simon und Christie und viele andere ermordet zu haben.«

»Wir haben gestern Abend einen verstümmelten Körper bei dir zu Hause gefunden. Hatte deine Sachen an. Wer war das, Willie? Und warum will McKay uns glauben machen, du wärst tot?«

»Weiß ich nicht. Ein Mädchen hat das entführte Kind gesehen. Vielleicht hat er es auch umgebracht. Er liebt es, zu töten, glauben Sie mir. Er wusste, dass ich Ihnen die Wahrheit sagen würde. Ist mir nach Hause gefolgt und hat mir einen Schlag auf den Kopf verpasst, und als ich aufgewacht bin, war ich hier unten mit Wilma. Hier ist seine Folterkammer, und er kommt zurück! Also machen Sie uns los! Schnell!«

Ich wusste nicht, was ich davon glauben sollte. Ich hielt die Kleine weiter auf dem Arm und ging langsam nach rechts, immer noch auf der Suche nach McKay. Mir war klar, dass er hier war.

Fragte sich nur wo. Plastikschalen voller Spinnen, lagen auf dem Boden, und zwar mehrere. Sah aus, als würden die Spinnen sich gegenseitig töten und auffressen. Als ich mir sicher war, dass sich McKay nicht in unmittelbarer Nähe aufhielt, befreite ich Wilma von ihren Fesseln. Sie plumpste wie ein Sandsack zu Boden, wo sie, zusammengekauert wie ein Embryo, liegen blieb.

Dann wandte ich mich Willie zu, der mittlerweile fast hysterisch reagierte, aber ich traute ihm kein bisschen. Kein Wort von dem, was er sagte, glaubte ich ihm. Ich stellte das Kind auf den Boden und zog meine Handschellen heraus. Elizabeth umklammerte mein Bein und wollte nicht loslassen. Sie wimmerte und barg ihr Gesicht an meinem Knie. Ich befreite Willies Arme, hielt aber die Waffe weiter auf ihn gerichtet, als er auf die Knie sank. Er rieb über seine malträtierten Handgelenke und starrte zu mir hoch. »Sie müssen mir glauben, der Mann ist krank im Kopf. Er wird Sie umbringen, alle hier drinnen, auch dieses arme kleine Mädchen.«

»Bleiben Sie wo Sie sind, Claire. Keine Bewegung.«

McKays Stimme. Direkt hinter mir. Ich wirbelte herum, unsicher, von wo er gekommen war. Er stand knappe zwei Meter von mir entfernt. In einer Hand hielt er einen Block Plastiksprengstoff, in der anderen etwas, das aussah wie eine TV-Fernbedienung, aber ich wusste was es war: ein Fernzünder. Er hatte vor, die Höhle in die Luft zu sprengen. Ich trat einen Schritt zurück, sodass ich beide Männer im Auge behalten konnte. Die Waffe hielt ich auf McKay gerichtet, und meine Stimme klang ruhiger, als ich es war.

»Auf die Knie, McKay. Und zwar sofort.«

Er schüttelte nur den Kopf. »Sie machen einen großen Fehler, Claire. Die beiden sind es, die Sie suchen, das schwöre ich bei Gott. Willie hat über Jahre hinweg Leute ermordet und sie hier draußen in den Bäumen aufgeknüpft, und nun ist sie seine Komplizin. Ich will dem Treiben ein Ende machen. Deshalb sind sie gefesselt. Ich werde dieses Höllenloch samt allem, was darin ist, in die Luft jagen.«

Ich trat noch ein paar Schritte weiter zurück, damit ich sie alle drei in Schach halten konnte, schwenkte meine Waffe zwischen McKay, Willie und Wilma hin und her, unsicher, wem ich nun glauben sollte. Wilma lag gegen die Wand gekauert und hielt den Kopf mit beiden Armen bedeckt.

Willie macht einen Schritt auf mich zu und flehte mich regelrecht an: »Er lügt. Nichts Derartiges habe ich getan. An diesem Abend nach der Gala wollte ich Ihnen alles über ihn erzählen, dass er nach seiner Zeit bei den Marines hierher zurückkam und wieder angefangen hat zu töten. Sie haben ja gehört. Er hat vor, Wilma und mich hier unten zurückzulassen und dann alles in die Luft zu sprengen!«

Daraufhin trat McKay näher, den Zünder nach wie vor in der Hand. Er war ein Baum von Mann, extra ausgebildet zu töten. Ich hielt meine Waffe weiter auf ihn gerichtet. »Kein Schritt weiter, McKay. Beim geringsten Anlass schieße ich! Legen Sie den Sprengstoff weg! Sofort!«

Sehr langsam legte er sowohl den Sprengstoff als auch den Zünder auf den Boden. Die Augen hielt er auf mich gerichtet. Seine Stimme klang ebenso ruhig wie Willies Stimme aufgeregt klang. »Hören Sie, Detective, Sie können Willie nicht laufen lassen. Er ist der Mörder, den Sie suchen. Sie müssen mir glauben.«

»Ganz genau, ja. Und vermutlich war er es auch, der dieses kleine Mädchen aus Ihrer Nachbarschaft in Kalifornien entführt hat. Ich kenne die Suchmeldung sehr genau. Nehmen Sie die Hände auf den Rücken. Gegen Sie liegt ein Haftbefehl wegen Kindesentführung vor, und Sie sind hiermit festgenommen.«

»Sie irren sich, Claire. Elizabeth ist meine Tochter. Ich wusste bis zu meinem Ausscheiden aus dem Militär nichts von ihrer Existenz. Ihre Mutter und ich waren eine Zeit lang zusammen, aber sie fing an, Drogen zu nehmen, nachdem ich letztmals eingerückt bin. Nun ist sie süchtig und lässt zu, dass ihr Freund mein Kind schlägt. Deshalb hab ich sie an mich genommen. Und ich werde sie auch nicht wieder dorthin zurück lassen.« Er hörte zu reden auf und blickte zu Willie. Ich auch. Willie hatte sich nicht von der Stelle gerührt. Dann sagte McKay: »Claire, wenn Sie Willie laufen lassen, wird er uns beide auf die denkbar schlimmste Art und Weise ermorden. Und Elizabeth wird auch dran glauben müssen. Lassen Sie mich ihn wieder fesseln, dann können Sie entscheiden, wer von uns beiden die Wahrheit sagt.«

»Kommt nicht infrage. Ich nehme Sie beide fest, und dann werden wir schon sehen, wer was auf dem Kerbholz hat. Nach allem, was ich weiß, sind Sie beide darin verwickelt. Und jetzt legen Sie sich auf den Bauch, beide, und Arme und Beine auseinander! Sofort! Los!« In meinen Augen waren beide schuldig, und mir würde es verdammt sehr viel besser gehen, wenn ich sie endlich in Handschellen auf dem Boden vor mir hätte. Ich sah zu Wilma hinüber. Sie hatte sich nicht von der Stelle bewegt und stöhnte leise vor sich hin.

Zuerst legte ich McKay in Handschellen, die Hände auf dem Rücken, worauf er mir auf dem Bauch liegend das Gesicht zuwandte. »Sie begehen einen großen Fehler, Claire, Sie bringen uns beide ins Grab.«

»Glauben Sie ihm nicht. Vor dem hatte ich schon als Kind Angst«, weinte Willie. »Er ist abartig böse und krank im Kopf. Als er zu den Marines ging, dachte ich, den bin ich endlich los, aber dann kam er zurück und fing an, mich überallhin zu verfolgen und zu behaupten, ich wäre sein Freund. Und jetzt will er mich umbringen, Sie haben's doch gehört.«

Nun, da ich McKay unschädlich gemacht hatte, fühlte ich mich etwas wohler. Mit seinen Bärenkräften war er zu gefährlich, und ich wollte kein Risiko eingehen. Mit einem Knirps wie Willie würde ich eher fertig werden. Ich sagte: »Auf die Knie, Willie, und nimm die Hände auf den Rücken.«

Willie jedoch tauchte derart schnell nach links ab, dass ich keinen Schuss absetzen konnte. Er verschanzte sich hinter einem Glasbehälter, in dem es vor kleinen schwarzen Skorpionen nur so wimmelte.

»Stehen bleiben, Willie, oder ich schieße!« Dabei konnte ich gar nicht schießen, ohne die Kästen voller Schlangen, die überall herumstanden, kaputt zu machen. Ich hörte, dass er hinter den Tischen zu Gange war, und hinkte darauf zu. Elizabeth ließ mein Bein los und warf sich auf McKay. Ich verfolgte Willies Bewegungen mit meiner Waffe.

McKay hatte sich mittlerweile auf die Knie hochgerafft. Elizabeth hing ihm am Hals. »Nehmen Sie mir schon diese Scheißdinger ab, verdammt noch mal. Sie haben keine Ahnung, wozu dieser Kerl fähig ist.«

Willies Stimme drang von hinter einem Glasbehälter voller Mokassinschlangen hervor. »Ich rate Ihnen, lieber nicht zu schießen, Claire. Ein Querschläger könnte einiges anrichten.«

»Täusch dich bloß nicht, Vines. Lieber schlag ich mich mit Schlangen rum als mit dir. Komm raus, damit ich dich sehen kann.«

»Hinter Ihnen, Claire«, schrie McKay.

Ich wirbelte herum, und sah gerade noch rechtzeitig, dass Wilma Harte hinter mir stand, etwa drei Meter entfernt, an ihren Lippen eine Art Blasrohr. Etwas bohrte sich in mein Bein, ich drückte ab und riss dann den kleinen Pfeil aus meinem Bein. Das Geschoss zertrümmerte einen Behälter mit Klapperschlangen, und die Reptilien fielen als ein sich windendes und rasselndes Knäuel heraus. Ich wich zurück. Elizabeth fing an zu schreien und drückte sich an McKay.

Ich bewegte mich langsam nach links auf McKay zu, während ich den Schlüssel für die Handschellen herausfummelte und den Bereich zwischen den Tischen im Auge behielt. Beide, Wilma wie auch Vines, waren ins Dunkel abgetaucht, und ich spürte immer mehr, dass an dem Pfeil etwas gewesen sein musste. Benommen stolperte ich auf McKay zu. Ich sah nicht mehr richtig und konnte mich nicht mehr auf den Beinen halten, sank auf die Knie und versuchte McKay den Schlüssel zuzuwerfen. Er landete neben seinen Füßen, dann sank ich seitlich nieder, und die Glock entglitt meinen tauben Fingern. Das Letzte, was ich noch hörte, war Wilmas Stimme, die seltsam und gespenstisch in mir widerhallte.

»Uriel, jetzt sind sie fällig, beide. Ich töte sie! Du kannst McKay haben …«

Dunkle Engel

Uriel richtete Claire Morgans Waffe auf McKay, während Wilma seine Beine fesselte. McKay hatte den Tod verdient, aber Uriel war sich nicht sicher, wie er mit der Polizistin verfahren sollte. Sie lag nun reglos da, außer Gefecht gesetzt von seinem Pfeil mit dem Betäubungsmittel. Er fürchtete sich vor ihr, und sie war ihm schon unheimlich gewesen, als sie ihm erzählt hatte, der Erzengel Michael würde sie beschützen. Er hatte diese silberne Medaille an ihr gesehen. Wenn nun der Erzengel herunterkäme, um Rache dafür zu nehmen, was sie ihr angetan hatten, und den Zorn Gottes über sie brächte? Und Gabriel hatten sie beide, er und Wilma, auch umgebracht. Er schloss die Augen, unterdrückte ein Schluchzen ganz hinten in seiner Kehle. Gabriel war auf schrecklichste Weise gestorben, und Uriel hatte ihm das angetan, seinem Blutsbruder. Wenn nun der Erzengel Gabriel sich mit dem Erzengel Michael zusammenschloss, um ihn zu bestrafen?

O Gott, er war so verzweifelt, und ihm war schlecht vor Angst. Er hatte sich von Wilma dazu überreden lassen, Gabriel zu töten. Es war allein Wilmas Schuld, und nun tat es ihm so leid, dass er es getan hatte. Wenn Wilma nicht gewesen wäre, wäre Gabriel noch am Leben. Sie hatte alles kaputt gemacht. Sie hatte ihn dazu gebracht, Gabriel eins auf den Kopf zu geben und ihn mit all diesen Einsiedlerspinnen in den Schlafsack zu sperren. Dann hatten sie ihn in dem Baum aufgehängt, von wo aus er die Akademie sehen konnte. Und Uriel hatte es getan, alles. Nur für sie. Weil sie ihm gesagt hatte, sie würde ihn mehr lieben, als Gabriel es je könnte. Und weil Gabriel Wilma töten wollte, was für Uriel auch unerträglich war.

Gott stehe ihm bei, er vermisste Gabriel so sehr, dass er es kaum ertragen konnte. Und jetzt spielte Wilma immer laute Heavy-Metal-Musik in der Höhle und redete vom Teufel und malte Pentagramme auf den Boden, um böse Geister heraufzubeschwören. Die Erzengel waren wahrscheinlich zornig auf ihn. Auch sein Namensvetter Uriel. Er sah, wie Wilma Claire Morgan am Mantel packte und wegschleppte auf einen Spinnenbehälter zu. Wilma zitterte nun nicht mehr und tat nicht mehr so, als hätte sie Angst. Sie lachte ständig vor lauter Begeisterung. Aber sie wusste nichts von der Macht der Erzengel und wie Michael reagieren könnte, sollten sie der Polizistin tatsächlich was antun.

»Halt, Wilma, lass sie. Wie oft soll ich dir noch sagen, dass wir ihr nicht an den Kragen können. Sie steht unter dem Schutz des Erzengels Michael, hat sie mir selber gesagt. Sie hat mir ihre Medaille gezeigt.«

Wilma ließ die Polizistin los. »Oh, Willie, wie kannst du nur so dumm sein. Sie hat keinen Schutzengel, denn sonst würde sie nicht hilflos hier rumliegen. Mach doch endlich Schluss mit diesem blöden Engelquatsch. Wir müssen sie töten, und das weißt du genau. Allesamt, so wie Simon. Du hast gesagt, wenn ich mit dir gehe, kann ich auch Menschen in den Himmel befördern.«

»Hör endlich auf, ihn Simon zu nennen. Nenn ihn Gabriel so wie ich, denn das ist sein Name. Und ich bin Uriel.«

Wilma seufzte. »Oh, da fällt mir was ein. Du könntest mich Luzifer nennen. Lucy in der Kurzform.« Sie lachte.

»Luzifer ist ein gefallener Engel. Mit dem solltest du dich nicht vergleichen. Das ist Gotteslästerung und wird bestraft.«

»Aber es war dein toller Gabriel, der mir in seinen blöden Angelologiekursen alles über gefallene Engel beigebracht hat.«

Ihre Replik erzürnte Uriel, denn eigentlich liebte er Wilma ja, liebte es, mit ihr zu schlafen. Sie hatte ihm beigestanden, als Joe

McKay zurückkam und sie nur noch auf Schritt und Tritt verfolgte und sagte, er wüsste, dass Gabriel und Uriel seinen kleinen Bruder Freddy umgebracht hatten. Und Wilma war es auch gewesen, die Christie in Stuart Rowlands Haus eins übergebraten hatte. Eigentlich hatten sie es auf Stuart abgesehen, denn Stuart hatte doch die Polizei auf Uriel aufmerksam gemacht und ihn beschuldigt, er würde mit Drogen dealen. Stuart hätte in diesem Koffer mit den Skorpionen sterben sollen, nicht Christie. Aber dann war Christie unerwarteterweise aufgetaucht, um die Teufelsmaske zurückzufordern, die sie Stuart geschenkt hatte, und Wilma hatte ihr einen Schlag auf den Kopf gegeben, ehe Uriel sie davon abhalten konnte. Sie sagte, sie würde Christie hassen, und warf ihr vor, sie würde mit Uriel flirten, aber das stimmte nicht.

Es schien, dass Wilma nur noch töten wollte, sobald Uriel sie ans Töten herangeführt hatte, und mit viel mehr Begeisterung als er selbst. Sie war wie verrückt und sagte, sie würde die Menschen nicht in den Himmel, sondern in die Hölle schicken. Sie redete ständig vom Teufel und stahl auch Haustiere, um sie zu opfern. Auch den kleinen weißen Hund der Polizistin wollte sie opfern, aber Uriel ließ sie nicht. Ehrlich gesagt war sie Uriel schon seit Längerem nicht mehr ganz geheuer. Er hatte die Befürchtung, sie könnte mit Satan im Bunde stehen, und dass der Erzengel Michael ihn totschlagen könnte, weil er mit ihr zusammen war.

Joe McKay, der gefesselt auf der Seite lag, ließ seine Stimme vernehmen. »Willie, Willie, hör mir zu, du musst eins bedenken. Claire ist viel zu gut als Polizistin, als dass sie hierherkommen würde, ohne Unterstützung anzufordern. Die Polizei weiß also längst Bescheid, und sie werden in ganzen Hundertschaften hier anrücken. Und wenn ihr zwei eine Polizistin ermordet, wird man euch jagen wie die Füchse. Also lass uns frei, und ihr beide könnt abhauen, solange noch Zeit dazu ist.«

Uriel dachte darüber nach, was McKay gesagt hatte. Er hatte schon immer vor McKay Angst gehabt, von Anfang an, seit der

Zeit, als er ein kleiner Waisenjunge war, direkt nachdem seine Familie bei dem Autounfall ums Leben gekommen war. Dann war McKay zurückgekommen und hatte sie auf Schritt und Tritt verfolgt. Es dauerte nicht lange, und er half der Polizei dabei, Gabriels Mörder zu finden, und führte sie immer näher an Willie heran. Zu dem Zeitpunkt mussten sie den Babysitter umbringen und sein Kind entführen, um ihn abzuschrecken. Aber McKay war schlau genug, ihnen bis zur Höhle zu folgen und zu beobachten, wie sie hineinkamen. Nie zuvor hatte das jemand gemacht. So hatte er sie schließlich überwältigt und gefesselt. Wäre Claire Morgan nicht aufgetaucht, wären er und Wilma längst in tausend kleine Fetzen zerrissen in die Luft geflogen. So viel zumindest hatten sie ihr zu verdanken.

Uriel sagte: »Hier unten finden sie uns nie, unmöglich, McKay. Detective Morgan ist nicht über den Boilerraum hereingekommen, sonst hätte ich's bemerkt. Sie kam durch einen der Tunnel. Gabriel und ich haben uns zwanzig Jahre hier versteckt, und niemand hat den Eingang je gefunden, bis du mir gefolgt bist.«

»Ja? Aber du und Simon habt auch nie einen Polizisten umgelegt, nicht wahr, Willie? Wahrscheinlich ist längst das ganze Sheriff's Departement auf den Beinen, um sie zu suchen. Hör auf, dir was vorzumachen. Sie geben nicht eher auf, als bis sie sie gefunden haben.«

Wilma sprang zornig auf und ging zu McKay hinüber. »Halt die Klappe, McKay. Du weißt doch einen Dreck darüber, was wir gemacht haben. Wenn du nicht zurückgekommen wärst und die Nase in Dinge gesteckt hättest, die dich nichts angehen, wäre uns nie jemand auf die Schliche gekommen.« Sie wandte sich wieder Uriel zu. »Hey, Uriel, vielleicht sollten wir sie jetzt gleich töten und ihre Leiche an die frische Luft werfen, wo sie sie finden. Dann glauben sie, wir wären längst über alle Berge.«

McKay kam auf die Knie hoch, und seine kleine Tochter hing ihm am Hals. »Du wärst schön blöd, wenn du auf sie hörst, Willie. Sie hat dich doch dazu gebracht, Simon zu töten, oder nicht? Sie ist schuld, sonst wäre er noch am Leben. Und er fehlt dir doch, oder? Er war dein bester Freund von Anfang an, seit du hierhergekommen bist, und nun ist er tot. Ich wette, es war auch ihre Idee, ihn in diesen Schlafsack zu stecken, stimmt's? Du hättest ihn doch sicher nicht so gequält.«

Uriel kamen wieder die Tränen, brennend heiß. Er hatte recht. Alles, was er sagte, stimmte genau. Wilma sah, dass ihm der Verlust von Gabriel schwer zu schaffen machte, und sie kam zu ihm und drückte sich an ihn, rieb sich an seinen Lenden. Das machte sie immer, wenn er Gabriel vermisste, und dann liebten sie sich, und es ging ihm wieder besser. Sie streichelte ihm mit der Hand über die Brust und sagte zu McKay: »Weißt du was, McKay? Nichts von all dem wäre überhaupt passiert, wenn da nicht dein blöder kleiner Bruder Freddy gewesen wäre. Er war der Erste, den Gabriel und Uriel gemeinsam ermordeten. Und weißt du noch was? Es war ein Unfall, sie wollten ihn gar nicht töten. Aber hinterher, sagt Uriel, waren sie doch froh, dass sie's getan haben, weil er ein kleiner Idiot war. Er schubste Uriel ins Grab seiner Mutter, also hatte er es verdient, zu sterben.«

Uriel schloss die Augen. Er erinnerte sich daran, wie er sich an jenem lange vergangenen Tag gefühlt hatte, tief unten im Grab seiner Mutter, als Freddy ihn mit Erde zuschaufelte. Gabriel hatte ihn gerettet und sich von da an um ihn gekümmert und ihn geliebt wie ein Bruder.

McKay kämpfte gegen seine Fesseln an, das Gesicht wutverzerrt. »Willie, du Bastard, ich hab es immer gewusst, dass ihr beide es wart, du und Simon Classon. Auch damals schon, gleich nachdem es passiert war, als ihr beide immer zusammen wart und in der Kirche miteinander geflüstert habt. Beweisen konnte ich es nur nicht. Und ich hab diese Jagdhütte in meinen Träumen gesehen, jede Nacht, und ich wusste, sie hatte was mit Freddys Tod zu tun. Darum wollte ich sie auch abfackeln.«

»Genau, wir wussten, dass du uns in Verdacht hast. Aber du hast Mist gebaut damals mit dieser Schlange in Gabriels Klassenbuch. Und jetzt hast du wieder Mist gebaut. Nach all der Zeit hättest du nie wieder hierher zurückkommen sollen. Nun bist du ein toter Mann, und die Kleine da genauso, die du ihrer Mutter weggeklaut hast. Und die Polizistin genauso. Wir hauen ab und lassen euch allein hier zurück. Da könnt ihr verfaulen, alle miteinander. Niemand wird euch da je finden.«

Wilma schaute Uriel nun voller Enttäuschung an. »Ach komm, Uriel, lass sie uns doch den Spinnen vorwerfen, bevor wir gehen. Sie haben's verdient. Und wenn sie freikommen, sagen sie gegen uns aus, und wir landen im Knast. Dann können wir nicht mehr zusammen sein. Darum haben wir Simon doch umgebracht, erinnerst du dich? Um für immer zusammen zu sein.«

Uriel erinnerte sich sehr genau, und es traf ihn bis ins Mark. »Wir hätten das niemals tun sollen. Ich vermisse ihn viel zu sehr. Er hat mich alles gelehrt, was ich weiß. Du hättest mich nicht dazu überreden sollen. Er hat es nicht verdient, so zu leiden, und ich weiß nicht, wie ich das zulassen konnte.«

»Weil er mich töten wollte, das war doch der Grund. Er hatte dir doch befohlen, mich zu töten, andernfalls würde er es tun, so wie er diese andere Freundin getötet hat, die in dem Tunnel da drüben liegt. Er war eifersüchtig, weil du mich mehr geliebt hast als ihn. Aber wir haben's ihm gezeigt, nicht wahr, haben den Spieß echt umgedreht an jenem Abend, als du mich zu ihm nach Hause mitgenommen hast. Er wäre nie auf die Idee gekommen, dass du vorhast, ihn zu ermorden anstatt mich.«

Uriel erwiderte nichts darauf. Alles, was sie gesagt hatte, stimmte. Trotzdem vermisste er Gabriel. Er sah zu, wie Wilma zu McKay ging und ihm das Kind wegriss.

McKays Stimme klang nur noch verzweifelt. »Willie, lass bitte nicht zu, dass Wilma Elizabeth was antut. Sie ist doch noch so klein. Sie wird dich nie identifizieren können. Bitte, ich flehe dich an, bring sie an einen sicheren Ort, ein Krankenhaus, egal, bloß tu ihr nichts.«

Uriel lächelte. »Jetzt bist also du es, der bittet und bettelt, McKay, aber vorhin wolltest du uns noch töten. Da war keine Spur von Mitleid mit uns. Warum sollten wir dann jetzt dein Kind in Sicherheit bringen?«

»Den Engeln wird das nicht gefallen, wenn du ein unschuldiges Kind tötest. Meinst du etwa, sie haben auch nur das geringste Mitleid mit dir, wenn du ihr was antust?«

Hier stockte Uriel. Er zögerte, unsicher, wie er war. Wilma packte ihn am Arm.

»Uriel, wir müssen das Kind gar nicht töten. Wir könnten die Kleine doch einfach mitnehmen und sie zu unserem neuen Schützling machen. So hast du mich doch immer genannt, oder? Wie würde dir das denn gefallen, McKay? Wenn wir der kleinen Elizabeth alles über Spinnen und Schlangen beibringen. Nach einer Zeit glaubt sie dann einfach, wir wären ihre Eltern, und sie wird genauso sein wollen wie wir. Wäre doch cool, oder?«

Uriel sah sich das Kind an. Die Idee gefiel ihm ganz gut, und eine Familie hatte er sich schon immer gewünscht. Sie könnten heiraten, und niemand käme je auf die Idee, dass Elizabeth gar nicht ihr richtiges Kind war. Er lächelte. Wilmas Idee war gar nicht so schlecht.

27

Ich konnte ihre Stimmen hören. Ich bekam einigermaßen mit, was um mich herum vorging, sah aber nur verschwommen. Ich lag auf dem Boden, konnte aber Arme und Beine nicht bewegen. Alles fühlte sich taub an. Es klang so, als würden Willie und Wilma streiten, und das Kind, Elizabeth, schrie wie am Spieß, was sich schrecklich anhörte. Mit Mühe gelang es mir, die Augen zu öffnen und den Blick auf die Szenerie vor mir zu konzentrieren. Willie stand ganz in der Nähe. Wilma schüttelte das Mädchen und schrie es an, es solle endlich zu weinen aufhören, und McKay kniete auf dem Boden, die Hände in Handschellen und die Beine gefesselt. Er versuchte, Wilma zum Aufhören zu bewegen.

Dann fiel irgendwo weit entfernt ein Schuss. Alle erstarrten. Ich schloss erleichtert die Augen. Die von mir angeforderte Unterstützung war da und suchte nach mir. Es war nur eine Frage der Zeit, bis sie uns finden würden.

»Wilma, du bleibst hier und behältst sie im Auge. Ich gehe und schau nach, ob sie den Weg hier herunter gefunden haben. Und tu ihnen nichts, hörst du, tu ihnen nichts, vor allem der Polizistin nichts!«

Willie rannte an mir vorbei auf einen der Tunnel zu, und plötzlich stand Wilma direkt vor mir und grinste zu mir herunter.

»Wissen Sie was, Detective, ich glaube nicht daran, dass irgendwelche Erzengel Sie beschützen, keine Sekunde lang. Aber bald werden wir ja sehen, nicht wahr? Vielleicht kann ich ja Willie ein für allemal beweisen, dass Sie nicht unverwundbar sind.«

Sie packte meine Kapuze und schleifte mich daran zu den Tanks. Nach wie vor konnte ich mich nicht bewegen, hatte wenig Gefühl in den Armen und Beinen. Sie stoppte neben einem großen Behälter, und ich hörte wie ein Riegel klickte. Dann rollte sie mich in den Behälter hinein und hängte die Seitenwand wieder ein. Durch das schmutzige Glas hindurch sah ich McKay. Er lag auf dem Rücken und versuchte, an die Schlüssel für die Handschellen heranzukommen, solange Wilma mit mir beschäftigt war.

Ich konzentrierte mich mit aller Macht darauf, mich wach zu rütteln und aus der Situation schlau zu werden. Die Wirkung des Betäubungsmittels ließ allmählich nach, und ich wurde klarer im Kopf. Ein bisschen konnte ich mich nun auch bewegen. Ich drehte leicht den Kopf und erkannte, dass mein Gesicht auf einem weichen Polster von Spinnweben lag. O Gott, ich lag mitten in einem Spinnennest.

Krampfhaft versuchte ich, meine Arme zu bewegen, die sich wie Bleigewichte anfühlten. In dem über mir befindlichen Glasdeckel waren Löcher von der Größe eines 25-Cent-Stücks. Es waren zwar keine Spinnen oder Skorpione zu sehen, aber mir war klar, dass ich nicht das einzige lebende Wesen hier drinnen war.

Dann beugte sich Wilma über mich. Ich sah ihr scheinbar harmloses Gesicht auf mich herunterstarren. »Willie steht auf dich, Detective, hält dich für was Besonderes wegen dieser blöden Medaille an deinem Hals. Aber weißt du was? Mir gefällst du gar nicht, und ich finde es nicht gut, wie Willie dich behandelt. Für ihn hab ich alles aufgegeben. Da werd ich doch nicht zulassen, dass du uns jetzt in den Knast bringst. Also, Süße, falls du einen besonderen Draht in die Wolken und zum Erzengel Michael hast, würde ich dir raten, jetzt davon Gebrauch zu machen.«

Ich versuchte zu reden, brachte aber nichts heraus.

»Sehr schön. So schnell wirst du die Klappe nicht wieder aufmachen. Willie hat diesen Pfeil mit genau der richtigen Dosis Gift präpariert. Er und Simon hatten genug menschliche Versuchskaninchen, um die richtige Menge herauszufinden. Die sind jetzt alle tot, denn Willie sagt, wenn du zu viel davon erwischst, kommt es zum Herzstillstand, aber du bist nur leicht betäubt. Die Wirkung lässt nach, aber kann sein, es wäre dir lieber, sie würde anhalten.«

Meine Arme und Beine kribbelten. Vielleicht war ja die Wirkung des Gifts vermindert, weil ich den Pfeil sofort herausgezogen hatte. Ich schloss die Augen. Du musst einfach abwarten. Charlie und seine Jungs werden dich nicht im Stich lassen.

Ich versuchte, ruhig zu bleiben. Klar, meine Lage war nicht die beste, aber ich war okay, nur vorübergehend außer Gefecht gesetzt. McKay könnte es schaffen, sich zu befreien, und falls da Spinnen bei mir mit drin waren, mich vielleicht schon bissen, dann spürte ich es nicht. Und ich hatte noch das Insektenspray an meinen Kleidern. Ich dachte an Simon Classon und die anderen, in schwarzen Plastiksäcken aufgehängten Opfer, fragte mich, ob ihre Qualen in demselben Glasbehälter begonnen hatten.

Ich sah, wie Wilma sich entfernte und nach einem großen Stein auf dem Boden griff. McKay war wieder auf den Knien, damit beschäftigt, die Handschellen auf seinem Rücken zu lösen. Auch er beobachtete Wilma. Willie war nirgendwo zu sehen. Wilma stellte sich hinter McKay, und als sie den Stein über seinem Kopf in Stellung brachte, versuchte er zu entkommen, es gelang ihm aber nicht. Der Schlag traf ihn voll am Hinterkopf, und er fiel kopfüber aufs Gesicht wie ein gefällter Baum. Er lag reglos da. Elizabeth fing zu schreien an und klammerte sich an seinen leblosen Körper. Mit ihm brauchte ich vorläufig nicht mehr zu rechnen. Sollte auch nur einer von uns hier lebend wieder herauskommen, dann musste ich mich selbst darum kümmern.

Ich spürte meine Waffe an meinem Fußgelenk. Nun musste ich meinen Körper so drehen, dass ich herankam. Da erschien wieder Wilmas Gesicht direkt über mir. Mit ihren Sommersprossen und den roten Rattenschwänzchen wirkte sie kindlich und unschuldig. Eine Pippi Langstrumpf aus der Hölle. Sie redete unbekümmert drauflos, als wäre ich zu Besuch hier und wir würden uns prächtig unterhalten. »Simon, äh Gabriel, du weißt schon, ich kann mich an diesen Namen einfach nicht gewöhnen. Egal, Gabriel also war auch in diesem Behälter, in genau demselben. In seinem Haus haben wir ihn bewusstlos geschlagen und dann hierher gebracht. Es dauerte fast eine Stunde, in der er nicht gebissen wurde, aber dann begann er schier durchzudrehen und um sich zu schlagen, obwohl er sie selbst gezüchtet hat und alles über Einsiedlerspinnen wusste und was sie zum Beißen bringt.«

Wilma sah nach dem Tunnel, in dem Willie verschwunden war. »Willie hat ihm den Schlag verpasst, ertrug es aber dann nicht mehr, ihm weiter wehzutun, also musste ich es tun. Und Simon hatte es verdient. Seit Monaten hatte er mich behandelt wie Dreck, er wollte, dass ich gefeuert werde, und dann befahl er Willie, mich zu töten, aber wie heißt es doch so schön: Wer zuletzt lacht, lacht am besten. Willst du sehen, was ich alles mit ihm angestellt habe?«

Ich bewegte leicht die Finger, was auch funktionierte, obwohl ich wenig Gefühl darin hatte. Über mir erschien wieder Wilmas Gesicht.

»Da schau mal, Detective. Das hier ist eine schöne große Schwarze Witwe.« Sie hielt mir das Reagenzglas genau hin, damit ich sie besser sehen konnte. »Es geht alles sehr schnell, falls du Unterstützung angefordert hast, aber jetzt will ich dich noch nicht gleich töten. Eine kleine Chance, bevor du stirbst, will ich dir noch geben, weil ich es toll fand, dass du und dieser andere Typ, Bud, damals für Willie den Cheeseburger gekauft habt, und er mit den anderen Kids in der Cafeteria essen durfte. Willie tat es sogar richtig leid, dass Bud von der Klapperschlange gebissen wurde, die ich dir in den Picknickkorb gepackt habe. Dumm gelaufen, kann man da nur sagen. Willie findet Bud ziemlich okay. Und er hat auch keinen Druck auf Willie und mich ausgeübt so wie du. Du bist doch dauernd aufgekreuzt, um Willie mit deiner Fragerei zu nerven.«

Wilma sah sich um. »Die Höhle wird mir fehlen. Wir hatten jede Menge Spaß hier unten. Wenn ich jetzt gleich diese Kleine da zu dir reinschmeiße, bleibst du hübsch ruhig, verstanden? Vielleicht lebst du ja gerade so lange, bis die anderen Polizisten hier auftauchen, wenn du tust, was ich sage.«

Ich holte tief Atem und wartete ab. Nur wegen einer Spinne falle ich doch nicht gleich in Ohnmacht. Zum Teufel noch mal, gerade bin ich durch einen ganzen Tunnel voller Spinnen hindurchgekrochen. Ein Biss würde mich garantiert nicht umbringen, und in der Ekel-Show »Fear Factor« hatten sie Schlimmeres gezeigt. Ich richtete den Blick auf den am Boden liegenden McKay. Er hatte sich keinen Zentimeter bewegt; sein Kopf lag in einer Blutlache. Elizabeth kauerte neben ihm auf dem Boden. Sie weinte nun nicht mehr, sondern starrte mit ihren blauen Augen nur mehr vor sich hin, als ahnte sie, dass etwas Schreckliches passieren würde.

Okay, okay. Es ist nur eine kleine Schwarze Witwe. Aber so klein war sie gar nicht. Sie war fast drei Zentimeter groß, schwarz schimmernd und tödlich. Ich versuchte, mich daran zu erinnern, was ich über die Biester im Internet erfahren hatte. So tödlich wie Braune Einsiedlerspinnen waren sie nicht, aber trotzdem gefährlich. Ich meinte, es hieß, ohne Behandlung würde ein Erwachsener an einem Biss sterben. Aber ich könnte es schaffen, sobald ich aus diesem Glaskasten herausspringen und Wilma Harte ein paar Schüsse zwischen die Augen verpassen würde.

»Oooookay, Detective Morgan, los geht's. Mal sehen, ob du mehr Mumm in den Knochen hast als dieser Dreckskerl Simon. Der hat doch am Schluss nur noch gebettelt und gefleht. Aber ich hab ihm gezeigt, was passiert, wenn man mir blöd kommt.«

Wilma wählte eine Öffnung direkt über meinem Bauch, drehte das Reagenzglas und kippte die Spinne auf mich drauf. Ich sah, wie sie auf meinem Parka aufplumpste, und alles in mir schrie; schmeiß sie runter, hau ab oder hau drauf oder trete drauf, aber nichts von all dem passierte. Stattdessen machte ich die Augen zu. Wenn ich sie nicht sehe, ist sie nicht da. Lass einfach das Mittel wirken. Denk dran, wie du's beim Yoga machst, denk dich an einen anderen Ort, weit entfernt und schön und sicher, eins mit dem Universum, eins mit der Spinne.

»Bin gespannt, ob du bei der Nächsten weiter so ruhig bleibst. Was meinst du? Wollen wir wetten?« Wilma die Hexe, auf ihre bezauberndste Art.

Wilma rannte weg und war gleich wieder zurück, in der Hand hielt sie ein weiteres Reagenzglas. »Hier haben wir jetzt eine Braune Einsiedlerspinne. Ist die nicht entzückend? Gabriel war hingerissen von ihnen, bis wir ihn umbrachten. Uriel sagte, sie haben sie sehr häufig eingesetzt, als sie kleine Jungs waren. Mal sehen, wie Willies hübsche Polizistin nun reagiert. Die hier ist ein bisschen aggressiv. Sie beißt sehr schnell zu, auch wenn du keinen Mucks machst. Aber man spürt nichts. Sie kann dich hundert Mal beißen, und du weißt gar nicht, wo überall, bis es anfängt, wehzutun und alles verfault. Ziemlich grauslich, hm?«

Sie wählte eine Öffnung genau über meiner Brust und ließ eine Spinne von der Größe eines Silberdollars hineinplumpsen. Mein Gott, sicher würde ich nicht sterben so wie Simon Classon, hier unten in dieser Höhle, allein mit einem irren Mörderpärchen, der Körper gelähmt und über und über voller Spinnen. Irgendwie schaffte ich es, ruhig zu bleiben, versuchte mit aller Kraft, meine Muskeln dazu zu bringen, dass sie sich bewegten, während ich den Blick auf die Braune Einsiedlerspinne gerichtet hielt. Ein paar Sekunden lang blieb sie still dort sitzen, als könnte sie sich nicht entschließen, wohin. Dann musste sie wohl von dem Insektenspray abbekommen haben und konnte gar nicht schnell genug von mir runterkommen. Lieber Himmel, ich würde einen Dankesbrief an den Hersteller schreiben, sobald ich hier raus wäre.

Ich hörte wieder Schüsse, etwas näher mittlerweile, und mir war klar, lang konnte es nicht mehr dauern. Ich musste nur so lange am Leben bleiben, bis sie die Schreckenshöhle stürmten. Dann kam Willie wieder zurück. Sein Gesicht war rot vor Zorn. »Ich hab doch gesagt, du sollst ihr nichts tun. Warum hörst du nicht auf mich? Sie steht unter Schutz. Wir können es doch nicht mit dem Erzengel Michael aufnehmen. Er ist stärker als Uriel und Gabriel und alle anderen Erzengel zusammen. Das sagt Gabriel.«

»Sieht nicht so aus, als würde er ihr im Moment großartig helfen.« Wilma lachte. »Zum Teufel mit den Erzengeln. Sie können gar nichts machen ...«

Es ging so schnell, dass ich es gar nicht glauben konnte. Willie hatte meine Dienstwaffe in der Hand und presste sie gegen Wilmas Schläfe. »Das ist Blasphemie. Du bist eine Gotteslästerin, bist ganz anders, als ich immer geglaubt habe. Wegen dir habe ich Gabriel ermordet, und er hat mich geliebt.«

Wilma blickte erschrocken drein, und ihre Stimme bebte. »Es tut mir so leid, Baby. Wenn du willst, lass ich sie frei. Komm, wir hauen ab. Wir nehmen das kleine Mädchen und verschwinden. Ich mach alles, was du sagst.«

Willie nahm die Waffe von ihrer Schläfe, aber er schluchzte und richtete die Waffe auf Wilmas Brust. O mein Gott, er dreht durch. Er wird sie erschießen, gerät dann in Panik und knallt uns alle nieder. Ich versuchte mit aller Kraft, nach unten an meine Füße zu gelangen, und hätte mir fast den Arm ausgerenkt, um an mein Fußgelenkhalfter heranzukommen. Elizabeth schrie nach ihrem Vater, und Willie brüllte sie an, still zu sein. Er zielte mit der Waffe auf sie, und ich strengte mich noch mehr an, bis mein Finger endlich am Griff der .38er Halt fand. Ich riss sie heraus, legte den Finger an den Abzug und hielt sie nach unten. Die Schüsse zerschmetterten den Tank in Tausende kleiner Splitter, und ich rollte mich heraus, ungeachtet dessen, dass die Splitter mir die Kleider zerfetzten und tief in meine Haut schnitten. Willie feuerte auf mich, aber die Schüsse gingen über meinen Kopf hinweg. Dann packte er Elizabeth und rannte mit ihr auf den Tunnel zu. Wilma griff sich McKays Fernzünder und stürzte hinterher. Ich stand da und setzte einen schnellen Schuss auf sie ab, aber das Geschoss traf die Wand, prallte von dem Felsen ab und zerschmetterte etliche Glasbehälter. Ich kniete mich neben McKay und öffnete die Handschellen. Er war bei Bewusstsein, aber sehr benommen und langsam. Ich versuchte verzweifelt, das Seil an seinen Füßen zu lösen.

»McKay! McKay, stehen Sie auf! Sie haben sich Elizabeth geschnappt. Wir müssen sie aufhalten!«

Ich wusste, dass ich keine Zeit hatte, auf ihn zu warten, also ließ ich ihn zurück, bis er langsam hochtaumelte, während ich, Willie und Wilma auf den Fersen, in den dunklen Tunnel rannte. In gebückter Haltung schlich ich mit schussbereiter Waffe durch den Gang. Irgendwo vor mir hörte ich Elizabeth schreien, das wies mir zumindest den Weg. Ich stoppte für ein paar Sekunden und lehnte mich gegen die Wand. Mein Magazin war fast leer, und ich durchwühlte verzweifelt meine Taschen, weil ich nachladen wollte, ehe es zu der erwarteten Konfrontation kam, aber ich fand nur die 9-mm-Clips. Keine Patronen für Kaliber .38. Ich nahm die Taschenlampe und nahm die Verfolgung wieder auf, hörte aber plötzlich Schritte durch den Gang hallen. Aus welcher Richtung sie kamen, konnte ich nicht sagen. Ich drückte mich gegen die Wand und hätte beinahe McKay niedergeschossen, als er vor mir auftauchte.

»Wo ist Elizabeth? Bei wem?«

»Willie. Sie ist bei Willie. Und Wilma hat den Fernzünder.«

Er rannte los, mir voran, während ich die Windungen und Kehren des stetig ansteigenden Pfads ausleuchtete. Wir hielten uns an Elizabeths Wimmern, und wenige Minuten später hatten wir sie im Blick. Ich zielte mit der Waffe, als Willie im Lichtkegel auftauchte, er drehte sich jedoch um und benutzte das sich wehrende und schreiende Kind als lebenden Schutzschild.

»Los, schießen Sie doch, erschießen Sie doch das Kind.«

Dann bog er nach links ins Dunkel ab, Wilma nach rechts. Sie hielt den Fernzünder umklammert. Wir rannten auf die Stelle zu, an der sie sich trennten.

»Ich halte mich an Elizabeth«, rief McKay. »Sie entreißen Wilma den Zünder, bevor sie alles in die Luft jagt.«

Er verschwand, und ich rannte in die Dunkelheit dem Mädchen hinterher. Ich konnte ihre Schritte auf dem losen Geröll vor mir hören. Sie kannte sich in dem Tunnelsystem besser aus als ich, aber sie durfte auf gar keinen Fall vor mir hinauskommen. Sie war verrückt; sie würde die ganze Bude mit Mann und Maus in die Luft sprengen. Es ging nun wieder bergab, und mir wurde klar, dass sie mich wieder zurück nach unten in das Höhlensystem führte.

Schließlich bog ich in einen größeren Tunnel ein, der durch Risse hindurch von oben teilweise erleuchtet wurde, und sah Wilma ganz nah vor mir am Fuß einer Leiter. Sie schwang sich die Sprossen hinauf und verschwand aus dem Blickfeld. Ich erstieg die Leiter gleich nach ihr und zog mich heraus in den Boilerraum der alten Jagdhütte. Ich blieb im Türrahmen stehen, als sie über die eisige Schneefläche, auf der sie immer wieder ausrutschte, auf die Wälder zurannte. Ich brachte meine Waffe mit beiden Händen in Anschlag.

»Stehen bleiben, Wilma, auf der Stelle, oder ich schieße.«

Ich gab einen Warnschuss über ihren Kopf hinweg ab, woraufhin sie sich ruckhaft umdrehte und mir den Fernzünder präsentierte. »Wenn du schießt, knallt's. Garantiert.«

»Wenn du das tust, ist Willie tot. Und das willst du doch nicht. Schmeiß das Ding weg, Wilma. Du und Willie habt 'ne Chance. Ich helf euch mit dem Anwalt.« Ich bewegte mich auf sie zu.

»Nein, nein, Willie kennt den kürzesten Weg nach draußen. Wer hier dran glauben muss, ist McKay.« Sie lachte irre und drückte auf den Kopf. Mein Geschoss traf sie mitten in die Brust und schleuderte sie rückwärts in den tiefen Schnee. Ich hörte, wie es hinter mir krachte, und rannte los, aber die durch die Explosion ausgelöste Erschütterung warf mich nach vorne in die Luft. Ich prallte hart auf einer Schneewehe auf und bedeckte meinen Kopf, als brennende Trümmer und Schuttmassen um mich herum herniederregneten und zischend im Schnee verglommen.

Meine Ohren dröhnten von der Detonation, ich hörte aber schließlich Rufe aus der Richtung des Hügels jenseits des Flusses und wusste, es war Charlie mit seiner Mannschaft. Ich spürte die glühende Hitze an meinem Rücken und wälzte mich im Schnee, um die Flammen des brennenden Parkas zu löschen, dann kroch ich, so schnell ich nur konnte, weg von der brennenden Ruine. Unterirdisch gingen, begleitet von gedämpftem Knallen, in einem Abstand von etwa fünf Sekunden weitere Sprengladungen hoch und ließen den halben Hügel über den Höhlen zusammenbrechen.

Ich warf einen Blick nach hinten auf die Überreste der brennenden Hütte und hoffte bei Gott, dass McKay und Elizabeth sich rechtzeitig hatten retten können. Dann ließ ich den Kopf wieder auf den kalten Schnee sinken und wartete, bis man mich finden würde.

Epilog

Der Krankenhausaufenthalt war vergleichsweise angenehm. Ich kam auf die Intensivstation in eine Kabine neben Bud, was recht nett war, weil wir ja doch gewissermaßen Kumpel waren. Black erschien früh genug, um mich zusammenzustauchen, aber worüber sollte ich mich groß beschweren? Immerhin war ich am Leben. Am Fußende meines Betts studierte Black hochmütig meine Fieberkurve, bereit, die Prognose meines Arztes zu kritisieren und die Schwestern herumzukommandieren. Im Moment tuschelten einige von ihnen miteinander, grinsten und warfen ihm bewundernde Blicke zu. Er hatte nun mal diese Wirkung auf Frauen, insbesondere Krankenschwestern.

Er sagte: »Du kannst von Glück sprechen, dieser Hölle überhaupt lebendig entronnen zu sein. Und allem Anschein nach entwickelt nur ein Spinnenbiss eine Nekrose. Das bedeutet, du bist hinterher nicht ganz so entstellt. Und mit der Schiene verheilt auch dein Knöchelbruch relativ schnell, wenn du dich ruhig hältst. Und glaub mir, das wirst du auch.«

Er meinte es sehr ernst, und ausnahmsweise war ich auch bereit dazu, seinem medizinischen Rat zu gehorchen. Die Spinnenbisse hatten mir Sorgen gemacht, und ich hatte das Bild von Simon Classons Leiche vor Augen, die schrecklich tiefen Löcher in seinem Fleisch. »Krieg ich nun auch so ein grässliches Loch an meinem Bein?«

»Nein, sie haben die Wunde ziemlich gut gereinigt. Wird zwar eine Zeit lang wehtun wie die Hölle, aber du brauchst keine Hauttransplantation, und wahrscheinlich bleibt bis auf eine kleine Narbe nichts zurück.«

»Mit Narben hab ich meine Erfahrung.«

»Ja, du hast schon viel zu viele.« Er wirkte rundum genervt. »Wir müssen mal drüber reden, warum du immer wieder im Krankenhaus landest. Ist dir schon klar, oder?«

»Ja, schon, wann immer du willst.«

Von nebenan hörte ich ein Klappern des Seitenholms am Bett, dann ein Stöhnen.

»Hey, Bud, alles okay?«

»Verdammt noch mal, nein. Ich wurde von so einem Biest von Waldklapperschlange gebissen. Wie soll es einem denn da gehen?«

Gut, es ging ihm also besser. Er schimpfte wie ein Rohrspatz.

»Na ja, ich bin auch am Ende. Aber bei mir waren es keine Schlangenbisse.«

Seine nächsten Worte waren der Beweis, dass es bergauf ging mit ihm. »Claire, weißt du, warum Kobras zur Flöte tanzen?«

»Nein, warum?«

»Die Musik ist es gar nicht. Es sind vielmehr die Bewegungen der Flöte.«

»Das hast du aus dem Buch, das ich dir gekauft habe, oder?«

»Nein, ich hab's gestern Abend auf Discovery Channel gesehen, während du wegen deines Knöchels im OP warst.«

Black und ich lächelten uns an. Als Joe McKay mit einem dicken Verband um den Kopf zur Tür hereinkam, stand er auf. »Du lieber Gott, hier sieht's ja aus wie nach einem Bombenattentat.«

»Wie geht's Ihnen?«, fragte Joe. Er schaute zu mir herunter. »Ich hab gehört, Sie kommen durch.«

»Ja. Ich bin okay. Wie geht's Elizabeth?«

»Ein paar Kratzer und Beulen, Gott sei Dank, mehr nicht. Hätte schlimm ausgehen können.«

»Ich hätte gedacht, Sie sind beide tot.«

Black fragte: »Meinst du, Willie ist da rausgekommen?«

»Ich hab ihn bewusstlos geschlagen und bin mit Elizabeth geflohen. Höchst fraglich, ob er es noch geschafft hat, bevor alles in die Luft flog.«

»Er ist so was von krank im Kopf. Und Wilma war's auch.«

McKay sagte: »Ich wusste ja, dass er und Simon gefährlich waren, aber so abartig, dass hätte ich nicht gedacht. Ich wollte ja nur beweisen, dass sie meinen kleinen Bruder ermordet haben, weil er Willie in ein Grab geschubst hat, als er klein war. Simon hat ihn rausgeholt, was der Grund dafür war, dass Willie ihm so blindlings folgte. Wir gingen in dieselbe Kirche wie sie. Haben Sie davon gewusst?«

Ich schüttelte den Kopf. Ich wusste nicht viel über Willie Vines, außer dass er ein psychopathischer Serienkiller gewesen war.

»Hatten Sie wirklich vor, Wilma und Willie samt der Höhle in die Luft zu sprengen?«

»Ich wollte sie in tausend Stücke zerfetzen.«

Ich machte ihm daraus keinen Vorwurf, was ich ihm aber schlecht sagen konnte, denn schließlich war ich Polizistin. Stattdessen sagte ich: »Wo ist denn Elizabeth jetzt?«

McKay senkte die Stimme. »Sie ist bei Charlie zu Hause. Jacqee passt auf sie auf.« Er sah zu Black, dann wieder zu mir. »Könnte ich Sie kurz unter vier Augen sprechen? Dauert nicht lange.«

Ich wusste, warum er gekommen war. Und auch was nun kam, konnte ich ihm nicht zum Vorwurf machen. »Würd's Ihnen was ausmachen, uns eine Minute allein zu lassen, Black?«

Black machte es sehr wohl was aus, aber es ist nun mal Verlass auf ihn, und er sagte: »Wie wär's mit 'ner Pepsi? Bud, kann ich dir auch was mitbringen?«

»Sicher doch, zwei Big Macs und Fritten, die große Portion.«

Black küsste mich auf die Wange, offenbar seine Alpha-Männchen-Methode, Besitzansprüche geltend zu machen. Erstaunlicherweise hatte ich nichts dagegen. Joe McKay setzte sich und zog den Stuhl dicht ans Bett. Er sprach weiterhin leise.

»Charlie will mit mir zusammen gegen diesen Haftbefehl aus Kalifornien vorgehen. Er bürgt für mich bis zur Verhandlung und will mich dann unterstützen, Elizabeth zurückzubekommen. Nun frag ich Sie, ob Sie mir vielleicht auch helfen wollen? Mit den Richtern sprechen beispielsweise?«

Nun war es raus, die Frage. »Was ist mit der Mutter? Bei ihr liegt doch das Sorgerecht, oder?«

Ausnahmsweise kokettierte McKay nicht mit seinem Charme, und seine blauen Augen blickten ernst, sogar flehentlich drein. »Delia ist schwer drogensüchtig und hat sämtliche illegalen Drogen durchprobiert, nachdem ich weg war in Richtung Persischer Golf. Ich wusste nicht einmal, dass es Elizabeth gab, als ich in die Staaten zurückkam und bei Delia vorbeischaute. Zurzeit ist sie im Knast wegen Drogenbesitzes. Elizabeth war bei ihrem Freund, diesem Loser. Um zu beweisen, dass sie von mir ist, hab ich eine DNA-Analyse in Auftrag gegeben. Wenn Sie und Charlie zusammen für mich bürgen, bin ich sicher, es wird alles gut gehen. Mein astreines militärisches Führungszeugnis wird ein Übriges tun. Und die Tatsache, dass ich versucht habe, Ihnen bei der Aufklärung des Mordes an Classon zu helfen.«

Ich musste an mein eigenes Kind denken, den unglaublichen Schmerz über den Verlust, die Wunde in meinem Herzen, die nie verheilt. »Liebt denn Delia Elizabeth?«

»Mittlerweile ist sie so abhängig, dass sie nichts mehr liebt außer Drogen. Ihr Freund hat sie beide geschlagen, aber sie ist bei ihm geblieben, weil er sie immer wieder mit Stoff versorgt. Sie mutete Elizabeth eine Drogenhöhle zu, verdammt noch mal.«

»Sie hätten den juristischen Weg gehen sollen, McKay. Das Kind einfach so entführen, war mehr als dumm.«

»Was hätte ich denn machen sollen? Das Sozialamt hat sie zweimal an Delia zurückgegeben. Rein rechtlich hatte ich nichts in der Hand, aber das wird sich ändern, sobald der Vaterschaftsnachweis vorliegt.«

Mir gefiel die Position, in die er mich drängen wollte, gar nicht, denn diese Art der Einflussnahme ging mir gegen den Strich. Nur dass es dieses Mal genügend Gründe gab, die dafür sprachen. »Ich werde mit Charlie drüber reden, um zu sehen, was wir tun können. Allerdings kann ich nichts versprechen, und ich werde nichts tun, was illegal ist. Aber ich bürge für Sie.«

McKay wirkte mächtig erleichtert und lächelte. »Ich habe eventuell vor, mich hier niederzulassen und sie hier großzuziehen. Vielleicht könnten Sie ja ihre Patin werden, die Lieblingstante Claire oder etwas in der Art.«

Wieder musste ich an meinen eigenen kleinen Zachary denken, wie ich mich gefühlt hatte, als ich ihn zum letzten Mal im Arm hielt und Blut aus seiner Brust sickerte. Ich sah weg. »Mit Kindern kann ich nicht so gut.«

McKay sagte: »Ich bin Ihnen dafür sehr dankbar, Claire. Wirklich. Sollten Sie je etwas brauchen, egal was, lassen Sie's mich wissen.«

»Dann sagen Sie mir die Wahrheit. Haben Sie wirklich übersinnliche Fähigkeiten?«

McKay grinste. Er ergriff meine Hand und hielt sie zwischen seinen. »Ich sag Ihnen eins. Ich habe gesehen, wie wir beide zukünftig ein ziemlich dickes und heißes Verhältnis miteinander haben. Tolle Aussichten, was mich betrifft. Also, was meinen Sie Claire? Wird das wahr werden?«

Momentan war ich darüber sehr verlegen, aber es wurde noch schlimmer, als er seine Lippen auf meinen Handrücken presste, gerade als Black mit meiner Pepsi zur Tür hereinkam. Ich zog die Hand zurück, und McKay grinste über das ganze Gesicht. »Wir bleiben in der Leitung, Claire. Ich jedenfalls hab's vor.«

»Na dann.«

McKay nickte Black zu, der ihn daraufhin aus dem Zimmer starrte. Black kam ans Bett, öffnete zischend eine Dose Pepsi und goss sie in einen mit Eis gefüllten Becher. Ich sagte kein Wort.

»Willst du mir vielleicht sagen, was das eben war?«

»Klar. Er fragte mich, ob wir beide heiraten und nach Rom ziehen wollen, das richtige in Italien übrigens, wo wir als Privatermittler der Interpol beispringen könnten. Du weißt schon, ich schnappe die Täter, er sprengt sie in die Luft.«

Er zückte eine Augenbraue und reichte mir den Becher. Ich nahm einen Schluck.

»Und?«, wollte er wissen.

»Ich sagte ihm, du wärst mir lieber, weshalb ich auch lieber hier bleiben und mir von dir noch ein paar teure Geschenke kaufen lassen würde. Etwa einen eigenen kleinen Humvee.«

Er lächelte und hielt mir den Strohhalm hin. »Keine schlechte Antwort.«

In der Kabine nebenan sagte Bud: »Das mit den Big Macs war übrigens ernst gemeint, Doc. Und ein paar Apfeltaschen können Sie auch mitbringen. Da gibt's jetzt zwei für einen Dollar.«

Black und ich lachten. Dann ließ ich den Kopf auf das Kissen sinken, schloss die Augen und hoffte bei Gott, dass Willie Vines bei der Explosion den Tod gefunden hatte.